HEYNE<

DAS BUCH

Männer verstehen vieles nicht. Warum Frauen Schuhe lieben. Warum Frauen Filme toll finden, die sie zum Heulen bringen. Und warum Frauen ohne beste Freundin nicht leben können. So geht es jedenfalls Nina, deren Freundin Pia in die USA ausgewandert ist. Ohne Pia fühlt sie sich einfach nicht vollständig. Da kann auch ihr Freund Florian nicht helfen. Also macht sich Nina auf die Suche nach einer neuen besten Freundin. Doch die Suche nach einer Traumfrau erweist sich als ziemlich kompliziert. Denn Florian hat nun mal überhaupt kein Verständnis dafür. Und dann taucht auch noch ausgerechnet jetzt dieser süße Typ namens Henrik auf. Eines ist klar: Um solche Probleme zu lösen, braucht man eine beste Freundin!

Frauenunterhaltung mit einem besonderen Dreh von der Erfolgsautorin von *Hübsch in alle Ewigkeit*.

DIE AUTORIN

Emma Flint, geboren 1975 in Bonn, hatte schon vor ihrem Sportstudium ein Faible für Geschichten, die das Leben schreibt, und für Geräte mit Tastatur. Der Beruf der Kassiererin verband beides. Da nach Einführung der Scannerkassen diese angestrebte Karriere an Attraktivität verlor, blieb nur noch der Laptop, um beiden Leidenschaften gleichzeitig nachzugehen. Emma Flint lebt als freie Journalistin in Köln. Und manchmal schreibt sie als Hanna Dietz, zum Beispiel *Soll das ein Antrag sein?*, *Lexikon der unnützen Küchengeräte* oder in *Muttermafia und Friends*.

LIEFERBARE BÜCHER

Hübsch in alle Ewigkeit

Emma Flint

Männer verstehen das nicht

Roman

WILHELM HEYNE VERLAG
MÜNCHEN

Verlagsgruppe Random House FSC-DEU-0100
Das für dieses Buch verwendete FSC®-zertifizierte Papier
Holmen Book Cream liefert Holmen Paper, Hallstavik, Schweden.

Originalausgabe 07/2011
Copyright © 2011 by Emma Flint
Copyright © 2011 dieser Ausgabe by
Wilhelm Heyne Verlag, München
in der Verlagsgruppe Random House GmbH
Redaktion: Christiane Wirtz
Printed in Germany 2011
Umschlaggestaltung: Eisele Grafik-Design, München
Umschlagfoto: © Paolo Castaldi
Satz: Uhl + Massopust, Aalen
Druck und Bindung: GGP Media GmbH, Pößneck
ISBN 978-3-453-40849-4

www.heyne.de

1

Wo steht eigentlich geschrieben, dass man für einen Mädelsabend auch Mädels braucht? Nirgendwo. Eben. Seit Pia weg ist, mache ich die Mädelsabende halt in kleinster Besetzung. Mit mir allein. Das ist genauso gut. Nein, sogar besser! Niemand, der so laut kichert, dass ich dauernd *Grey's Anatomy* zurückspulen muss, weil ich mal wieder nur die Hälfte mitgekriegt habe. Niemand, der mir die Strawberry-Cheesecake-Eiscreme wegfuttert. Und auch niemand, der so blöde Witze reißt, dass ich anschließend mit zusammengepressten Oberschenkeln zur Toilette humpeln muss, um mir vor Lachen nicht in die Hosen zu machen. Nein! Ich kann mich gemütlich entspannen und hab trotzdem viel Spaß. Der Prosecco und ich, wir amüsieren uns prächtig. Endlich kann ich ihn auch wieder mit Aperol aufpeppen, was Pia verabscheut hat. Und ich muss mir auch nicht mehr dauernd anhören, dass mein Freund Florian egoistisch sei und ich aufpassen müsse, in der Beziehung nicht zu kurz zu kommen. Nur weil er unseren letzten Urlaubsort ausgesucht hat! Dabei ist gegen den Lago Maggiore doch wirklich nichts einzuwenden. Und dass da die Modellboot-Europameisterschaft stattgefunden hat, das war doch nur das Tüpfelchen auf dem i. Ich hatte von der Tribüne einen wunderbaren Ausblick auf den See, wo sich Florian mit seinem roten Flitzer bravourös bis ins Halbfinale vorkämpfte. Mit den Frauen der anderen Teilnehmer habe ich mich super verstanden, außerdem sämtliche italienische Klatschzeitschriften kennengelernt, und den Unterschied zwischen Grana Padano und Parmigiano Reggiano. Also. Ich hatte auch sehr viel von dem Urlaub. Und Pia soll ruhig reden! Sie muss doch wohl am besten wissen, dass die meisten Beziehungsprobleme pure Einbildung sind. Labert monatelang davon, dass ihr Rob es doch sicher nicht ernst meinen würde und dass er vielleicht auch gar nicht treu sei auf all seinen Dienstreisen, und dann eines Tages fällt er vor ihr auf die Knie und bittet sie um ihre Hand, und sie sagt einfach Ja und zieht mit ihm nach Pittsfield, Massachusetts, USA. Und dann will sie *mir* einreden, Florian sei egoistisch! Dabei ist sie ja wohl die Einzige hier, die egoistisch ist. Nur weil sie den Mann fürs Leben gefunden hat, kann sie mich doch nicht so hängenlassen. Und einfach in Las Vegas heiraten, ohne dass ich dabei bin. Und schwanger werden, ohne mich zu fragen. Und mir nur noch gehetzte E-Mails schreiben, in denen sie von ihren tausend Geburtsvorbereitungskursen erzählt und was sie noch für das Kinderzimmer braucht, sie würde jetzt mit Rob zu irgendeinem hippen Babyladen fahren und sich bald ausführlich melden, bis später, Bussi. So benimmt sich eine beste Freundin doch nicht! Ich meine, eine beste Freundin ist immer für einen da und nicht sechstausend Kilometer weit weg. Ich muss schlucken. Plötzlich ist mir ganz elend zumute. Das Sofa kommt mir riesig vor und ich winzig klein und so allein. Der Mittwochabend war immer unser fester Termin. Wir haben Serien geguckt und Prosecco getrunken und gelacht und geredet. Donnerstags haben wir uns auch meistens getroffen. Entweder wir haben einfach gequatscht, oder wir haben uns über die aktuelle Staffel von *Germany's Next Topmodel* amüsiert, indem wir Fotoshootings, hysterische Anfälle von Möchtegernmodels und die unerträglichen Ansagen von Heidi Klum nachgespielt haben, bis wir Bauchweh hatten vor Lachen. Und am Wochenende sind wir dann auf die Rolle gegangen. Auch noch, als ich mit Florian zusammengekommen bin. Den ich übrigens mit Pia zusammen im Kino kennengelernt habe. Am Popcornstand. Es funkte sofort, als ich den großen athletischen Typen mit den braunen langen Locken sah, die zu einem losen Pferdeschwanz zusammengebunden waren. Er probierte gerade bei seinem Kumpel diese ekligen Nachos mit Käsesoße und verzog angewidert das Gesicht. Als er meinen Blick auffing, ging ein breites Lächeln über sein Gesicht, und er zwinkerte mir mit seinen blau-grauen Augen zu.

»Ich hoffe, der Film ist besser als dieses Zeug«, begann er das Gespräch. Er hatte lange Koteletten und in seiner eng anliegenden schwarzen Fleecejacke sah er aus wie ein Stuntman.

»Das ist ja nicht schwer«, sagte ich. »Wo geht ihr denn rein?«

Sie gingen in irgendeine Comic-Verfilmung, während ich mit Pia den zweiten Teil der *Twilight*-Saga sehen wollte. Er sparte sich gemeine Bemerkungen über unsere mädchenhafte Filmauswahl und schlug stattdessen vor, nach dem Kino noch in eine Bar zu gehen. Wo wir dann nach einigen Drinks hemmungslos knutschten. Pia fand Florian auch nett, zumindest anfangs, und hatte nichts dagegen, zu dritt (oder zu viert, wenn Rob in Köln war) loszuziehen. Ich mochte es nur nicht, wenn sie ihn wegen seines Hobbys – Modellboote – aufzog. Ich meine, Florian hat wenigstens ein Hobby. Was hat Rob denn für eines? Wenn man mal vom Geldverdienen absieht. Na ja. Egal. Pia ist weg. Florian ist hier. Alleine das zählt. Und ich habe wirklich großes, großes Glück mit ihm. Ich weiß echt nicht, was ich ohne ihn machen würde! Automatisch greife ich zu meinem Telefon und drücke auf Speichertaste 1.

»Hallo, Süße«, meldet er sich.

Und schon ist es um mich geschehen.

»Nina, was ist denn los?«

Aber ich kriege nichts raus außer Schluchzen.

»Red mit mir, sonst mache ich mir ernsthaft Sorgen.«

Ich stoße weinend hervor: »Pia ist so gemei-hein. Wie konnte sie nur na-hach Amerika-ha gehen!?«

Er seufzt leise, und ich kann förmlich hören, wie er denkt: Das hatten wir doch nun wirklich schon oft genug. Und langsam solltest du drüber weg sein. Immerhin ist sie schon über ein halbes Jahr weg.

Aber er ist wirklich ein Schatz, denn er sagt sanft: »Aber, Süße, du hast doch mich. Stimmt's?« In letzter Zeit hat er so was Pastorales in der Stimme, das mich immer sehr schnell beruhigt.

»Ja«, flüstere ich erstickt.

»Und du hast einen tollen Job. Stimmt's?«

»Ja«, sage ich, denn er ist wirklich toll. Auch wenn ich

ihn nicht mehr gerne mache. Aber das ist nicht der richtige Augenblick, um einen neuen Versuch zu starten, ihm das zum hundertsten Mal zu erklären.

»Und sie ruft sicher auch bald wieder an.«

»Aber das ist doch nicht dasselbe, als wenn sie hier wäre!«, sage ich heftig und schniefe geräuschvoll.

»Das stimmt, meine Süße, aber dafür verwöhne *ich* dich, okay?«

»Ja, okay.«

Er wartet, bis ich meine Fassung zurückgewonnen habe, dann fragt er sanft: »Geht's dir wieder besser?«

»Ja. Danke. Vielen Dank.«

»Ach, Süße, dafür musst du dich nicht bedanken. Ich bin immer für dich da, das weißt du doch.«

»Ja.«

»Schlaf schön, Süße. Und träum was Schönes!«

»Mach ich.«

»Und denkst du dran, für Samstag diesen Käsekuchen mit den Aprikosen zu backen? Ich hab Peter gesagt, dass wir ihn mitbringen.«

»Klar. Kein Problem. Gute Nacht.«

»Gute Nacht. Ich liebe dich.«

»Ich dich auch.«

»Ich leg auf, Süße. Und geh jetzt besser auch ins Bett. Denk dran, du brauchst deinen Schönheitsschlaf!«

»Mach ich. Gute Nacht.«

Was für ein Superschatz er ist! Wie sehr er mir hilft. Und wie sehr er immer Recht hat! Und wie sehr ich ihn ... Moment mal. Was sollte das mit dem Schönheitsschlaf? Findet er mich etwa nicht mehr... Ach, da will ich jetzt nicht drüber nachdenken. Flori, mein Schatz!

Ich nehme mir ein Kissen und drücke es fest an mich. Natürlich gehe ich trotzdem nicht sofort ins Bett. Kann ich gar nicht! Nach einer abendlichen Heulattacke müssen Augenpartie und Nase erst wieder auf Normalmaß zurückgeschrumpft sein, bevor man sich schlafen legt, das weiß doch jeder. Wenn man mit verquollenen Augen ins Bett geht, dann sieht man am nächsten Morgen aus, als hätte einem der Schönheitschirurg die Injektion, die eigentlich für die Lippen von Chiara Ohoven gedacht war, aus Versehen in die Lider gespritzt. Außerdem ist in meiner Flasche Prosecco noch genug drin für einen weiteren schönen Aperol Sprizz. Und es ist auch noch Eiscreme übrig, stelle ich fest, als ich mir die Augenmaske aus dem Kühlschrank hole. Und die Eiscreme habe ich ja nun wirklich verdient. So geheult habe ich schon lange nicht mehr wegen Pia. Bestimmt eine Woche nicht.

Am Anfang, nach ihrer Abreise letzten September, war ich sogar ziemlich tapfer. Weil Pia mich jeden Tag angerufen und mir versichert hat, dass wir immer beste Freundinnen bleiben werden. Wir haben uns lustige E-Mails geschickt und über Skype miteinander telefoniert. Wir trugen Headsets und begrüßten uns mit »Commander« und taten so, als schwebten wir mit unseren Raumschiffen durch das Universum. Das Universum der unvergänglichen Freundschaft. Mit der Webcam zeigte sie mir ihre Villa mit fünf Schlafzimmern, gefühlten achtzehn Badezimmern, Pool und einer knallorangenen Hollywoodschaukel. Wir überlegten, wann ich sie besuchen kommen würde und in welchem Zimmer ich schlafen sollte. Und da wir uns sogar sehen konnten beim Telefonieren und stundenlang online waren – Rob war irgendwo in Iowa, um dort ein riesiges Areal in einen Industriepark zu verwandeln –, war es fast so, als wäre sie noch hier.

Dann aber fing Rob den neuen Job in Pittsfield an als Leiter der Immobilienholding Massachusetts, und er besorgte Pia einen Traineejob, bei dem sie das Immobiliengeschäft lernen sollte. Seitdem arbeitet sie immer dann, wenn ich Feierabend habe, und wenn sie fertig ist mit der Arbeit, schlafe ich meistens. So eine Zeitverschiebung ist schon ziemlich unpraktisch. Und weil private E-Mails in ihrer Firma nicht erlaubt sind, wurden unsere E-Mail-Kontakte auch seltener. Jetzt telefonieren wir fast nur noch am Wochenende – aber das sehr ausführlich. Wir haben dafür einen richtigen festen Termin ausgemacht: Sonntagnachmittag. Dieser Termin ist uns heilig, und wir haben ihn noch nie verpasst. Ich mache mir sogar Listen dafür, damit ich ja kein Thema vergesse!

Und dann ruft sie vor sechs Wochen an einem Mittwoch total aufgeregt an und verkündet mir, dass sie gerade in Las Vegas geheiratet hat. Mit einem Marilyn-Monroe-Double als Trauzeugin. Da war ich schon schwer getroffen, dass sie imstande war, dieses herausragende Ereignis ohne mich zu feiern. Ich hatte schon fest eingeplant gehabt, zur Hochzeit nach Pittsfield zu fliegen. Aber dann hatten Rob und sie sich spontan in Las Vegas trauen lassen, als sie wegen eines Immobilienkongresses dort waren.

Da muss man als beste Freundin doch beleidigt sein,

oder? Ich meine, für sie hätte ich jedes noch so hässliche Brautjungfernkleid angezogen – und dann will sie mich noch nicht mal dabeihaben.

Und letzten Sonntag hat sie mir dann verraten, dass sie schwanger ist. Und zwar im vierten Monat. Daher die überstürzte Hochzeit. Und sie hat es noch nicht mal für nötig befunden, mir das als Erste zu erzählen, wie ich es als beste Freundin verdient hätte. Nein, ich erfahre von der Schwangerschaft zusammen mit allen anderen, mit Tanten, Onkeln und Nachbarn – kurz mit jedem, der ihr überhaupt kein bisschen nahesteht. Und da hat's mir den Boden unter den Füßen weggezogen.

Ich habe natürlich versucht, es mir ihr gegenüber nicht anmerken zu lassen, weil sie sich so gefreut hat. Und ich gönne Pia ihr Glück natürlich total, aber ich kann eben auch nicht verleugnen, dass ich trotzdem sehr enttäuscht bin. Ich fühle mich so ausrangiert. Wenn man über sieben Jahre alles miteinander geteilt hat, jedes Geheimnis, jedes schöne und jedes schlimme Erlebnis, dann ist das echt bitter, wenn man auf einmal nicht mehr dazugehört.

So, das Eis ist alle, aber da ich die Maske noch wirken lassen muss und sowieso jedes Kalorienkonto gesprengt habe und eh schon alles egal ist, kann ich auch noch die angebrochene Tüte Gummibärchen aufessen.

2

Punkt 1: Wenn Pia nicht nach Amerika gegangen wäre, hätte ich gestern weder den Prosecco noch den ganzen Süßkram alleine verputzt und jetzt weder einen Kater noch ein schlechtes Gewissen.

Punkt 2: Wenn Pia nicht nach Amerika gegangen wäre, hätte ich nicht geheult und sähe heute nicht aus wie Chiara Ohovens Lippen. (Wie sich herausgestellt hat, hat es nichts, aber auch gar nichts genutzt, dass ich so lange wach geblieben bin. Und diese Kühlmaske ist ja wohl der totale Witz.)

Punkt 3: Wenn Pia nicht nach Amerika gegangen wäre, hätte ich Florian nicht angerufen und müsste jetzt nicht darüber nachdenken, warum er das mit dem Schönheitsschlaf gesagt hat. Findet er mich etwa nicht mehr hübsch? Wieso sagt ein Mann so was zu seiner Freundin? Das kann doch nur heißen, dass er meint, sie hätte sich zum Nachteil verändert, oder?

Das sind die Momente, wo mir Pia besonders fehlt. Denn nichts ist zu lächerlich, um es mit seiner besten Freundin zu besprechen. Normalerweise würde ich sie jetzt aus der Bahn anrufen, und sie würde mir vermutlich sagen, dass Florian überhaupt nicht über seine Bemerkung nachgedacht habe, und selbst wenn, wäre er total im Unrecht, weil ich wie immer aussähe, nämlich einfach klasse. Und dann wäre die Welt wieder in Ordnung. Klar, könnte man meinen, dass ich oberflächlich wäre, weil ich so eine Bestätigung brauche. Oder unsicher. Oder beknackt. Bin ich vielleicht auch. Aber eine beste Freundin würde das nie denken, sondern einfach das machen, wozu eine beste Freundin da ist: aufmuntern und die Schuld auf die Männer schieben. Aber meine kann das jetzt nicht, denn die ist ja in den USA und pennt noch.

So bleibt mir nichts anderes übrig, als mich auf dem Weg zur Arbeit selber zu beruhigen, den Kopf gegen die kühle Fensterscheibe der Bahn gelehnt. *Schönheits*schlaf. Das ist doch lächerlich. Ich meine, ich bin achtundzwanzig und nicht vierzig! Und da wir letztens in unserer Zeitschrift einen Artikel veröffentlicht haben, der eindeutig belegte, dass vierzig die neue dreißig ist, bin ich nach neuesten wissenschaftlichen Erkenntnissen erst achtzehn. Und welchem Teeniemädchen sagt man, es müsse auf seinen Schönheitsschlaf achten? Also ehrlich. Der spinnt doch! Oder spinne ich?

Himmel, ich werde noch bekloppt. Dabei bin ich noch nicht mal in der Redaktion von *Women's Spirit* angekommen, wo man von den ganzen Themen, die Frauen zu interessieren haben, (und von unserem durchgeknallten Chef) auf jeden Fall total bekloppt gemacht wird. Mein Motto für jeden Arbeitstag ist seit einiger Zeit nur noch: Augen zu und durch. (Es könnte schlimmer sein, hat Pia mir gemailt, ich könnte ja auch Pilotin sein. Haha!)

Nachdem ich die Stufen zu unserer Etage im Bürohochhaus am Kölner Mediapark erklommen habe, hole ich tief Luft, stoße mit Schwung die gläserne Tür mit der orangefarbenen Aufschrift *Women's Spirit* auf, und fange sofort an, das Großraumbüro nach Anzeichen für Walters Anwesenheit abzusuchen.

Walter ist der Chefredakteur. Zumindest nennt *er* sich so. Wir nennen ihn CvD – in dem Fall die Abkürzung für Chaot vom Dienst – oder auch Prinz Karneval. Er taucht mit großem Tamtam auf, zieht alle Aufmerksamkeit auf sich, spult sein verrücktes Programm ab und hinterlässt benommene Mitarbeiter, die entweder kopfschüttelnd vor ihrem Computer hocken oder wie aufgescheuchte Hühner durch die Gegend rennen.

Doch heute Morgen scheint alles ruhig zu sein. Die Tür zu Walters Büro ist geschlossen, gegenüber lehnt sich Ruth, unsere Sekretärin, in ihrem Stuhl zurück und schwatzt sorglos ins Telefon. Meine Kollegin Svenja, für das Ressort Mode zuständig und stets komplett in Schwarz gekleidet, kommt mit einem Kaffee aus der Küche und winkt mir zu. Ich winke zurück und entspanne mich ein wenig. Es gibt nämlich eigentlich überhaupt keinen Grund zur Nervosität. Ich bin wie immer pünktlich. Mein Schreibtisch ist aufgeräumt. Und ich habe alles im Griff. Die Artikel für mein Ressort (Sinn & Sinnlichkeit) sind fertig redigiert, ich habe mit der Bildabteilung und der Grafik gesprochen und bereits einen Layoutvorschlag erarbeitet. Themenvorschläge für die nächsten drei Ausgaben habe ich auch schon gesammelt, womit ich meinen Kolleginnen vermutlich weit voraus bin. Ich muss mir also wirklich keine Sorgen machen. Es ist alles halb so wild. Abgesehen davon ist es eine *Zeitschrift*. Hier geht es um oberflächliche Berichte, Psychonews und Preisausschreiben. Und nicht etwa um Menschenleben. Wir sind ja keine Bombenentschärfer. Oder Krabbenfischer in der Beringsee, wo ein falscher Schritt direkt auf den eisigen Meeresgrund führt. Es ist alles völlig harmlos und...

»Ah, Nina!«, höre ich eine Stimme, *die* Stimme, von rechts heranschnellen, und mir läuft es kalt den Rücken runter.

Walter spricht hell und quäkend und klingt ein bisschen wie eine Kindertrompete, die man beim ersten Tröten putzig findet, aber spätestens nach fünf Minuten auf den Müll werfen möchte. Noch bevor ich kapiert habe, aus welcher Ecke er hervorgeschossen ist, hat er mich schon am Ellenbogen gepackt und führt mich zu meinem Schreibtisch, als wäre ich ein Verbrecher.

»Hallo, Walter«, sage ich betont fröhlich, »ich finde meinen Platz schon allein, weißt du.«

Ich entziehe ihm meinen Arm und werfe meine Tasche auf den Boden. Walter setzt sich mit der rechten seiner dürren Hinterbacken auf meine Tischplatte, lässt das rechte Bein baumeln, so dass der rosa-weiße Cowboystiefel, Größe 48, bis zum Schaft aus der Röhrenjeans herausguckt, schaut eine Weile entzückt auf sein exzentrisches Schuhwerk, dann schwenkt er den Blick auf mich und trötet: »So, Schätzelein, dann schieß mal los.«

Sein schwarzes Satinsakko glänzt im Schein der Neonröhren und lässt sein von wenigen, aber tiefen Falten zerfurchtes Gesicht und seine millimeterkurzen weißen Haare noch blasser erscheinen. Die wulstigen dunklen Augenbrauen, die die kieselgrauen Augen fast zu erdrücken scheinen, ziehen wie immer all meine Aufmerksamkeit auf sich. Sie erinnern mich an haarige schwarze Raupen, was durch Walters ausgeprägtes Mienenspiel noch verstärkt wird, denn durch das ständige Heben und Senken der Augenbrauen kann man sich leicht einbilden, die Raupen seien lebendig. Unheimlich. Ich wende den Blick ab, schalte den Computer ein und ziehe meine Jacke aus.

»Augenblick bitte«, sage ich und fühle mich jetzt schon gehetzt. Dieses frühmorgendliche Überfallkommando ist seine Spezialität, und ich hasse es. Und deswegen bin ich auch darauf vorbereitet. Für den Fall, dass es mich erwischt, drucke ich am Abend vorher immer alle aktuellen Seiten aus, die ich betreue, damit der Spuk so schnell wie möglich vorübergeht.

»Mein Ressort ist schon fertig«, sage ich und drücke ihm die Artikel in die Hand.

»Was guckst du denn dann so bedröppelt?«, fragt er und lacht. »Bist wohl morgens nicht so in Stimmung, was?«

Ich antworte nicht auf seine Anspielung, denn dann würde es nicht lange dauern, und er würde mir irgendwas aus seinem ausschweifenden Liebesleben erzählen, was ich überhaupt nicht wissen will. Walter trägt von jeher seine Homosexualität so stolz vor sich her wie Victoria Beckham die neueste Louis Vuitton.

Ich frage mich immer, warum er ausgerechnet eine Frauenzeitschrift gegründet hat, wo er doch eigentlich nur an Männern interessiert ist. Aber das ist eines der vielen Geheimnisse, die Walter nicht preisgibt, genauso wenig wie die Frage, woher er die ganze Kohle hat, um seine eigene Zeitschrift zu gründen. Hartnäckig hält sich das Gerücht, dass er einen reichen Lover beerbt hat. Dann wieder heißt es, er hätte den Jackpot der spanischen Lotterie gewonnen und dabei fünfzig Mille eingestrichen. Wir wissen nicht, was stimmt, wir wissen nur: Walter hat Geld und das nicht zu knapp. Damit hat er vor fünf Jahren *Women's Spirit* und einen eigenen Verlag ins Leben gerufen, weil es – Zitat – seit seiner Kindheit sein »Herzenswunsch« gewesen sei, eine »großartige Zeitschrift zu kreieren«.

Walter überfliegt die Seiten, ohne eine Miene zu verziehen.

»Der Selbsterfahrungsbericht von Bettina Schill über die besten Einschlaftechniken ist sehr hübsch geworden, finde ich«, kommentiere ich.

Walter nickt und blättert weiter. Ich bin erleichtert. Vielleicht zerpflückt er mir ja heute mal nicht jeden Artikel.

»Was ist das?«, fragt Walter, als er die nächste Seite vor sich hat.

»Das ist die wunderschön optimistische Reportage über Frauen, die ihren Mann fürs Leben erst mit über fünfzig am Arbeitsplatz kennengelernt haben. Karin Lohmann hat lange recherchiert, um drei Paare aufzutreiben, die ...«

»Haben die Migrationshintergrund?«, unterbricht Walter mich.

»Nein«, sage ich irritiert.

»Müssen die haben.«

»Äh. Warum?«

18

»Warum?« Er sieht mich an, als wäre ich zu blöd, um eins und eins zusammenzuzählen. »Weil das ein super-duper wichtiges Thema ist.«

»Ja, natürlich. Aber doch nicht unbedingt in diesem Zusammenhang. Wie *wir* ja damals in der Redaktions-konferenz *gemeinsam* besprochen hatten, liegt hier der *Haupt*aspekt auf der späten großen *Liebe*.« Ich betone die Worte, damit er sich vielleicht erinnert, was er uns damals gesagt hat. Einen Mutmacherartikel für einsame Herzen wolle er haben.

»Am besten Kriegsflüchtlinge«, sinniert Walter.

»Kriegsflüchtlinge«, wiederhole ich stupide.

»Mit Vergewaltigungserfahrung. Das ist gerade total angesagt.«

Ich starre Walter einen Augenblick an und frage mich, auf welchem Planeten er lebt. »Ja«, sage ich mit aller Geduld, die ich aufbringen kann. »Aber das ist doch eher ein eigenständiges Thema …«

»Das wir im Zusammenhang mit der großen Liebe im Alter verbraten. Das ist ein ganz frischer Ansatz!« Walter strahlt, als hätte er das Rad neu erfunden.

»Ja, aber wo sollen wir die denn *herkriegen*?«, frage ich verzweifelt. »Kriegsflüchtlinge mit Vergewaltigungs-erfahrung, die mit über fünfzig ihren Traummann am Arbeitsplatz kennengelernt haben und bereit sind, über all das auch noch mit einer Zeitschrift zu sprechen, die stehen nicht in den Gelben Seiten.«

Walter überlegt einen Moment. »Ja, das stimmt.«

Ich glaube, einen Funken Verstand in den nebelgrauen Augen ausmachen zu können.

»Gut«, lenkt er zu meinem Erstaunen ein, nur um dann hinterherzuschieben: »Zur Not tut's auch eine Behinderte. Die muss dann aber homosexuell sein.«

Ein kurzes schnaubendes Lachen entfährt mir. Ich sammele mich einen Augenblick, dann versuche ich es auf einem anderen Weg. »Aber die Auswahl der Paare ist mit Christian abgesprochen.«

Walter zieht die Stirn senkrecht in der Mitte hoch, und es sieht so aus, als machten die Raupen Männchen. »Also, liebe Nina, wollen doch mal sehen.« Er legt theatralisch den Zeigefinger an die Lippen. »Christian ist geschäftsführender Redakteur. Und ich bin Chefredakteur, Herausgeber und Verleger. Hmmm, wer hat dann wohl Recht?«

Ich blättere in meinen Papieren.

»Nun, Nina?« Walter trommelt mit den langen Fingern auf sein Bein.

Also brumme ich mürrisch: »Du hast Recht.«

»Na also!«, ruft Walter bestens gelaunt. »Dann haben wir das ja geklärt. Weiter im Text.«

»Dann habe ich hier nur noch meinen Artikel, den Christian aber schon abgenommen hat.«

Ich schaue ihn aufmüpfig an und umklammere den Artikel. Er winkt auffordernd mit den Fingerspitzen, also lege ich ihm widerwillig meinen Bericht in die Hände. Er heißt »Entspannung geht durch die Nase«. Darin behaupte ich, dass es hilft, in Stresssituationen einen Duft parat zu haben, der einen an schöne Erlebnisse erinnert: das Aftershave des Partners, die Sonnenmilch des letzten Urlaubs, getrockneter Lavendel. Als ob ein bisschen Schnüffeln alle Probleme lösen würde (und ich rede hier nicht von Klebstoff). Mir würde aber jetzt vermutlich noch nicht mal das Aroma eines frisch gemixten Erdbeer-daiquiris helfen, höchstens der Geruch nach Feueralarm, der diese Unterredung beendet.

»Wo ist denn das Meeresbrise-Spray erwähnt?«, fragt Walter, während er den Artikel überfliegt.

»Das habe ich rausgenommen. Das Zeug riecht nicht mal ansatzweise nach frischer…«

»Muss rein. Mit ein paar besonders lobenden Sätzen.«

Er schmeißt den Artikel auf den Schreibtisch und steht auf. Ich gucke ihm hinterher, wie er auf seinen stockdünnen Beinen und mit den grotesk großen Cowboystiefeln durch das Großraumbüro stelzt, wobei er die Hüften so stark hin und her schwingt, als müsste er bei jedem Schritt eine offene Kühlschranktür zustoßen. Ohne weiteres Unheil zu stiften, verschwindet er in seinem Büro, und ein kollektiver Seufzer der Erleichterung weht durch den Raum. Nach dieser Begegnung der dritten Art muss ich mir erst mal einen Kaffee genehmigen.

Die Teeküche, die merkwürdigerweise so heißt, obwohl von uns keiner Tee trinkt, ist äußerst beliebt, da Walter nie einen seiner großen Füße hineinsetzt. Am in *Women's Spirit*-Orange lackierten Tisch hockt Svenja, die Mode-redakteurin, in ihrer typischen krummen Haltung, die mich jedes Mal vermuten lässt, dass sie zur Gattung der Wirbellosen gehört. Der Kaffee vor ihr ist so schwarz wie ihre Boss-Woman-Bluse.

»Und, wie war es mit dem CvD?«, fragt sie.

»Der hat doch echt voll den Sockenschuss«, platzt es aus mir heraus. »Langsam dreht er wirklich durch.«

Svenja lacht ihr keuchendes Lachen, das daran erinnert, dass sie sich normalerweise nur von Zigaretten ernährt. Zum Glück herrscht mittlerweile striktes Rauchverbot in der Küche.

»Mir hat er neulich auch das komplette Shooting auseinandergenommen. Wir mussten alles neu machen! Natürlich hat keiner auch nur einen Pfennig mehr bekommen, dieser alte Geizkragen.«

»Typisch für ihn.« Wir ergehen uns eine Weile in dem Wettbewerb »Wer hat die schlimmere Walter-Story?«.

Während wir so plaudern, mache ich mir heimlich den Hosenknopf auf. Svenja soll nicht merken, dass ich zugenommen habe. Sie ist so dünn, dass ihr biegsamer Körper stets aussieht wie das Fragezeichen hinter der Frage: Wann hat sie wohl das letzte Mal was gegessen? Ich habe sie tatsächlich noch nie was essen sehen. Und da ist es mir natürlich peinlich zuzugeben, dass sich der ganze Knabberkram für unsere Mädelsabende, den ich jetzt immer alleine futtern muss, an meinem Bauch festgesetzt hat. Zum Glück sind meine Beine ziemlich lang und dünn, deswegen sehe ich mit meinen eins fünfundsiebzig immer noch sehr schlank aus. Zumindest wenn ich den Bauch mit einer weiten Bluse kaschiere. Aber bald sollte ich was unternehmen, sonst muss ich noch anfangen, mir neue Hosen zu kaufen. Unsere Beauty-Redakteurin Cosima kommt herein, ein großes Paket in der Hand, im Schlepptau Ruth, die Sekretärin.

»Clinique!«, verkündet Cosima, klimpert begeistert

mit ihren dick getuschten Wimpern und reißt das Paket
auf.

Ruth wickelt vor lauter Aufregung eine lange Franse
ihres auberginefarbenen Zottelhaars um ihren Finger und
beugt sich mit ihrer großen Nase aufgeregt vor.

»Die neue Pflegeserie für die reife Haut«, verkündet
Cosima, als sie den ersten mintgrünen Cremetiegel aus-
packt. Sie nimmt etliche Flakons und Tuben aus dem
Karton, und Ruth schnappt sich, was ihr in die Finger
kommt. Sie beschwert sich regelmäßig, dass Cosima für
Kosmetik zuständig ist und immer die neuesten Produkte
zugeschickt bekommt, die sie dann alle behält – »egoistisch wie die Jugend von heute eben ist«. Zum Ausgleich
lässt sich Ruth im Namen der Kulturredaktion von den
Verlagen dauernd neue Romane und Hörbücher schicken.
Sie müsse ja auch was davon haben, dass sie bei einer
Zeitschrift arbeite, sagt Ruth immer, das nenne man aus-
gleichende Gerechtigkeit.

Eigentlich war es mal so gewesen, dass die Produktproben, die die Redaktion täglich erreichen, von den Redak-
teuren und Ressortleitern gesichtet und aussortiert wurden. Es wurde gemeinsam entschieden, welche Produkte
in der Zeitschrift vorgestellt werden und welche nicht. Der
Rest der Proben wurde gesammelt und sollte verkauft,
und der Erlös gespendet werden. Daraus ist aber nie was
geworden. Denn mittlerweile rafft jeder, was er kriegen
kann. Selbst stinkende Duftkerzen, potthässliche Haar-
reifen und abfärbende Selbstbräunungscremes sind so
hart umkämpft, als handelte es sich um das letzte lebens-
rettende Insulin in einer Gruppe Diabetiker.

»Unter ›reife Haut‹ fällst du ja wohl noch lange nicht«, ereifert sich Ruth, die vor einigen Wochen ihren fünfzigsten Geburtstag gefeiert hat.

»Man kann nie früh genug damit anfangen«, sagt Cosima spitz und nimmt ihr einen Tiegel aus der Hand. »Wenn du mir allerdings die DVD-Box mit *Desperate Housewives* gibst, die du letztens bei dem Preisausschreiben abgestaubt hast, dann würde ich vielleicht mit mir reden lassen.«

»Ihr habt den *Preis* von dem Preisausschreiben behalten?«, frage ich fassungslos. Ruth zuckt mit den Schultern. »Merkt doch eh keiner.«

Ich starre die beiden entsetzt an, während sie um die Kosmetik schachern. Schließlich erklärt sich Cosima bereit, Ruth die Clinique-Serie zu überlassen im Austausch für die DVDs. Dann entdeckt Ruth eine Zellophanverpackung, die neben Svenja auf einem Stuhl liegt.

»Was ist das denn?«, fragt sie neugierig.

»Bauchwegslips«, sagt Svenja angewidert. »Die gerechte Strafe für Fresstanten – die Rückkehr des Korsetts.«

Ruth wirft ihr einen scharfen Blick zu. »Du hast leicht reden, Knochengeripppe!« Sie grapscht sich die Packung. »Das Figurenwunder! Einfacher als Fettabsaugen«, liest sie. »Könnte ich gut gebrauchen.« Sie macht Anstalten, die Packung einzustecken.

»Aber die passen dir doch gar nicht«, sagt Svenja schneidend.

»Ja, *jetzt* noch nicht«, sagt Ruth so überzeugt wie möglich. Svenja zieht eine ihrer dünnen Augenbrauen hoch.

»Was ist das denn für eine Größe?«, frage ich beiläufig.

»38/40«, sagt Svenja.

Cosima prustet los. »Was hast du, Ruth. 48?«

»Nein«, sagt Ruth entrüstet und schiebt die Packung beleidigt weg.

Mit gebührendem Desinteresse gucke ich sie mir an, und mein Hosenbund zwickt mehr denn je. Bauchwegslips. Die wären die Rettung aus meiner Misere. Bis ich wieder abgenommen habe. Sie sehen sogar ganz hübsch aus, mit dem glänzenden johannisbeerroten Satin.

»Das ist doch deine Größe, oder nicht, Nina?«, fragt Svenja.

»Ja, genau. Nimm du sie doch«, sagt Ruth.

Ich spüre einen Anflug von Gehässigkeit in ihrer Stimme. Hat sie bemerkt, dass ich zugenommen habe? Oder will sie mich nur dazu bringen, meine Prinzipien zu verraten? Denn von jeher halte ich mich aus diesem Proben-Gezanke raus. Das widerspricht dem Berufsethos der Journalisten, habe ich auf der Henri-Nannen-Schule gelernt. Solange ich hier Redakteurin bin, nehme ich keine Geschenke von Firmen an. Das habe ich mir, als ich bei *Women's Spirit* angefangen habe, geschworen und dummerweise auch lautstark verkündet. Das war, bevor es einmal diese hübschen Handtaschen von MCM gab.

»Nein«, sage ich aber auch diesmal und versuche, überzeugend zu klingen. »Ihr wisst ja, wie ich über diese Sache denke.« Ich stelle entschlossen meine Tasse in die Spülmaschine und gehe hinaus. Auf dem Weg zu meinem Platz sehe ich Christian aus Walters Büro kommen. »Hast du ein paar Minuten für mich?«, rufe ich ihm zu.

»Natürlich. Komm in einer halben Stunde.«

Ich nutze die Zeit, um Pia eine Mail zu schreiben und ihr von Florians Spruch über meinen Schönheitsschlaf und den neusten Ausfällen von Walter zu erzählen und dass ich gleich einen Termin bei Christian habe – Smiley.

Es ist mir ein bisschen peinlich zuzugeben, aber Christian ist der einzige Grund, warum ich überhaupt noch gerne zur Arbeit gehe. Er ist kompetent, vorausschauend und verlässlich, wo Walter chaotisch und unzuverlässig ist. Im Grunde hält Christian den Laden zusammen, und manchmal denke ich, wir beide sind die Einzigen, die wissen, was professionelle Arbeit ist. Und er hat immer ein offenes Ohr für Probleme und scheut sich nicht, Walter seine Meinung zu sagen. Auch die Sache mit dem Lohmann-Artikel kann er hoffentlich geradebiegen. Zuversichtlich klopfe ich an seine Bürotür.

Wenn man die Tür zu Christians Büro hinter sich schließt, ist es, als ob man von einer dreispurigen Straße in einen schallgeschützten Raum eintritt und jeglichen Verkehrslärm hinter sich lässt. Als Erstes sieht man eine Wand voller Fotos von Palmen und Farnen, die in den verschiedensten Grüntönen leuchten. In der rechten Ecke steht ein großer Gummibaum neben einem blau-beigen Zimmerspringbrunnen aus Marokko. Daneben hat Christian einen schmiedeeisernen Bistrotisch mit einem hübschen Mosaikmuster und zwei Stühle aufgestellt, so dass man sich fast wie in einem Straßencafé vorkommt.

»Hallo, Nina.« Er steht hinter seinem Schreibtisch auf. Christian ist Mitte dreißig, er trägt Jeans zu einem wiesengrünen Hemd. Das könnte bei jedem anderen leicht lächerlich aussehen, aber bei ihm hat es die verblüffende Wirkung, dass seine Augen die gleiche Farbe anzunehmen scheinen und jetzt leuchten wie der Rasen von Wimbledon in der Sonne. Ich habe so etwas noch nie gesehen. Seine Iris passt sich tatsächlich an die Farbe seiner Kleidung an und scheint mal blau und mal grün. Sein Lächeln sieht wegen eines schräg stehenden Eckzahns immer etwas schief aus. Er hat eine nicht gerade kleine Nase – bei jemand anderem würde man sie vielleicht sogar als Zinken bezeichnen –, aber erst durch sie wirkt sein Gesicht richtig interessant. Ich bemerke mal wieder, dass ich ihn anstarre. Dabei bin ich natürlich kein bisschen in ihn verliebt. Ich meine – hey!, ich habe Flori und bin sehr glücklich mit ihm!

»Möchtest du auch einen?«, fragt er, aber ich lehne dankend ab und beobachte ihn stumm, wie er sich Kaffee in eine Tasse mit dem Foto seiner beiden Kinder gießt. Denn Christian Henson ist verheiratet und hat einen Sohn und eine Tochter und ist damit so unerreichbar wie Robert Pattinson und Orlando Bloom zusammen.

»Also, was gibt es?«, fragt Christian. Ich erkläre ihm, dass Walter den Paare-Bericht verändert haben will und dass ich in dem Duft-Artikel für ein Meeresbrise-Spray werben soll. Christian seufzt und massiert sich die Nasenwurzel. Er sieht irgendwie müde aus.

»Es wird immer schlimmer mit ihm«, sage ich. »Ich meine, früher war Walter doch nicht so … sprunghaft.«

»Nein, das war er nicht«, bestätigt Christian und presst die Kiefer aufeinander.

»Und diese ganze Schleichwerbung in den Artikeln. Das geht doch nicht.«

»Nein. Das geht wirklich nicht.« Er seufzt.

»Wenn ich hier was zu sagen hätte, dann würde ich das verbieten«, sage ich halb im Scherz.

»Vielleicht solltest du hier mehr zu sagen haben«, antwortet er.

»Na klar. Das wäre super«, sage ich, wohl wissend, dass das nicht passieren wird.

Aber ich beruhige mich. So eine Wirkung hat Christian immer auf mich. Jedes Mal wenn ich mit ihm zusammensitze, komme ich mir vor wie bei einem Veteranentreffen, und wir sind die einzigen beiden Überlebenden im täglichen Kampf um Vernunft.

»Weißt du ...«, fängt er an und lässt resigniert den Blick in die Ferne schweifen.

»Was ist denn?«, frage ich alarmiert.

»Ach, nichts. Also los. Klären wir das mit dem Lohmann-Artikel.«

Karin Lohmann stapft zufällig gerade in die Redaktion, als wir auf dem Weg in Walters Büro sind. Christian sagt uns, dass wir draußen warten sollen. Karin zieht sich ihre rote Umhängetasche aus und stellt sie zu dem Fahrradhelm zwischen ihre Füße.

»Was ist denn los?«, fragt sie, noch ein wenig atemlos von der Fahrt. Sie fährt sich mit der Hand durch das kurze hellbraune Haar, um die durch den Helm gedemütigte Frisur zu rehabilitieren. Was ihr nicht gelingt.

»Es gibt Ärger wegen des Späte-Liebe-Artikels«, druckse ich herum.

»Inwiefern Ärger?«

»Wenn wir Pech haben, musst du ihn neu schreiben«, sage ich zerknirscht.

»Scheiße«, sagt sie. »Wegen Prinz Karneval?«

Ich nicke. »Aber Christian versucht, es umzubiegen.«

Sie schnaubt und wischt sich eine Schweißperle mit dem Ärmel ihrer Goretex-Jacke von der Schläfe. »Du weißt ja, wie viel Arbeit ich da reingesteckt habe?«

»Ja, natürlich«, sage ich, da geht die Tür auf, und Christian und Walter kommen raus.

»Also gut«, sagt Walter. »Christian hat mich überzeugt, dass wir bei deinen Paaren bleiben, Nina.«

Ich atme auf. »Super.«

»Aber natürlich wird der Artikel nicht so bleiben. Wir müssen da noch Pep reinbringen«, trompetet Walter.

»Und was bedeutet das?«, mischt Karin sich ein.

»Das bedeutet«, sagt er gestelzt, »dass du intensiver recherchieren musst. Wir brauchen mehr Drama!«

»Und was verstehst du unter Drama?«, fragt Karin.

Er zieht eine Grimasse. »Also mein persönliches Drama ist, dass der süße Typ vom Wochenende nicht angerufen hat, obwohl wir echt Wahnsinnssex hatten. Ihr glaubt nicht, wie groß ...«

»Walter«, mahnt Christian, »sag, wie du dir den Artikel vorstellst.«

Walter seufzt. »Meine Güte, muss ich hier wirklich alles buchstabieren? Wir brauchen irgendeinen herzerweichenden Dreh in der Geschichte. Missbrauch im Kindesalter, Selbstmord der Mutter ... was weiß ich.«

»Aber die Leute sind vorher *einsam* gewesen und hatten den Glauben an die Liebe verloren, das ist doch dramatisch genug!«, werfe ich ein.

»In welchem Zeitalter lebst du denn?«, giftet Walter.

»Außerdem ist die Geschichte rund«, sagt Christian.

»Rund oder eckig, ist mir egal. Ich will mehr Tragödie!« Walter stampft mit seinen Quadratlatschen auf.

»Aber wir sollten die Geduld unserer Protagonisten nicht überstrapazieren. Die haben schon sehr viel Zeit für unseren Artikel geopfert«, gibt Karin zu bedenken.

Walter wirft die Hände in die Luft und ruft: »Herrgott nochmal. Hier muss ich wirklich alles selber machen. Nummer?« Wir gucken ihn begriffsstutzig an. »Na, die Telefonnummer von dieser Frau Hersel wirst du mir wohl geben können, oder nicht?«

Fünf Minuten später sitzt Walter auf dem Tisch des Konferenzraums, den Hörer zwischen die knochige Schulter und seine Wange geklemmt.

»Spreche ich mit Frau Ingeborg Hersel? Hier ist Walter Seidel, der Chefredakteur von *Women's Spirit*.« Er wirft uns einen triumphierenden Blick zu. »Ich rufe an, weil wir noch einige Angaben von Ihnen brauchen. Ja, ich weiß, was Sie mit Frau Lohmann besprochen haben. Jetzt sprechen Sie mit mir. Also. Was war denn das Schlimmste, was Ihnen bisher in Ihrem Leben passiert ist? ... Mmmmhhh. Küchenbrand.« Er zieht eine Schnute. »Ist dabei jemand ums Leben gekommen? ... Ach so, nur ein Vogel ... Ja, sicher haben Sie ihn geliebt, aber so ein Vieh taugt nicht ... Pscht, beruhigen Sie sich. Also nochmal von vorn. Hat Ihr Vater Sie geschlagen? ... Sind Sie mal von Ihrem Onkel angegrapscht worden?… Aber Krebs werden Sie doch wohl gehabt haben?… Warum ich anrufe? Um das Beste aus Ihrem Leben rauszuholen. Sie wollen sicher bei unseren Leserinnen Eindruck hinterlassen!… Haha, ich brauche Ihre Zustimmung überhaupt nicht, um das Interview zu drucken. Ja, verklagen Sie uns ruhig…« Walter knallt den Hörer auf die Gabel und sieht Karin vernichtend an. »Beim nächsten Mal gibst du dir aber mehr Mühe mit der Auswahl der Leute.« Und dann steht er auf und geht.

Karin und ich gucken uns entgeistert an. Christian schüttelt den Kopf und ruft: »Walter, warte.«

»Was denn noch?«, stöhnt Walter.

Christians Gesicht ist plötzlich steinern. »Walter. Ich habe es dir schon mal gesagt. Deine Art mit Menschen und mit Themen umzugehen, passt mir absolut nicht.«

»Soll das eine Moralpredigt werden? Dann servier mir einen guten Rotwein dazu, damit ich das besser verdauen kann.« Walter inspiziert seine manikürten Fingernägel.

»Du bist einfach nicht mehr zugänglich für Kritik«, fährt Christian fort. »Und *Women's Spirit* verkommt zu einem Revolverblatt.« Walter gähnt demonstrativ. »Ein *schmieriges* Revolverblatt, das Schleichwerbung macht. Ich hab dir gesagt, dass das so nicht weitergehen kann. Aber in der Ausgabe von März kommen wir in achtundvierzig redaktionellen Beiträgen auf sage und schreibe sechsundzwanzig Productplacements.«

Walter streicht sich gelangweilt einen Fussel von dem schwarzen Satinsakko. »Mann, Christian, die Welt besteht nun mal zu neunzig Prozent aus Konsum. Der Rest ist ein Hühnerfurz.«

»Aber wir sind ein journalistisches Magazin und keine Postwurfzeitung. Und wir unterliegen dem Pressekodex. Und laut dem Pressekodex müssen redaktionelle Beiträge von Werbung strikt getrennt werden.«

»Das ist doch Schnee von gestern«, sagt Walter. »Jeder macht Productplacement! Das ist total normal. Wie Doping.«

Karin und ich schauen wie bei einem Tennismatch von einem Gegner zum anderen und müssen auch nicht lange auf Christians Return warten. »Aber nur weil andere etwas Verbotenes oder Verwerfliches machen, heißt das doch nicht, dass wir es auch machen dürfen!« Auf Christians Stirn hat sich eine tiefe Falte eingegraben.

»Christian, du bist aber auch anstrengend.« Walter seufzt gequält. »So macht mir die Arbeit keinen Spaß.«

»Walter, wir haben die Zeitschrift zusammen aufgezogen«, sagt Christian eindringlich. »Und wir hatten was zu sagen. Wir haben den Leuten gezeigt, wie sie das Beste aus einer Krise machen können. Heute zeigen wir ihnen nur noch, welches der beste Lippenstift für sie ist. Was ist nur aus dir … aus *Spirit* geworden?«

»Ich frage mich, warum ich es in letzter Zeit dauernd wiederholen muss.« Walter wirft die Hände in einer dramatischen Geste in die Luft. »Es ist *meine* Zeitschrift und *ich* kann damit machen, was *ich* will.«

»Ja, das stimmt«, sagt Christian und lacht freudlos auf. »Aber das werde ich nicht mehr mitverantworten.« Er schaut Walter durchdringend an und sagt mit fester Stimme. »Ich kündige. Und zwar fristlos.«

3

An diesem Abend muss Florian zum Glück nicht arbeiten. Er ist Sportfachverkäufer bei Sport Becker, wo er Schuhe verkauft, zum Laufen, Tennisspielen, Walken und so weiter. »Ohne den richtigen Schuh läuft nichts« ist sein Wahlspruch. Oft hat er erst um 21.30 Uhr Feierabend.

Aber heute nicht, heute ist er früher dran. Als er reinkommt, werfe ich mich an seinen Hals und sage erleichtert: »Da bist du ja endlich, Schatz. Du glaubst nicht, was in der Redaktion los ist! Unser geschäftsführender Redakteur …«

»Schschsch«, macht er und gibt mir mit dem Finger einen sanften Stups auf die Nase. Dann küsst er mich sanft.

»Aber Christian hat gekündigt!«, sage ich und löse mich von ihm.

»Aha«, sagt Florian. »Und was willst du jetzt machen?«

»Ich weiß noch nicht. Ich bin total durcheinander.«

»Dann habe ich einen Vorschlag.« Er geht zum Telefon. »Wir bestellen uns gebratene Nudeln mit Huhn, und dann entspannst du dich einfach erst mal, und dann reden wir morgen in aller Ruhe darüber, okay?«

»Ja«, sage ich und atme tief aus. Vielleicht hat er Recht.

Vielleicht ist es am besten, wenn ich erst einmal selber meine Gedanken ordne.

»Ich habe uns was mitgebracht!«, sagt Florian und holt aus seiner Tasche eine DVD.

»Oh cool«, freue ich mich. »Was ist das?«

»Rate! Haben wir letztens drüber gesprochen!«

»Der Jennifer-Aniston-Film? Oh, super!«

Er guckt mich verdutzt an. »Wann haben wir denn darüber …? Nein. Es ist – tatatataaaa – *The Wrestler*.«

»Oh.«

Florian guckt verwirrt. »Aber du hast gesagt, *The Wrestler* wolltest du auch sehen!«

»Echt? Ja, stimmt. Jetzt, wo du es erwähnst«, sage ich schnell. Ich erinnere mich dunkel an ein Gespräch vor ein paar Tagen, das als Dialog angefangen und in einem Monolog von Florian geendet hatte. Ich hatte von dem neuen Jennifer-Aniston-Film erzählt, woraufhin er eine Abhandlung über die Historie der Kampfsportfilme zum Besten gab, was sehr interessant war, nur leider lief im Fernsehen ein Bericht über Boris Beckers Kinderschar. Also hatte ich zu allem »mmmhhhja« gesagt, während Boris mit debilem Lächeln seinem Amadeo bei den ersten Schritten zusah. Mist.

»Wenn du ihn nicht sehen willst, brauchst du es nur sagen.« Florian schiebt schmollend seine Unterlippe vor.

»Nein, nein. Der soll ja wirklich gut sein. Natürlich möchte ich ihn sehen.«

Florians Gesicht hellt sich auf. »Schön, dass ich dir eine Freude machen kann!«

»Du bist süß«, sage ich und küsse ihn auf die Wange.

Mickey Rourkes Gesicht ist ziemlich zermanscht, und was er da im Ring veranstaltet, ist noch unappetitlicher. Gut, dass ich die Nudeln schon gegessen habe. Meine Gedanken schweifen ab. Soll ich auch kündigen? Wenn Christian geht, sind wir Walter auf Gedeih und Verderb ausgeliefert. Das wird bestimmt schrecklich, weil ich dann keinen Verbündeten mehr in der Redaktion habe. Aber einfach alles hinschmeißen ist auch nicht so mein Ding. Hab ich noch nie gemacht! Ich bin halt eine treue Seele, rede ich mir ein. Oder bescheuert, höre ich Pia im Geiste sagen. Sie hat mir ja allen Ernstes mal gesagt, dass ich Probleme mit dem Schlussmachen hätte. Was natürlich völliger Quatsch ist. Ich weiß immer, wann ich Schluss machen muss.

Wie zum Beispiel jetzt. Genau in diesem Moment habe ich die perfekte Menge Chips gegessen. Zweieinhalb Handvoll. Genug, um den göttlich salzigen Geschmack richtig auszukosten, aber nicht zu viel. Und satt bin ich ja sowieso. Also höre ich auf, schiebe die Chipstüte entschlossen auf Florians Seite, direkt neben seinen rechten Oberschenkel, wo er sie unbeachtet liegen lässt. Er sieht nicht mal hin! Ich meine, gut, er isst keine Süßigkeiten und überhaupt gar nichts mit raffiniertem Zucker, was im Grunde schon eine totale Unverschämtheit ist. Aber bei Chips greift er zu. Wenn auch selten. Finde ich ja unbegreiflich. Und auch ein bisschen ärgerlich. Was fällt ihm ein, so dermaßen diszipliniert zu sein? Chips sind doch so lecker! Und besonders diese dicken geriffelten Salzchips, die haben den besten Crunch. Wie kann er da nur widerstehen? Mir läuft schon wieder das Wasser im Mund zusammen. Und Florians Hand zuckt nicht mal einen Millimeter in Richtung der verlockenden Tüte. Vermutlich liegt es daran, dass er die Fernbedienung fest umklammert, als würde sie ihn am Leben erhalten.

»Gib mir mal«, sage ich und entwende ihm mit sanfter Gewalt die Fernbedienung.

»Hey, was soll das?«

»Ich dachte, du willst vielleicht die Hand freihaben, um Chips zu essen«, sage ich unschuldig.

»Nein, hab keinen Hunger.« Er schnappt sich wieder die Fernbedienung, die mir willenlos aus den Fingern gleitet.

»Meine Güte, seit wann braucht man denn *Hunger*, um Chips zu essen?«, rufe ich und lange demonstrativ in die fettige Knabberei. »Chips gehen doch immer!«

Aber Florian reagiert nicht, sondern starrt gebannt auf den Bildschirm, auf dem sich Mickey Rourke von einem Tacker malträtieren lässt. Da ich da sowieso nicht hingucken kann, widme ich meine Aufmerksamkeit der Frage, ob sie die Chipspackung mal wieder kleiner gemacht haben, denn sonst war da doch immer mehr drin, oder?

Pias Antwort auf meine Mail von Donnerstag finde ich am Samstagmorgen in meinem Postfach. Sie ist nur sieben Zeilen lang und handelt davon, dass sie im Schwangeren-Yoga eine Menge netter Frauen kennengelernt hätte und dass Rob ein echter Schatz sei, der sogar ihre Naturhaarfarbe schön fände (färben dürfe sie nicht mehr wegen der Schwangerschaft) und ihr niemals sagen würde, sie brauche ihren Schönheitsschlaf.

36

Tsess!, denke ich, reib mir nur unter die Nase, wie toll dein Rob ist. Dann lese ich weiter: Wobei das auch daran liegen würde, dass sie im Moment nur noch schlafen könnte, so müde wie sie sei. Aber so wie sie Florian kenne, habe er das einfach nur so dahingesagt.

Danke, Pia, auf die Idee bin ich mittlerweile selbst gekommen! Denn als ich gestern zu Florian sagte: »Ich gehe schon ins Bett, ich brauche ja meinen Schönheitsschlaf!«, da hat er mich an sich gezogen und ganz automatisch gesagt: »Was für ein Quatsch. Willst du nicht den Film mit mir zu Ende gucken?«

Also. Das ist ja wohl der beste Beweis. Ich überlege, ob ich mir mit meiner Mail auch mal zwei Tage Zeit lassen soll, aber einer besten Freundin darf man nicht böse sein. Deswegen schreibe ich ihr schnell, dass Christian gekündigt habe – Heulsmiley – und dass ich überlege, es ebenfalls zu machen, und frage sie nach ihrer Meinung. Aber ich weiß ja schon, dass die Antwort auf sich warten lassen wird.

Nach dem Frühstück fahren wir ins Sauerland. Dort findet heute auf irgendeinem Tümpel ein Modellbootrennen statt, an dem Florian teilnimmt. Auf der einstündigen Fahrt dahin komme ich endlich dazu, mit ihm über meine Jobsituation zu sprechen.

»Weißt du«, fange ich an, »wenn Christian geht, sollte ich vielleicht auch kündigen.«

Florian sieht mich scharf an. »Du willst den Job hinschmeißen, weil *ein Typ* aufhört?«

Ich werde rot. »Guck lieber auf die Straße«, mahne ich,

weil wir mit seinem Polo dem Seitenstreifen gefährlich nahe kommen. »Natürlich will ich nicht nur deswegen aufhören, weil unser geschäftsführender Redakteur gekündigt hat. Unser *verheirateter* geschäftsführender Redakteur, der zwei Kinder hat. Wieso sollte ich?« Mein Lachen klingt eine Spur zu laut.

»Was weiß denn ich?«, sagt Florian säuerlich. »Soll ja vorkommen, dass man zu Kollegen ein enges *Verhältnis* hat.«

»Willst du etwa damit andeuten, ich hätte… eine *Affäre*?«, frage ich verblüfft.

Er zuckt mit den Schultern. »Na ja, du musst doch wohl zugeben, dass es sehr merkwürdig klingt, dass du aufhören willst, nur weil *ein* Kollege geht.«

»Ja. Nein. Um Gottes willen! So hab ich das doch nicht gemeint. Es ist nur so, dass Christian der Einzige von uns ist, der unserem bescheuerten Chef auch Kontra gibt. Nur *deswegen* überlege ich, ob ich auch kündigen soll.«

»Ach so. Na dann.« Er klingt immer noch eingeschnappt.

Ich lege ihm eine Hand aufs Bein. »Ich liebe nur dich, das weißt du doch.«

»Ja«, sagt er, »das will ich auch hoffen.« Er greift versöhnlich meine Hand und drückt sie.

Meine Güte, warum sind Gespräche mit Männern immer so *kompliziert*? Und warum hat er ständig so schwitzige Finger?

»Warte mal, ich brauche meinen Labello.« Ich entziehe ihm meine Hand und krame in meiner Tasche. Nachdem ich mir die Lippen eingefettet habe, komme ich auf das eigentliche Thema zurück. »Ich meine, ich habe dir doch schon oft gesagt, dass mir die Arbeit keinen Spaß mehr macht.«

»Wem macht Arbeit schon Spaß?«, sagt er. »Mach halt Dienst nach Vorschrift. Mache ich auch.«

»Aber das ist es ja. Bei deinem Job geht das sicher…« Ich beiße mir auf die Lippen, weil ich Sorge habe, dass er das als Beleidigung auffassen könnte, dann rede ich schnell weiter. »Aber bei meinem nicht, weil mein Chef sich selber an keine Vorschriften hält und immer bescheuerter wird.«

»Meine Güte, Nina«, sagt Florian aufgebracht, »alle Chefs haben einen an der Klatsche, das ist normal. Da darf man sich nicht drüber aufregen.«

»Ich rege mich nicht auf!«, rufe ich. »Ich überlege nur, ob ich mir einen anderen Job suchen soll.«

»Glaubst du, woanders ist es besser? Und wenn du da auch einen doofen Chef hättest, was dann?«

»Keine Ahnung«, muss ich zugeben, »aber einen Versuch ist es vielleicht wert.«

»Und dann überleg doch mal die derzeitige Lage. Meinst du im Ernst, du würdest so schnell eine neue Stelle finden? Soviel ich weiß, sieht es bei den Printmedien nicht gerade rosig aus.«

»Ich weiß«, sage ich kleinlaut. »Trotzdem könnte ich es ja versuchen. Vielleicht wäre das die Gelegenheit, die Branche zu wechseln und zum Beispiel zum Fernsehen zu gehen. Oder ich werde freiberufliche Journalistin und schreibe Reisereportagen. Ich wollte immer mal im Ausland arbeiten und habe das nie gemacht.«

»Ich finde, das hört sich völlig unausgegoren an«, brummt Florian. »Aber mach, was du willst. Für jemanden wie dich ist das ja kein Risiko.«

Ich überlege gerade, ob er mit »jemand wie mich« meint, »jemand, der so gut ist wie ich«. Aber dann sagt er: »Wenn es nicht klappt, kannst du immer noch deine Mutter anschnorren.«

Ich schnappe nach Luft. »Du weißt genau, das wäre das Schlimmste, was passieren könnte!«, presse ich hervor. »Und ich finde es total gemein, dass du das erwähnst. Du kennst mich doch – ich will nichts von meiner Mutter, wofür ich ihr dankbar sein müsste. Weder Ratschläge, noch Geld.«

»Ja.« Florian zuckt mit den Schultern. »Aber wenn du so abgehoben daherredest, als könntest du einfach machen, was du willst, musst du eben mit so was rechnen.«

Verdutzt überlege ich, ob ich wirklich abgehoben dahergeredet habe.

»Und außerdem gilt es ja wohl – zumindest für den Großteil der Bevölkerung – nicht gerade als *Nachteil*, wenn man eine Mutter mit massig Kohle hat. Oder?«

»Nein«, muss ich knurrend zugeben, obwohl ich ihm am liebsten irgendetwas an den Kopf werfen würde. Grrrrr! Eine Zeit lang starre ich auf die Leitplanke. Und mit tiefem Ein- und Ausatmen schaffe ich es, meine Wut zusammenzufalten, bis sie so klein ist, dass sie in ein Handschuhfach passt.

Auf dem Parkplatz treffen wir einige Bekannte aus der Modellbootszene. Auch Peter ist schon da, der gerade seine Miniaturjacht aus dem Kofferraum holt. Er ist über das gemeinsame Hobby zu einem Freund von Florian geworden, und ich kenne ihn und seine Freundin Sabrina jetzt auch schon ein bisschen. Seit Pia weg ist, fahre ich am Wochenende öfter mit zu den Treffen. Florian hatte gemeint, es würde mir guttun, unter andere Leute zu kommen, und er hatte wie immer Recht. *Anders* sind die Leute hier auf jeden Fall.

Florian und Peter sind bereits in eine Fachsimpelei über die Reichweite von Frequenzmodulationen vertieft, und ich nutze die Gelegenheit, um eine Runde spazieren zu gehen und die gute Sauerländer Luft zu genießen. Das Wetter ist frühlingshaft schön, zum ersten Mal in diesem April. Ich finde eine Bank über dem See und lasse mir die Sonne ins Gesicht scheinen. Es wäre richtig idyllisch, wenn die kleinen Motoren unten auf dem Wasser nicht so einen kreischenden Lärm verbreiten würden. Ich habe nie verstanden, was Florian an dieser Art Freizeitbeschäftigung fasziniert. Er sitzt dauernd an seinem Schreibtisch und lötet und klebt und schraubt an seinem Boot rum, nur um es am Wochenende ein paar Runden auf dem Wasser fahren zu lassen, bis es wegen eines Kurzschlusses wieder aufs Trockendock muss! Es gibt doch wohl nichts Stupideres. Na ja. Außer dem *Zusehen*, wie jemand sein Boot ein paar Runden fahren lässt, bis es wegen eines Kurzschlusses wieder aufs Trockendock muss!

Ich seufze. Letztes Jahr wäre ich an so einem Samstag mit Pia ins Kino gegangen. Oder shoppen. Oder Kaffee trinken. Aber Pia ist ja in Amiland, und ich sitze am Biggesee wie ein Frührentner, für den das Wort Naherholungsgebiet so verlockend klingt wie für normale Leute

All-you-can-eat-Sushi. Das einzig Gute ist, dass Florian immer besonders attraktiv aussieht bei diesen Zusammenkünften von Modellbootfreaks. Denn irgendwie scheinen alle Modellbauer einen gedrungenen Körperbau zu besitzen – vermutlich halten sie auch Skat für eine Sportart. Florian dagegen wirkt so, als würde er lieber Basketball spielen oder Zehnkampf machen statt an so einem Rumsteh-Hobby Spaß zu haben. Er sticht nicht nur wegen seiner Größe von fast eins neunzig aus den anderen Teilnehmern hervor, er sieht einfach auch am besten aus, mit seiner süßen Stupsnase und dem kleinen Ziegenbärtchen. Mir gefällt nur die neue Frisur nicht. Er hat sich die Haare schneiden lassen, und seine Locken fallen nicht mehr weich auf die Schultern, sondern bauschen sich um den Kopf. Von weitem sieht es jetzt so aus, als hätte er einen Mofahelm auf. Aber immerhin hat er noch volles Haar, denke ich, im Gegensatz zu vielen seiner Hobbykollegen.

Florian bugsiert sein Boot an den Anleger, dann schaut er zu mir, und ich winke ihm zu. Ich habe generös beschlossen, ihm die Unterstellung mit der Affäre und seine gemeine Bemerkung über meine Mutter zu verzeihen. Er hat es sicher nicht so gemeint. Und in einer Beziehung muss man auch mal über Kleinigkeiten hinwegsehen, das weiß man ja, sonst ist das schnell der Anfang vom Ende.

Unten sehe ich, wie Sabrina Florians Blick folgt. Sie winkt ebenfalls und steigt die Stufen zu mir hoch. Rein optisch ist sie zwar nicht ganz mein Fall – ihre kurzen Haare sind blond mit schwarzen und roten Strähnen, ihre Ohrläppchen mit unzähligen Creolen behangen, und sie trägt einen engen Freizeitanzug in Weiß mit dem Wort »Zicke« in Lila auf der Brust –, aber sie kennt wenigstens Themen, die nichts mit Schiffsschrauben und Akkus zu tun haben. Deswegen freue ich mich, Gesellschaft zu bekommen.

»Und wie geht's?«, frage ich, als sie sich neben mir auf die Bank plumpsen lässt.

»Gut! Ich habe letztens dein Rezept mit den Teigtaschen ausprobiert, war Hammer, ey, geiles Wetter heute! Supi, dass ihr bei uns übernachtet.«

Sie redet immer ziemlich schnell, fällt mir wieder ein. Unten kündigt eine Lautsprecheransage das erste Rennen an.

»Und, wie tippst du – wer gewinnt heute?«, frage ich.

»Keine Ahnung, wenn alles so läuft, wie er es sich vorgenommen hat, dann Peter, das hätte er auch verdient, nachdem ihm beim letzten Mal der Motor abgekackt ist, hör mal.« Sie dreht sich zu mir und schaut mich ernst an. »Du arbeitest doch für diese Zeitschrift, und ihr habt doch da immer jede Menge schlaue Tipps auf Lager.«

»Ja«, sage ich vorsichtig.

»Also, es ist so, Peter ist ein echter Sturkopf, und ich will, dass er mich besser versteht. Wie soll ich das machen?« Sie sieht mich mit ihren blauen Augen offenherzig an.

Ich muss lachen. »Wenn ich das wüsste, dann ginge es mir bedeutend besser! Das kannst du mir glauben!«

Ein freudiges Gefühl steigt in mir auf. Es ist schön, mal wieder mit jemand Gleichgesinntem zusammen zu sein. Das letzte Telefonat mit Pia ist ja schon fast eine Woche her, und auf einmal fühle ich mich wie ein Kessel, der unter Hochdruck steht. Verdammt nochmal, Florian hat sich wirklich was geleistet! Mir eine Affäre zu unterstellen! Wie gemein ist das denn!? Ich merke, dass ich mal wieder richtig Dampf ablassen muss. Und was hilft da am besten? Genau: ein Gespräch unter Mädels.

Sabrina verzieht den Mund und sagt düster: »Mir würde es ja schon genügen, wenn er nur öfter meiner Meinung wäre. Hast du wirklich keine Idee, wie man das anstellt?«

»Nein, leider nicht«, seufze ich. »Weißt du, auf der Fahrt hierher habe ich auch vergeblich versucht, mit Florian über meinen Job zu reden, aber er hat überhaupt nicht kapiert ...«

Sabrina unterbricht mich, eifrig nickend. »Peter ist genau so. *Genau* so!« Sie hält mir ihre Hand unter die Nase. »Er hasst zum Beispiel diese wunderschönen kleinen Strassblumen, dabei sind die ja wohl Bombe, oder?«

»Ähhh«, antworte ich und betrachte ihre schrillbunt beklebten künstlichen Fingernägel.

»Und dann sagt er, ich solle sie abmachen, und ich sag: Du hast keinen blassen Schimmer! Und er sagt: Ich weiß doch wohl, was mir besser gefällt. Und ich sag: Ohne die Fiberglasnägel sehe ich aus wie ein Gänsegeier, der mit den Krallen in den Astschredder gekommen ist. Und er sagt: Du hast es doch noch nicht versucht. Und dann sag ich ...« An diesem Punkt steige ich aus der Fingernagelstory aus und betrachte eine Szene am Anleger, wo ein schwabbeliger Typ einen Tobsuchtsanfall bekommt, weil sein gelbes Rennboot von einem Konkurrenten zum Kentern gebracht wurde. Ich komme wieder zu mir, als Sabrinas Redeschwall ein Ende hat. Gut, denke ich, jetzt habe ich sie reden lassen, also darf ich jetzt erzählen. So sind nun mal die Spielregeln bei einem Frauengespräch.

»Ja, Männer können ganz schöne Idioten sein«, fange ich an, »Florian …«

»Und dann will er mir verklickern, dass Cola light ungesund ist«, ruft sie entrüstet. »Und ich sage: Echte Cola ist viel ungesünder, da sind massenweise Kalorien drin. Und er sagt: Aber in Cola light ist künstlicher Süßstoff, und da weiß man nichts über die Langzeitfolgen. Und ich sag: Von normaler Cola wird man aber fett und zwar in null Komma nix. Und er sagt: Trink doch Wasser, und dann muss ich lachen, weil das ja wohl total lächerlich ist, oder?« Sie schüttelt ihre bunten Haare und verzieht den Mund.

»Na ja«, antworte ich, »ich finde Cola light eigentlich auch …«

»Hey, guck mal, hast du die schon gesehen?« Sie zeigt auf eine schlanke Frau mit blondem Zopf, der hinten aus dem Loch ihrer Baseballkappe herausschaut und wippt. Sie steht am Rand des Anlegers und schraubt irgendwas an einem blauen Rennboot, das vor ihr auf einem Ständer steht. Dann hebt sie eine Abdeckung hoch und winkt Peter und Florian und erklärt ihnen irgendwas. Die beiden beugen sich interessiert über den Motor.

»Wer ist das?«, frage ich.

»Keine Ahnung. Findest du, dass sie irgendwie hübsch ist oder so?«

»Ich weiß nicht. Ich müsste sie mir mal aus der Nähe angucken.«

»Aus der Nähe sieht man vor allem, dass ihre Augenbrauen viel zu dick sind, aber Männer stört so was ja nicht, wenn das Fahrgestell in Ordnung ist, oder? Und das ist ja wohl in Ordnung bei der blöden Kuh, stimmt's oder hab ich Recht? Guck dir mal den Vorbau an, die hat echt keine Figurprobleme.«

»Figurprobleme werden überbewertet«, sage ich und denke, dass ich vielleicht da unten mal nach dem Rechten sehen sollte, denn Florian unterhält sich immer noch mit der Pferdeschwanzfrau.

»Ja, du hast ja auch leicht reden bei deinem Figürchen!«, empört sich Sabrina und guckt mich einen kurzen Augenblick aufrichtig bewundernd an, bevor sie wieder loslegt. »In so eine Jeans würde ich auch gerne mal wieder reinpassen. Was meinst du, warum ich immer diese Stretchsachen anziehe? Und dann will mir Peter einreden, ich soll richtige Cola trinken – der spinnt doch, aber echt.«

»Soll ich dir ein Geheimnis verraten?«, frage ich und bringe sie damit tatsächlich zum Schweigen. Sie nickt gespannt.

»Ich trage einen Bauchwegslip«, flüstere ich, »aber pssst!«

Sabrina fängt schallend an zu lachen. »Gibt es auch Arschwegslips?«, prustet sie. »Die könnte ich gebrauchen!«

Jetzt muss ich auch lachen.

»Ach, es ist einfach Bombe, so ein Kaffeeklatsch unter Mädels, was?«, sagt Sabrina. »Männer hören einem doch nie zu.«

Eigentlich wollte ich ja niemandem was davon erzählen, aber ich habe gestern Abend in der Redaktion aus lauter Frust die Bauchwegslips eingesteckt. Heimlich natürlich. Als eine Art vorzeitiges Abschiedsgeschenk. Weil ich ja wegen Christian kündigen werde. Sehr wahrscheinlich jedenfalls. Und wenn ich nicht mehr Redakteurin bin, dann darf ich natürlich auch Werbegeschenke annehmen. Ich bin zwar faktisch gesehen noch im Amt, aber das ist ja nur eine Frage der Zeit. Ich habe die Abfindung halt vorgezogen. Das nennt man pragmatisch. Pia meinte ja mal, ich sei inkonsequent. Aber nur weil ich *einmal* eine Ausnahme mache, heißt das doch noch lange nicht, dass ich inkonsequent bin, oder?

Nach dem Rennen fahren wir hinter Peters Citroën-Kastenwagen her zu seinem Reihenhaus in Olpe, wo es Raclette und meinen Aprikosen-Käsekuchen gibt. Wir trinken Peters Siegersekt und jede Menge Kirschlikör, den sein Onkel selbst gebraut hat. Und irgendwann kichern wir alle ganz schön. Florian hat den Arm um mich gelegt, und ich fühle mich erstaunlich wohl in dieser merkwürdigen Umgebung.

Plötzlich knufft Sabrina Peter in die Seite und posaunt: »Übrigens findet Nina diese Fingernägel auch viel schöner als normale.« Sie hält ihre bunten Krallen hoch. »Los, Nina. Sag es ihm!«

»Also«, sage ich zögerlich. »Sie sehen schon nicht schlecht aus.«

»Ach ja?«, sagt Peter. »Und warum hast *du* dann keine?«

»Stimmt«, zischt Sabrina. »Warum hast du eigentlich keine, wo du sie *so* hübsch findest?«

»Ja, genau!« Florian unterdrückt ein Lachen. »Das möchte ich auch mal wissen!«

Alle drei gucken mich erwartungsvoll an.

»Das ist nicht so mein… Stil«, druckse ich, und weil Sabrina beleidigt guckt, schiebe ich hinterher: »Ich kann damit nicht tippen. Am Computer.«

»Siehste! Die Dinger sind total unpraktisch«, ruft Peter. »Damit kannst du wirklich nichts machen! Außer einen Behindertenausweis beantragen.« Er gluckst vor sich hin, und auch Florian und ich lachen.

Sabrina zieht beleidigt eine Schnute. »Aber Nina, du hast mir doch gesagt, du fändest sie schön!«

»Sorry«, sage ich, »da hast du mir vielleicht nicht richtig zugehört.« Florian kichert immer noch neben mir.

»Ich weiß gar nicht, was du so lachst«, fährt ihn Sabrina an. »Du hörst ihr ja auch nie zu.«

»Wie bitte?«, fragt Florian verblüfft.

»Ja, Nina hat sich bei mir über dich beschwert, dass du ihr nie zuhören würdest.«

Florians gute Laune ist plötzlich verflogen, und er schaut mich grimmig an.

»Das stimmt doch gar nicht«, rufe ich entrüstet.

»Doch, na klar!«, behauptet Sabrina. »Und außerdem trägt Nina Bauchwegslips. Nur deswegen passt sie in diese Jeans!« Sie schaut mich triumphierend an.

Hallo? Was ist denn mit der los?

»Beruhigt euch mal alle, noch 'n Likörchen?«, ruft Peter.

»Nein, danke«, sage ich eisig. »Ich muss mal an die frische Luft.«

Ich gebe Florian ein Zeichen, dass er mitkommen soll, aber er bleibt sitzen und plaudert mit Peter. Dabei hätte ich seine Unterstützung jetzt sehr nötig. Was fällt der ein, mich hier so bloßzustellen! Und was denkt die eigentlich, was das Wort *Geheimnis* bedeutet? Rasend vor Wut laufe ich raus in den Reihenhausgarten mit Buchsbaumhecke. Es ist frisch, meine Jacke liegt drinnen auf der IKEA-Garderobe, aber zum Glück habe ich mein Handy in der Hosentasche, und weil das ein echter Notfall ist, rufe ich Pia an.

Aber ihr Handy ist »not available«, und in Pittsfield, Massachusetts, USA, geht nur der Anrufbeantworter dran, der fröhlich verkündet: »Rob und Pia sind auf Hochzeitsreise in New York. Aber über nette Nachrichten freuen wir uns!«

Stimmt, die Hochzeitsreise, Pia hatte mir davon erzählt, aber ich hatte vergessen, dass die heute losgeht. Mist! Es piept, und ich schwalle einen chaotischen Sermon aufs Band, dass ich sie ja nicht in den Flitterwochen stören möchte, aber dass ich im Moment auch unterwegs sei, viele Grüße aus dem Sauerland, wo es noch verrückter zuginge als in Manhattan.

»Jedenfalls bin ich hier bei total bescheuerten Leuten, und Florian spinnt auch manchmal total, und ich werde langsam verrückt ohne dich, und ich weiß auch gar nicht, warum ich mitgefahren bin zu diesem schwachsinnigen Rennen. Doch, ich weiß, warum, weil du nicht mehr hier bist, und ich dich sehr vermisse, also bitte ruf mich bitte gleich an, wenn du das abhörst, spätestens natürlich morgen Nachmittag, weil das der wichtigste Termin in der Woche ist für mich – unser Telefontermin. Und morgen ist es noch wichtiger als sonst, dass wir reden, denn ich muss dringend mal mit jemand Vernünftigem sprechen, sonst drehe ich hier noch durch!«

Als ich schweige, wird es auf einmal noch dunkler. Ich setze mich auf eine Steinbank und ignoriere die Kälte, die von unten hochkriecht.

Es ist so ätzend, dass ich Pia nie erreiche, wenn ich sie am dringendsten brauche! Als die Terrassentür geöffnet wird und ich Florians Silhouette im Licht des Wohnzimmers erkenne, bin ich erleichtert. Er setzt sich neben mich.

»Die spinnt ja wohl total«, fange ich an. »Was fällt der ein ...«

Aber er fragt scharf: »Hast du ihr gesagt, dass ich dir nicht zuhöre?«

»Nein!«, rufe ich empört. »Sie hat da etwas total falsch verstanden, die bescheuerte Kuh ...«

»*Was* hast du ihr denn gesagt?«, unterbricht mich Florian ruhig.

»Gar nichts!« Ich starre ihn entrüstet an.

»Also hast du nicht mit ihr über mich geredet?«

»Nein, ich wollte ja, aber sie hat mich nicht zu Wort kommen lassen, diese Laberbacke.« Upps, das war jetzt vielleicht nicht so schlau. Verdammter Kirschlikör.

»Also *wolltest* du mit ihr über mich reden?«

»Äh. Nein. Ja. Aber nichts Besonderes. Nur so allgemeine Sachen, gar nichts Spezielles. Völlig unwichtig!«

Ich wedele mit den Händen, um die Harmlosigkeit der Sache zu unterstreichen.

Florian schüttelt langsam den Kopf. »Aber es geht sie doch überhaupt nichts an, was zwischen uns ist.« Er sieht mich ernst an. Im Dunkeln sieht es jetzt *wirklich* aus, als hätte er einen Helm auf. Ich gucke zur Seite.

»Mit Pia hast du ja auch immer viel gequatscht. Viel zu viel«, fährt er genervt fort. »Aber dass du jetzt auch noch irgendwelchen *fremden* Leuten Details aus unserer Beziehung erzählst, das ist doch wohl die Höhe!«

»Ich…« Ich möchte erklären, dass das normal ist unter Mädchen und gar nichts zu bedeuten hat, aber ich bezweifle, dass er das versteht. Deswegen sage ich: »Ich habe ja im Grunde gar nichts gesagt, und…«

»Na ja, offensichtlich genug, dass wir uns deswegen streiten.«

»Das wollte ich nicht«, sage ich geknickt.

»Das glaube ich dir ja auch. Aber wenn du so viel rumerzählst, brauchst du dich auch nicht wundern, dass die Leute quatschen. Und wenn ich eines nicht möchte, dann dass Leute über *uns* sprechen.« Langsam redet er sich in Rage.

»Nicht Leute, nur Mädels…«

Aber er lässt mich abermals nicht ausreden. »Das ist total respektlos von dir.«

»Ja, tut mir echt leid.«

»Wenn du was zu besprechen hast, dann mach das mit mir.«

»Okay, mache ich. Du hast Recht«, sage ich zerknirscht.

»Kommt das nochmal vor, werde ich echt richtig sauer.«

»Es kommt nicht wieder vor.«

Er fasst sanft mein Kinn und dreht meinen Kopf zu sich, so dass ich ihm ins Gesicht sehen muss. Er lächelt mich an, und seine Stimme klingt wieder weich. »Weißt du, Nina, ich muss dir echt mal ein Kompliment machen. Das Tolle an dir ist, dass du die Sachen wenigstens einsiehst!«

»Ja, äh, danke.« Ich streichele ihm über die glatt rasierte Wange und starre dabei auf seinen Mund, damit ich seine Mofahelmfrisur nicht im Sichtfeld habe. »Aber redet ihr Männer denn nie über Beziehungen und so was?«, frage ich verwundert.

»Nein.«

Ich mache den Mund auf, um irgendwas zu erwidern, zum Beispiel: wie bescheuert. Oder: wie langweilig. Oder: kein Wunder, dass ihr Männer nie was dazulernt in Sachen Frauen.

Aber ich lasse es lieber und schaue auf die dunkelgrauen Wolken, hinter denen sich der Mond versteckt.

Doch dann fragt er plötzlich: »Und findest du, dass ich dir gut zuhöre?«

Ich bin verblüfft. Vielleicht macht er sich doch mehr Gedanken, als ich mir vorstelle!

»Na ja«, druckse ich etwas verlegen herum. »Ich habe schon manchmal den Eindruck, dass du nur das hörst, was du hören willst.«

Er lacht auf, aber es klingt nicht besonders nett. »Nein, Nina, garantiert nicht. Dein dauerndes Gejammer über Pia will ich schon ewig nicht mehr hören. Aber trotzdem hör ich dir zu, oder etwa nicht?«

Ich denke an die unzähligen Anrufe bei ihm, um mich trösten zu lassen. »Ja, das schon«, muss ich widerwillig zugeben. »Aber als ich dir von meinem Job erzählen wollte…«

»Was? Habe ich dir da etwa nicht zugehört?«

»Doch, aber ich finde, du verdrehst mir die Worte im Mund«, platzt es aus mir raus.

»Hä? Wie meinst du das?«

»Ja, ich erzähle dir von meiner Jobkrise, und du denkst, ich hätte eine Affäre.«

»Das habe ich gar nicht!«

»Natürlich hast du das! Du hast mir unterstellt, ich wolle nur kündigen, weil Christian aufhört.«

»Aber das wolltest du doch auch.«

»Nein. Ja, das stimmt zwar, aber…« Der Likör wabert durch mein Hirn, und ich fühle mich plötzlich müde. »Jedenfalls muss ich mich dauernd für irgendwas rechtfertigen, was ich nie getan habe!«

»Aber das musst du gar nicht«, sagt er ärgerlich.

»Doch«, widerspreche ich.

»Nein.«

Ich denke einen Augenblick nach. »Na gut, vielleicht ja auch nicht.«

»Na siehste.«

Dann sitzen wir einfach eine Weile da und gucken in den Himmel. Florian bemerkt, dass ich anfange zu zittern, und legt den Arm um mich.

»Ich bin doch immer für dich da«, sagt er leise. »Das weißt du doch, oder?«

»Ja, ich weiß, mein Schatz.«

»Natürlich muss ich mich jetzt trotzdem von dir trennen, Nina!«, sagt er auf einmal todernst.

»Was?«, rufe ich erschüttert.

Ein Grinsen umspielt seinen Mund. »Mit einer Frau, die Bauchwegslips trägt, kann ich einfach nicht glücklich werden.«

»Oh!«, rufe ich entsetzt und knuffe ihn in die Schulter.

»Aua! Na warte!« Er jagt mich durch den Garten bis zur Terrasse. Dort küssen wir uns. »Schön glatt«, sage ich und schnuppere an seiner Wange, die nach Aftershave duftet.

»Ja, nur für dich!«, sagt er, denn er weiß, dass ich auf Bartstoppeln manchmal mit einer Art Ausschlag reagiere.

»Jetzt wird es langsam echt kalt«, sage ich, und wir gehen ins Bett, das in Peters Dachzimmer aufgebaut ist und aus einer zu schlaff aufgepumpten Doppelluftmatratze besteht.

Doch obwohl ich eine Menge getrunken habe, kann ich nicht einschlafen. Was natürlich daran liegt, dass die Matratze bei jeder noch so kleinen Bewegung schwankt wie ein Kahn auf dem Meer, und daran, dass Florian schnarcht wie ein Bär, dem ein Fisch im Rachen steckt. Aber das nehme ich generös hin. Schnarchen unter Alkoholeinfluss ist ja wohl eine weit verbreitete Macke unter Männern. Wenn ich mich darüber aufregen würde, dann könnte ich gleich Nonne werden. Und das will ich nicht. Ich will mit Flori zusammen sein. Manchmal geht er mir zwar echt auf die Nerven, aber er ist doch alles, was ich habe, jetzt, wo Pia weg ist.

Und in der Dunkelheit des Sauerländer Reihenhauses

nehme ich mir vor, in Zukunft schön meine Klappe zu halten und nichts mehr über Florian und mich preiszugeben. Er hat Recht. So was muss man unter sich ausmachen. Oder mit seiner besten Freundin. Also werde ich schön warten, bis Pia anruft. Und das wird spätestens morgen sein. Denn morgen ist Sonntag. Telefonsonntag.

4

Nie wieder fahre ich mit zu einem Rennen! Das habe ich mir auf der Rückfahrt von Olpe geschworen. Florian habe ich noch nichts davon gesagt, aber er wird das sicher verstehen – beizeiten. Wir sind früh losgefahren, denn das Frühstück mit Peter und seiner Tratschtantentussi haben wir auf mein Drängen hin ausfallen lassen. Und so ist es gerade mal halb elf, als er mich vor meiner Haustür absetzt und sagt, dass er irgendeine Schalldämpfung in sein Modellboot einbauen und deswegen zu sich fahren wolle. Da bin ich ehrlich gesagt überhaupt nicht böse drum. Es wäre echt doof, wenn er bei mir rumhängen würde, wenn Pia anruft. Ich muss ihr echt eine Menge über ihn erzählen.

Ich bin so froh, zu Hause zu sein! Ich liebe meine Wohnung, in der ich jetzt seit fünf Jahren wohne. Bei mir ist immer Sommer: Die Wände habe ich mit Pia zitronengelb und limettengrün gestrichen, und dazu habe ich überall Bilder von himbeerfarbenen Hibiskusblüten, blühendem Klatschmohn und Bougainvillea aufgehängt. Ich hege und pflege zwei Dutzend Zimmerpflanzen, darunter einen mannshohen Ficus und eine große Palme, die mich immer an Urlaub erinnert. Das Mobiliar ist ein Sammelsurium aus alten und neuen Stücken. Ich habe ein rotes China-Sideboard, einen weißen Geschirrschrank von meiner Oma, kitschige orangefarbene Küchenstühle, die ich mal bei Ebay ersteigert habe, und natürlich das eine oder andere Stück von Ikea. Mein Lieblingsplatz aber ist das Sofa. Es ist aus einem dunkelblauen samtähnlichen Stoff und so breit, dass man sich bequem ausstrecken kann. Darauf liegen massig Kissen in verschiedenen Grüntönen, die auf dem blauen Samt aussehen wie Seerosenblätter auf einem Teich. Auf das Sofa freue ich mich schon!

Ich werfe meine Tasche in die Ecke, checke, ob das Lämpchen vom Anrufbeantworter blinkt (leider nein), und setze einen Kaffee auf. Ich rechne nach, dass ich gestern Nacht so gegen ein Uhr bei Pia aufs Band gesprochen habe. Da waren es in New York neunzehn Uhr, und sie war wahrscheinlich gerade auf dem Weg zum Abendessen, was erklären würde, warum sie den AB noch nicht abgehört hat. Obwohl sie das normalerweise jeden Abend macht... Aber was soll's. Muss ich eben bis zu unserem normalen Termin heute Nachmittag warten. Sie ruft sonntags immer nach dem Aufstehen an, dann ist es bei mir zwischen 16 und 17 Uhr. Bis dahin habe ich also noch eine Menge Zeit. Kein Problem.

Ich gieße mir einen Kaffee mit viel Milch ein und trinke die erste Tasse vor der offenen Balkontür, durch die die Sonne hereinscheint. Von der Mainzer Straße hört man um diese Zeit nicht viel Verkehr, und ich genieße die Ruhe und das Vogelzwitschern. Ich könnte heute endlich den neuen Liza-Marklund-Krimi anfangen, denke ich gerade, da ertönt auf einmal ein durchdringender Kanonendonner, und ich erschrecke mich so, dass mir fast die Tasse aus der Hand fällt.

»An die Gewehre, Spezialeinheit! Los, Männer! Feuer frei!«, brüllt eine blecherne Stimme.

Und dann geht das Geballer los. *Bamm, Bamm, Bambam, Bamm* ... Andy, mein Nachbar von oben, spielt mal wieder in Affenlautstärke eines seiner hirnlosen Computerspiele. Ich bin zwar nicht so empfindlich wie Frau Breuer aus der zweiten Etage, aber dieser Lärmpegel ist sogar mir zu viel. Ich habe ihm schon ein paarmal erklärt, dass dieses Haus sehr hellhörig sei und er bitte Rücksicht nehmen solle, besonders nachts und am Wochenende. Er ist halt ein bisschen verrückt, aber ich mag ihn eigentlich. Jedenfalls wundert er sich nicht, wenn man ihn abends um elf noch um Knoblauch bittet. Und er hat auch schon öfter meine Blumen gegossen, wenn ich mal nicht da war.

Auf seiner Wohnungstür hat er einen Alien so aufgeklebt, dass der Türspion genau in der Mitte des schmalen, faltigen Kopfes liegt und es so aussieht, als ob ein Zyklopen-Alien einen anstarren würde.

Ich drücke auf die Klingel, und das schrille Schellen dröhnt durch den Flur, aber es dauert trotzdem zwei Minuten, bis Andy die Tür öffnet. Er sieht aus wie ein zerknautschtes Plumeau, das dringend zum Lüften rausgehängt werden sollte. Eine Schlaffalte auf der linken Wange, die Augen auf Halbmast. Er trägt Micky-Maus-Boxershorts und ein verwaschenes hellblaues T-Shirt. Gekämmt hat er sich vermutlich das letzte Mal um 2005 herum, denn seine kurzen dunkelblonden Haare stehen nach allen Seiten ab, was ganz hübsch zu seinen Ohren passt, die ebenfalls abstehen. Um den Hals baumelt eine

Muschelkette, und er ist barfuß und unrasiert und wirkt alles in allem so, als wäre er gerade erst aufgestanden. Das tut er aber immer, egal, wann man bei ihm klingelt. Er ist Drehbuchautor. Sagt er.

»Hi Andy.«

»Hallo Schönheit, komm rein.« Er lächelt mich an und macht eine einladende Geste. Durch die offene Tür höre ich die Spezialeinheit auf der Stelle treten. *Da ist der Verräter, schnappt ihn euch!* Dramatische Musik, ein paar vereinzelte Schüsse, dann wieder: *Da ist der Verräter, schnappt ihn euch! Los, Männer! Schießt!*

»Nein, danke. Hör mal. Vielleicht hast du es vergessen, aber heute ist *Sonntag*!«

»Oh Mann! Das hab ich voll verpeilt!« Er schlägt sich die Hand an die Stirn. »Ich bin aber auch ein Depp. Danke!«

»Kein Problem«, sage ich generös. »Also, bis dann.«

Einen Moment später wird die Spezialeinheit zum Schweigen gebracht und nichts als wohltuende Stille flutet meine Wohnung. Erleichtert setze ich mich an den Küchentisch und nehme mir den *Kölner Stadt-Anzeiger* von vorgestern, da schwillt durch die Zimmerdecke das Brausen PS-starker Motoren heran. Ich stöhne und mache mich wieder auf den Weg nach oben.

»Hi Andy, ich schon wieder.«

»Hallo Schönheit, komm rein.«

»Nein, danke. Kannst du bitte den Fernseher leiser stellen?«

»Wieso?«, fragt er.

»Weil ich es unten so laut höre, als ob ich auf dem

59

Nürburgring wohnen würde. Und heute ist *Sonntag*. Da brauche ich ein bisschen Ruhe.«

»Ach so!«, sagt er. »Deswegen hast du das eben gesagt. Ich dachte, du wolltest mich daran erinnern, dass heute Formel 1 kommt. Und du willst wirklich nicht reinkommen?«

»Nee, ein andermal.«

Ich mache es mir auf dem Sofa bequem und schnappe mir den Liza-Marklund-Krimi. Es gibt nichts Besseres, um sich abzulenken als einen spannenden Krimi. Nach drei Seiten allerdings übermannt mich die Müdigkeit. Ich nicke ein. Als ich aufwache, geht es mir besser. Die Uhr zeigt fast vier Uhr – jetzt kann es nicht mehr lange dauern, bis Pia anruft. Ich mache mir noch einen Kaffee und fange den Krimi ein zweites Mal an. Doch ich kann mich nicht konzentrieren. Immer wieder schweifen meine Gedanken ab. Und irgendwann klappe ich das Buch genervt zu und stelle fest, dass ich mich ärgere. Anfangs über Sabrina, dann über mich und im nächsten Moment über Florian, wobei ich aber nicht genau weiß, worüber genau. Ich würde gerne mal mit jemandem sprechen, mit dem ich dieses Problem erörtern kann. Aber Pia macht ja Honeymoon und hat keine Zeit für mich, denke ich grimmig. Erschrocken sage ich mir sofort, dass das ja auch okay ist, es sind schließlich ihre Flitterwochen. Und deswegen darf ich mich nicht über sie ärgern, das wäre echt ungerecht.

Aber dann fällt mir ein, dass sie mich vor ein paar Jahren mal aus einer total wichtigen Konferenz heraus angerufen hatte, weil ich Liebeskummer hatte. Sie hatte ihrem

Chef einfach gesagt, dass es ein familiärer Notfall sei und sie telefonieren müsse. Das fand ich ja so was von klasse! Sonst hat sie sich auch immer gemeldet, besonders wenn es mir nicht gutging. Und mein gestriger Anruf war ja wohl auch ein SOS-Anruf. Sie weiß ja nicht, dass ich mit Florian eigentlich alles wieder geklärt habe. (Und wenn, wäre das auch egal, weil ich natürlich trotzdem mit ihr darüber sprechen muss.) Bei so einer verzweifelten AB-Nachricht ist man als beste Freundin eigentlich gezwungen, sofort durchzuklingeln – ob Hochzeitsreise, Beerdigung oder Schlussverkauf!

Ich kann nicht mehr länger warten, also schnappe ich mir das Telefon und wähle ihre Nummer. Mailbox. Ohne draufzusprechen, lege ich wieder auf – und ärgere mich wieder über sie. Ich bin unfair, das weiß ich. Aber das liegt nur daran, dass sich mein Groll über Pia in den letzten Wochen und Monaten einfach ein bisschen aufgestaut hat. Was sie jetzt wohl macht? Wahrscheinlich Frühstück bei Tiffanys. Mit Rob, dem Besitzer der goldenen Kreditkarte.

Ich starre auf das Telefon, dann gehe ich erneut die Liste durch mit allen Themen und Anekdoten, die ich ihr erzählen möchte, und schreibe noch Sabrina und Kirschlikör und Affäre mit Christian drauf. Dann stehe ich auf und versuche mich abzulenken, indem ich durch eine alte *In Touch* blättere, mir ein Stück Schokolade aus dem Schrank hole, dann noch eines. Ich laufe durch die Wohnung und wische Staub, eine völlig sinnlose Angelegenheit, weil die aufgewirbelten Flöckchen im schrägen Licht der Nachmittagssonne sofort wieder auf das Regalbrett sinken. Ich studiere meine CD-Sammlung und wundere mich, dass ich eine Platte von Uriah Heep habe. (Was ich immer tue, wenn ich mir meine CD-Sammlung ansehe, wie mir dann klarwird.) Ich gucke auf die Uhr, dann laufe ich in die Küche und gieße das Basilikum, bis das Wasser aus dem Untersetzer suppt. Ich überfliege die aktuelle Fernsehzeitschrift, pflücke ein paar abgestorbene Blätter von meinem Ficus und werfe sie in den Mülleimer.

Und immer wieder streift mein Blick die Uhr – es ist mittlerweile fast sechs Uhr –, aber das Telefon bleibt so stumm, dass ich schreien könnte.

Das letzte Mal, als es mir so ging, war ich mit einem Typen namens Jojo zusammen, dessen herausragende Charaktereigenschaft – neben der optischen Ähnlichkeit mit dem jungen Robert Redford (seufz!) – seine Unzuverlässigkeit war. Er hat dann Schluss gemacht, weil ich angeblich zu besitzergreifend war. Nur weil ich wollte, dass wir uns sehen!

Na ja, und jetzt sitze ich hier und warte auf den Anruf von meiner besten Freundin. Vielleicht bin ich ja wirklich zu besitzergreifend. Nein, das kann nicht sein. Dann hätte Pia sich vorher ja schon mal beschwert, oder? Außerdem hat sie doch gesagt, dass ich sie jederzeit anrufen kann. Immer. Tag und Nacht. Und sie hat bei unserem letzten Gespräch gesagt, bis nächsten Sonntag am Telefon. Verdammt. Ich bin so verwirrt und unsicher und fühle mich so schlecht wie schon ewig nicht mehr. Ich fühle mich wie… Plötzlich wird es mir klar: Ich fühle mich wie… versetzt beim ersten Date!

Mir wird kalt. Ich setze mich aufs Sofa und ziehe mir

die kuschelweiche rosafarbene Decke bis zum Kinn. Ein Gedanke bohrt sich in mein Hirn, so scharf wie ein Samuraischwert: Wenn man bei seiner besten Freundin einen SOS-Notruf hinterlässt, und diese beste Freundin macht in aller Ruhe weiter mit ihrem Flitterwochenprogramm, als wäre nichts gewesen, und verpasst sogar unseren heiligen Telefontermin, dann ist es doch … dann ist man doch nicht mehr …

Nein, nein! Nicht weiter denken. Gib ihr noch etwas Zeit. Aus lauter Verzweiflung schalte ich den Fernseher ein und gucke, äußerlich ruhig, aber innerlich völlig aufgewühlt, die neuesten hirnrissigen Entwicklungen rund um Mutter Beimer.

Erst als die Cliffhanger-Melodie ertönt, erlaube ich mir, den Gedanken zu Ende zu spinnen, aber da summt mein Handy und meldet den Eingang einer SMS! Gott sei Dank!

Pia Mobil steht da als Absender, und ich will das Display küssen. Doch dann lese ich die Nachricht: *Danke für deinen Anruf. Ja, das Sauerland ist verrückt. Aber glaub mir, hier ist es wirklich noch verrückter. Wir telefonieren nächste Woche, okay? Gruß und Kuss, Pia.*

Hallo? Das ist alles? Ich bettele um einen Rückruf, und sie schickt mir *das*! Die spinnt ja wohl. Mir wird schwindelig.

Ich nehme mein Telefon und drücke auf Wahlwiederholung, aber sie hat ihr Handy schon wieder ausgeschaltet. Vor lauter Wut schleudere ich das Telefon weg, in die Kissen meines Sofas. Und plötzlich sehe ich klar vor Augen, was ich die ganze Zeit verdrängt habe.

Punkt 1: Pia hat ohne mich geheiratet.

Punkt 2: Pia erzählt mir – trotz des gesetzlich binden-
den Vorwissensrechts unter besten Freundinnen – nicht
als Erste, dass sie schwanger ist.

Punkt 3: Pia ruft nicht zurück, obwohl ich sie förmlich
angefleht habe, und schickt mir stattdessen eine saudäm-
liche SMS!

Punkt 4: Pia verpasst unseren Telefontermin und entschuldigt sich noch nicht mal dafür.

Und warum tut sie das alles?

Weil bereits passiert ist, was niemals passieren sollte:
Pia und ich befinden uns gar nicht mehr im Universum
der unvergänglichen Freundschaft. Weil es nämlich kein
Universum der unvergänglichen Freundschaft gibt. Zumindest keines, das von Amerika bis Deutschland reicht.
Es ist einfach so: Wir sind überhaupt keine besten Freundinnen mehr. Und ich kapiere es jetzt erst! Ich laufe ihr
die ganze Zeit hinterher, und sie will gar nichts mehr von
mir wissen. Das ist ja wohl das Demütigendste, was mir je
passiert ist! (Jedenfalls seit der Sache mit Jojo und der mit
dem schönen Benjamin.) Das ist sogar noch peinlicher,
als wenn die ganze Welt wüsste, dass ich Bauchwegslips
anziehe!

Ich stöhne auf und berge den Kopf zwischen meinen
Händen. Meine Wangen fühlen sich heiß an, als hätte
ich einen Satz Ohrfeigen bekommen. Wie konnte ich nur
so dumm sein und glauben, wir könnten unsere Freundschaft über diese Entfernung aufrechterhalten! Nina, du
bist wirklich naiv, das war doch von Anfang an klar. Pia
war schon immer sehr konsequent. Wenn ihr irgendwas

nicht mehr in den Kram gepasst hat, dann hat sie es einfach gelassen. Hat mir nichts, dir nichts mit Sachen aufgehört und was Neues angefangen. Hat mit Typen Schluss gemacht, die eigentlich gar nicht so schlecht waren, und ihnen keine Träne nachgeweint. Hat eine Friseurlehre abgebrochen, weil sie nicht so gut war, wie sie es von sich erwartet hatte. Außerdem hatte sie keine Lust, blöden Zimtzicken die fettigen Haare zu waschen. Danach hat sie einfach was anderes gemacht! So ist Pia: Erst mit Herz und Seele dabei, aber wenn es nicht klappt oder zu anstrengend wird – pfft, Luft raus, ab dafür!

Und jetzt ist sie nun mal in Pittsfield, Massachusetts, USA, und hat einen reichen Mann und ein Baby in ihrem Bauch und ein neues Leben, in dem eine sentimentale Freundin in Köln, Nordrhein-Westfalen, Deutschland, einfach keinen Platz mehr hat. Aber ich habe keine Lust mehr, auf ihre Anrufe und ihre E-Mails zu warten. Ich habe es satt, wegen ihr traurig zu sein. Sie muss ja denken, dass ich ohne sie überhaupt nicht zurechtkomme. Dabei stimmt das natürlich nicht! Ich brauch doch Pia nicht, damit sie mir sagt, was ich machen soll. Ich bin achtundzwanzig Jahre alt. Ich kann meine Probleme alleine lösen.

Pia hat mir mal gesagt, ich würde immer viel zu lange in irgendeiner Situation hängen und unglücklich sein, bis ich endlich was unternehme. Und dann würde ich den Leuten und mir immer noch ein Hintertürchen auflassen. Ich sei zu leidensfähig, hat sie gesagt. Ich solle kürzeren Prozess machen.

Dann wird sie jetzt merken, dass ich genau das machen werde. Voller Wut wähle ich ihre Nummer und verdrehe die Augen über ihre unnatürlich fröhliche Anrufbeantworter-Stimme, die klingt wie die einer aufgekratzten amerikanischen Fernsehansagerin.

»Hallo Pia, hier ist nochmal Nina«, sage ich so beiläufig wie möglich. »Ich wollte dir nur sagen, dass du mich auch nächste Woche nicht anzurufen brauchst. Die Sache hat sich erledigt. Bei mir ist nämlich alles bestens. Ich wünsche dir viel Vergnügen auf der Hochzeitsreise und im Rest deines Lebens, in das ich ja doch nicht mehr reinpasse. Das verstehe ich auch. Und es ist wirklich nicht so, dass ich hier vor Einsamkeit sterbe oder so. Ich habe meinen Flori, und er ist super und immer für mich da. Aber falls du mal Zeit hast, freue ich mich natürlich, wenn du anrufst.«

Ein Schluchzer entfährt meiner Kehle. Mist. Pia hat wirklich Recht. Ich habe Probleme mit dem Schlussmachen. Ich Idiot. Ich beiße mir auf die Lippen und schiebe schnell hinterher: »Musst du aber wirklich nicht. Also, bis irgendwann dann mal. Ich wünsche dir alles Gute – und Grüße an Rob.«

Zack, aufgelegt. Ich stelle das Telefon weg und schaffe es, nicht zu weinen. Ich stehe auf, gehe in die Küche und starre eine Weile vom Balkon auf die Bäume im Hinterhof, die ihre zarten grünen Blättchen im Frühlingswind schwingen. Ich fühle mich ganz leer. Aber auch erleichtert. Am Kühlschrank hängt ein Foto, auf dem Pia und ich Grimassen schneidend am Strand von Ibiza sitzen. Ich ziehe es unter dem Magneten weg, der es dort seit drei Jahren festgehalten hat.

»Ihh«, sage ich, denn das Bild ist durch den Küchen-

dunst von einem klebrigen Film überzogen, und ein bräun-
licher Fleck prangt auf Pias linker Kopfhälfte. »Du sahst
auch schon mal besser aus«, sage ich zu ihr.

Ich zerreiße das Bild und werfe es in den Mülleimer.
Dann gehe ich ins Bad und wasche mir die schmierigen
Finger gründlich mit Seife. Während ich mir die Hände
abtrockne, betrachte ich mich im Spiegel. Ich könnte mal
wieder zum Friseur gehen. Meine Haare sind schulter-
lang, aber die Stufen schon fast rausgewachsen, und die
Farbe, irgendwo zwischen braun und aschblond, schreit
danach, eine Tönung verpasst zu bekommen. Kastanien-
rot könnte ich sie mal wieder färben. Ich nehme einen
Concealer und überschminke die dunklen Schatten, die
unter meinen braunen Augen leuchten (doofe Luftma-
tratze), mache mir einen Pferdeschwanz und binde ihn
mit dem Gummi mit der hübschen roten Stoffblume zusammen. Schon besser.

Ich fühle mich auf einmal ziemlich erwachsen, wie ich
so alleine mein Leben in die Hand nehme. Total unab-
hängig und cool. Da muss ich gleich mal Florian anrufen
und ihm von meinem Fortschritt erzählen. Aber bei ihm
ist besetzt. Was fällt dem denn ein? Frechheit.

5

Wer braucht schon eine beste Freundin, wo es doch Krimis gibt? Gestern Abend habe ich bei den gefährlichen Recherchen der schwedischen Journalistin Annika Bengtzon über den Mord an einem Nobelpreisträger mitgefiebert. Auch wenn ich danach vor lauter Spannung schlecht einschlafen konnte, habe ich also meinen ersten Abend als Single gut überstanden. Denn auf dem Beste-Freundinnen-Sektor kann man auch Single sein. Ich war mit Pia schließlich länger zusammen, als ich es mit Florian bin. Und ich muss feststellen, dass sich dieses Singledasein besonders merkwürdig anfühlt. Denn ich hatte zwar nicht immer einen Freund, aber immer eine beste Freundin. Mein ganzes Leben lang. Sie wechselten zwar, aber stets war da ein Mädchen, mit dem ich diese besondere Verbundenheit spürte und das mein Leben bereichert und... vervollständigt hat. Eine Freundin, mit der ich mich nachmittags zum Spielen traf, mit der ich stundenlang telefonierte, um mich danach mit ihr zu verabreden, mit der ich über jeden Unsinn kicherte und bei *Titanic* heulte, mit der ich minuziös jeden Blick und jede Geste meines jeweiligen Schwarmes analysierte, mit der zusammen sogar Liebeskummer etwas Erhebendes bekam, weil er einen noch enger zusammenschweißte. Mit einer besten Freundin hat man immer einen Ansprechpartner für alle Angelegenheiten des Lebens, vom Kauf eines neuen Lippenpflegestifts über Ärger mit dem Vermieter bis zu Männerproblemen. Und das Beste ist: Die Gespräche sind nicht so kompliziert und verworren wie mit Florian zum Beispiel. Nein, alles ist unbeschwert. Man muss sich keine Gedanken darüber machen, ob sie irgendwas falsch versteht. Nein – mit einer besten Freundin versteht man sich immer. Selbst ohne Worte. Aber jetzt habe ich keine mehr und fühle mich seltsam amputiert.

»Ach«, hatte Florian gestern gesagt, als ich ihn endlich erreicht hatte, »das geht schnell vorbei.« Er hatte wie immer die richtigen Worte parat. »Sei doch froh, dass du das endlich kapiert hast! Jetzt kannst du dich auf die Leute konzentrieren, die dich niemals im Stich lassen würden. Mich zum Beispiel! Du wirst sehen, du hast die bald vergessen!«

»Ja«, hatte ich gesagt und einen Punkt an der Wand fixiert, um nicht wieder in Tränen auszubrechen.

Die Heulerei wegen Pia ist nun endgültig vorbei. Ich schaue nur noch auf die positiven Dinge. Zum Beispiel auf den Mann an meiner Seite. Zum Glück habe ich letztes Jahr nicht mit Florian Schluss gemacht! Denn ich war damals tatsächlich knapp davor gewesen, ihm den Laufpass zu geben. Ich hatte mir eingebildet, Flori und ich würden vielleicht doch nicht so richtig zueinander passen, weil wir so andere Vorstellungen von Freizeitgestaltung haben und uns nach einem Dreivierteljahr irgendwie der Gesprächsstoff ausgegangen zu sein schien.

Dann hatte er mich gefragt, ob wir zusammenziehen,

und ich hatte geantwortet, dass ich Zeit brauchte, um darüber nachzudenken. Da war er eingeschnappt, und ich überlegte, wie es mit uns weitergehen sollte. Das heißt, Pia und ich überlegten. Wir kamen zu dem Schluss, dass diese Beziehung vielleicht nicht die richtige Basis hätte für eine dauerhafte Bindung. So war ich drauf und dran gewesen, die Sache mit Florian zu beenden und danach mit Pia eine Rucksacktour durch Thailand zu machen. Und genau zu dem Zeitpunkt eröffnete sie mir, dass sie mit Rob nach Amerika gehen würde. Damit waren natürlich mein ganzes Leben und meine ganze Planung über den Haufen geworfen.

Ich weiß noch genau, wie das war an diesem Donnerstag. Pia rief mich auf der Arbeit an und sagte mir, sie müsse dringend mit mir reden und es könne nicht mehr bis heute Abend warten, es müsse jetzt sein und persönlich. Ich sagte meinen Kollegen, ich müsse etwas recherchieren, ging hinaus und wartete auf einer Bank an dem kleinen See am Mediapark. Sie kam mit ihrem Rad herangebraust, ihr rotes Kleid wehte im Fahrtwind, und ich konnte ihr unverschämt breites Grinsen schon aus hundert Meter Entfernung erkennen. Dann bremste sie, und noch bevor sie abgestiegen war, streckte sie mir ihre rechte Hand hin.

Ich fiel bald von der Bank, weil mich dieser Riesen-Brilli so blendete. Ich meine, klar hatte ich gewusst, dass Pia schwer verliebt war. Und Rob war auch wirklich ein echt netter Typ, den ich sehr mochte. Aber er war eben auch die ganze Zeit so selten da gewesen, was Pia und mich noch enger zusammengeschweißt hatte. Ich hatte einfach verdrängt, wie ernst es ihr mit ihm war. Tja.

Zwei Monate später stieg sie in den Flieger nach Pittsfield. Die Reise nach Thailand sagten wir ab. Und den Laufpass für Florian behielt ich. Zum Glück! Denn er war die ganze Zeit immer für mich da und bei ihm konnte ich mich richtig ausheulen, und jetzt ist es doch noch eine tolle Beziehung geworden. Manchmal muss man sich eben Zeit lassen, um eine Krise zu überwinden.

Das einzig gute an privaten Problemen ist, dass sie einen von Arbeitsproblemen ablenken. Über dem Sabrina-Florian-Pia-Single-Stress habe ich ganz vergessen, eine endgültige Entscheidung zu treffen, wie es mit meiner Karriere weitergehen soll. Aber dazu habe ich ja heute auch noch massig Zeit. Ich meine, ich muss ja wenigstens mal sehen, wie es in der Redaktion ist, wenn Christian nicht da ist. Ich erwarte das Schlimmste, denn ohne Christian ist Walter total aufgeschmissen. Das wird eine Katastrophe!

Angespannt betrete ich die Büroräume von *Women's Spirit* und merke sofort, dass das Chaos ausgebrochen ist. Alle wuseln total aufgeregt herum. Was nicht verwunderlich ist, denn vermutlich hat Walter gerade das komplette Heft umgeschmissen.

»Was ist los?«, frage ich Svenja, die an ihrem Schreibtisch sitzt und deren Sorgenfalten ihrem schwarzen Wollkleid eine ganz besonders trübsinnige Note geben.

Sie rollt mit den Augen. »Wie es aussieht, kriegen wir richtig Ärger. Einer vom Presserat hat heute Morgen angerufen und um eine Stellungnahme von Walter zum übermäßigen Productplacement gebeten.«

»Echt jetzt?«

»Ja, Walter ist hier rumgesprungen wie Rumpelstilzchen auf Crack und hat sich fürchterlich aufgeregt, dass Christian einfach abhaut und ihn im Stich lässt.«

Ruth kommt aufgeregt angerannt. »Svenja, ich habe hier zum dritten Mal einen Redakteur vom *Journalist* auf Leitung zwei, der sich nicht mehr abwimmeln lässt. Walter geht nicht ran. Nimm du den Anruf von diesem Herrn Weber entgegen!«

»Nein«, sagt Svenja kategorisch, »ich mach das nicht.«

Ruth schaut bittend zu Birgit, die am Schreibtisch am linken Rand des Büros sitzt, aber sie winkt ebenfalls ab. Und dann drückt sie mir den Hörer in die Hand, und ich bin zu perplex, um es abzulehnen.

»Hallo?«, fragt eine Stimme ärgerlich.

»Ja, äh. Herr Weber? Hier ist Nina Jäger, Ressortleiterin, was kann ich für Sie tun?«

»Frau Jäger, warum lässt *Women's Spirit* sich kaufen?«

»Äh. Wie meinen Sie das?«, frage ich zurück und schaue mich hilfesuchend um. Aber alle meine Kolleginnen sind in ihre Arbeit vertieft.

»Für die übertrieben häufigen Nennungen von Konsumartikeln in redaktionellen Beiträgen werden Sie doch sicher bezahlt.«

»Sagen Sie mir mal ein Beispiel.« Zu meinem eigenen Erstaunen werde ich plötzlich ganz ruhig.

»Bei dem Interview mit der Psychologin Olga Petrowa zum Thema ›Wirkung von Farben‹ wird zum Beispiel erwähnt, dass sie nur Evian-Wasser trinkt.«

»Genauso steht in der *Gala* diese Woche wieder, dass

Jennifer Lopez nur Fidji-Wasser trinkt, und im *Stern* habe ich gelesen, dass Karl Lagerfeld stets Cola light bestellt. Haben Sie diese Zeitschriften auch schon angerufen?«

»Nein«, sagt er, nimmt aber gleich einen neuen Anlauf. »Auf Seite fünfzehn wird die Einführung neuer Turnschuhe mit einem Artikel über ›Mehr Selbstbewusstsein‹ verknüpft.«

»Herr Weber«, sage ich, »diese Turnschuhe sollen eine besonders straffende Wirkung auf die Oberschenkelmuskulatur haben. Und je straffer die Oberschenkel einer Frau, desto größer ist ihr Selbstbewusstsein, zumindest am Strand. Von daher ist die Erwähnung der Turnschuhe in dem Zusammenhang plausibel.«

»Na gut«, sagt er, »dann frage ich jetzt mal anders: Hat *Women's Spirit* irgendeine Art der Vergütung für die Nennung dieser Produkte bekommen?«

Ich klappe den Mund auf, aber mir fällt keine Ausrede mehr ein. »Herr Weber, das kann ich Ihnen leider nicht beantworten. Ich werde es an die Chefredaktion weiterleiten, und diese wird sich mit Ihnen in Verbindung setzen.«

Ich lege auf.

»Gut gemacht«, höre ich Christian sagen. Er steht neben meinem Schreibtisch. Sein Hemd ist marineblau und lässt seine Iris schimmern wie das Mittelmeer in der Abenddämmerung.

»Hi Christian, hast du schon gehört, was hier los ist?«, frage ich.

Er nickt. »Ruth hat es mir erzählt. Tja, das ist zumindest *ein* Trost, dass ich offensichtlich nicht der Einzige bin, der gemerkt hat, dass hier was falschläuft.«

»Sowieso nicht«, murmele ich.

»Aber zum Glück geht mich das nichts mehr an.« Er wedelt mit einem großen braunen Umschlag.

»Die Kündigung?«, frage ich und schlucke.

Christian nickt. »Na, dann will ich es mal offiziell machen«, sagt er und steuert auf Walters Büro zu.

Noch bevor er klopfen kann, wird diese aufgerissen und Walter will herausstürmen. Als er Christian sieht, bleibt Walter stehen, verharrt für eine Millisekunde, dann stöhnt er plötzlich, setzt eine Leidensmiene auf, als wollte er für Hamlet vorsprechen, und stützt sich am Türrahmen ab.

»Christian, da bist du ja endlich«, sagt er mit brüchiger Stimme.

»Hallo Walter«, sagt Christian. »Ich wollte dir offiziell die Kündigung überreichen.« Er streckt Walter den Umschlag hin, aber Walter ignoriert das.

»Also ist es wirklich wahr. Mein Chefredakteur lässt mich in der schwersten Stunde im Stich«, wispert er.

»Na ja, Walter. Ich hatte dich schon vor Monaten gewarnt ...«

In diesem Moment fasst sich Walter theatralisch ans Herz, japst nach Luft, geht zwei Schritte nach vorne und wirft sich in Christians Arme.

»Walter«, sagt Christian ungerührt. »Lass den Quatsch.«

»Das ist kein Quatsch!«, protestiert Walter, plötzlich wieder mit energischer Stimme, und löst sich von ihm. »Ich glaube, ich habe einen Herzinfarkt.«

»Blödsinn.«

»Aber bald werde ich unter der Last der Verantwor-

74

tung zusammenbrechen, die ich alleine tragen muss, wenn
du nicht mehr hier bist.« Er sieht Christian aus seinen
kieselgrauen Augen flehentlich an.

»Willst du mir damit sagen, dass du zu Änderungen in
der Redaktion und in deinem Verhalten bereit wärst, um
mich zum Bleiben zu bewegen?«, fragt Christian laut.

Walter seufzt. »Ja. Das bin ich.«

Und dann verschwinden beide in Walters Büro.

6

Abends liege ich gerade mit meinem Krimi auf dem Sofa, da ruft Florian an. »Jetzt wo Pia endgültig nichts mehr von dir wissen will, brauchst du doch heute Abend sicher Aufmunterung, oder?«, fragt er sanft.

»Ja, das schon, aber du musst ja leider lange arbeiten«, sage ich. »Also werde ich mich auf dem Sofa vergraben und an dich denken.« Ich muss wissen, wer diesen Nobelpreisträger umgebracht hat, sonst kann ich heute wieder nicht einschlafen.

»Das ist nicht nötig! Ich habe meine Schichten getauscht und schon Feierabend!«

Ich zwinge mich zu lächeln. »Prima.«

»Also, was wollen wir unternehmen?«

»Ich weiß nicht.«

»Was würdest du denn an so einem Tag zum Beispiel mit Pia… mit einer Freundin unternehmen?«

»Mmmhhh…«, mache ich und klappe das Buch zu. »Vielleicht Kino?«

»Au ja«, sagt Florian. »Aber nur, wenn du den Film aussuchst. Und es darf ruhig ein Mädchenfilm sein. Ich bin dabei!«

»Das ist toll«, sage ich. Irgendwie bekomme ich ein bisschen Angst.

Wir treffen uns vor der Kinokasse. Da wir noch Zeit haben, bis der Film anfängt, gehen wir ein Bier trinken.

»Willst du keinen Cocktail?«, fragt Florian. »Das trinkt ihr doch sonst immer.«

»Schon«, sage ich. »Aber Bier ist auch okay.«

Florian grinst merkwürdig. »Also, was haben wir zu besprechen?« Er sieht mich erwartungsvoll an.

»Wie meinst du das?«, frage ich skeptisch.

»Ich hab dir doch gesagt, du kannst alles mit mir besprechen.«

»Oh ja. Gut. Okay.« Ich überlege fieberhaft, aber mein Hirn ist wie leergefegt – nicht ein einziger Gedanke. Außer diesem einen: Das ist echt süß von ihm. Aber was soll das?

»Na, was würdest du in so einer Situation zum Beispiel zu Pia sagen?«

Jetzt sehe ich, dass er salbungsvoll lächelt, wenn seine Stimme diesen pastoralen Touch bekommt.

»Gar nichts, weil sie ja nicht mehr meine beste Freundin ist«, sage ich patzig. »Sie hat sich tatsächlich immer noch nicht gemeldet. Wobei ich ihr ja auch gesagt habe, dass sie es nicht tun muss, was eine echte beste Freundin natürlich niemals akzeptieren würde. Daran sieht man doch, dass es vorbei ist. Und ich bin sehr froh, dass ich endlich weiß, woran ich bin.«

»Ja«, sagt Florian und sieht mich einen Moment ratlos an. »Aber wenn sie noch deine Freundin wäre«, versucht er es erneut, »was würdest du ihr sagen?«

»Du bist ’ne blöde Kuh.«

Florian seufzt und schüttelt den Kopf. »So geht das nicht.«

»So geht *was* nicht?«

»Ich wollte dir helfen, aber du machst ja nicht mit.«

»Wobei mache ich nicht mit? Ich weiß ja nicht mal, *was* du da gerade machst.«

»Ich wollte dir zeigen, dass du dich niemals alleine fühlen musst.«

»Das ist nett«, sage ich krampfhaft lächelnd. »Aber ich fühle mich nicht allein.«

»Na ja, offensichtlich genüge ich dir ja nicht, sonst würdest du ja wohl nicht irgendeine Tussi volllabern, die du kaum kennst!«, sagt er heftig.

»Das mit Sabrina war ein Ausrutscher«, sage ich gepresst, »und ich habe es dir doch versprochen. Das passiert nicht mehr.«

»Gut«, sagt er, »das ist die Hauptsache.«

Wir gehen in den Kinosaal, wo heute die beiden *Sex and the City*-Filme hintereinander gezeigt werden. Ich versinke in meinem Sessel, denn es ist mir irgendwie peinlich. Um uns herum unterhalten sich Mädels zu zweit, zu dritt, zu viert. Nur ich bin mit einem Mann da. Und mit einem Mann einen Frauenfilm zu gucken ist nicht dasselbe. Das ist wie Apfelkuchen ohne Schlagsahne. Es fühlt sich nicht richtig an. Ich würde lieber alleine hier sitzen, als mit meinem Freund, der lautstark so tut, als ob er die Outfits von Carrie, Samantha, Charlotte und Miranda interessant findet. Das ist mir viel zu ... schwul. Ich meine, ich hätte absolut nichts gegen einen schwulen besten Freund. Aber mein *Partner* sollte das besser nicht sein. Das ist irgendwie unattraktiv, also in sexueller Hinsicht. Logisch, oder?

Gerade verdreht Florian die Augen, weil Big sich Carrie gegenüber mal wieder blöd benimmt, und stöhnt so was wie: »Arme Carrie.«

Er isst mir zuliebe sogar Popcorn, schmatzt aber dabei, weil er dauernd über Samanthas Bemerkungen lacht. Florian soll damit aufhören! Das ist nicht sexy! Ich gucke lieber jede Menge hirnlose Kung-Fu-Filme mit ihm, aber er soll nicht so tun, als wäre er meine Freund*in*! Er braucht nicht das Pia-Ersatzprogramm spielen. Aber wie soll ich ihm das klarmachen? Ich grübele den Rest des Films vor mich hin, dann habe ich einen Plan zusammengezimmert.

»Dass Frauen eine beste Freundin haben müssen, ist doch nichts weiter als ein Klischee«, sage ich großspurig, als wir uns nach dem Film von der Rolltreppe nach unten ins Foyer tragen lassen. »Alle Welt tut immer so, als müsste man als Frau eine beste Freundin haben. Als wäre das so eine Art Naturgesetz. So wie es ein Naturgesetz ist, dass Frauen Problemzonen haben. Aber Problemzonen sind auch nur ein Klischee.« Mir fällt mein Bauch ein, und schnell schiebe ich hinterher: »Außer natürlich, man hat welche.«

Florian saugt jedes Wort auf, das ich von mir gebe, und ich merke, dass er begierig darauf ist, auf diesen Sermon die richtige Antwort zu finden – die es natürlich nicht gibt. Ich weiß ja selber nicht, was ich da so vor mich hinstammele.

»Dabei haben all die Leute, die dieses Klischee in die Welt gesetzt haben, zum Beispiel die Macher von *Sex and the City*, überhaupt keine *Ahnung* von der echten Welt.«

»Ja …« Florian ringt nach Worten, findet aber keinen

Anhaltspunkt in dem von mir erschaffenen Hohlraum der sinnfreien Kommunikation.

»Man braucht überhaupt keine beste Freundin!«, verkünde ich und fühle mich wie ein Politiker im Wahlkampf, der irgendeine beruhigende Parole ausgibt, obwohl er genau weiß, dass sie totaler Unfug ist. Aber Florian schaut mich bestätigend nickend an, und ich würde ihm gerne noch sagen, dass man nur einen Freund wie ihn braucht zum Glücklichsein, aber er sieht ausgerechnet in diesem Moment so uncool aus mit seiner Mofahelmfrisur, deswegen kriege ich es nicht über die Lippen und sage stattdessen: »Man muss sich einfach selbst die beste Freundin sein.«

»Ach so.« Er guckt erst ein bisschen enttäuscht, dann hellt sich seine Miene auf. »Finde ich super, dass du das so siehst. Ich meine auch, dass dieses ganze Freundinnenzeug total ungesund ist.«

»Na ja, das würde ich vielleicht jetzt nicht sagen«, erwidere ich zögernd. »Aber ...«

»Dieses ganze *Gequatsche*«, sagt er angewidert, »über Bikinizonenenthaarung und Klamotten und Männer und ...!«

»Guck mal da«, rufe ich, »das Plakat zu dem neuen Film mit Megan Fox. Die sieht klasse aus, oder?«

Zum Glück lenkt ihn das wohnwagengroße Poster mit der knapp bekleideten Schauspielerin vom Thema ab. Puh! Ich versuche, zu rekapitulieren, was ich da eben von mir gegeben habe und merke auf einmal, dass ich mich mit meinem Geschwätz immerhin selbst auf eine gute Idee gebracht habe. Natürlich! Die Sache ist ganz einfach:

Ich brauche tatsächlich keine beste Freundin, weil ich mir ab jetzt meine eigene beste Freundin sein werde. Ich muss grinsen. Das klingt gut: »Wer ist deine beste Freundin? Ich selber, ist doch wohl klar.« Okay, hört sich vielleicht ein kleines bisschen egomanisch an, aber was soll's? Ich fühle mich schon viel besser!

7

»Und jetzt habe ich beschlossen, dass ich keine beste
Freundin mehr brauche. Ich meine, man kann die Sachen
ja auch mit sich selber ausmachen. Man muss nicht immer mit anderen über Probleme mit Männern quatschen.
Vor allem weil Männer dafür überhaupt kein Verständnis haben. Meiner will mir sogar *verbieten*, mit anderen
über ihn zu sprechen, ist das zu fassen? Ich weiß nicht
warum. Vielleicht hat er Angst, dass er dabei nicht gut
wegkommt. Dabei sage ich ja gar nichts Schlimmes über
ihn! Er ist einfach nur total intolerant!«

»Mmmmh.« Hilde legt die Streifenkarte auf den Tresen.
»Darf et sonst noch wat sein?«, fragt sie mit rheinischem
Slang, und ich frage mich, was ich da eigentlich mache.

Irgendwie erinnere ich mich noch, dass ich in Hildes
Büdchen – mein Kiosk des Vertrauens – reingegangen bin
und Hilde mich gefragt hat, wie es mir geht. Und weil
der Kiosk ganz leer war und ich auch die nächste Bahn
nehmen konnte, habe ich – oder irgendjemand, der sich
als mich ausgegeben hat, wie zum Beispiel mein Unterbewusstsein – geantwortet. Offensichtlich ist diese Antwort
etwas detailreicher ausgefallen. Mist!

»Ich nehme noch zehn saure Zungen, aber nur die
grün-orangen.«

Büdchen-Hilde fängt an, mit der Zange die sauren Zungen aus dem Glas zu fischen und sagt: »Minge Hubert is' auch so 'ne Kaliber.«

»Dinge Hubert is' 'ne feine Kääl, sei froh, datt de den häs«, wirft der sprechende Vorhang ein.

Hinter dem Tresen ist ein himmelblauer Stoffvorhang, der den Verkaufsraum von einer Küche abtrennt. Ich vermute ja, dass Hildes Mutter dahinter sitzt, aber gesehen habe ich sie noch nie.

»Ja, sicher bin ich froh«, antwortet Hilde dem Vorhang, »aber dat Mädchen hat Recht. Männer sin' halt anders als Frauen. Viel einfacher jestrickt. Und auch bekloppt.«

»Genau. Zum Beispiel ist es auch so, dass Florian *immer* die Fernbedienung haben will«, rege ich mich auf und frage mich gleichzeitig, warum ich das erzähle. »Er wird total hampelig, wenn ich mal in meinem Tempo durch die Kanäle zappe, und macht mich damit so nervös, dass ich sie ihm zurückgebe.«

»Ja, ja, Männer haben zwar nichts zu sagen, aber jerne das Kommando. Nimmste auch ein paar lila-jelbe? Die grün-orangen sin' alle.«

»Okay.« Ich lege das Geld auf den Tresen. »Ach so«, sage ich gedämpft, »es ist ja wohl hoffentlich klar, dass dieses kleine Gespräch unter uns bleibt, oder?«

»Auf mich kannst du dich absolut verlassen«, höre ich eine kräftige Männerstimme, und mir läuft es eiskalt den Rücken runter.

Ich drehe mich um. Ein junger Mann mit schwarzer Hornbrille, Dreitagebart und braunem Siebziger-Jahre-

Cordsakko steht direkt hinter mir und schaut mich aus teddybraunen Augen belustigt an. Dabei macht er eine Handbewegung, als ob er seine Lippen verschließt. Ich werde knallrot. Und dann bemerke ich, dass der Kiosk brechend voll ist. Wann haben die sich denn alle hier reingeschlichen? Die Leute starren mich an wie ein Kalb mit zwei Köpfen, als ich mich nach draußen zwänge.

Verdammt noch eins, denke ich mit pochenden Wangen und beginne meinen morgendlichen Sprint zur Bahnhaltestelle, was hast du da wieder angestellt!? Ich stöhne leise auf, als mir klarwird, dass natürlich *jeder* jedes einzelne Wort verstanden hatte. Ich meine, der Raum ist sechs Quadratmeter groß. Was hast du dir nur dabei gedacht, ausgerechnet da deine Beziehungsprobleme auszupacken? In der Bahn starre ich angestrengt auf den Boden, in dem ich gerne versinken würde, und wünsche mir, es gäbe noch die gute alte Sitte der Selbstgeißelung. Mit Freuden würde ich mir jetzt eine siebenschwänzige Katze über den Rücken ziehen, wenn mich das von meiner Scham befreien würde. Nicht auszudenken, wenn irgendein Bekannter von Florian im Kiosk war und alles mitgekriegt hat. Habe ich seinen Namen eigentlich genannt?, überlege ich angestrengt. Ja, ich glaube schon. Oh mein Gott. Was ist nur in mich gefahren?

Als ich bei der Arbeit ankomme, bin ich immer noch geschockt über mich selbst. Meine Schockstarre löst sich erst, als ich die Mail von Pia lese, die mich nämlich so aufregt, dass ich für kurze Zeit sogar mein peinliches Verhalten vergesse.

Hallo,

New York ist fantastisch! Stell dir vor, Rob und ich haben gestern die Sex and the City-*Rundfahrt gemacht. Es war einfach grandios. Und Rob hat mir danach tatsächlich mein erstes Paar Manolo Blahniks gekauft! Ich werde sie in mein Regal stellen neben die ganzen anderen Souvenirs aus meinen Urlauben, weil ich darin sowieso nicht laufen kann. Heute gehen wir ins Guggenheim, und Rob wird mich danach sicher wieder schick zum Essen ausführen. Zum Glück ist mir jetzt nicht mehr dauernd so übel wie am Anfang der Schwangerschaft.*

Liebe Grüße

Pia & Rob & ?

PS: Ich melde mich spätestens, wenn wir aus Florida zurück sind.

Was fällt der eigentlich ein!? Pia und ich hatten ausgemacht, dass *wir* die *Sex and the City*-Tour machen, wenn wir zusammen nach New York fahren. Aber das wird ja sowieso nicht passieren. Seit sie ohne mich geheiratet hat, habe ich eh keine richtige Lust mehr gehabt, sie zu besuchen. Und sie anscheinend auch nicht, denn sonst hätte sie mich ja wohl nochmal eingeladen. Na ja. Das ist der Lauf der Dinge. Manchmal ist man mit Leuten befreundet, und dann eben nicht mehr. Bald schicken wir uns nur noch Karten zu Weihnachten. Auch in Ordnung. Kann sie haben. Ich lösche die Mail.

Dann ist Konferenz – und zu meiner großen Freude ist Christian da. Er lächelt entspannt.

»So, ihr Lieben«, sagt er. »Einen schönen Gruß von Walter. Es geht ihm gut, er macht nur ein paar Tage Urlaub und hat mich gebeten, euch die Neuigkeiten zu überbringen.« Er macht eine Pause und verkündet dann: »Walter ist von seinem Posten als Chefredakteur zurückgetreten und wird nur noch als Herausgeber fungieren. Er hat mir den Chefredakteursposten angeboten, und ich habe Ja gesagt.«

Er wartet, bis der Applaus verklungen ist, bevor er weiterspricht. »Wir werden an die Anfänge von *Women's Spirit* anknüpfen und wieder saubere journalistische Beiträge recherchieren, die eine optimistische Botschaft haben. Und Schleichwerbung wird es nicht mehr geben.«

»Bravo«, rufe ich und klatsche, die anderen fallen ein.

»Damit ist ja klar, dass wir einen neuen geschäftsführenden Redakteur und stellvertretenden Chefredakteur brauchen.« Köpfe werden gereckt, aufgeregtes Wispern. Ich tippe auf Birgit, die Redakteurin für Ernährung und Sport. Aber dann sagt Christian: »In Absprache mit Walter habe ich entschieden, dass Nina das übernehmen wird.«

»Waaass?«, entfährt es mir. »Ich???«

Er sieht mich verdutzt an. »Wir hatten doch vor kurzem darüber gesprochen. Ich dachte, eine Führungsposition wäre das, was du wolltest.«

Mir fällt unser letztes Gespräch in seinem Büro ein. »Ach so. Ja klar.«

»Also bist du einverstanden?« Ich nicke. Christian

strahlt. »Toll. Denn du bist nicht nur von deiner Aus-
bildung her sehr qualifiziert und von Anfang an dabei,
sondern hast dich in der Zeit auch zu einer wirklich tollen Ressortleiterin entwickelt. Du kennst die Zeitschrift
in- und auswendig, hast einen guten Riecher für Themen
und ein Talent für die Blattgestaltung. Und weil du auch
sehr gut organisiert bist, sind wir überzeugt, dass du die
bürokratischen Aufgaben bestens meistern wirst.«

Bei so viel Lob bleibt mir jeder weitere Protest im Hals
stecken. Oh mein Gott! Ich werde geschäftsführende
Redakteurin und stellvertretende Chefredakteurin! Mit
achtundzwanzig! All die Verantwortung. Und die ganze
Mehrarbeit …

»Und noch eine Neuerung wird es geben«, sagt Christian. »Die Produktproben werden ab sofort nicht mehr
für private Zwecke genutzt. Alle Einsendungen werden
gesammelt, und ich werde in Absprache mit den Ressortleitern klären, ob es eine redaktionelle Grundlage für eine
Vorstellung im Heft gibt. Der Rest wird in einem Basar
verkauft und das Geld dann für einen guten Zweck gespendet. Ich möchte niemanden mehr sehen, der eine Pro-
duktprobe einsteckt. Haben das alle verstanden?!«

»Das sind aber tolle Neuigkeiten«, sage ich, als ich kurz
danach in die Teeküche komme, wo meine Kolleginnen
sitzen.

»Besonders für dich«, sagt Svenja und wechselt mit den
anderen einen Blick.

»Ach komm, du hättest das doch genauso machen
können«, sage ich versöhnlich.

»Ja, ja. Ich habe aber nicht so beim Chef geschleimt«, brummt sie und guckt in ihre Kaffeetasse.

»Ich hab nicht geschleimt«, widerspreche ich.

»Ach so. Na, dann ist ja alles klar«, mault Svenja.

»Ich finde das voll doof«, murrt Cosima. »Jetzt muss ich mir demnächst die Schminke *kaufen*, so ein Mist. Weißt du, was das kostet?« Sie sieht mich schmollend an.

»Das spielt doch für Fräulein Jäger keine Rolle, sie hat ja eh genug Kohle von ihrer Mutter«, murmelt Birgit.

»Wie bitte?«, frage ich, obwohl ich es genau verstanden habe.

»Ach nichts«, sagt Birgit. »Herzlichen Glückwunsch zur Beförderung!«

»Ja, das wird sicher ganz schön schwer werden«, sage ich. »Das ist ja doch eine Menge mehr Arbeit, aber ich hoffe, ich kann auf euch zählen.«

»Natürlich«, sagt Svenja, und auch Birgit nickt.

»Christian und ich geben heute Abend übrigens einen aus, im *Tapas y mas*«, verkünde ich. »Eine richtige Feier machen wir dann, wenn Walter wieder da ist.«

8

»Auf die Zukunft von *Women's Spirit*«, ruft Christian und hebt sein Glas.

»Auf *Women's Spirit*«, antworten wir und trinken.

Ich kann mich noch gar nicht an den Gedanken gewöhnen, dass ich jetzt Chefin bin. Also nicht die oberste Oberchefin, aber immerhin mehr Boss als bisher. Aber ich werde richtig nett sein. Ich werde zwar das letzte Wort haben, werde das aber total geschickt und subtil verkaufen, so dass die anderen nicht denken, ich würde sie auf einmal bevormunden. Und auch wenn ich ein eigenes Büro bekomme, werde ich doch mit den anderen weiterhin mittags in die Kantine gehen. Ich sehe Florian zur Tür reinkommen, laufe auf ihn zu und küsse ihn.

»Was ist denn los?«, fragt er atemlos. »Was hast du für grandiose Neuigkeiten für mich?«

»Stell dir vor, ich bin befördert worden! Zur stellvertretenden Chefredakteurin. Weil Walter nur noch als Herausgeber arbeiten möchte und Christian jetzt Chefredakteur ist, und dann war ja die Stelle als Stellvertreterin frei, und die habe ich jetzt.«

»Wow«, sagt er. »Also bleibt Christian doch?«

»Ja«, sage ich und werde ein bisschen rot.

»Und du kündigst also auch nicht?«

»Nein.« Ich zucke entschuldigend mit den Schultern.

»Na, dann herzlichen Glückwunsch«, sagt er, umarmt mich und klopft mir dabei auf den Rücken. Das hat er noch nie gemacht. Ich löse mich von ihm. Er guckt mit finsterer Miene in die Runde, die hinter uns am Tisch sitzt. »Der Typ, der am Kopfende sitzt, ist das dieser Christian?«

»Ja«, sage ich, und meine Wangen glühen. Christian trägt heute ein schwarzes Hemd, was ihm irre gut steht. Zum Glück kann man von hier nicht sehen, dass seine Augen die Farbe eines dunkelgrünen Dorfteiches haben. »Aber er muss gleich nach Hause, weil seine Frau zu einem Elternabend geht und er auf die Kinder aufpassen muss.«

»Aha.«

Er scheint nicht wirklich beruhigt zu sein, deswegen nehme ich seine Hand. »Ich liebe dich!«, flüstere ich ihm ins Ohr, um ihn aufzumuntern, und küsse ihn auf die Wange.

»Dann sollten wir endlich zusammenziehen, was meinst du?« Florian sieht mich herausfordernd an.

»Was?«

Mein Herz fängt an zu bummern. Seine Miene ist ein bisschen trotzig, aber auch verletzlich. Er sieht so süß aus, wie er da so dicht vor mir steht. Damals, als er mich das schon mal gefragt hatte, war ich einfach noch nicht so weit. Da hatte ich ein anderes Leben, da hatte ich Pia. Aber jetzt wird mir klar, dass es an der Zeit ist, mich ganz und gar auf die Beziehung mit Florian einzulassen.

»Ja, natürlich«, sage ich, und er umarmt mich noch

einmal fester. Plötzlich fühle ich mich, als kriegte ich keine Luft mehr. »Setz dich doch, ich gehe schnell auf die Toilette«, sage ich und wanke die Treppe zu den Waschräumen hinunter.

»Und dann hab ich Ja gesagt, dabei hängen in seinem Schlafzimmer so gruselige afrikanische Masken. Und ich weiß, dass er meine Teelichtersammlung verabscheut. Wie passt das denn zusammen?«, jammere ich und versuche, mir mit hektischen Bewegungen der flachen Hand Luft und Contenance zuzuwedeln.

Eigentlich ist das eine der affigsten Gesten, die ich kenne, aber wie bei den Mädchen von *Topmodels* und anderen Drama-Soaps wirkt es auch bei mir. Ich bin nämlich nicht in Tränen ausgebrochen, und mein Make-up ist auch noch intakt!

»Und ich habe nicht mal jemanden, bei dem ich mich ausheulen könnte, weil meine beste Freundin mich verlassen hat. Das ist doch schlimm, oder?«

»Ja«, sagt die Klofrau und schaut mich mitleidig an.

Sie war mir vom ersten Moment an sympathisch. Mit ihren seidigen schwarzen Haaren und den dunkelbraunen Augen sieht sie aus wie eine persische Prinzessin – in einem weißen, um die Körpermitte gut ausgefüllten Kittel. Sie pfeift sich sicher abends aus Frust auch mal die eine oder andere Zuckerbombe rein! Wie gut ich das verstehen kann. Und sie versteht mich auch! Ich hab zwar keine Ahnung mehr, wie und warum ich überhaupt angefangen habe zu erzählen, aber es war wohl der Blick aus diesen samtenen Augen, der so viel Mitgefühl ausdrückte, der

91

mein Herz und meine Zunge überfließen ließ. Und hier unten in den Katakomben, wo nur Frauen Zutritt haben, kann wenigstens kein Mann mithören. Außerdem sind die Toilettenräume wirklich hübsch, mit roter Tapete und einem Potpourri aus getrockneten duftenden Blüten neben dem schwarzen Waschbecken. Man fühlt sich gleich wie zu Hause.

Ich nehme mir das Haarspray, das neben den kleinen, sorgfältig gefalteten Handtüchern steht, und neble mir die Haare ein. »Männer sind wirklich kompliziert«, seufze ich. »Und so anders als wir!«

»Ja«, sagt die Klofrau und poliert den chromfarbenen Handfön.

»Wie ist denn Ihr Mann so?«, frage ich freundlich. Aber sie lächelt nur kryptisch und schüttet schweigend einen halben Liter Desinfektionsmittel in den Abfluss. Vielleicht ist sie schüchtern.

»Hat er Verständnis, dass Sie sich mit Ihren Freundinnen treffen und über Ihre Beziehung reden?«, bohre ich weiter.

»Ja, ja«, sagt sie mit dem immer gleichen Gesichtsausdruck, stellt das Putzmittel in den Schrank und donnert die Tür zu.

Langsam bekomme ich Zweifel an unserer Seelenverwandtschaft. In dem Moment kommt eine Superschnepfe aus einer der Toilettenkabinen, obwohl ich doch eben gedacht hätte, außer der Klofrau und mir wäre niemand hier. Superschnepfen erkennt man an ihrer makellosen Erscheinung und dem Blick, der besagt: »Ja, ich bin perfekt, und ich weiß es.« Sie trägt weiße Röhrenjeans mit

Strassapplikation und eine elfenbeinfarbene Seidenbluse, und ich zweifele keine Sekunde daran, dass sie Spaghetti mit Tomatensoße essen könnte, ohne sich zu bekleckern. Sie ist sicher Senior Consultant Chain Supply Managerin oder sonst irgendwas, was keiner kapiert. Sie guckt mich durch den Spiegel spöttisch an, während sie sich die manikürten Finger wäscht, dann holt sie eine Münze aus ihrem winzigen Handtäschchen, wirft der Klofrau zwei Euro in den Teller und rauscht grinsend ab.

Da fällt mir siedend heiß ein, dass ich meinen Geldbeutel in meiner Tasche habe, und meine Tasche oben an meiner Stuhllehne hängt.

»Äh«, sage ich zu der Klofrau, »ich habe mein Geld oben vergessen.«

Das weiche Schlammbraun ihrer Augen trocknet in Sekundenbruchteilen zu einer harten Kruste.

»Ich laufe schnell und hole es, okay?«, flehe ich, aber die Klofrau versteht nur, dass sie leer ausgehen wird und wedelt mich mit herrischen Handbewegungen raus.

Mit hochrotem Kopf gehe ich zu unserem Tisch zurück. Die Superschnepfe und ihre Weißweinschorle nippenden Zimtzickenfreundinnen glotzen mich mit unverhohlener Schadenfreude an, als ich mich neben Florian setze, der mich mit einem Kuss auf die Wange begrüßt.

»Hallo Schatz, ich habe deinen Kolleginnen gerade gesagt, dass wir zusammenziehen«, sagt er und legt den Arm um mich. Ich sehe, wie die Superschnepfe ihren Freundinnen etwas zuflüstert, und sie lachen.

»Ja, das ist toll«, sagt Svenja, und Birgit, die neben ihr sitzt, nickt.

93

Karin seufzt in ihr Glas. Cosima guckt amüsiert und himmelt Christian, der sich mit Kolja, unserem Bildredakteur unterhält, mit klimperndem Augenaufschlag an.

Ich trinke mein Glas in einem Rutsch aus und flüstere Florian ins Ohr: »Wir müssen gehen.«

»Warum?«, fragt er erstaunt. »Ich bin doch gerade erst gekommen.«

Natürlich kann ich ihm nicht die Wahrheit sagen. Die wäre nämlich, dass ich nach Hause muss, weil ich in diesem Laden nicht noch einmal auf die Toilette gehen möchte. Ich will der Klofrau einfach nicht nochmal begegnen. Und das würde unweigerlich der Fall sein, wenn ich mir weiter den Rotwein reinschütte.

»Ich… bin total erledigt«, sage ich, als ich meinen Mantel nehme und mich mit Florian auf den Weg mache.

Und das stimmt auch. Ich fühle mich richtiggehend erschöpft. Was ist nur mit mir los? Das ist doch… krank. Heute morgen in Hildes Kiosk und jetzt bei der Klofrau. Das ist überhaupt nicht mehr kontrollierbar, was ich so von mir gebe. Das ist regelrecht *zwanghaft,* fast so, als wäre ich quassel*süchtig!* Oh mein Gott! Gibt es so was wie Quasselsucht? Nein, das kann nicht sein. Reden kann doch nicht abhängig machen, oder? Zigaretten, klar. Alkohol, ja. Heroin und solche Sachen, natürlich. Aber Reden? Nein, das ist lächerlich. Das ist eine Sache, die man ganz leicht in den Griff kriegen kann. Ich muss mir nur so eine Art Schweigegelübde auferlegen und nie, nie, nie wieder vor fremden Frauen meine Angelegenheiten ausbreiten. Ganz einfach.

Prima, allein mit dem guten Vorsatz geht es mir besser.

Oh Mann, ich platze!

Schon die Vorstellung, ich dürfte nie mehr über meine Probleme sprechen, macht mich *kirre*. Auf dem Nachhauseweg wird mir eines klar: So wie ein Raucher nicht vom Nikotin loskommt, werde ich nie vom Quatschen loskommen. Und ich bin nicht nur eine Quasselstrippe, ich bin eine Quassel*stripperin*, weil ich mich mit dem, was ich erzähle, regelmäßig komplett entblöße. Und wenn ich nicht bald was unternehme, wird unweigerlich Folgendes passieren:

Punkt 1: Ich mache mich in der ganzen Stadt lächerlich.

Punkt 2: Florian wird es irgendwann rauskriegen und mich absvervieren.

Punkt 3: Ich werde ein doppelter Single werden und der einsamste Mensch der Welt.

Aber was mache ich denn jetzt? Ich meine, eines ist jetzt schon klar: Als beste Freundin für mich selbst bin ich eine Niete. Ich sollte es einsehen. Meine Ratschläge sind scheiße. Und deswegen brauche ich eine neue beste Freundin. Oh Mann! Natürlich! Warum bin ich bloß nicht früher auf die Idee gekommen? Die Lösung liegt doch auf der Hand! Als Single stürzt man sich einfach wieder auf den Markt. Pia ist »ex«, also suche ich mir »hopp« eine Neue! Vor Begeisterung über meine super Idee, mache ich einen Hüpfer.

»Was ist los, Süße?«, fragt Florian. »Du strahlst auf einmal so. Freust du dich, dass wir zusammenziehen?«

»Äh, ja klar«, sage ich schnell und beiße mir auf die Lippen.

Gestern habe ich noch rumposaunt, dass beste Freundinnen überflüssig seien, da kann ich ihm heute nicht erzählen, dass ich ohne beste Freundin nicht leben könne. Der hält mich doch für verrückt!

9

Wir wohnen noch nicht zusammen, aber ich gebe Florian den Zweitschlüssel, den Pia immer hatte. Der hängt an einem puscheligen Eisbäranhänger, den sie mir mal als Glücksbringer geschenkt hatte.

»Den Bär darfst du aber nicht abmachen«, sage ich Florian, als ich ihn überreiche.

»Ist gut!« Dann schaut er sich in meinem Wohnzimmer um. »Eigentlich ist deine Wohnung groß genug für zwei«, sagt er. »Ich könnte auch hier einziehen!«

»Nein«, rufe ich erschrocken. Die Vorstellung, meine wunderschönen Sachen zur Seite zu räumen, damit er mit seinem geschmacklosen Kram mein Arrangement zerstört, ist unerträglich. Außerdem ist meine Wohnung mit fünfundsechzig Quadratmetern zwar flächenmäßig groß genug, aber ich habe nur zwei Zimmer, wovon eines, das Wohnzimmer, ein Durchgangszimmer zum Schlafzimmer ist. »Wir brauchen drei Zimmer«, antworte ich.«

»Das ist aber auch teurer«, murrt er.

»Wir suchen uns einfach eine billige Dreizimmerwohnung!«, schlage ich zuckersüß lächelnd vor. »Aber ich möchte gerne in der Südstadt wohnen bleiben.« Hier gibt es viele nette Läden und der Volksgarten ist gleich um die Ecke.

»Aber in der Südstadt findet man doch keine billige Dreizimmerwohnung«, sagt er düster und dann entschlossen: »Deswegen werde ich mich auch um eine baldige Beförderung bemühen! Damit wir uns das leisten können, okay?«

»Toll«, rufe ich. »Und ein Balkon ist auch wichtig. Eine Dachterrasse wäre natürlich noch besser. Oder ein Garten! Das wäre doch was!«

»Wir werden schon was finden«, sagt er optimistisch.

»Natürlich«, antworte ich.

Bis wir etwas gefunden haben, was mir gefällt, habe ich mich sicher an den Gedanken gewöhnt, meine vier Wände verlassen zu müssen. Um die Wohnungssuche kann ich mich im Moment sowieso nicht kümmern, denn ich habe eine andere Aufgabe: Ich muss eine neue beste Freundin finden. Zum Glück bin ich Journalistin. Wenn ich eines kann, dann recherchieren.

Ich habe schon mal ein Paar ausfindig gemacht, das sich aus einem früheren Leben im Alten Ägypten zu kennen glaubte. Ich habe eine Frau interviewt, die sich nur von Orangen ernährte, eine Waise mit einem herausragenden Talent für alte Korbflechttechniken und eine transsexuelle Priesterin. Alles schon gehabt. Da werde ich ja wohl auch eine beste Freundin finden. Für eine professionelle Herangehensweise ist es natürlich unerlässlich, eine Systematik zu entwickeln. Bevor ich also das allwissende Internet befrage, mache ich eine Liste der besten Freundinnen, die ich bisher hatte.

Meine beste Freundin Nr. 1

Julia Grübner. Eigentlich war es eher eine »Zwangsgemeinschaft durch geografische Nähe«. Sie wohnte neben uns, und unsere Eltern waren der Meinung, dass es praktisch wäre, wenn wir zusammen spielen würden. Anfangs war ich begeistert, denn Julia hatte alles von Barbie. Sie hatte nur leider keine Lust, auch nur eine einzige Puppe abzugeben. Ich war also zum Zugucken verdammt, während sie ihre Hochzeitsbarbie frisierte, sie an den Altar führte und mit Ken in der Kutsche fahren ließ. Irgendwann hatte ich genug von ihrem aufreizenden Spiel, schnappte mir die Hochzeitsbarbie und säbelte ihr mit einem Ratsch die Haare ab. Julia brüllte, als hätte ich ihr die Schere ins Auge gerammt. Ihre Mutter kam, sah und schrie und verbannte mich augenblicklich aus dem Umfeld ihrer Tochter. Die Sonnenblumen, die meine Mutter zur Versöhnung rüberbrachte, enthauptete Frau Grübner mit einem Fleischermesser und schmiss sie uns auf den Fußabstreifer. Fortan herrschte eisiges Schweigen zwischen den Häusern der Mozartstraße Nummer 7 und Nummer 9.

Meine beste Freundin Nr. 2

Susanne Hochstätter, Sitznachbarin in der Erich-Kästner-Grundschule. Sie gab mir immer ihr Schokokuss-Brötchen im Austausch gegen meine Leberwurststulle. Ihre Eltern waren eingefleischte Tierschützer und erkauften sich den Vegetarismus ihrer Kinder mit Süßigkeiten in Massen. Susanne stürzte sich auf das herzhafte Butterbrot wie eine Verhungernde! Am liebsten spielten wir bei mir, denn ich besaß eine voll funktionierende Kinderküche mit kleinem Herd, auf dem wir Makkaroni mit Sauce Bolognese (aus Ketchup mit Fleischwurstwürfeln) kochten. Aber als ihre Eltern spitzkriegten, dass ich Susanne mit »Leichenteilen aus der Massentierhaltung« versorgte, durften wir uns nur noch bei ihr treffen. Leider beherbergten Susannes Eltern allerhand geisteskrankes Getier, wovon mir besonders der bissige Schäferhund Hansi und eine fette Katze namens Rubens im Gedächtnis geblieben sind. Die beiden patrouillierten ständig auf dem Hof der Hochstätters und wehrten mit vereinten Kräften jeden Besucher ab, der weder ein Doktor-Dolittle-Diplom noch einen Schlagstock in der Tasche hatte. Ich besuchte sie einmal und nie wieder. Dann tauschten Susannes Eltern auch noch die Schokoküsse gegen eine grässlich trockene Grünkern-Möhren-Paste aus, und das Ende unserer Freundschaft war besiegelt. Aber damals war es so natürlich wie das jährliche Längenwachstum, dass ich eine neue Freundin finden würde.

Meine beste Freundin Nr. 3
Magdalena Meier, Humboldt-Gymnasium, fünfte Klasse. Wir verstanden uns wirklich gut. Dass sie Zeugin Jehovas war, störte mich überhaupt nicht. Ihre Eltern waren sehr nett, und *Der Wachtturm* war eine interessante Zeitschrift, die ich gerne mit nach Hause nahm. Aus irgendeinem Grund dachte ich, es wäre besser, wenn meine Eltern nichts davon wüssten, und schaute sie mir heimlich an. Doch als ich über die »Endzeit« las und über »die Schlacht von Armageddon«, in der Jehova die alte

Erde und alle ungehorsamen Menschen vernichten würde, bekam ich es mit der Angst zu tun. Vor allem weil mir Magdalena versicherte, dass alles, was darin stünde, die reine Wahrheit sei. Ich schmiss die Zeitschrift heimlich weg, traute mich aber nicht, Magdalena die Freundschaft zu kündigen. Nur für den Fall, dass Jehova uns alle zermalmen würde, wäre es sicher nicht schlecht, eine Verbündete zu haben. In der siebten Klasse zog sie mit ihren Eltern weg. Es dauerte einige Monate, bis ich nicht mehr bei jedem Unwetter dachte, mein letztes Stündlein hätte geschlagen.

Meine beste Freundin Nr. 4
Carina Schuster. Ich lernte sie im Sportverein kennen. Weil ich viel größer war als meine Klassenkameradinnen, hatte mich mein Sportlehrer überredet, Basketball zu spielen. Was überhaupt nicht mein Ding war. Ich brauchte ein halbes Jahr, bis ich kapierte, dass der Trainer nicht dauernd von Übungen für »die Fans« sprach, sondern für die Defense. Na ja. Auch wenn ich danach den Sinn des Trainings besser verstand, machte es mir nicht wirklich Spaß. Das einzig Gute war, dass ich dort Carina kennenlernte. Sie war klein und flink und echt lustig. Nach dem Training gingen wir zu ihr, spielten die Hitparade nach und sangen schief und krumm, aber voller Hingabe deutsche Schlager. Jede Woche schauten wir uns *Pretty Woman* auf Video an, bis wir jede Textzeile mitsprechen konnten. Irgendwann waren wir uns einig, dass wir kein Basketballtraining brauchten, um uns zu amüsieren, und schmissen die Sache hin. Bald darauf hatte Carina überhaupt

keine Lust mehr auf irgendwas. Sie fing an, sich nur noch in Schwarz zu kleiden, mied das Sonnenlicht, aß immer mehr und wurde Fan von Nirvana. Ich versuchte, sie aufzuheitern, aber das klappte nicht. Irgendwann hatte ich keine Lust mehr, in ihrem verdunkelten Zimmer zu sitzen und ihrem neuen teigigen Ich beim Unterarm-Ritzen zuzuschauen. Ich suchte mir eine neue Freundin.

Meine beste Freundin Nr. 5

Simone Steingans aus dem Deutsch-LK. Simone war supernett, hilfsbereit und zuverlässig. Sie wusste immer Bescheid, welche Kapitel wir lesen mussten, verlieh auch die Sekundärliteratur zu Schillers Briefen und anderen öden Sachen, und ich wusste immer, neben wen ich mich in der Pause stellen sollte. Mit Simone schrieb ich mich an der Uni für Germanistik ein. Ich fand es äußerst beruhigend, nicht die einzige Doofe zu sein, die keinen Schimmer hatte, was auf der Uni von einem erwartet wurde.

Meine beste Freundin Nr. 6

Kerstin Fischer, erstes Semester, Uni Köln. Sie löste durch Zufall Simone als beste Freundin ab, denn Kerstin wohnte *zufällig* in demselben Studentenwohnheim wie der schöne Benjamin. Der schöne Benjamin war mir sofort aufgefallen, als er mit seinem dichten, schimmernden schwarzen Haar durch das Institut stolzierte. Er trug immer einen Pullover, den er sich über die Schultern legte und vorne zusammenknotete. Heute denke ich, dies alleine hätte mir schon Warnung genug sein müssen. Aber da bei Germanistik gefühlte tausend Frauen auf einen Mann kamen, konnte er sich vor Angeboten nicht retten. Vermutlich ließ er sich auch nur deswegen so viel Zeit mit dem Studium. Er war siebenundzwanzig und hatte gerade erst sein Grundstudium hinter sich gebracht. Ich wollte ihn haben! Unbedingt. Und Kerstin half mir, meinen Plan in die Tat umzusetzen. Ich hing mit ihr im Wohnheim rum, damit ich dort »zufällig« Benjamin begegnen würde, und ging mit ihr auf alle Studentenpartys. Die spannende Phase der Werbung, die Kerstin und mich zusammenschweißte, dauerte das ganze Grundstudium. Dann hatte ich meine ärgsten Konkurrentinnen, eine Blondine namens Carmen und eine Brünette namens Miriam, tatsächlich ausgestochen, und der schöne Benjamin war mein. Da es keine anderen guten Kerle in unserem Studiengang gab, verkündete Kerstin, dass sie auf Maschinenbau umsatteln würde. Sie zog nach Aachen, lernte prompt einen tollen Typen kennen, mit dem sie heute verheiratet ist. Bei mir lief es nicht so gut. Ich ignorierte die ganzen Semesterferien über das nagende Gefühl, dass der schöne Benjamin mir nicht alleine gehörte, dann fand ich Gewissheit in Form einer Postkarte, die mit »Ich hab Dich auch lieb, Deine Carmen« unterschrieben war. Als ich ihn darauf ansprach, sagte er die unvergesslichen und nie mehr getoppten Worte: »Ach ja, das hatte ich vergessen zu erwähnen. Ich habe eine andere, und es ist Schluss.« Und das eine Woche, bevor ich ihn meinen Eltern vorstellen wollte!

Meine beste Freundin Nr. 7

Pia. Ich traf sie beim Shoppen. Als Erstes wollte ich ihr eine reinhauen, weil sie nämlich zeitgleich mit mir nach dem letzten Wickelshirt in Pink-Rot gegriffen hatte. Denn ich war extra wegen dieses Wickelshirts in die Stadt gefahren! Pink und Rot, eigentlich eine völlig irre Mischung, aber bei dem Model in dem Prospekt hatte es einfach super ausgesehen. Und jetzt schnappte es mir diese unverschämte Tussi mit dem Desigual-Mantel und dem kinnlangen blonden Haar vor der Nase weg!

»Lass mich raten. Beim Schlussverkaufseminar warst du die Klassenbeste im Grapschen, was?«, sagte ich, wandte mich den Folkloretunikas zu und schleppte einen Haufen davon in die Umkleidekabine. Die sahen aber alle nach fünfter Schwangerschaftsmonat oder wochenlanger Buttercrememast aus. Mist. Ich hätte doch nicht so nachsichtig sein dürfen mit dieser ätzenden Grapschertussi!

Ich wünschte ihr gerade die Krätze an den Hals, als es an meiner Umkleidekabine klopfte. Über der Tür erschien das Wickelshirt. »Das steht mir leider überhaupt nicht«, sagte die Tussi und wedelte damit. Na, herzlichen Dank.

»Darin sehe ich aus wie ein überdimensionales Marshmallow.« Sie hielt weiter das Shirt über die Tür. Ich unterdrückte ein Grinsen. »Wenn ich pinke Leggings dazu anziehen würde, könnte ich im Remake von Ghostbusters locker die Marshmallow-Frau spielen.«

Ich musste kichern, nahm es und streifte es über.

»Oh mein Gott«, stöhnte ich, »das ist ja grauenvoll!«

Mein kleiner Bauchansatz quoll unter dem Shirt hervor, als hätte ich auf einmal fünf Kilo zugelegt, es spannte an den Oberarmen und ließ sie aussehen wie Fleischwürste, mein Hals passte sich der Farbkombination chamäleonartig an und erschien ungesund rosa.

»Marshmallow?«, rief sie von draußen.

»Absolut Marshmallow! Igitt!« Ich riss es mir vom Leib.

Als ich aus der Umkleide kam, wartete sie auf einem der Stühle, die sonst den gelangweilten Männern vorbehalten waren. Sie lächelte und zeigte eine süße Zahnlücke zwischen den oberen Schneidezähnen.

»Ich wette, das Model im Prospekt war gar keine echte Frau«, sagte ich.

»Models sind nie echte Frauen«, antwortete Pia. »Die werden in einer Firma in Brasilien hergestellt. Die sind lebensecht, aber nicht von dieser Welt. Aber zum Glück habe ich das durchschaut und mache mir nichts mehr draus.«

»Ja«, sagte ich würdevoll, »man wird älter und weiser.« Wir kicherten. Ich hängte das Wickelshirt auf den Ständer und betrachtete es noch einmal. »Zu schade«, seufzte ich.

»Jetzt sieht es wieder super aus«, sagte sie. »Was stimmt bloß nicht mit uns?«

Ich lachte. »Weißt du, was mein Lebensmotto ist? Erst mit ein paar Fehlern ist man perfekt.«

»Ehrlich?«, staunte sie.

»Nein«, kicherte ich, »hab ich mir gerade ausgedacht. Aber wäre als Motto nicht schlecht, wenn man dran glauben würde.«

Pia grinste. »Sollen wir einen Kaffee trinken?«

Aus dem Kaffee wurden einige Cocktails, und irgendwann um halb zwei Uhr nachts tauschten wir Telefonnummern aus. Als ich nach Hause torkelte, wusste ich, dass sich mein Leben verändert hatte. Sechs Jahre und drei Monate waren Pia und ich unzertrennlich. Und zwar so unzertrennlich, dass ich gar keine anderen Freundinnen brauchte.

Dann tauchte Rob auf. Rob Cooper, der Ami. Pia lernte ihn in der Bahn auf dem Weg zur Arbeit kennen, als er sie fragte, wie der Fahrkartenautomat funktionieren würde. Pia verliebte sich sofort in ihn, aber das war auch kein Wunder. Hawaiianische, irische und italienische Vorfahren hatten eine interessante Genmixtur hinterlassen. Er hatte dunkle Haare und mandelförmige blaue Augen. Sommersprossen sprenkelten sein Gesicht wie die Sterne eine wolkenlose Nacht. Man hatte immer den Eindruck, als würde er verschmitzt grinsen, und doch durchschaute er die Leute sofort. Er war groß, breitschultrig und hatte einen trockenen Humor. Wenn er lachte, dröhnte es richtig. Es war immer sehr lustig mit ihm. Ich mochte ihn von Anfang an. Und Pia war so verliebt wie noch nie. Er war für ein Jahr in Deutschland, aber nicht immer in Köln, sondern mal in Aschaffenburg, dann in Erfurt und schließlich wieder Köln. Es war furchtbar kompliziert, weil Pia sich nicht sicher war, ob er es ernst meinte. Er redete nie über sein Leben in Amerika, und Pia vermutete, dass er eine Familie dort hätte. Wenn er nicht in Köln war, war er schwer zu erreichen, und das machte Pia nervös. Fast jeden Abend verbrachten wir zusammen, und ich versuchte, ihr so gut wie möglich zu helfen. Und weil ich ihr immer riet, erst mit ihm zu sprechen, bevor sie Schluss machen würde (was sie jeden zweiten Tag machen wollte), blieben sie zusammen. Das hatte ich nun davon.

10

Das Ergebnis ist eindeutig. Die meisten Freundinnen habe ich auf meinem Bildungsweg kennengelernt. Aber den habe ich ja nun blöderweise hinter mir. Klar kenne ich die ganzen Filme, in denen sich Dreißigjährige wieder in ihre alte Highschool einschleusen, und angeblich niemand merkt, dass sie schon uralt sind. Aber das ist eindeutig ein amerikanischer Mythos, der nur funktioniert, weil die Schauspieler, die die Sechzehnjährigen spielen, auch alle mindestens doppelt so alt sind. Für die Uni bin ich aber noch nicht zu alt.

Ich könnte mich für Hedonistik einschreiben – gibt es dieses Fach überhaupt? –, und abends auf jede Studi-Party gehen. Klingt verlockend! Aber vermutlich ist es Quatsch, die Freundinnensuche in diesem Stadium bereits zu einem Ganztagsjob zu machen.

Dann bleiben also Nachbarn, Sport und Shoppen. Hmmm, magere Ausbeute. Der einzige Nachbar in meinem Haus, der vom Alter her zu mir passen würde, ist Andy. Aber der ist verrückt. Und Shoppen kann ich zwar super, aber die Wahrscheinlichkeit, dabei nochmal eine beste Freundin zu treffen, ist vermutlich genauso hoch wie auf einer Hollywoodparty eine Frau zu finden, die botoxfrei ist. Na gut.

Aber Sport könnte eine Möglichkeit sein. Doch bevor ich zu schweißtreibenden Maßnahmen greife, gucke ich natürlich noch ins Internet. Kurz »suche beste Freundin« gegoogelt, und schon habe ich eine halbe Million Treffer. Einen Klick später finde ich mich in einem Forum wieder, wo diverse Frauen Kontaktanzeigen unter genau meiner Rubrik aufgegeben haben. Wie geil ist das denn? Erstens ist es eine Riesenerleichterung, dass ich offensichtlich doch nicht die Einzige bin, die ihre Mädelsabende alleine abhalten muss. Und zweitens geht das ja alles viel einfacher, als ich gedacht hätte. Da werde ich gleich mal einen Aufruf reinschreiben, auf den sich massig Mädels melden werden. Und dann brauche ich mir nur noch die Richtige aussuchen! Hmmm. Also, was soll ich schreiben?

Weiblich, redselig, jung sucht ...

Nein.

Guckst du GZSZ? Musst du das Wort »Pionier« im Lexikon nachschlagen? Magst du ärmellose Rollkragenpullis? Teilst du Eiskrem mit deinem Hund? Hörst du am liebsten Kuschelhase Schnuffel?

Dann melde dich bitte auf keinen Fall bei mir!

Aber wenn du Grey's Anatomy liebst und dich manchmal für verpasste Gelegenheiten hasst, wenn du gerne ausgehst und dem männlichen Geschlecht nicht abgeneigt bist, und wenn du auch manchmal ein Glas zu viel trinkst, obwohl du am nächsten Tag einen wahnsinnig wichtigen Termin hast – dann ruf mich unbedingt an, ich hab dir viel zu erzählen.

Dem männlichen Geschlecht nicht abgeneigt – das klingt bescheuert. Und das mit dem Lexikon und dem Pionier, das ist auch viel zu überheblich. Ein Glas zu viel – die anderen müssen denken, ich wäre Alkoholikerin. Alles löschen! So weit ist es also schon: Allein um so eine Kontaktanzeige zu schreiben, brauche ich eine beste Freundin. Und das bringt mich auf die Idee.

Hi Mädels, wenn ich eine beste Freundin hätte, würde ich jetzt mit ihr und einem Aperol Sprizz vor dem Compi sitzen und mich über meine dämliche Kontaktanzeige kaputtlachen. Denn mir alleine fällt nur Schwachsinn über mich selbst ein. Aber vielleicht kannst du mir dabei helfen, etwas über mich zu schreiben, das so unwiderstehlich klingt, dass ein Mädchen aus Köln sich meldet, mit dem ich den Rest meines Lebens reden und lachen kann?

Ich zwinge mich, nicht weiter über meinen Text nachzudenken, und so schicke ich den Aufruf von Kichererbse99 in die unergründlichen Weiten des World Wide Web.

Internet ist doof. Am nächsten Morgen finde ich keine einzige Antwort in meinem Postfach. Während der Arbeit checke ich dauernd meine Mails, doch dann überrennt mich mein neuer Job, denn jetzt, wo ich geschäftsführende Redakteurin bin, muss ich mich ständig mit irgendeinem nervigen Kleinkram beschäftigen.

Birgit hat mir eine Spesenabrechnung gegeben, bei der sie mit einem Autor für hundertachtzehn Euro zu Mittag gegessen und vor allen Dingen getrunken hat. Ruth hat mir gesagt, das würde Ärger geben, also bitte ich Birgit um eine Erklärung. Und sie sagt zu mir, *ich* hätte ihr den Auftrag gegeben, den Artikel des Autors über die fragwürdige Tradition des Weintrinkens bei Geschäftsessen besonders anschaulich zu machen, und nur deswegen hätten sie zwei Flaschen Wein getrunken.

Mmhh. Mal sehen, wie ich das vor Christian vertreten kann. Cosima kommt herein und bringt neue Pakete mit Produktproben.

»Die Sachen von Lancôme muss ich auf jeden Fall testen, das habe ich bisher immer gemacht«, sagt sie.

»Wir sprechen nachher in der Konferenz drüber«, sage ich müde, denn schon klingelt wieder das Telefon, und einer von der Grafik möchte mit mir die Aufmachung eines Gewinnspiels absprechen.

Im Anschluss muss ich meine erste Themenkonferenz leiten, weil Christian sich in Walters chaotisches Abrechnungssystem einarbeitet. Während Cosima und Birgit über das Für und Wider irgendeiner orientalischen Gurkenart diskutieren, die man als Massageschwamm benutzen kann, versuche ich mich daran zu erinnern, wie Christian das immer gemacht hat, wenn zwei Redakteure unterschiedlicher Meinung waren. Schließlich bestimme ich, dass Cosima den Luffa-Schwamm im Beauty-Teil unter »Schöner mit Gemüse« aufnehmen kann, und Birgit das Thema in ihrem Ernährungsartikel über das gesündeste Gemüse der Welt vorstellt.

»Das gesündeste Gemüse ist das, was man auch isst«, mault sie vor sich hin.

»Schreib das doch«, sage ich freundlich, aber irgendwie scheint es ihr nicht zu passen, und ich gewinne langsam den Eindruck, dass man sich als Chefin schnell Feinde machen kann.

Umso wichtiger, dass ich mich nach Feierabend endlich den wichtigen Dingen widme. Ich habe beschlossen, heute in ein Fitnessstudio zu gehen und dort eine neue beste Freundin aufzugabeln.

Ich war schon mal in einem Fitnessstudio, damals mit Pia. Wir hatten uns überlegt, dass es mit fünfundzwanzig an der Zeit wäre, dem Verfall des Körpers energisch entgegenzutreten. Aber als wir sahen, dass man sich beim Anmelden einer inquisitorischen Fragestunde stellen musste – inklusive öffentlichem Wiegen auf einer digitalen Waage –, tranken wir lieber ein isotonisches Getränk an der Bar. Danach bestätigten wir uns gegenseitig, dass unsere Körper noch in Topform seien und wir außerdem auch zu Hause Sit-ups und Kniebeugen machen könnten und damit jede Menge Geld und Zeit sparen würden. Haben wir natürlich nie gemacht. Aber es hätte mir gutgetan. Und so werde ich jetzt zwei Fliegen mit einer Klappe schlagen: einen straffen Körper bekommen und eine Freundin finden.

Zu Hause stopfe ich das schweißabsorbierende hellgrüne Shirt und die hautenge Sporthose, die mir Florian zu Weihnachten geschenkt hat, in eine meiner großen Shopper-Taschen. Als ich gerade nach passenden Schuhen fahnde, klingelt das Telefon. Geistesabwesend hebe ich ab.

»Hallo Nina, hier ist deine Mama.«

Mist.

»Oh, hallo, Mama, wie geht's?«, sage ich und bemühe mich, erfolgreich und ausgeglichen zu klingen.

»Mir geht es ausgezeichnet!«, sagt sie.

Ich kann ihr breites rosafarbenes Lippenstiftlächeln durchs Telefon spüren. Meine Mutter ist die bestgelaunte Person des Universums, dagegen ist selbst der Dalai Lama ein alter Miesepeter. Sie lächelt immer. Das liegt daran, dass sie so verdammt selbstzufrieden ist. *Selbstzufriedenheit macht glücklich* heißt denn auch einer ihrer Bestseller.

Meine Mutter ist Annegret Jäger, Psychotherapeutin, Heilpraktikerin und Autorin von Lebenshilfe-Büchern. Sie tritt in Talkshows auf, füllt auf Lesereisen riesige Hallen und hat eine eigene Kolumne in der *Bild*, in der sie wöchentlich einen schlauen Ratschlag verbreitet, der einem zu mehr Lebensfreude verhelfen soll. Sie hat sogar schon mal die Bundeskanzlerin in irgendeiner Sache beraten. Ich habe verdrängt, um was es ging, aber ich glaube, es war irgendwas mit Altersheimen und Farbgestaltung und Verstopfung. Verstopfung ist nämlich eines ihrer Lieblingsthemen, weil es ein solches »Tabu« ist und »so viele Menschen darunter leiden«. Sie plädiert dafür, dass man seine Sorgen loslassen müsse, dann käme auch der Stuhlgang in Schwung. »Ausscheiden von Problemen« nennt sie das. Umgekehrt gehe es den Leuten automatisch besser, wenn sie sich innerlich leer fühlen würden. Dass man jeden Tag ein Pfund Papaya essen muss, damit es funktioniert, kehrt sie dabei gerne unter den Tisch. Sie hat sogar eine Art Schlachtruf – so wie vor einigen Jahren dieser bekloppte Fernsehcoach, der immer »Tschaka!« gerufen hat, um über seine mangelnde Qualifikation hinwegzutäuschen. Meine Mutter sagt, wenn jemand in einer Talkshow zum Beispiel nicht über irgendein Problem sprechen will: »Flush it!« Und dabei macht sie eine Handbewegung, als ziehe sie an der imaginären Kette einer alten Wasserklosettspülung. Und spätestens wenn das Publikum den Ruf und die Geste wiederholt, wird der Talkgast weich und redet drauflos. Meine Mutter wird in den seriösen Medien öfter gescholten, dass sie »geistigen Dünnpfiff« verbreiten würde, aber das macht ihr überhaupt nichts aus. Und das ist auch das Einzige, was ich an meiner Mutter wirklich bewundere: Sie steht vollkommen zu dem, was sie macht.

»Und wie geht es *dir*?«, fragt sie, und es klingt auch ehrlich, aber ich weiß, dass diese Frage ebenfalls nur eine Antwort verdient.

»Mir geht es auch ausgezeichnet!«, sage ich einen Hauch zu enthusiastisch. Das kriegt sie natürlich sofort mit.

»Was ist los, Schatz? Stimmt was nicht?«

»Doch, doch. Alles okay! Wirklich alles super. Echt!«

»Du weißt, dass du mir alles sagen kannst«, sagt sie eindringlich.

Ich schweige. Ich hasse das nämlich! Immer möchte sie auf Teufel komm raus irgendwelche Problemgespräche mit mir führen. Nur weil sie jetzt gerade Zeit und ausnahmsweise mal nichts Besseres zu tun hat.

»Du weißt, dass du deine Sorgen *loslassen* musst.«

»Ich habe keine Sorgen«, beharre ich und spiele mit der Telefonschnur.

Das Blödeste, was ich machen könnte, wäre, meiner Mutter irgendeinen Anhaltspunkt dafür zu geben, dass ich Probleme habe. Denn dann würde sie sofort das Kommando über mein Leben an sich reißen.

Sie seufzt leise, und ich weiß genau, dass ihr Lippenstiftlächeln gerade gefriert. »Nie öffnest du dich mir, Nina, dabei will ich dir doch nur *helfen*. Wie ist denn dein …?«

»Weich und regelmäßig«, sage ich hastig.

»Gut. Das ist gut.« Sie entspannt sich ein wenig, scheint aber immer noch in Gedanken. »Warum meldest du dich eigentlich nie?«, fragt sie dann.

»Weil du ja doch nie Zeit hast«, platzt es aus mir heraus. Und weil mir das in der nächsten Sekunde leidtut, schiebe ich schnell hinterher: »Aber ich ja auch nicht, weil ich auf der Arbeit wirklich viel zu tun habe. Denn …« Ich mache eine dramatische Pause, bevor ich sie mit der Neuigkeit überrasche. »Ich bin jetzt geschäftsführende Redakteurin und stellvertretende Chefredakteurin!«

»Schön«, sagt sie.

Schön? Sie tut so, als hätte ich ihr mitgeteilt, dass ich einen interessanten Artikel über Schröpfmassage schreibe. Verdammt noch eins. Für so ein sparsames *Schön* von meiner Mutter hätte ich wahrscheinlich nur von einer formidablen Darmentleerung erzählen müssen. Das ist es, was mich immer an ihr aufregt: Sie will eigentlich gar nicht, dass es mir gutgeht, weil sie dann nämlich keinen Grund hat, sich in meine Angelegenheiten einzumischen und mir ihre ach so wertvollen Ratschläge zu erteilen.

Ich schnaufe und sammele mich einen Moment. »Und wie geht es Papa?«

»Ihm geht es auch ausgezeichnet!« Da ist es wieder,

das Lippenstiftlächeln, denn meine Mutter hält sich nicht lange mit schlechter Laune auf. Probleme haben andere, aber nicht sie.

»Ausgezeichnet«, antworte ich und frage mich, wie lange ich das noch durchhalte.

Das einzig Gute an meinen Eltern ist, dass sie vor zwei Jahren nach Mallorca gezogen sind, weil dort die Energie so energiereich ist oder so. Das Angebot, mitzugehen, hatte ich dankend abgelehnt. Meerblick entschädigt bei weitem nicht für die enervierende Daueranwesenheit meiner Mutter. Und so eine räumliche Trennung ist bei angespannten Familienbeziehungen wirklich eine Wohltat, weil wir uns so gar nicht in die Wolle kriegen können. Meine Mutter behandelt dort Esoteriktanten, reiche Schauspielerinnen und selbst ernannte Künstler und schreibt ihre neuesten Erkenntnisse über das Leben auf, während mein Vater malt oder angelt. Er ist seit jeher der ruhende Pol, weil er nie eine eigene Meinung hat. Sein Motto lautet: »Na gut.« Und das regt mich unglaublich auf. Das Einzige, wofür er eine gewisse Begeisterung aufbringen kann, ist die Schnäppchenjagd. Keine Ahnung, wieso. Sonst ist er der ruhigste Mensch der Welt, aber wenn es Bettwäsche für den halben Preis gibt, oder Koteletts im Angebot, dann schlägt er plötzlich über die Stränge und kauft Mengen, die für drei Großfamilien reichen würden.

Ab und zu kommen meine Eltern nach Deutschland, aber meine Mutter hat dann immer irgendwelche wichtigen Interviews oder Termine mit ihrem Verlag oder was weiß ich. Auf die Idee, herzukommen, nur um mich zu besuchen, kämen sie gar nicht. Und deswegen treffen wir uns höchstens zwei-, dreimal im Jahr. Was absolut ausreichend ist.

»Und was macht Florian?«, fragt sie. »So heißt er doch, oder?«

»Ja, Mama«, sage ich gereizt, »so heißt er. Immer noch.«

Nur weil sie ihn noch nicht persönlich kennengelernt hat, tut sie so, als wäre er ein Produkt meiner Fantasie. Eigentlich hatte Florian letztes Weihnachten mit nach Mallorca kommen sollen, aber dann war sein Vater mit einer schweren Lungenentzündung ins Krankenhaus gekommen, und Florian war nach Hause gefahren, um seiner Mutter zu helfen, die an Rheuma leidet. Meine Eltern hatten zwar ihr Mitgefühl ausgedrückt, aber die ganzen zwei Wochen, die ich in ihrer Finca weilte, hatte ich ihre Skepsis gespürt. Sie wollten sich noch nicht mal die Fotos angucken, die ich von ihm auf dem Handy gespeichert hatte. Seit ich ihnen damals *Das hatte ich vergessen zu erwähnen*-Benjamin als neuen Freund vorstellen wollte, und er mich vorher abserviert hatte, sind sie etwas argwöhnisch.

Besonders meine Mutter meint, dass ich keinen Mann halten kann. Denn der einzige Mann, den ich jemals zu meinen Eltern mitgenommen hatte, war auch ein Flop gewesen. Mit Tom war ich mit zwanzig fünf Monate lang zusammen. Er war süß und witzig und sehr einfallsreich im Bett. Zugegebenermaßen hatte er auch einige befremdliche Eigenschaften, oder anders gesagt: Er hatte voll einen an der Klatsche. Er schleppte immer zwei runde Steine mit sich rum. Die Steine waren irgendwelche Energieträger der alten Indianer. Ich hab das nie ganz kapiert. Jedenfalls gab es einen weiblichen und einen männlichen Stein, und sie durften nicht getrennt werden, und er musste sie immer bei sich tragen. Er war regelrecht besessen von diesen Kieseln. Ohne sie war er komplett aufgeschmissen. Einmal hatte er einen verloren und war total hysterisch geworden. Ich hatte dummerweise meiner Mutter von Toms kleiner Marotte erzählt. Als wir uns dann trafen, war es ein Riesendesaster, weil sie mit ihren Fragen immer weiter in ihn drang, auf der Suche nach einer traumatischen Kindheitserinnerung oder einer Darmschlinge, oder was weiß ich. Auf jeden Fall stand er irgendwann auf und ging.

»Siehst du«, hatte meine Mutter zufrieden gesagt, »da hatte ich ja wohl Recht. Wer einfach abhaut, hat was zu verbergen. Und mit einem Mann voller Komplexe solltest du nicht zusammen sein! Zum Glück habe ich das erkannt. Du hast wirklich was Besseres verdient.« Vor Wut hätte ich sie am liebsten erwürgt. Tom habe ich nie wiedergesehen.

»Was macht denn *Florians* Karriere?«, fragt sie jetzt.

»Hervorragend«, posaune ich aus, »er ist ja Sportfachverkäufer und gerade Filialleiter bei Sport Becker in Köln geworden. Und wir wohnen jetzt zusammen.« Ich kann mir nicht verkneifen, noch hinterherzuschieben: »Und auch er hat keine Probleme mit seiner Verdauung.«

Eine Sekunde Stille.

»Das ist ja … toll!«, ruft sie, und diesmal höre ich ehrliche Anerkennung heraus. »Dann müssen wir ihn ja bald kennenlernen!« Sie sagt nicht, was davon sie jetzt an Florian beeindruckt hat – die Filialleitung, die gemeinsame Wohnung oder der mühelose Stuhlgang.

»Ja, das wäre ganz wunderbar«, flöte ich. »Also dann. Ich muss jetzt los! Bis bald!« Dann lege ich auf.

Ich habe nicht gelogen, sage ich mir. Bis meine Eltern Zeit haben, um ihn kennenzulernen, ist Florian sicher wirklich befördert worden, und wir haben eine gemeinsame Wohnung.

Auf dem Weg zum Fitnessstudio halte ich kurz beim Büdchen, um mir eine trendige Flasche Wasser zu holen, die mich als fitnessbewusstes Szenegirl auszeichnet.

»Hallo«, sage ich.

»Tach«, antwortet Hilde und legt die *Frau im Spiegel* weg. »Wat kann ich für dich tun, Liebelein?«

»Ich wollte ein Wasser haben.« Während ich mir im Kühlschrank die gigantische Auswahl an Wassersorten mit und ohne Aroma ansehe, fragt Hilde: »Un, wat macht der Jötterjatte?«

»Der muss heute Abend arbeiten«, sage ich ausweichend, fixiere eine Anderthalb-Liter-Flasche mit der Würze von Granatapfel und nehme mir fest vor, nicht aus dem Nähkästchen zu plaudern.

»Dat is joot«, sagt Hilde. »Männer, die arbeiten, kommen nich so schnell auf dumme Jedanken.«

»Sach dat nit«, meldet sich der sprechende Vorhang. »Minge Hans hät jearbeid wie ä Pääd, ävver hät nur Flause im Kopp jehat.«

»Ja«, ereifere ich mich. »Florian hat auch ...«

In dem Moment geht die Tür auf, und herein kommt der junge Mann mit der Brille und dem Dreitagebart. Als er mich sieht, huscht ein Schmunzeln über sein Gesicht. Ich werde rot, wende mich ab und studiere die Wasserflaschen, als ob ich die Inhaltsangaben auswendig lernen wollte.

»Bis demnächst«, ruft er in meine Richtung, als er mit einer Zeitung abzieht, aber ich antworte nicht.

Mit hochrotem Kopf und einer Flasche Premiumwasser mit Limettengeschmack für zwei Euro achtzig mache ich mich davon, sobald die Luft rein ist.

Hoch motiviert betrete ich das Studio Pi, zahle das Eintrittsgeld für ein Einzeltraining und versuche so zu tun, als wäre ich schon tausendmal da gewesen. Zum Glück ist der Weg zu den Umkleidekabinen gut ausgeschildert. Dort schwinge ich lässig meine Tasche auf die Bank und setze mich daneben. Beim Ausziehen meiner Sandalen lasse ich dezent den Blick schweifen. Es sind vier Mädels da. Bei der Ersten sehe ich sofort, dass sie nicht als Freundin infrage kommt: Sie schnallt sich Gewichtsmanschetten um die Fußgelenke, nur um uns anderen zu zeigen, was für schlaffe Würstchen wir sind. Dabei trägt sie eine unfassbar enge Hose (Cameltoe!!!), ein Modedesaster allererster Güte – disqualifiziert! Die zweite Frau scheidet mit der ungesunden Bräune einer Sonnenbankanbeterin ebenfalls aus. Und die Dritte ist so dürr, dass ihre ausgemergelten Brüste über den Rippen kleben wie zwei Regentropfen kurz vor dem Verdunsten. Aber Frauen mit einem Körperfettanteil von null kommen als Freundin von vornherein nicht infrage, denn ich habe echt keine Lust, die Einzige zu sein, die sich beim Videoabend mit Kalorienbomben vollstopft.

Nur die Vierte ziehe ich als Freundin in Betracht. Sie ist nicht zu dünn und nicht zu dick, hat einen braunen

Pagenkopf, eine normale Sporthose und ein altes Bizarre-Festival-T-Shirt an. Sie sieht aus, als könnte man mit ihr Spaß haben. Schnell schlüpfe ich in die Sportklamotten, hänge mir fachmännisch ein Handtuch um den Hals, schnappe mein Premium-Mineralwasser und folge dem Pagenkopf in den Fitnessraum. Dort muss ich mich erst einmal orientieren.

Diesen kurzen Moment des Zögerns nutzt ein quadratischer Kerl von höchstens eins siebzig mit aufgeblähter Brust und ballonartigem Bizeps. Seine Arme sind so dick, dass sie wie bei einem Hampelmann fast horizontal vom Körper abstehen. Auf seinem eng anliegenden gelben Trikot steht *Fit wie nie im Studio Pi* und darunter sein Name. Mike mustert mich von oben bis unten.

»Also, das Anfängertraining für dich«, stellt er herablassend fest. »Wir messen als Erstes deinen Körperfettanteil…« Der Rest, den er von sich gibt, geht in einem Rauschen unter. Aber ich sehe, wie er zu einem merkwürdigen Ding greift, das aussieht wie eine Schraubzwinge.

»Äh, ich brauch die Einführung nicht, ich hab total viel Erfahrung«, sage ich hastig.

»Echt jetzt?« Sein Blick verharrt auf meiner weichen Körpermitte. Florian hätte mir doch das XL-Shirt schenken sollen! »Mit dieser Fettzange, dem sogenannten Caliper, können wir…«

»Ach was! Ich bin seit Jahren im Studio und stemme Gewichte und so.« Ich halte zum Schutz die Wasserflasche vor meinen Bauch.

»An welchen Geräten hast du denn trainiert?«, fragt er skeptisch.

»Äh, an solchen da!« Ich zeige auf eine große Maschine in der Mitte des Raumes. Der Pagenkopf sitzt an einem der unzähligen Geräte und zieht kontinuierlich an einer Stange.

»Ach, am Multi-Powerbody«, sagt Mike. »Und du bist dir sicher, dass du keine Hilfe brauchst?«

»Ja, hab alles im Griff«, sage ich. Wenn ich jemanden um Hilfe bitte, dann doch wohl den Pagenkopf.

»Okay, dann viel Spaß.« Mike wendet sich einem unbeholfenen Dickwanst zu, der in einem nagelneuen Trainingsanzug im Eingang steht und vor lauter Aufregung jetzt schon schwitzt.

Ich schlendere auf den chromblitzenden Multi-Powerbody zu. Aus der Nähe wird das Gewirr aus Stangen und Drahtseilen sicher übersichtlicher werden. Ich meine, das kann ja nicht so schwer sein. Bodybuilder sind nicht gerade berühmt dafür, viel in der Birne zu haben. Solche Fitnessgeräte müssen sich schon deswegen von selber erklären.

Ich gehe in die Nähe des Pagenkopfes, der gerade im Stehen einen Griff vor dem Körper nach unten zieht. Das daran befestigte Drahtseil lässt das Gewicht am anderen Ende mit einem schnurrenden Geräusch hoch- und runtersausen. Neben dem Pagenkopf ist ein Hebel, der aussieht, als müsste man ihn auch einfach nur zur Seite schieben. Ich stelle mich davor, nehme den gepolsterten Griff und drücke ihn probehalber nach rechts. Na also! Wusste ich es doch. Bodybuilding ist pipieinfach!

»Was machst du da mit der Butterfly-Maschine?«, fragt mich Mike, der urplötzlich hinter mir steht.

Ich lasse den Griff los, und das Gewicht knallt mit einem lauten Schlag nach unten. Er schnalzt ärgerlich mit der Zunge.

»*Da* muss man sich hinsetzen.« Mike zeigt auf einen in das Gerät integrierten Hocker.

»Weiß ich doch«, sage ich schnell, »habe nur die Gewichte getestet.« Ich setze mich und nehme die Griffe in die Hand.

»Nein, so.« Mike korrigiert meine Armhaltung, so dass nicht die Hände, sondern die Ellenbogen gegen die gepolsterten Griffe drücken. »Aber willst du dich nicht erst mal aufwärmen? Das ist ganz schön viel Gewicht, das du da draufhast.«

Meine Güte, Mike soll endlich verschwinden. Ich will kein Fitnesspapst werden, ich will eine beste Freundin finden! »Hab ich schon. Bin hierher gejoggt.«

»Na, wie du meinst. Aber wenn du dir eine Zerrung holst, dann mach mich nicht verantwortlich.«

»Schon klar.«

Der Pagenkopf beendet seine Übungen und geht weiter zum nächsten Gerät. Mike steht wie angewurzelt da und beobachtet mich. Um Zeit zu schinden, tue ich so, als hätte ich was im Auge. Zum Glück ruft der dicke Mann: »Ich hab den Fragebogen ausgefüllt. Was muss ich jetzt machen?«

Mike geht zu ihm, schaut aber immer wieder zu mir herüber. Also mache ich zur Show mal eben ein paar Alibiübungen und folge dann dem Pagenkopf. Probehalber drücke ich die Polster mit meinen Ellenbogen Richtung Mitte zusammen. Wie ein Blitz durchfährt mich ein

122

Schmerz an der Innenseite der Schulter. Ich schaffe es gerade noch, einen Schrei zu unterdrücken. Mikes Hab-ich's-nicht-gesagt-Gesichtsausdruck ignoriere ich geflissentlich. Ich trinke einen Schluck aus meiner Protzflasche und lasse das Gerät hinter mir. Im hinteren Teil des Raumes sitzt der Pagenkopf auf einem Stuhl. Ihre Beine hängen in einer Art Schiene und werden von Gewichten auseinandergezogen. Mit aller Kraft drückt sie die Beine zusammen. Dann schnellen sie wieder auseinander. Okay. Das habe ich verstanden. Wie ein Gynäkologenstuhl mit beweglichen Beinstützen. Sieht nicht gerade einladend aus, aber ich bin ja auch nicht zum Vergnügen hier. Ich setze mich auf den Stuhl daneben und mache es ihr nach.

»Puh, das ist ja nicht gerade bequem«, sage ich.

»Aber es wirkt«, sagt der Pagenkopf knapp und zählt laut: »Vier, fünf, sechs …«

»Aber das ist schon peinlich«, scherze ich. »Ich hoffe, es kommt keiner und macht einen Abstrich.«

»Acht, neun, zehn.« Der Pagenkopf sieht mich vernichtend an und steht auf.

Meine Güte, was für eine humorlose Zicke! Na gut. Dann muss ich mich wohl nach einer anderen Kandidatin umsehen.

Ich will mich gerade aus dem Folterstuhl befreien, da steht Mike schon wieder vor mir. Und zwar *genau* vor mir. Während ich mit gespreizten Beinen dasitze. Schnell drücke ich die Beine zusammen.

»Gut so«, lobt er, »noch fünfzehnmal!«

Was? Warum nicht gleich hundert?

»Erst mit genügend Wiederholungen bewirkt es eine

Muskelstraffung«, doziert Mike. »Gerade in den Oberschenkelinnenseiten sammeln sich hartnäckige Fettpölsterchen an.« Er glotzt mir zwischen die Beine, während ich sie in Windeseile auf- und zumache. Meine Beine fangen an zu brennen, aber Mike lässt nicht locker. Endlich verkündet er: »Gut! Wie wäre es jetzt mit dem Trizeps-Frontheber?«

»Nee«, keuche ich, »noch eine Runde Radfahren, das muss für heute reichen.«

»Wie du meinst«, sagt er und grinst, als ich mich erhebe wie ein Cowboy nach einem tagelangen Ritt durch die Prärie. Also, von diesen Hantelbänken habe ich erst mal genug. Die Trimmräder locken mich. Erstens kann ich Rad fahren. Zweitens stehen die Fernseher davor. Und drittens radelt da eine junge Frau, die auf den ersten Blick nicht unsympathisch erscheint. Das ist die Gelegenheit! Bei einer gemütlichen Radtour lässt es sich prima quatschen. Ich schwinge mich auf das Rad neben ihr und schaue mir die Funktionsleiste an. Das Display bietet ungefähr zwei Trillionen Möglichkeiten.

»Ich wusste gar nicht, dass man für die Bedienung eines Trimmrads ein eigenes Diplom ablegen muss«, versuche ich zu scherzen.

»Das ist ja auch kein Trimmrad, sondern ein *Recumbent Bike*«, näselt sie.

»Weiß ich doch! Trotzdem sollten sie den Knopf für gemütliche Sonntagsfahrt besser beschriften, oder was meinst du?«

»Keine Ahnung«, sagt sie gelangweilt.

Da Mike schon wieder im Anmarsch ist, drücke ich

schnell ein paar Knöpfe und fange an zu treten. Meine Güte, ist das schwer. Ich bekomme die Pedale kaum bewegt. Mikes Mund verzieht sich zu einem spöttischen Grinsen.

Plötzlich fällt mein Blick auf eine Glasscheibe, hinter der eine Menge hipper Mädels quatschend rumstehen und offensichtlich auf den Beginn ihres Kurses warten. Ich bin ja so ein Idiot! *Da* muss ich hin! Hier zwischen all den Geräten tummeln sich nur miesepetrige Einzelgänger und dieser aufgeblasene Muskelmann. Aber da vorne, da ist meine Welt.

»Mein Kurs fängt an«, sage ich zu Mike und eile in den Raum. Dort sind zehn Mädels in ungefähr meinem Alter, und alle sehen cool aus. »Hi«, sage ich zu einer Dunkelhaarigen, die sich gerade die Haare zum Pferdeschwanz bindet.

»Hallo, fängst du heute neu an?«, fragt sie.

Ich nicke. »Man muss ja was tun! Bevor die Cellulite die Alleinherrschaft über meinen Körper erobert!«

Sie lacht. Wusste ich es doch! Hier werde ich eine Freundin finden. Was heißt eine? Vielleicht sogar mehrere! Ich sehe uns schon in der Sauna sitzen und über Mike lästern.

Die Trainerin kommt mit einem Gettoblaster in der Hand rein. »Hi girls!«, ruft sie gut gelaunt. »Are you alright?«

»Hi, Deedee, yes!«, rufen alle im Chor.

Deedee legt eine CD ein und macht die Musik an. Total cooler Beat. Sie dreht uns den Rücken zu und schaut wie wir Richtung Spiegelwand. Sie schnippt mit den Fingern.

»Ready for Hiphop?«, ruft sie.

Alle schreien: »Yes!«

Was für ein Glück! Ein Tanzkurs! Das ist genau das Richtige für mich. Ich kann gut tanzen. Hab Rhythmus im Blut.

»Okay, let's go. One, two, three, four«, sagt Deedee und macht drei Schritte nach vorne und drei zurück. Easy!

»And step, step, step, tuuuuurn, step«, kommandiert Deedee.

Rechts, rechts, rechts, Drehung, rechts. Cool. Sie nimmt die Arme dazu, schwingt sie vor und zurück. Krieg ich auch hin. Dann wird die Musik schneller, Deedee schreit irgendein Kommando, und alle wirbeln auf einmal herum und gehen in die Hocke, ein Bein nach rechts. Ups. Da bin ich doch kurz aus dem Takt gekommen.

Ich versuche gerade, wie die anderen den Oberkörper nach vorne zu beugen, aber da wirft Deedee ihr Bein Richtung Decke. Die anderen machen es ihr nach, als wäre das ganz normal. Kommandos gibt es jetzt keine mehr, jedenfalls keine, die ich verstehen könnte. Beine, Hüften, Füße, Schultern, Arme zucken um mich herum. Immer wenn ich gerade versuche, neu einzusteigen, sind die anderen schon bei einer neuen Figur. Die Geschwindigkeit ist atemberaubend. Ich stütze die Hände auf die Knie und wackele mit dem Po, aber auch das ist nur ein kurzes Intermezzo, bevor sich alle in den Spagat schmeißen.

Okay, schon gut. Das ist zu viel für mich. Kapitulation auf ganzer Linie. Durch die Glasscheibe mustert mich

Mike kopfschüttelnd. Mist. Vielleicht ist meine Tarnung als Fitnessbiene doch aufgeflogen. Aber der kann mich mal. Beim Rausgehen bewahre ich Haltung.

Bevor Mike irgendeine blöde Bemerkung machen kann, sage ich keuchend: »Hab mich im Tag vertan. Wollte eigentlich zum Rückentraining. Da komm ich ein anderes Mal wieder.«

Ich lasse ihn links liegen. Doch den rettenden Ausgang erreiche ich nicht, denn Mike sagt mit einem Anflug von Sadismus in der Stimme: »Rückentraining fängt jetzt an. In Raum zwei.«

Und weil er so überheblich glotzt, gehe ich hoch erhobenen Hauptes in Raum zwei.

11

Zwei Tage später tut mir immer noch alles weh. Ich habe mich aus dem Bett an den Frühstückstisch geschleppt und versuche, möglichst flach zu atmen, weil jede Faser meines Oberkörpers zum Zerreißen gespannt ist. Nach drei Tassen Kaffee bin ich in der Lage, mich ins Wohnzimmer an meinen kleinen Klapptisch zu setzen, auf dem mein Laptop steht. Ich muss dringend mal sehen, ob Kichererbse99 nicht endlich eine tolle Antwort bekommen hat. Ein bisschen Chatten scheint mir jedenfalls die gesündere Methode, an eine Freundin zu kommen, als sich jeden Muskelstrang einzeln zu zerren.

Ich öffne gerade die Seite »Neue Beste Freundin« und gebe das Passwort für mein Postfach ein, da höre ich auf einmal ein Knarren und eine Stimme. »Hallo!«

Ich erstarre einen Moment vor Schreck, bis ich kapiere, dass es Florian ist.

»Mann, hast du mich erschreckt«, sage ich.

»Bin mit meinem Wohnungsschlüssel reingekommen«, ruft er überflüssigerweise und schwenkt den kleinen Eisbäranhänger.

»Ja«, sage ich langsam, »das ist wirklich super.«

»Viel besser, als wenn ich erst klingeln muss. Alles okay bei dir?« Beschwingt wirft er seinen Rucksack aufs Sofa.

»Na ja, ich muss mich vielleicht ein bisschen daran gewöhnen, dass du jetzt einfach so reinkommen kannst.«

»Das ist schon fast so, als ob wir zusammen wohnen.
Cool, was?« Er gibt mir einen Kuss.

»Ja, das ist wirklich … klasse.«

»Was machst du denn da?« Er guckt auf den Bildschirm.

»Ich … äh …« Ich schließe blitzschnell die Freundinnenseite und öffne einen neuen Tab. »Ich suche eigentlich
nach einem schönen Urlaubsziel für uns.« Schnell tippe
ich bei Google das Wort Reisen ein.

»Oh, das ist eine gute Idee. Was schwebt dir vor?«

Ich klicke auf den ersten Link, ein Luxusresort in Puk-
het und antworte: »Thailand.«

»Thailand? Das ist doch viel zu teuer.«

»Ich will ja auch nicht in so ein Vier-Sterne-Ding, sondern mit dem Rucksack durchs Land fahren. Wäre das
nicht super?«

»Ach nööö. Der Flug ist viel zu teuer. Und zu lang. Und
was sollen wir da überhaupt die ganze Zeit machen?«

»Oh, da gibt es jede Menge tolle Sachen zu besichtigen.
Tempel und Dschungel und all so was.« Aber er geht gar
nicht darauf ein, was mich wirklich aufregt.

»Ich habe eine bessere Idee«, sagt Florian. »Kroatien.«

»Kroatien?«

»Das ist super. Billig, schöne Landschaft, nicht zu weit
weg. Warte, ich zeig dir ein paar Bilder.« Er greift an mir
vorbei und gibt auf meiner Tastatur Kroatien bei der
Google-Bildersuche ein. »Da, siehst du? *Das* ist traum-
haft.«

Ich werfe nur einen flüchtigen Blick auf die Fotos von kristallklarem Wasser und Blumen und Natursteinhäusern und klicke wieder auf mein Browserfenster mit den Bildern von Palmen und lächelnden Frauen mit Orchideenblüten im Haar, die einem entspannten Pärchen gigantische Piña Coladas auf einer Teakholzterrasse servieren.

»Du hast letztes Jahr das Reiseziel ausgesucht, also bin ich dieses Jahr dran«, sage ich.

»Moment mal«, protestiert Florian. »Wir haben uns zusammen für den Lago Maggiore entschieden.«

»Aber *du* hast es vorgeschlagen.«

»Na und? Du warst schließlich auch dafür, oder etwa nicht?«

»Doch«, sage ich zähneknirschend. »Aber du hast erst nach der Hotelbuchung erwähnt, dass du da zu einem Modellbootrennen angemeldet warst.«

»Hat es dir etwa nicht gefallen?«

»Ja, schon ...«

»Na also. Wo liegt dann das Problem?« Er sieht mich herausfordernd an.

»Das Problem ist, dass wir einmal machen sollen, was ich will«, sage ich eine Spur hysterischer als beabsichtigt.

Er schnalzt missbilligend mit der Zunge. »Wir machen doch dauernd, was du willst.«

Ich starre ihn verwundert an. »Ach ja?«

»Ja, natürlich. Zum Beispiel sind wir fast immer bei dir, weil es dir bei mir nicht gefällt. Und rege *ich* mich deswegen auf?«

Ich überlege, ob ich erwähnen soll, dass es bei mir auch viel schöner und zudem der Kühlschrank immer ausreichend gefüllt ist. Aber er hat insofern Recht, als dass er mich zwar öfter zu sich einlädt, mir aber der Stadtteil, in dem er wohnt, zu weit ist mit dem Fahrrad und zu umständlich mit der Bahn. Außerdem müffelt seine Bettwäsche.

»Nein, stimmt schon. Das tust du nicht«, gebe ich zu.

»Na also. Süße, du musst erst dein hübsches Köpfchen einschalten, bevor du mir immer solche Vorwürfe machst.«

»Du hast Recht«, sage ich automatisch. »Es tut mir leid.« Doch dann ärgere ich mich über mich selber, weil ich lieber gesagt hätte, dass er ein arroganter Idiot ist. Und dann frage ich mich, warum ich das überhaupt mit mir machen lasse. Aber die Antwort ist einfach: Weil wir sonst einen Riesenstreit hätten und ich keine beste Freundin habe, bei der ich mich auskotzen könnte.

»Wir müssen das mit Kroatien ja nicht heute entscheiden«, sagt er generös, setzt sich aufs Sofa, schnappt sich die Fernbedienung und schaltet in einem Affenzahn durch die Sender, bis er bei einem Bericht über die giftigsten Schlangen der Welt hängenbleibt.

Ich starre ihn einen Moment an, wie er so dasitzt, die Sneaker auf dem Tisch mit dem gelb-roten Zierdeckchen, das ich aus dem Ibiza-Urlaub mitgebracht habe. Aber er scheint nicht zu bemerken, dass er es dreckig macht, und ich habe keine Lust, ihn aus seiner Konzentration zu holen, denn immerhin gibt mir dies die Gelegenheit, endlich in Ruhe mein Postfach auf der Freundinnenseite zu kontrollieren. Mein Herz macht einen Hüpfer, als ich sehe, dass ich fünf Nachrichten bekommen habe.

Von: Zora_Biest
An: Kichererbse99

Du bist einfach unfassbar blöde, wenn du glaubst, im Internet könntest du eine beste Freundin finden. Hier schreibt doch jeder, was er will, ob es stimmt oder nicht! Also, schalte den Compi aus und geh raus. Oder brauchst du erst einen Tritt in den Allerwertesten?

LÖSCHEN, Klick.

Von: BlackBeauty111
An: Kichererbse99

Pferde sind die besseren Menschen. Finde ich. Leider habe ich kein eigenes Pferd. Haflinger finde ich am schönsten, und ich würde gerne mal die wilden Mustangs in Amerika in echt sehen. Welches sind deine Lieblingspferde?

LÖSCHEN, Klick.

Von: Kaventsmann
An: Kichererbse99

Ich sag es dir gleich. Ich hasse Arschlöcher, die meinen, sie hätten immer Recht. Wenn dir das nicht passt, dann leck mich. Wenn du derselben Meinung bist, melde dich.

LÖSCHEN, Klick.

Von: Deine_neue_Clique
An: Kichererbse99
Wenn du diese Mail bekommen hast, gehörst du zu den Glücklichen! Die Mail ist eine Kampagne gegen die Einsamkeit in heutiger Zeit. Und dass du sie bekommst, bedeutet, dass jemand an dich denkt! Ist das nicht wundervoll? Es gibt viel zu gewinnen und nichts zu verlieren. Wenn du diese Botschaft an zwanzig liebe Menschen schickst, wird dein Herzenswunsch in Erfüllung gehen. Wenn du dich aber leichtsinnigerweise entschließt, diese Mail nicht weiterzuleiten, wirst du die nächsten zwanzig Jahre einsam und allein bleiben und den Tag verfluchen, an dem du diese Mail gelöscht hast.

LÖSCHEN, Klick.

Von: Kokolores
An: Kichererbse99
Hmmm. Also, wenn ich deine beste Freundin wäre, würde ich dir raten, dir einfach keine Gedanken zu machen und ehrlich zu schreiben, was dir in den Sinn kommt. Entweder jemand mag dich so, wie du bist, oder eben nicht.

Als ich das lese, muss ich lachen, weil es mich so an Pia erinnert. Das hätte echt auch von ihr kommen können. Kokolores schreibt weiter: *Aber wenn du Lust hast, können wir ja mal zusammen überlegen, was du schreiben könntest. Wenn ich eine Kontaktanzeige aufgeben würde,*

*dann würde ich schreiben, dass ich gerne auf Partys gehe,
aber auch gerne Fernsehen gucke und ein großer Fan von
Lost bin. Was meinst du, würde sich darauf jemand melden?*

Aber ja doch! Lächelnd tippe ich meine Antwort ein,
da sagt auf einmal eine Stimme: »Was machst du denn
da?«

Florian steht hinter mir. Den hatte ich ja ganz vergessen! Er schaut neugierig auf die Buttons mit *Finde deine
Seelenverwandte* und *Sie ist nur einen Klick entfernt* und
so weiter. »Was ist das für eine Seite?«

Ich fühle mich so ertappt, dass mir keine Ausflüchte
einfallen. »Das ist www.Neue-Beste-Freundin.de.«

»Das sehe ich. Und wozu?« Er lächelt mich arglos an.

»Ich... äh... suche eine neue beste Freundin.« Ich
werde rot.

Sein Gesicht bewölkt sich. »Warum das denn?«

Ich starre ihn verlegen an. Wo soll ich anfangen? Zum
Reden, zum Shoppen, zum Tanzen, zum Lästern, zum Lachen. Zum Vollständigfühlen.

»Weißt du«, sagt Florian langsam, »ich wollte dir das
ja nicht sagen, aber jetzt mache ich es trotzdem. Ich finde,
es hat dir total gutgetan, dass Pia weggegangen ist.«

»Was?«, frage ich verwirrt.

»Ja, seit Pia weg ist, hast du dich echt zum Positiven
verändert.«

»Seit Pia weg ist, habe ich dauernd *geheult*«, werfe ich
ein. »Sag bloß, das hast du nicht bemerkt?«

»Doch. Ich habe dich dauernd *getröstet*, falls du es nicht

134

bemerkt hast. Aber ich finde, dass du viel selbstständiger geworden bist.«

»Stimmt doch gar nicht«, protestiere ich, als hätte er mich beleidigt.

»Und ich war so stolz auf dich, als du endlich eingesehen hast, dass du überhaupt keine beste Freundin brauchst. Aber da hast du ja offensichtlich gelogen, oder sehe ich das etwa falsch?«

Ach du meine Güte. Ich kann ihm ja jetzt schlecht sagen, dass ich nur verwirrt war, weil er sich so fürchterlich weibisch aufgeführt hat. Und ich kann ihm auch nicht erklären, dass es nur zu seinem Besten ist, weil ich ansonsten Hinz und Kunz von unseren Angelegenheiten erzähle. Und dass ich einfach eine Freundin brauche, um nicht *durchzudrehen*.

»Nein, das war natürlich nicht gelogen.«

»Und was soll das dann da?« Er zeigt auf den Monitor.

In meinem Hirn schießen die spontanen Erwiderungen ins Kraut, von *Ich habe keine Ahnung, wie das passieren konnte* bis zu *Das war ich nicht*. Dann sage ich: »Das ist nur ... eine Recherche.«

»Für die Redaktion?«

»Ja«, sage ich erleichtert, »genau. Das mache ich überhaupt nicht freiwillig, das ist ein *Auftrag*. Ich schreibe einen Artikel darüber. In unserer Zeitschrift. Weißt du, so wie damals, als ich die besten Methoden zur Hornhautentfernung gesucht habe, oder wie letztens, als ich diese Entspannungstechniken vorgestellt habe, genauso mache ich jetzt was über beste Freundinnen, und dafür recherchiere ich, nichts weiter, haha.« Ich muss verschnaufen.

135

»Echt jetzt?« Er schaut mich erleichtert an. »Na, dann ist ja alles klar. Ich dachte schon, du hättest mich angelogen.«

»Nein, nein, natürlich nicht«, sage ich, »und es war auch gar nicht meine Idee, sondern von meinem Chef…«

»Christian.«

»Ja, von Christian. Da hatte ich gar nichts mit zu tun. Ich meine, ich habe dir doch gesagt, dass ich gar keine beste Freundin brauche. Haha!«

Er gibt mir einen Kuss. »Du bist sehr süß, Nina Jäger, weißt du das?«

»Ja, aber du kannst es nicht oft genug sagen«, strahle ich ihn an.

»Und wie genau soll der Artikel aussehen?«, kommt er wieder auf das Thema zurück.

»Äh«, sage ich und will mich irgendwie herauswinden, doch plötzlich denke ich: Ja, das ist die Lösung! Ich spiele einfach mit offenen Karten. Und baue mir so eine perfekte Tarnung. »Das wird so eine Reportage über die Suche nach einer besten Freundin. Eine Art Ratgeber.«

»Und wie willst du da vorgehen?«

»Ich probiere einfach verschiedene Wege, um nette Frauen kennenzulernen. Und dann schreibe ich nachher, was die beste Methode ist, um eine Freundin zu finden.« Ich lächele ihn freimütig an. Diese Geschichte ist *die* Lösung. So Heimlichtuereien sind echt nicht mein Ding.

»Und was ist, wenn du dabei wirklich eine beste Freundin findest?«, fragt er.

»Haha«, lache ich nervös. »Wie wahrscheinlich ist das denn?« Ich mache eine wegwerfende Handbewegung.

»Du weißt doch, wie die Sache läuft. Ich mache Dienst nach Vorschrift und recherchiere ein bisschen hier und ein bisschen da, und dann peppe ich die ganze Sache auf und fertig ist der Artikel. So wird das heute gemacht. Fundiert sind unsere Berichte nie.«

Er sieht mich skeptisch an.

»Meine Eltern wollen übrigens herkommen, damit sie dich endlich kennenlernen«, platzt es aus mir heraus.

»Oh, echt? Super.«

»Komm, lass uns bei einem Spaziergang darüber reden!«

»Musst du nicht mehr arbeiten?« Florian zeigt auf den Computer.

»Ach was!« Ich klappe den Laptop zu. »Schließlich ist *Samstag*!«

Am Decksteiner Weiher ist es ziemlich voll. Fahrradfahrer, Nordic Walker, Spaziergänger und Hunde nutzen das schöne Wetter. Zum Glück sind keine Leute mit Modellbooten hier, sonst würde ich mir gleich wieder die Beine in den Bauch stehen. Aber so schlendern wir einfach über den Schotterweg. Die Sonne glitzert auf den Wellen des Weihers, der Himmel ist wolkenlos, und eine Entenfamilie macht sich auf den Weg von der Uferböschung ins Wasser. Die vier flauschigen gelben Federknäuel hüpfen hinter ihrer Mama her.

»Guck mal, wie süß«, sage ich gut gelaunt.

Zwei blonde Kinder kommen und hocken sich ans Ufer, um die kleine Entenparade zu beobachten. Frühling ist einfach fabelhaft! Und ich fühle mich seit langem mal wieder total gut. Ich kann nach einer besten Freundin suchen und muss Florian nicht anlügen. Und wenn ich wirklich eine Freundin finde, wovon ich jetzt mal ausgehe, dann kann ich mir mit Kokolores zusammen überlegen, wie ich das mit Florian wieder geradebiege. Und bis dahin kann ich einfach ehrlich sein. Welche Erleichterung!

»Hallo, Nina.«

Ich drehe meinen Kopf von den Entenküken zu dem schlanken Mann mit den dunkelblonden verwuschelten Haaren und den Augen, so tief und blau wie der Atlantik, der neben einem vollbepackten Kinderwagen steht.

»Christian«, entfährt es mir. »Was machst du denn hier?« Florian wirft mir einen merkwürdigen Blick zu, und ich kann nichts dagegen machen: Ich werde rot. »Florian kennst du ja«, sage ich schnell.

»Ja klar«, sagt Christian. »Wie geht's?«

Florian gibt ihm die Hand, legt dann den Arm um mich und drückt mich ein bisschen fester an sich als nötig.

»Schönes Wetter heute«, sage ich verkrampft.

»Ja«, antwortet Christian. »Da unten sind übrigens meine Kinder und meine Frau. Ich glaube, ihr kennt euch noch nicht.«

»Ah, deine Frau«, rufe ich etwas lauter als beabsichtigt, »das ist aber schön.« Die zierliche schwarzhaarige Frau trägt Jeans und eine weiche beige Lederjacke und kommt, jeweils ein Kind an jeder Hand, die Uferböschung herauf.

»Eva«, ruft Christian, »das hier sind meine Kollegin Nina und ihr Freund Florian.«

»Oh, hi«, sagt sie und entblößt eine Reihe weißer kleiner Zähne. Sie ist nicht geschminkt und hat trotzdem einen glatten, ebenmäßigen Teint und sieht beneidenswert frisch aus. »Nutzt ihr auch das schöne Wetter?«, fragt sie freundlich.

»Ja«, will ich antworten, doch da prescht Florian vor.

»Nachdem ich sie endlich von der Arbeit losreißen konnte.«

»Du hast gearbeitet?«, fragt Christian.

»Nicht der Rede wert«, beschwichtige ich eilig. »Also dann...«

»Doch«, sagt Florian, »das muss man mal erwähnen, wie ernst du deinen neuen Job nimmst.« Ich kann nicht erkennen, ob der Klang seiner Stimme mit Stolz oder Hohn getränkt ist.

»Da muss ich wohl mal ein ernstes Wörtchen mit deinem Chef reden«, flachst Eva. »Am Wochenende arbeiten, das geht ja gar nicht.« Sie wirft Christian einen schelmischen Blick zu.

»Was gibt es denn so Dringendes, das nicht bis Montag warten kann?«, fragt Christian verwundert.

»Wirklich, das war überhaupt nichts Wichti...«

»Sie hat an diesem Artikel über die Freundinnensuche geschrieben«, unterbricht mich Florian.

Christian guckt mich einen Moment verwirrt an. »An *welchem* Artikel?«

»Die Reportage über beste Freundinnen«, sage ich schnell. »Am Montag bekommst du das Konzept.«

»Ooookay«, sagt er langsam.

»Was ist das für eine Geschichte? Das klingt interessant.« Eva sieht mich neugierig an.

»Ja, es geht darum, wie man eine beste Freundin findet,

und oh… da kommt dieser große Hund auf eure Kinder zu!«

Christian und Eva stehen entspannt da, während der Labrador schwanzwedelnd auf die Kinder zutrottet, die auf dem Boden knien und mit Stöckchen in der Erde kratzen.

»Ach, die haben zum Glück keine Angst vor Hunden«, sagt Eva.

»Aber diesen kenne ich, der ist total bissig.«

Florian wirft mir einen merkwürdigen Blick zu, während Christian mit drei Schritten bei seinen Kindern ist und sich schützend vor sie stellt.

»Also tschüss dann«, sage ich zu Eva.

»Ja, bis bald mal. Bin schon gespannt auf deine Freundinnengeschichte!«, ruft sie, während ich Florian wegziehe. Ich höre noch, wie Christian die Hundebesitzerin anschnauzt, dass sie ihren bissigen Köter nicht frei laufen lassen soll.

»Dein Chef ist aber auch ein bisschen überfordert, oder?«, lästert Florian, als wir ein paar Meter weg sind. »Ich hatte den Eindruck, der wusste gar nicht, wovon du redest. Dabei war es doch seine Idee gewesen.«

»Ja, das hat er manchmal«, sage ich. »Aber seine Frau ist ja wohl richtig nett, oder?«

12

Was musste Christian auch da spazieren gehen? Meine Güte, kann er die Kinder nicht vor die Glotze setzen wie andere Eltern auch? Na gut. Die Kinder können nichts dafür, Christian kann nichts dafür. Das ist alles nur meine Schuld. Deswegen habe ich auch gestern noch ein Konzept in die Tasten gehackt, das ich Christian heute vorstellen werde. Damit er nicht merkt, dass ich meinem Freund Blödsinn erzähle. Außerdem würde ich mit einem offiziellen Rechercheauftrag noch besser dastehen. Erstens könnte ich auch während der Arbeitszeit nach einer besten Freundin suchen – und zweitens meine kleine Finte bei Florian nachträglich legitimieren. Jetzt muss Christian nur noch Ja sagen. Aufgeregt steuere ich den Konferenzraum an und pralle zurück vor Schreck.

Walter ist da! Einen Augenblick bleibe ich vor der Tür stehen und betrachte die skurrile Erscheinung. Er fläzt sich in fliederfarbenem Hemd und schwarzer Lederhose auf dem Chefsessel und hat die Westernstiefel mit babyblauem Schlangenlederbesatz auf den Tisch gelegt. Auf seinem Schoß liegt die neue Ausgabe von *Women's Spirit*, die er neugierig durchblättert. Gerade ist er auf der Seite mit der Entschuldigung, die Christian über die Schleichwerbung in unserer Zeitschrift geschrieben hat, womit er einer öffentlichen Rüge des Presserats zuvorgekommen ist.

Er pfeift durch die Zähne, dann hebt er den Blick. Ein Strahlen geht über sein Gesicht. »Aha, die geschäftsführende Redakteurin.« Er reicht mir die Hand. Sein Teint sieht gesünder aus, und er hat ein paar Pfund zugelegt, was erstaunlich ist, wo er doch nur eine Woche weg war.

»Hallo Walter, wie geht es dir? Gut siehst du aus!«

»Ich fühle mich wie neugeboren!« Er reibt sich die Hände. »Und voller Tatendrang.«

Das klingt gar nicht gut. Sollte er nicht zu Hause sitzen und Pfeife rauchen – oder was Herausgeber sonst so machen? Doch wenige Minuten später, als Christian und die Ressortleiter kommen, springt Walter schon auf und verkündet: »Ich hatte eine großartige Idee, die uns in die Zukunft katapultieren wird!« Seine grauen Augen glitzern wie Stanniolpapier. Alle halten gespannt den Atem an. Er hebt die Hände wie ein Fernsehprediger und ruft die erlösenden Worte: »Internet!« Beifallheischend lässt er den Blick schweifen.

Hmmm. Vielleicht sollte ihm jemand sagen, dass es das Internet schon gibt.

»Was meinst du damit?«, fragt Christian. »Wir haben bereits eine Onlineausgabe.«

Walter winkt ab. »Die Onlineausgabe ist Murks. Sorry, Simon.« Er schaut unseren Onlineredakteur an, einen dünnen Vierzigjährigen mit anthrazitgrauem Pullover und dem Charisma einer leeren Kaffeetasse, der wie immer reglos dasitzt und auf die Tischplatte starrt, als ob ihn das alles nichts anginge. Und das normale Tagesgeschäft geht ihn auch im Grunde nichts an, weil er sowieso nur dafür zuständig ist, die Artikel der Zeitschrift auf unsere Webseite zu stellen. Eigene Beiträge produziert er nicht, er entwirft höchstens mal eine Umfrage zu einem aktuellen Thema. Unser Gästebuch betreut eine Agentur. Immerhin hebt Simon nach dem Tadel den Kopf und schaut Walter skeptisch an.

»Wir machen was ganz Neues«, ruft Walter. »Wir steigen ins Fernsehgeschäft ein und machen *Women's Spirit Internet-TV.*«

Alle gucken verdattert auf unseren Herausgeber, der mit einem dicken Filzstift auf dem Flipchart herumkritzelt und Wörter wie Reise, Mode, Trends, schnell, schick, zeitgeistig schreibt.

»Und wie stellst du dir das vor?«, fragt Christian. »Wir können doch nicht mal eben ein Internetfernsehen auf die Beine stellen.«

»Kein Problem, ich habe eine neue Kollegin angeworben, die nächste Woche anfängt«, murmelt Walter. »Sie wird sich um das Inhaltliche kümmern.«

»Und Simon?«, fragt Christian.

»Simon macht das, was er immer gemacht hat«, antwortet Walter.

Simon nickt und starrt wieder auf den Tisch.

»Und haben wir dafür einen extra Etat, oder wie stellst du dir das vor?« Christian runzelt immer noch fragend die Stirn.

»Das genaue Konzept und die Aufgabenverteilung überlege ich mir dann noch«, sagt Walter schnell und klatscht begeistert in die Hände, lässt sie dann aber wieder sinken. »Leute, macht nicht so betroffene Gesichter. Das wird superduperklasse! Und jetzt weiter im Text. Tut also einfach so, als wäre ich nicht da.« Walter lässt sich in seinem Sessel nieder und zieht genüsslich an jedem einzelnen Fingergelenk, bis es knackt.

Christian nimmt einen Stift, schaut mich an, und ich bin auf einmal total nervös.

»Also, Nina«, sagt er. »Du wolltest heute ein Konzept vorlegen, das irgendwas mit Freundinnen zu tun hat.«

»Ja«, sage ich und räuspere mich. »Ich möchte gerne eine Reportage darüber schreiben, wie man eine beste Freundin findet.« Ich überlege, ob ich mich wie ein Loser anhöre, und muss auf meinen Zettel mit den Stichpunkten gucken, finde aber nicht die richtige Zeile.

»Es ist doch so«, improvisiere ich, »alle Welt tut so, als ob Frauen mit einer besten Freundin auf die Welt kommen. Wenn man aber, aus welchen Gründen auch immer, keine hat, hat man auch niemanden, mit dem man darüber reden kann, dass man keine hat. Und das ist ganz schön blöd, weil Frauen ständig über alles Mögliche reden müssen.«

»Das kapiere ich nicht«, sagt Christian.

»Ist doch logisch«, ruft Birgit aufgeregt, »ohne beste Freundin fehlt einem die Ansprechpartnerin für das Problem, dass man keine beste Freundin hat!«

»Genau!«, sage ich erleichtert. »Dafür – aber genau genommen für alle anderen Probleme auch – braucht eine Frau eine beste Freundin. Und wie man die findet, das möchte ich herausfinden.« Jetzt bin ich wieder in meinem Element. »In jeder Frauenzeitschrift steht drin, wie und wo man Männer am besten beeindruckt. Aber wie man eine beste Freundin findet – dafür gibt es nirgendwo eine Anleitung. Und die schreibe ich!«

»Das ist eine tolle Idee!«, sagt Birgit. Das ist das erste Mal, dass ich von ihr Unterstützung bekomme. Ich werfe ihr einen verschwörerischen Blick zu.

Christian fängt an, auf dem Stift zu kauen, wie immer wenn er nachdenkt. »Und wie stellst du dir das konkret vor?«

»Na ja. Im Grunde wie die ganzen Artikel übers Männeraufreißen – nur eben ohne Sex.« Ich werde rot. Ein Wort wie Sex kann man nicht einfach so vor einem heißen Typen wie Christian sagen, ohne daran zu denken, wie es wäre, mit ihm Sex zu haben. Und zwar jetzt und hier. »Ich möchte Orte vorstellen, wo man eine beste Freundin finden kann«, zähle ich auf, »Anmachsprüche, Verhaltensregeln, Dos und Don'ts. Ein richtiger Ratgeber in Miniformat eben.«

»Meint ihr, das funktioniert?«, fragt Christian in die Runde.

»Klar«, sagt Birgit eifrig, und auch Cosima und Svenja nicken.

Christian dreht den Stift in seinen Händen. »Aber eines verstehe ich nicht«, sagt er langsam, »du hast einen Freund. Mit dem kannst du doch sicher auch alles besprechen, oder nicht?«

»Ja, natürlich«, sage ich, ein bisschen zu laut.

»Aber wozu brauchst du dann eine beste Freundin?«

»Na ja, für Frauengespräche. Und für die Videoabende mit Filmen, die Männer nicht mögen. Und zum Shoppen.

Und zum Tanzen. Und so was…« Ich beiße mir auf die Lippen.

»Mmmhhh«, macht Christian. »Und das ist wirklich ein Problem? Dass Frauen keine beste Freundin haben?«

»Absolut«, sage ich.

»Ein großes Problem«, sagt Birgit. Unsere Blicke treffen sich, wir lächeln uns zu.

»Gut«, sagt Christian. »Machen.« Gespannt schaue ich zu Walter, der aber nur stumm lächelnd dasitzt. Ich atme auf.

»Aber«, wirft Christian ein, »es muss unbedingt ein persönlicher Bericht sein, damit man sich besser damit identifizieren kann. Ich möchte, dass *Women's Spirit*-Leserinnen an den Erfahrungen unserer Mitarbeiter teilhaben können. Wir wollen nicht von oben herab über Probleme berichten, sondern mitten aus dem Leben. Nina, ich möchte einen ganz subjektiven Bericht, in dem du als Person im Mittelpunkt stehst. Wieso hast du eine Lebenskrise…«

»Ich habe keine Lebenskrise!«, protestiere ich.

Christian ignoriert meinen Einwand. »Wie wirkt sich die Suche auf dich und deine Umwelt aus? Was sagt Florian dazu? Wieso brauchst du unbedingt eine beste Freundin? Worüber kannst du mit ihr sprechen, aber nicht mit einem Mann? All diese Dinge möchte ich drinhaben.«

»Ja.« Ich muss schlucken. Irgendwie habe ich Zweifel, dass Florian diese Reportage mögen wird.

»Ich habe noch eine wunderbare Idee«, meldet sich jetzt auch noch Walter zu Wort. »Du machst ein Videotagebuch draus. Das wird unser erstes Projekt für *Women's Spirit Internet-TV*: Ninas Freundinnensuche als Blog!«

13

Singlesein ist nicht etwas, an das man denken muss, so wie an Zähneputzen. Es ist vielmehr wie ein juckender Ausschlag, den man keine Sekunde vergisst. Ich vermisse eine beste Freundin, wenn ich morgens nach einem passenden Lippenstift suche, weil ich sie fragen möchte, wie das sein kann, dass man an einem Tag eine Farbe klasse findet, am nächsten Tag schrecklich. Ich vermisse eine beste Freundin, wenn ich in die Bahn steige, weil ich mit ihr über die Frau in dem ultrakurzen Minirock kichern möchte, unter dem der Zwickel der Strumpfhose rausguckt. Und ich vermisse eine beste Freundin in der Mittagspause, weil ich mit ihr über das Problem mit der persönlichen Reportage reden möchte. Walter hat mir allen Ernstes eine kleine DV-Kamera gegeben. Ich soll mich jeden Tag hinsetzen und meine Erfahrungen in die Kamera erzählen, wie die Suche läuft und wie ich mich fühle und so. Meinen Einwand, dass ich keine Ahnung vom Fernsehen hätte, hat er einfach weggewischt.

»Das darf ruhig dilettantisch aussehen, das macht ja gerade den Charme von Internet-TV aus, diese Authentizität.« Außerdem hat er gesagt, dass er noch einen Kollegen einstellen würde, der sich um den Schnitt kümmern würde. »Und Florian muss natürlich auch drin vorkommen«, hat Walter bestimmt. »Damit der Zuschauer weiß, über wen du redest.«

Na super. Er wird begeistert sein! Da Pia sich immer noch in Florida amüsiert und ich ja auch wirklich mit ihr abgeschlossen habe und nur noch ab und zu gucke, ob sie nicht doch mal schreibt (ich melde mich nicht, das habe ich mir fest vorgenommen, und bisher halte ich mich auch dran – toi, toi, toi), ist der einzige Lichtblick in meinem Leben zurzeit Kokolores und ihre E-Mails. Sie ist wirklich total nett. Und witzig! Ich kann es kaum erwarten, neue Nachrichten von ihr zu bekommen. Gestern und heute habe ich allerdings noch nichts von ihr gehört, und das macht mir Kopfzerbrechen.

Während ich also die Zwiebeln für das Abendessen schneide, und Florian den Nudeltopf mit Wasser füllt, denke ich die ganze Zeit darüber nach, was sie vom Schreiben abgehalten haben könnte.

Florian erzählt mir von irgendwelchen Wohnungen, die er sich angucken möchte, und ich murmele immer: »Mmmhh, ja, klingt gut.«

Nach dem Essen sage ich, dass ich mal eben an meinen Computer müsse. »Nur ein bisschen. Du weißt schon, die Freundinnenreportage.«

»Ist gut. Ich spüle in der Zeit.«

»Das ist lieb.« Ich gebe ihm einen Kuss und setze mich ins Wohnzimmer.

Als ich meine Mailbox öffne, sehe ich es sofort: Kokolores hat geschrieben! Betreff: Männersünden Teil 2. Super! Beim letzten Mal hat sie mir von ihrem schrecklichen Exfreund geschrieben, der so geizig war, dass er nach der Trennung noch angebrochene Müslipackungen und halbleere Zahnpastatuben zurückhaben wollte. Mal sehen, was sie diesmal zu berichten hat! Voller Vorfreude will ich die Mail öffnen, da höre ich Florian aus der Küche kommen. Er stellt sich allen Ernstes hinter mich und schaut mir über die Schulter, während er den Topf abtrocknet.

»Und hast du eine Mail bekommen?«

»Ja«, sage ich genervt, drehe mich zu ihm um und warte demonstrativ, dass er weggeht.

Tut er aber nicht. »Die hat aber schon oft geschrieben«, stellt er mit Blick auf meinen Posteingang fest. »Betreff Männersünden«, liest er mit Grabesstimme. »Ist das eine Kampflesbe, oder was?«

»Nein. Sie ist nur ein paarmal enttäuscht worden«, sage ich seufzend und schließe das Fenster. »Ach, dabei fällt mir ein, dass sich mein Nachbar etwas von mir leihen wollte.«

»Der Bekloppte von oben?«

»Ja, Andy«, sage ich, stehe auf und gehe zur Tür.

»Was wollte der sich denn leihen?«

Ich lasse meinen Blick schweifen. »Ähm, das hier.«

»Eine Einkaufstasche?«

»Ja«, sage ich, schnappe mir den Stoffbeutel, den ich immer griffbereit am Schlüsselbrett hängen habe. »Bin gleich wieder da!«

»Das kann ich doch machen«, bietet Florian an.

»Nee, lass mal.« Bevor er protestieren kann, laufe ich schon die Treppe hoch.

»Hallo Schönheit«, begrüßt mich Andy, der ein weißes FC-Köln-Trikot mit kleinem rotem Kragen und schwarzem Samsung-Schriftzug auf der Brust trägt.

»Hey Andy«, sage ich atemlos, »kann ich mal deinen Computer benutzen? Ich muss dringend meine E-Mails checken.«

»Logo.« Er hält mir die Tür auf und lässt mich rein. »Welch Glanz in meiner bescheidenen Hütte!«

Tatsächlich bin ich wohl das Einzige in seinem Reich, was im Laufe der letzten Woche irgendeine Form der Reinigung erfahren hat. Trotzdem ist es aufgeräumter, als ich es in Erinnerung hatte. Ein Stapel Zeitschriften, auf dem obenauf eine zerlesene Ausgabe von *PC Games* liegt, ist säuberlich an der linken Wand aufgeschichtet. An der Wand hängt ein großes *James Bond jagt Dr. No*-Plakat neben einem Rahmen mit einem Plattencover der Doors. Im Mittelpunkt stehen aber eine große Leinwand mit einem ausgeschalteten Beamer in einigem Abstand davor und ein Flatscreen-Fernseher, flankiert von einer beeindruckenden Anzahl von Lautsprechern in verschiedenen Größen. In der Mitte des Raumes befindet sich eine runde Sofainsel aus Rattan, auf der einige Klamotten verstreut sind. In einer Ecke steht eine Art schwarzer Plastikschrank, aus dem ein silbernes Rohr und verschiedene Stromkabel herausschauen. Der Schrank brummt merkwürdigerweise.

»Sorry«, sagt Andy, »wenn ich gewusst hätte, dass du kommst, hätte ich besser aufgeräumt.« Erst jetzt fällt mir auf, dass er eine Rohrzange in der Hand hält.

»Was machst du damit?«

»Ach die«, sagt er und schaut sie an, als sähe er sie zum ersten Mal. »Ich installiere einen Wasseranschluss.« Er geht ins Badezimmer, wo er an die Armatur der Badewanne einen Aufsatz anbringt, der zwei Hähne hat.

»Und wozu brauchst du den?«

»Um einen Schlauch anzuschließen. Für die Bewässerungsanlage.«

»Willst du hier Tomaten züchten, oder was?«, flachse ich.

»So was in der Art.«

Ich beschließe, nicht weiter nachzufragen, und stehe einen Moment unschlüssig rum, während er weiterschraubt.

»Geh ruhig an den Computer, er läuft«, sagt Andy.

»Danke.« Der Computer steht auf einem Schreibtisch vor dem Wohnzimmerfenster, durch dessen schlierige Scheibe man die Bäume auf der Straße sehen kann. In Ruhe lese ich die Mail von Kokolores und muss mehr als einmal lachen, dann schreibe ich zurück, dass mein Freund mich gerade mit seiner Neugier aus meiner Wohnung vertrieben hätte.

»Möchtest du einen grünen Tee?«, ruft Andy aus der Küche.

»Ja, gerne«, sage ich abgelenkt, überfliege meine Antwort und schicke die Mail weg.

Andy reicht mir eine Tasse zitronig duftenden Tees und legt sich auf die Sofainsel. Ich bleibe auf dem Drehstuhl sitzen und betrachte seine nackten Füße und die haarigen Beine, die aus den Shorts herausgucken. Es ist ziemlich warm in seiner Wohnung, fällt mir auf, fast ein bisschen schwül. Mein Blick fällt auf das Regal an der Seite, wo eine silberne Statue in Form einer Comicfigur steht, auf deren Sockel eine Inschrift eingraviert ist.

»Was ist das?«, frage ich.

»Eine Auszeichnung für das beste Drehbuch. Habe ich vor ein paar Jahren gewonnen.«

»Du bist *wirklich* Drehbuchautor?«

»Na klar, was dachtest du denn?«

»Ich ... tja, ich weiß nicht.«

»Du dachtest wohl, ich hänge hier nur rum, oder was?« Er grinst mich an.

»Nein, natürlich nicht«, murmele ich entschuldigend. »Und schreibst du gerade auch wieder an einem Drehbuch?«

»Sicher.«

»Nee, echt jetzt? Und wie heißt es?«

»Der Titel ist ...« Andy findet einen Platz für seine Tasse auf dem Beistelltisch, hebt die Arme, als ob er ein imaginäres Filmplakat aufhängen würde, und verkündet: »*Detektitten. Die Brüste Pam und Ela lösen ihren ersten Fall.* Ein Krimi von Andy Berg.«

»Was?«, frage ich verständnislos.

»Detektitten. Brüste als Detektive.«

»Ist nicht dein Ernst!?«

»Doch klar. Wir hatten schon Katzen als Detektive, Schafe, Türken und jede Menge Schweden. Da sind Detek*titten* nur die logische Folge!« Er guckt mich aus seinen blauen Augen so ernsthaft an, dass ich lospruste und mir vor Lachen fast der Tee aus der Nase läuft.

»Ich weiß gar nicht, was daran so lustig ist«, sagt er

gespielt pikiert und muss selber ein Lachen unterdrücken. »Das wird der Kinohit des Jahres!«

»Und in welchen Kinos wird das laufen? Bei Beate Uhse?«, frage ich keuchend.

»Das wird doch kein Porno! Das wird ein künstlerisch wertvoller klassischer Krimi.«

»Nee, is klar«, sage ich.

»War übrigens nicht meine Idee. Ein alter Freund von mir hat eine Produktionsfirma und möchte einen Retro-Trash-Film im Stile von Russ Meyer drehen und hat mich gefragt, ob ich ihm das Drehbuch dazu schreibe. Und da konnte ich nicht Nein sagen.« Er fasst die Story zusammen, in der es um Jenny geht, die naive Besitzerin der Brüste Pam und Ela, die sich bei einem Schönheitschirurgen über Brustvergrößerungen informiert. Am nächsten Tag wird Dr. Schnippel ermordet aufgefunden und Jenny des Mordes verdächtigt, weil sie seine letzte Patientin war. »Und da sie alleine zu doof ist, den Fall zu lösen, übernehmen das ihre Brüste.«

»Aber wie wollen die beiden das denn machen? Sie können doch keine Verdächtigen befragen!«, rufe ich.

»Kein Problem«, sagt Andy lachend, »in der Filmwelt wimmelt es nur so von sprechenden Pimmeln, da dürfen Titten doch wohl auch mal zu Wort kommen. *Das* nenne ich Emanzipation.«

»Das hat aber lange gedauert«, sagt Florian missmutig, als ich wieder nach unten komme. »Und den Beutel hast du auch wieder dabei.«

»Ach so«, sage ich, »Andy brauchte ihn doch nicht.«

Ich hänge den Beutel wieder zurück. Florian schaut mich forschend an. Eigentlich wollte ich ihm von dem total verrückten Drehbuch erzählen, aber irgendwie habe ich das Gefühl, er könnte eingeschnappt sein, wenn ich ihm sage, dass ich mich mit Andy über Brüste unterhalten habe. Deswegen gebe ich ihm nur einen Schmatzer auf die Wange. »Komm, lass uns fernsehen«, schlage ich lächelnd vor und reiche ihm die Fernbedienung.

Ich bin wirklich bestens gelaunt, denn Kokolores will sich mit mir treffen – und ich habe Ja gesagt! Nächsten Sonntag werde ich also endlich meine neue beste Freundin persönlich kennenlernen.

14

Das einzig Doofe ist, dass ich Florian versprochen habe, an diesem Sonntag mit in die Eifel zu fahren, um dort zuzugucken, wie er in irgendeinem Tümpel sein Boot rumschippern lässt. Ich muss ihm irgendwie beibringen, dass das nichts wird.

Und zwar möglichst schonend.

Möglichkeit 1: Ich habe keine Lust.

Blöd. Dann muss ich ihm erklären, warum. Aber ich will ihm nicht sein Hobby miesmachen. Oder seine Freunde.

Möglichkeit 2: Ich habe was anderes vor.

Noch blöder. Dann wird er sauer sein, dass ich mich lieber mit einer potenziellen Freundin treffe, als die Zeit mit ihm zu verbringen.

Möglichkeit 3: Ich habe meine Tage.

Geht gar nicht, denn das ist der Klassiker unter allen Ausreden, und er wird natürlich sofort wissen, dass es nur ein Vorwand ist.

»Hör mal«, sage ich beim Frühstück. »Ich fürchte, du musst alleine in die Eifel fahren. Ich muss dringend noch was arbeiten.«

»Ausgerechnet heute?«, fragt er enttäuscht. »Warum

hast du das nicht gestern Nachmittag gemacht, wo du den ganzen Tag auf dem Sofa rumgehangen hast?«

»Ich musste gestern die Fortsetzung von diesem Krimi lesen, weil der Cliffhanger vom ersten Teil so spannend war, dass ich nicht schlafen konnte«, sage ich pampig.

Er guckt mich durchdringend an. »Ich finde, das klingt wie eine billige Ausrede dafür, dass du keine Lust hast, mit mir den Tag zu verbringen.«

»Doch natürlich habe ich Lust. Aber heute geht es eben nicht.«

»Was musst du denn so Dringendes machen?«

»Ich muss an der Freundinnenreportage arbeiten.«

»Okay«, seufzt er, »dann komme ich früher nach Hause, und wir machen uns noch einen schönen Abend.«

»Nein«, rufe ich erschrocken. »Ich muss *ganz lange* arbeiten.«

»Dann koche ich für dich und bediene dich am Computer.«

Ich schaue ihn gequält an. »Sorry, aber ich muss zu einer Recherche. Ich treffe mich mit einer Frau aus dem Internet.«

»Mit der Kampflesbe?«, sagt er scharf.

»Sie ist keine Kampflesbe«, presse ich durch zusammengebissene Zähne heraus. »Aber es wird bestimmt trotzdem furchtbar öde, nur leider muss ich da hin, damit ich auch was zu schreiben habe in dem Artikel. Und sie hatte an keinem anderen Tag Zeit als heute. Es tut mir wirklich leid, mein Süßer, das nächste Mal komme ich wieder mit, versprochen.«

»Ist gut«, brummelt er. »Wo geht ihr denn hin?«

»Weiß ich noch nicht«, lüge ich.

»Du kannst ja mal das Handy mitnehmen, dann melde ich mich später und komme vielleicht nach.«

Man darf das ja eigentlich nicht sagen, wenn man jemanden liebt, aber ich bin froh, als er endlich fährt und ich meine Wohnung für mich alleine habe. Ich brauche Zeit für die Abendvorbereitung. Denn ich bin mindestens so aufgeregt wie vor einem Blinddate. Ich meine – hey – das ist ja auch ein Blinddate! Kokolores hat gesagt, sie würde mit einem rosa Trenchcoat á la Doris Day und einer riesigen Sechziger-Jahre-Sonnenbrille kommen. Das alleine klingt schon super. Eine Freundin mit extravagantem Stil! Da muss ich überlegen, was ich anziehe, um da mitzuhalten. Es darf natürlich nicht total aufgebrezelt wirken.

Also durchforste ich nach einem ausgiebigen Bad samt Feuchtigkeitsmaske zu den Klängen von Marina and the Diamonds meinen Kleiderschrank, trinke einen Aperol Sprizz und probiere insgesamt sieben Outfits an, bis ich mich für ein schwarzes kurzes Empire-Kleid mit weißen Pünktchen entschieden habe, das an der Taille so weit ist, das mein Bauch nicht auffällt. Dazu trage ich schwarze Stiefel. Meine Haare stecke ich hoch und lasse nur zwei seitliche Strähnen an den Schläfen lose. Aus meiner Schmuckkiste krame ich meine Rockabilly-Ohrringe, an denen jeweils ein roter und ein schwarzer kleiner Würfel hängen. Dezentes Make-up, schwarzer Mantel, weiße Tasche – schon bin ich fertig und sehe einfach klasse aus. Und dann muss ich mich auch schon beeilen.

Ich sitze in der Bar und warte, die Tür im Auge. Trinke Cosmopolitan, wie ich es als Erkennungszeichen versprochen habe. Ich freue mich total, sie kennenzulernen. Ich glaube, es hat gefunkt zwischen uns. Rein platonisch, natürlich.

Viertel nach acht. Sie ist noch nicht da. Erste Abzüge in der Pünktlichkeitsnote. Ich finde, man lässt Leute nicht warten. Kann ich nicht ab! Ich bin schließlich auch hierher gehetzt, dabei hätte ich gerne noch die Rubin-Ohrringe ausprobiert und vielleicht eine passende Kette dazu.

Acht Uhr fünfundzwanzig. Keine SMS, kein Anruf. Wenigstens füllt der Barkeeper die Erdnussschale vor mir wieder auf.

Halb neun. Zweiten Cosmo bestellt. Wenn sie nicht in zwei Minuten kommt, kann Kokolores bleiben, wo der Pfeffer wächst. Wenn eine Sache gar nicht geht, dann Unzuverlässigkeit.

Zwanzig vor neun. Sie versetzt mich. Miststück! Was mache ich jetzt? Also gut, da ich schon mal hier bin und man heute vier Cocktails für den Preis von dreien bekommt, beschließe ich erstens, ein Schnäppchen zu machen, und zweitens, mich ins Getümmel zu stürzen. Blinddates sind nichts. Internetbekanntschaften sind nichts. Das Handy schalte ich aus. Ich werde jetzt hier total cool alleine sitzen und auf die Gelegenheit warten, eine Freundin persönlich anzusprechen. Basta.

Das ist ja so was von peinlich. Ich sitze in der Bar und glotze Frauen an. Wie eine Stalkerin. Oder eine Lesbe. Und überhaupt – was soll ich sagen, wenn ich eine nett finde? Haste mal Feuer? Kennen wir uns nicht von irgendwoher? Willst du meine beste Freundin werden? Wie peinlich ist das denn!? Klar, Männer anbaggern, das hab ich drauf. Ein kesser Blick hier, ein Lächeln dort. Aber wie baggert man eine Frau an, ohne sie anzubaggern? Das ist eine völlig neue Situation. Also, in den Ratgeber muss dringend eine Anleitung für platonisches Flirten. Mal sehen. Wie könnte die aussehen?

Regel Nummer 1: kein zu langer Blickkontakt am Stück.

Regel Nummer 2: direkt sagen, dass man hetero ist.

Regel Nummer 3: ...

»Soll ich mal raten, wie alt du bist?«, raunt mir jemand von der Seite zu.

Da steht ein Typ mit einer besonders gruseligen Ausführung der Vokuhila – der sogenannten Vonihila: vorne nichts, hinten lang. Stirnglatze und deutlich gelichtetes Haupthaar, aber hinten Langmatte wie zu besten Rockerzeiten. Er ist sehr dünn, trägt ein enges rotes T-Shirt mit Iron-Maiden-Aufschrift und eine ausgefranste Jeansjacke und lächelt mich mit viel Zahnfleisch an.

Normalerweise würde ich wahrscheinlich sagen: »Zieh Leine«, aber das ist ziemlich gemein, und ich will schließlich auch nicht so eine fiese Abfuhr kriegen, wenn ich gleich eine Frau anspreche. Zumal er ja nichts dafür kann, dass er so beknackt aussieht. Obwohl ... wenn ich es mir recht überlege ... er wird ja wohl nicht dazu gezwungen, eine Scheißfrisur zu tragen. Also gut. Ich könnte ehrlich sein und sagen, dass ich einen Freund habe. Oder noch ehrlicher, dass ich hier eine beste Freundin kennenlernen wolle und er mir dabei nur im Weg sei. Ich könnte auch sagen, dass ich Hardrock für bescheuert halte und lieber einen Tag lang Heino hören würde, als nur einen Song von Iron...

»Bist wohl zu arrogant, um zu antworten«, sagt der Vonihila-Typ, schüttelt verächtlich den Kopf und dreht sich um.

»Äh, nein, das stimmt nicht«, versuche ich mich zu rechtfertigen, aber er wedelt meinen Einwand mit einer genervten Handbewegung fort und ist schon in der Menge verschwunden.

So ein Mist! Jetzt hält er mich für arrogant. Und arrogante Leute mag niemand! Wenn ich jetzt mit Pia hier wäre, dann hätten wir ordentlich was zu lachen. Aber alleine nimmt man sich selbst idiotische Bemerkungen von Leuten mit Geschmacksverkalkung zu Herzen. Ich brauche dringend jemanden, der mir sagt, dass ich völlig normal bin.

Aha, gerade ist ein Mädel reingekommen, das interessant aussieht. Aber sie geht zu zwei anderen Frauen, die am Ecktisch sitzen. Ich möchte lieber eine Frau treffen, die auch alleine hier ist. Denn wenn jemand schon eine beste Freundin hat, dann gibt das nur Ärger, wenn man sich dazwischendrängt.

Ich betrachte die Leute. Paare. Kumpels. Freundinnen. Cliquen. Der Vonihila-Typ wirft mir von der gegenüberliegenden Seite des Tresens böse Blicke zu. Meine Güte, dieser Widerling und ich sind die Einzigen hier, die alleine sind! Und alleine bleiben werden. Oh Mann! Jetzt wird mir alles klar. Ich bin auch ein Freak! Jeder weiß, dass Leute, die alleine in einer Bar rumhängen, emotionale Krüppel, Eigenbrötler oder totale Nervensägen sind. Wenn sie nicht so kauzig wären, hätten sie ja wohl Gesellschaft. Alleine steht man sofort unter Generalverdacht, verhaltensgestört zu sein. Besonders Frauen machen sich damit suspekt. Männer hingegen können die Cowboykarte ausspielen, die immer ein Solo rechtfertigt. Der einsame Westernheld in der Prärie, der nichts und niemanden braucht, außer ein kühles Blondes. Das ist cool, das ist markig, das ist ein echter Kerl.

Kommt jedoch eine Frau alleine, ist sie verzweifelt. Muss ja so sein! Wenn Frauen normalerweise noch nicht mal alleine Pipi machen gehen, dann kann sie nur einen an der Waffel haben, wenn sie einsam am Tresen hocken muss.

Vielleicht sollte ich nach Hause gehen. Ja, ganz bestimmt sogar. Aber erst muss ich noch meinen vierten Cocktail austrinken. Ich verschwende hier vielleicht meine Zeit, aber doch kein Geld!

Und da sehe ich sie. Sie betritt gerade die Bar in einer schwarzen Lederjacke über einer himbeerroten Bluse mit großem Kragen. Ihre Locken wippen, als sie sich durch die Menge schiebt. Die Männer glotzen ihr nach, aber sie beachtet sie nicht, nickt dem Barkeeper zu und bekommt Rum on the rocks hingestellt. Ich bin total beeindruckt. Das ist ja mal eine tolle Frau! Aber ich erinnere mich an Regel Nummer eins: nicht zu lange glotzen. Also beobachte ich sie heimlich und nehme zur Deckung die Cocktailkarte.

Oha, Gefahr im Verzug. Der Vonihila-Typ quatscht die coole Frau von der Seite an, aber sie lässt ihn mit einer knappen Bemerkung abblitzen. Sie schaut zu mir, und da ich die Cocktailkarte nicht schnell genug hochreiße, sehen wir uns einen Moment lang an. Sie verdreht genervt die Augen Richtung Vonihila-Typ und prostet mir zu. Ich proste zurück. Sie nimmt ihr Glas und kommt in meine Richtung. Hallohallohallo, das geht jetzt aber fix. Was soll ich denn mit ihr reden? Ich kann ja nicht direkt mit Männergeschichten anfangen. Also, muss ich Smalltalk machen. Aber worüber? Sie ist fast da. Nina, lass dir was einfallen! Aber in meinem Kopf herrscht totale Flaute.

»Na, kannste sie schon auswendig?«, fragt sie.

»Wie bitte?«

»Die Cocktailkarte?«

Ich bemerke, dass ich sie immer noch umklammert halte. »Ach so. Äh, ja, nein. Ich meine, es sind immerhin neunundneunzig verschiedene.«

Na bravo, Nina. Jetzt hält sie dich für komplett gestört, weil du in einer Bar sitzt und nur an der dämlichen Karte interessiert bist.

»Ja«, sagt sie, »Barkeeper lassen sich immer was Neues einfallen, aber Männer kommen immer mit dem gleichen Spruch.«

»Hat der Typ mit der schlimmen Frisur dich auch gefragt, ob er dein Alter schätzen soll?«, frage ich.

Sie nickt.

»Und was hast du gesagt?«

Sie zuckt mit den Schultern. »Nein.«

Ich muss lachen.

»Was ist?«

»Und ich hab überlegt und überlegt, wie ich ihn nett loswerde, da sagte er, ich sei zu arrogant zum Antworten.«

»Dieser Vollidiot.«

Ich muss kichern.

»Neulich sagte einer zu mir: Hey, Babe, aus deinen Haaren möchte ich mir eine Kuscheldecke weben.«

»Ihh«, rufe ich. »Und was hast du gesagt?

»Und aus deinen Sprüchen möchte ich das Buch ›Wie man garantiert keinen Erfolg bei Frauen hat‹ machen.«

Ich lache aus vollem Hals. »Prost. Ich heiße übrigens Nina.«

»Angenehm. Daniela.«

Wir trinken. Dabei mustere ich verstohlen ihr Gesicht, das Selbstvertrauen und Gelassenheit ausstrahlt. Könnte sie tatsächlich meine neue beste Freundin werden? Könnten wir zusammen bei Videoabenden flennen und am Wochenende zelten gehen und uns kaputtlachen, weil wir keine Heringe mitgenommen haben? Könnten wir mit dem Rucksack durch irgendein fernes Land reisen, ohne dass sie sich wegen Ungeziefer in die Hose macht? Ich hab da so ein Gefühl, das mir sagt, das könnte gut passen. Der Abend fängt an, mir zu gefallen. Vielleicht ist es Schicksal, dass Kokolores mich versetzt hat und ich stattdessen Daniela hier kennenlerne!

In dem Moment schaue ich zur Tür. Gerade als er hereinkommt – der Dreitagebartmann aus meinem Kiosk. Er trägt ein grün gestreiftes T-Shirt unter seinem Cordjackett. Ich will mich gerade unauffällig wegdrehen, da trifft sein Blick mich plötzlich und heftig wie ein Dartpfeil. Er zieht eine Augenbraue hoch, als er mich erkennt, und dann lächelt er.

Und es kribbelt. In meinem Bauch. Und weiter unten. Ich lächele schüchtern zurück und senke den Blick, wie es sich für eine Frau gehört, die bereits vergeben ist. Nur heimlich beobachte ich, wie er sich durch die Menge schiebt.

»Hey, hast du den gesehen?«, frage ich Daniela.

»Das braune Cordjackett? Nicht mein Fall«, sagt sie. »Die Farbe ist so geschmackvoll wie abgestandenes Mineralwasser.«

»Das stimmt«, kichere ich.

Mannometer, die Cosmos haben aber ordentlich Umdrehungen. Ich bin richtig angeschickert und echt gut drauf! Es ist an der Zeit, Danielas Beste-Freundinnen-Faktor zu testen. Es ist an der Zeit für: Männergeschichten.

»Weißt du was?«, frage ich. »Ich glaube ja an Sex auf den ersten Blick.«

»Ehrlich?«, entgegnet sie verblüfft. »Und wie äußert sich das?«

»Das geht ganz einfach: Man guckt sich in die Augen und weiß sofort, dass man im Bett landen wird. Oder zumindest knutschen wird.« Ich schaue nochmal auf die andere Seite des Tresens, wo der Dreitagebartmann neben einem Kumpel steht und zu mir herüberguckt. »Nicht dass ich leicht zu haben bin«, erkläre ich weiter, »oder wahllos. Auf gar keinen Fall! Sex auf den ersten Blick ist zwar nicht ganz so selten wie Liebe auf den ersten Blick, aber fast.«

Hoppla. Ich merke, dass mir ein kleines bisschen schwindelig ist.

Daniela schaut mich neugierig an. »Interessant. Und das klappt?«

»Logo. Ist total praxisgetestet. Und in den absoluten Ausnahmefällen entpuppt sich Sex auf den ersten Blick sogar als Liebe auf den ersten Blick. Aber das passiert nur alle Jubeljahre, hicks.«

Vielleicht sollte ich mal ein Wasser trinken. Und mehr Nüsse essen. Ich winke dem Barkeeper. Ich spüre, wie Daniela mich beobachtet. Vielleicht fragt sie sich auch gerade, ob wir nicht beste Freundinnen werden können.

Der Dreitagebartmann schaut wieder zu mir rüber. Er schiebt seine Brille ein Stück die Nase hoch. Mann, ist der süß. Das war mir im Kiosk gar nicht aufgefallen.

»Und wie merkst du das mit dem Sex auf den ersten Blick?«, fragt Daniela.

»Es ist wie kleine Stromstöße, die durch die Augen in den Magen funken«, sage ich und morse dem Dreitagebartmann zurück. »Es prickelt, und eine unsichtbare Leitung verbindet uns quer durch den Raum…«

Plötzlich spüre ich ihre Hand auf meinem Bein, die Richtung Hüfte wandert.

»Red weiter«, sagt sie mit belegter Stimme.

Ich erstarre. HILFE! So war das nicht gemeint! Ganz und gar nicht!

»Wir können zu mir gehen«, haucht Daniela.

Der Barkeeper zwinkert ihr zu. Ach du jemine! Sie ist hier wahrscheinlich so was wie die Lesbe des Hauses. Und ich habe alle Regeln des platonischen Flirtens verletzt, die ich mir vorhin ausgedacht habe!

»Äh, ich muss mal schnell auf die Toilette«, sage ich, stehe auf und wanke nach hinten.

Im Gewühl baut sich auf einmal der Vonihila-Typ vor mir auf. »Arroganz ist eine der acht Todsünden«, lallt er.

Ich mache einen Schritt nach links, um an ihm vorbeizukommen, aber er versperrt mir den Weg.

Ich höre Daniela rufen. »Hey, Nina, warte, ich komme mit!«

Ich bin zu betrunken, um mich an dem Vonihila-Typen vorbeizuschlängeln. Er wittert natürlich sofort den Hauch von Macht, der selbst Verlierern wie ihm zu einem kurzen Moment der Überlegenheit verhilft, und bleibt einfach stehen und grinst herablassend. Pissnelke.

»Lass gefälligst die Lady durch«, höre ich in dem Moment eine Stimme, die mir bekannt vorkommt.

Der Dreitagebartmann drückt den Vonihila-Typ lässig zur Seite und macht mir Platz. Ich schlüpfe durch die Lücke an ihm vorbei, streife sein Cordjackett und atme seinen Geruch ein – eine Mischung aus Apfelseife und Fichtenwald. Dann drehe ich mich zu Daniela um, schüttele entschuldigend den Kopf. Sie zuckt mit den Schultern und dreht ab.

»Danke«, sage ich zu ihm.

»Gern geschehen«, sagt der Dreitagebartmann. »War dieser Mattenjoe dein Freund?«

»Nein«, sage ich heftig, empört über so viel Unverschämtheit.

»Und wie läuft es mit ihm? Florian hieß er doch, oder? Habt ihr euch wieder vertragen?« Er lächelt süffisant.

Ich knuffe ihn in den Oberarm. »Frechheit! Was fällt dir eigentlich ein!?«

»Es schien mir letztens so, als wolltest du dringend mit jemandem über deinen Freund sprechen.«

»Aber doch nicht mit *dir*! Meine Beziehung geht dich ja wohl überhaupt nichts an!«, schimpfe ich, und dann küsse ich ihn.

15

Es piept. Irgendwas piept. Endlich raffe ich, dass es sich um meinen Wecker handeln muss.

»Aua, aua, aua«, stöhne ich und halte mir den Kopf. Was war das denn gestern? In dieser Bar. Die Erinnerungsblockade löst sich nur langsam. Aber nach und nach fällt mir alles wieder ein.

Kokolores hat mich versetzt.

Ein hässlicher Typ hielt mich für arrogant, eine schöne Frau für eine Lesbe.

Vier Cocktails zum Preis von drei sind kein Schnäppchen, weil man am nächsten Tag ziemlich draufzahlt. Mein Kopf platzt gleich.

Aber da war doch noch etwas... Ich befühle meine Lippen, die sich irgendwie strapaziert anfühlen und...

Oh. Mein. Gott! Ich habe rumgeknutscht. Fremdgeknutscht! Mit diesem Dreitagebartmann. Henrik. Mir wird übel, und ich muss mich aufsetzen. Ich miese kleine besoffene Schlampe! Ich...

Moment mal. Mir kommt es vor, als hätte ich diese Worte gestern aus dem Mund von jemand anderem gehört. Ach ja! Jetzt fällt es mir wieder ein. Kokolores ist doch noch aufgetaucht, mit geschlagenen zweieinhalb Stunden Verspätung.

Ich sah sie irgendwann am Tresen stehen mit ihrer lächerlichen Brille, dem rosa Plastikmantel und dem dilettantisch auftoupierten Haar, gekrönt von einer überdimensionalen schwarzen Schleife. Sie sah aus wie eine Vogelscheuche mit dem Auftrag, jeden Anflug von gutem Geschmack zu vertreiben. Ich winkte ihr trotzdem, als ich mich für einen Moment vom Dreitagebartmann lösen konnte. Sie ging drei Schritte auf mich zu und schaute von mir zu Henrik, der den Arm um mich gelegt hatte.

Ich lächelte sie an, aber sie verzog nur den grell geschminkten Mund (pink wie der Mantel) und bellte: »Na, typisch. Da kommt man fünf Minuten zu spät, und schon hast du dich irgendeinem Kerl an den Hals geworfen. Du miese kleine besoffene Schlampe.« Drehte sich um und ging.

»Dein Outfit ist total billig«, rief ich ihr hinterher.

»Was war das denn?«, fragte Henrik verwundert.

»Ach nichts«, antwortete ich, »nur jemand, mit dem ich nichts zu tun haben will.«

Dann streichelte ich ihm über die stoppelige Wange und …

Mir wird schwummerig, wenn ich dran denke, wie gut er küssen kann. Ich spüre jetzt noch seine weichen Lippen und das Kratzen seines Dreitagebarts. Mein Mund brennt sogar ein bisschen, als wären wir immer noch dabei. Aber das wären wir sicher auch noch, wenn mir nicht irgendwann eingefallen wäre, dass ich heute arbeiten muss. Zum Glück! Wer weiß, was sonst noch alles passiert wäre.

Er brachte mich zum Taxistand, dort küssten wir uns

ein letztes Mal, dass sich mir der Magen umdrehte, dann fuhr ich nach Hause und plumpste ins Bett.

Was für ein Abend! Aber wie soll ich das nur Florian erklären? Leicht panisch schwinge ich die Beine aus dem Bett, mein Kreislauf hinkt hinterher, deswegen muss ich einen Moment warten, bis ich aufstehen kann. Ich eiere durchs Wohnzimmer Richtung Bad und lasse mich auf den Badewannenrand sinken, um zu verschnaufen. Mannmannmann.

Dann entdecke ich die Telefonnummer, die Henrik mir mit Kuli auf den Handrücken geschrieben hatte. Oh nein! Ich darf ihn natürlich nie, nie, nie wiedersehen!

Schnell nehme ich einen Waschlappen, tränke ihn mit Flüssigseife und fange an, die Zahlen wegzurubbeln. Ich könnte heulen, weil ich mich selbst so verachte.

Ey, Nina, krieg dich wieder ein. Jeden Tag betrügen überall auf der Welt Millionen von Leuten ihre Partner. Das kann passieren. Es war ein Missgeschick. Und außerdem… Notwehr. Schließlich wurdest du von dem Iron-Maiden-Mattenjoe bedrängt und von einer Lesbe verfolgt. Was hättest du denn anderes tun sollen?

Genau! So gesehen klingt es schon viel besser. Ich *musste* mich schließlich verteidigen und mit dem Dreitagebart… mit Henrik knutschen. Aber ob mir Florian das durchgehen lassen wird?

Also, Nina, jetzt mal ehrlich, du willst es ihm doch nicht im Ernst erzählen?

Aber er ist mein Freund, und ich muss ihm die Wahrheit sagen.

Du verrätst ihm nicht, dass du Bauchwegslips trägst,

aber einen klitzekleinen Knutschausrutscher willst du ihm beichten? Das kann doch wohl nicht wahr sein!

Stimmt. Eigentlich hab ich völlig Recht. Ich werde diese kleine Geschichte mit ins Grab nehmen. Zufrieden betrachte ich den saubergescheuerten Handrücken. Florian wird niemals davon erfahren, und wir werden glücklich leben bis an unser…

Ach du meine Fresse, was ist das denn? Geschockt starre ich in den Spiegel. Die zerknautschte Frisur und die verquollenen Augen – geschenkt, aber da, um meinen Mund herum, da ist alles… total *rot*! Aufgescheuert! Wund!

Oh mein Gott! Kein Wunder, dass es so gebrannt hat. ALARMSTUFE DUNKELLILA!

Ich habe eine *Bartstoppelallergie*!

Noch peinlicher als Knutschflecken!

Über meiner Oberlippe ist ein Rand, als hätte ich Kirschsaft getrunken, das Kinn ist wassermelonenfarben, besprenkelt mit dunkelroten Pöckchen. Ich sehe aus wie ein depressiver Clown mit eintätowiertem Make-up, der für den Rest seines Lebens als gescheiterter Spaßmacher gezeichnet ist. Wenn Florian das sieht, weiß er sofort, was Sache ist und wird mit mir Schluss machen. Und ich habe noch nicht mal eine beste Freundin, die mir in dieser Notlage beistehen kann! So ein Mist.

Ich lasse mich resigniert auf den Toilettendeckel plumpsen. Nun, jetzt ist es wirklich an der Zeit, meine guten Vorsätze sausenzulassen – und Pia anzurufen. Egal, dass ich mit ihr nichts mehr zu tun haben wollte. Egal, dass es bei ihr mitten in der Nacht ist. Dies ist ein absoluter

Notfall. Ich wanke zurück in den Flur, schnappe mir das Telefon und wähle Pias endlos lange Handynummer. Ich warte ungeduldig auf das erlösende Tuten – und höre dann eine Stimme, die mir mitteilt, dass es unter dieser Nummer keinen Anschluss gibt. Verblüfft lege ich auf. Probiere es nochmal. Nichts. Kein Anschluss unter dieser Nummer.

Wie bitte? Pia hat ihre Handynummer gewechselt, ohne mir Bescheid zu geben?! Das kann nicht sein. Oder doch? Na ja, schließlich waren meine Anrufe auch nicht gerade superfreundlich. Und auf ihre letzte Mail habe ich nicht mal geantwortet. Aber dass sie mir so deutlich zeigt, dass sie mit mir nichts mehr zu tun haben will, finde ich jetzt schon ziemlich krass.

Erschöpft berge ich den Kopf in den Händen. Vielleicht hätte ich die Kettenbrief-Mail aus meinem Beste-Freundinnen-Postfach doch weiterleiten sollen. So wie ich mich fühle und aussehe, bleibe ich wirklich die nächsten zwanzig Jahre einsam und allein. Verdammt noch eins. Ich sollte mir schleunigst ein sinnfreies Hobby zulegen, das mich ans Haus fesselt. Patiencen legen oder Solitär spielen. Dafür braucht man nämlich überhaupt niemanden und hat trotzdem Freude. Oder ich werde eine dieser entrückten Matronen, die monatelang vor sich hin basteln, um dann grinsende Zaunlattenzwerge oder marmorierte Zahnputzbecher auf dem örtlichen Handwerkerbasar auszustellen. Ja, das ist eine Möglichkeit.

Nur leider wird sich daraus sicher keine Haupterwerbsquelle machen lassen. Deswegen muss ich wohl oder übel zur Arbeit gehen. Schließlich ist Montagmorgen.

Wegen Krankheit fehlen ist heute nicht drin, Christian hat irgendwas von einer wichtigen Konferenz gesagt. Und wenn ich mich beeile, schaffe ich es noch pünktlich. Also gut, Bestandsaufnahme.

Magen: alles so weit in Ordnung. Kotzgefahr gering.

Kopf: mittelprächtiges Hirnreißen. Aber mit einer Flasche Mineralwasser und zwei Aspirin wird's gehen.

Gesicht: Mit der doppelten Lage Schminke kann ich die Rötung sicher abdecken, und dann wird sie niemandem auffallen.

»Nina, um Gottes willen, was hast *du* denn gemacht?«, ruft Christian, als ich mit zehn Minuten Verspätung in den vollbesetzten Konferenzraum taumele. Er deutet entsetzt auf mein Gesicht.

Ich werde noch röter und bringe damit die Bartstoppelseuche erst recht zum Blühen.

»Äh. Ich habe gestern aus Versehen … Erdbeeren gegessen. Ist eine Erdbeerallergie.« Ich hüstele.

»Du Arme«, sagt er mitfühlend.

»Das hab ich auch manchmal«, sagt eine fremde Frau neben ihm und zwinkert mir zu. »*Diese* Erdbeerallergie kenne ich.«

Mir ist sofort klar, dass sie mich durchschaut hat. Dabei kenne ich sie nicht mal. Sie sieht aus wie ein Model für den perfekten Business-Look: blaue Augen, blonder Pferdeschwanz, hellgrauer Hosenanzug aus Satin, nachtblaue Bluse und Perlenkette.

Ich gucke verwirrt zu Christian.

»Nina«, sagt Christian. »Das ist Laura Lindner. Sie

wird die neue Onlineausgabe betreuen. Laura, das ist Nina, unsere geschäftsführende Redakteurin und stellvertretende Chefredakteurin.« Sie steht auf und greift lächelnd meine Hand.

»Hallo«, murmele ich eingeschüchtert.

»Nina ist bereits mit einem Projekt für den neuen Onlineauftritt befasst«, sagt Walter. Mein Gott, was macht der denn schon wieder hier? »Sie dreht ihre verzweifelte Suche nach einer besten Freundin mit der DV-Kamera.«

»Echt?«, fragt Laura. »Das klingt interessant.«

»Die Geschichte wird auch das Aufmacherthema im Juli-Heft«, sagt Christian. »Nina, wie weit bist du denn damit?«

»Ich, äh, recherchiere noch an einigen Details.«

»Und was sind das für Details?«

Das kleine Detail, ob es überhaupt funktioniert.

»Äh, ein Leitfaden für platonisches Flirten und die besten Gelegenheiten, eine Freundin zu finden. Das Internet mit Kontaktanzeigen auf einschlägigen Seiten habe ich schon durch, genau wie Sportcenter und Bars.«

»Und hast du bisher Erfolg gehabt?«, fragt Laura freundlich.

»Also, ich denke, der Erfolg wird sich bald einstellen. Eine beste Freundin zu finden ist ja ungefähr so schwierig, wie den Traummann zu treffen.« Keine weiteren Fragen, Euer Ehren.

»Und was hast du als Nächstes auf dem Programm?«, fragt Laura.

»Ich ... äh ... teste eine ganz originelle Variante«, sage ich. Alle gucken mich erwartungsvoll an. »Die ... Kettenbriefparty. Ich schicke zehn Einladungen an zehn Frauen, und die müssen sie jeweils an zehn Frauen weitergeben. Und so weiter. Und dann machen wir eine Party. So hat man eine sehr große Auswahl an neuen Bekanntschaften und erhöht die Trefferquote erheblich.« Keine Ahnung, aus welcher verkrusteten Gehirnwindung jetzt diese Eingebung gerade gekrochen ist.

»Super Idee«, ruft Laura. »Darf ich auch kommen?«

»Na klar«, sage ich generös.

Die Konferenz dauert heute etwas länger, weil wir den neuen Onlineauftritt besprechen, der jünger und bunter werden soll als unser Magazin. Ich höre nur mit halbem Ohr zu, muss immer wieder an den Kuss des Dreitagebartmanns denken, wobei jedes Mal ein Schwarm Sternschnuppen durch meinen Magen zischt.

Ich ertappe mich dabei, wie ich eingehend meinen Handrücken betrachte, ob ich nicht doch irgendwie noch die Nummer entziffern kann. Aber nein, die habe ich wirklich gründlich weggewaschen. Zum Glück. Dann brauche ich gar nicht drüber nachdenken, ob ich ihn nicht doch anrufen möchte. Einfach nur so.

Als Christian endlich das Ende der Konferenz verkündet, steuere ich die Waschräume an. Mit Puder versuche ich meinem Kinn wieder eine normale Farbe zu verleihen, da kommt Laura herein.

»Hi Nina«, sagt sie.

»Hi.«

Sie betrachtet einen Moment meine vergeblichen Bemühungen mit dem Puder, der einfach nicht genug deckt.

»Warte mal. Ich habe einen genialen Abdeckstift.« Sie kramt ihn aus ihrer Handtasche. »Darf ich?«

Ich nicke und lasse sie machen.

»Ich denke, so geht's.«

»Hey. So ist es wirklich besser!«, rufe ich. »Man sieht zwar, dass ich dick geschminkt bin, aber das ist nicht so schlimm.«

»Und hat sich die *Erdbeer*allergie wenigstens gelohnt?«

»Oh ja«, sage ich schmunzelnd. »In der Tat.«

»Also bist du auf der Suche nach einer besten Freundin zumindest auf einen Traummann gestoßen.«

»Na ja. Traummann würde ich jetzt nicht direkt sagen. Aber küssen konnte er wirklich gut.«

»Ach, ich möchte auch gerne mal wieder richtig knutschen«, seufzt Laura.

»Such eine neue beste Freundin, dann klappt das vielleicht«, lache ich. »Möchtest du vielleicht mit mir Sushi essen gehen?«

»Super Idee«, sagt Laura.

»Die anderen hier mögen das nicht so gerne«, erkläre ich, als wir auf der Treppe nach unten gehen. »Aber ich liebe Sushi. Und um die Ecke gibt es mittags ein super All-you-can-eat-Büfett. Da war ich früher öfter mit…« Ich lasse den Satz ins Leere laufen, aber Laura nimmt davon keine Notiz.

»Klingt gut«, sagt sie.

Wir gehen durch die große Drehtür nach draußen.

»Und wie lange bist du schon in Köln?«, frage ich, da entdecke ich ihn vor dem Eingang. Florian. Er steht keine zwanzig Meter entfernt und wartet auf mich. Er sieht sauer aus. Mist, Mist, Mist. Ihm wird sofort auffallen, dass ich um den Mund herum so dick geschminkt bin wie Lady Gaga.

»Alarmstufe rot«, knurre ich Laura durch zusammengepresste Zähne zu. »Da ist mein Freund, und die Allergie habe ich nicht von ihm.«

»Dir ist kalt?«, ruft Laura laut, zieht aus ihrer Tasche einen dunkelgrünen Seidenschal und reicht ihn mir.

»Danke«, sage ich erleichtert und wickele mir das dünne Tuch schnell so um den Hals, dass ich mein Kinn bis zum Mund darin vergraben kann.

»Bis später dann«, sagt Laura fröhlich und marschiert von dannen.

»Hallo Schatz«, murmele ich durch das Tuch. »Was machst du denn hier?«

»Wir wollten doch für meine Cousine ein Geburtstagsgeschenk aussuchen«, brummt er. »Hast du dein Handy nicht abgehört?«

»Nein«, krächze ich. »Ich glaube, ich krieg schon wieder Halsschmerzen.« Er wirft mir einen unwirschen Blick zu, und ich hoffe, dass die Mittagspause schnell vergeht.

16

Von: Nina.Jaeger@womensspirit.de
An: Laura.Lindner@womensspirit.de
Vielen Dank für die Rettung in letzter Minute. Er hat nichts gemerkt! Wenn ich mich irgendwie revanchieren kann, sag Bescheid.

Von: Laura.Lindner@womensspirit.de
An: Nina.Jaeger@womensspirit.de
Freut mich, dass ich helfen konnte. Sushi war lecker, könnte ich glatt jeden Tag essen. Wie war denn deine Pause?

Von: Nina.Jaeger@womensspirit.de
An: Laura.Lindner@womensspirit.de
Haben ein Geschenk für Florians Cousine gekauft. Ein Badewannenkissen samt Superluxusschaumbad. Hätte ich gerne selber behalten! So, jetzt muss ich wieder was tun ...

Von: Mädelsabend@mailservice.de
An: Laura.Lindner@womensspirit.de
Hi Mädels,

wenn ihr diese Mail bekommt, freut euch! Denn dies ist kein Kettenbrief. Dies ist eine Ketteneinladung! Habt ihr schon mal in euren Cocktail geweint, weil außer eurem Kuscheltier niemand mit euch Private Practice *gucken wollte? Wollt ihr mal wieder richtig über Männer herziehen? Und habt ihr Lust, neue Freundinnen kennenzulernen? Dann schickt diese Einladung an zehn Mädels weiter, schnappt euch was zu trinken und kommt am Samstag alle zu mir!*

Gut, das mit dem Veranstaltungsort ist ein Risiko. Aber wer nicht wagt, der nicht gewinnt. Es wird bestimmt total lustig. Wie bei einer Studentinnenverbindungsparty in den USA, wo man sich gegenseitig die Unterwäsche zeigt und nachher eine Kissenschlacht macht. Nachdem ich mein virtuelles Adressbuch durchforstet habe, schicke ich die Mail an meine alte Studienfreundin Simone, eine ehemalige Volontärskollegin namens Gitti und an die Mädels von *Women's Spirit*.

Auf dem Nachhauseweg geben mein schlechtes Gewissen und ich einen Haufen Geld für den ersten Spargel der Saison aus und kochen Spargelrisotto, Florians Lieblingsessen. Zum Glück hat sich meine Bartstoppelallergie dank ausgiebiger Pflege mit Bepanthen gelegt, und ich sehe wieder einigermaßen manierlich aus. Während ich im Topf rühre, plappere ich irgendwelches sinnloses Zeug daher, damit Florian nicht zu Wort kommt. Doch kaum mache ich mal eine Pause, fängt er wieder mit dem Thema an.

»Erzähl doch mal von gestern Abend. War dieser Christian auch da?«

»Was? Nein!«, rufe ich. »Wieso sollte er auch?«

»Was weiß ich. Weil er dein Chef ist?«

»Dein Chef ist doch auch nicht dabei, wenn du einem Kunden was verkaufst.«

Er ist einen Moment still. »Na gut«, sagt er dann. »Und wie war es mit der Kampflesbe?«

»Es ist keine Kampflesbe, meine Güte. Nur weil man mal von einem Mann enttäuscht wurde, ist man noch lange keine Lesbe.«

»Aber knapp davor«, sagt er und ignoriert mein Augenverdrehen.

»Und worüber habt ihr euch unterhalten?«

»Über nichts Besonderes.« Besoffene Schlampe. Billiges Outfit.

»Ihr habt doch bestimmt über Männer gesprochen, oder nicht?«

»Nein, überhaupt nicht. Kein einziges Wort.« Schon schmeißt sie sich einem Kerl an den Hals. »Und wie war es in der Eifel?«

»Gut«, sagt er und erzählt von seinem neuen Motor, der viel besser ist als der alte, blablabla.

Ich überlege, was der Dreitagebartmann wohl zu Abend isst. Er könnte ein Sandwich-Typ sein. Einer, der sich Toastbrote mit Avocado, Käse, eingelegtem Ingwer und Kresse garniert und zu einem guten Glas Weißwein verspeist. Er ist auf keinen Fall der Dosenravioli-Typ, dafür ist er zu extravagant mit seinem Cordjackett. Zuerst hielt ich das Jackett ja für geschmacklos, aber mittlerweile finde ich es ziemlich cool. Sowieso ist der Dreitagebartmann extrem cool. Henrik.

»Und wie geht das jetzt weiter mit euch?«, fragt Florian.

»Was? Äh, wie bitte?« Ich werde knallrot.

»Trefft ihr euch nochmal?«

»Ich … ich weiß nicht.«

»Na, ihr werdet doch irgendwas ausgemacht haben, du und diese Tussi, die keine Kampflesbe ist.«

»Ach so!« Ich atme erleichtert auf. »Nee, ich glaube nicht, dass wir uns nochmal treffen.« Ich hacke Petersilie klein. »Sie ist nicht ganz meine Wellenlänge.«

Als ich einen Stich Butter unter das Risotto rühre, sagt Florian: »Das duftet aber köstlich.«

»Aber mir fällt gerade ein, dass ich keinen Wein habe, der dazu passt. Ich laufe schnell zum Büdchen und hole einen, okay?«

Während ich die Treppe runterlaufe, fragt mich mein schlechtes Gewissen, was ich mir denn bei dieser Aktion denke. Aber ich antworte ihm nicht. Brauche ich auch gar nicht. Er ist sowieso nicht da. Schade.

17

Niemand leitet Kettenmails weiter, das weiß doch jeder. Was für eine blöde Idee diese Jeder-bringt-eine-Freundin-mit-Party doch war! Es ist schon Viertel nach acht. Und weit und breit sind keine Gäste zu sehen. Ich mache erst mal einen Prosecco auf. Genau. Wäre nicht die erste Party, die der Prosecco und ich alleine bestreiten. Mit einem Aperol Sprizz tanze ich zu den Black Eyed Peas. Da klingelt es.

»Okay«, sage ich zu meinem Glas, »sieht so aus, als blieben wir doch nicht allein.«

Es ist meine neue Kollegin Laura. Sie hat Prosecco und Aperol mitgebracht (wenn das mal kein Zufall ist) und eine Polaroidkamera (wenn das mal keine geniale Idee ist!). Wir werden Fotos von allen Gästen machen, sie auf die Küchentür kleben und die Namen darunter schreiben. So behält man den Überblick. Falls überhaupt noch mehr Leute kommen. Komischerweise ist mir das auf einmal egal.

Wie sich herausstellt, gibt es doch Menschen, die Kettenmails weiterleiten. Zwei Stunden später ist meine Bude gerammelt voll. Es ist eine irre Mischung von Mädels, wie man sie normalerweise auf einem Haufen niemals treffen würde. Einige verkörpern mit schwarz gefärbten Haaren, dunkelbraunem Lipliner und aufdringlichem Shalimar-Duft den Prolltussi-Schick (wer hat die denn eingeladen?), während andere mit omahaften Strickpullis und popolangen Haaren einen Hauch Landpomeranzentum mit sich bringen (ich habe meine Kollegin Birgit im Verdacht, dass sie sie mitgebracht hat). Es sind einige Sportliche gekommen, mit Baseballkappe und praktischen Frisuren (vielleicht Bekannte von meiner alten Freundin Simone?), aber auch jede Menge normale Mädels, so wie ich.

Obwohl ich insgeheim hoffe, nicht zu den ganz Normalen zu gehören. Dafür habe ich extra meine armreifengroßen silbernen Creolen angezogen und das pink-blau gemusterte Siebziger-Jahre-Hemd, das ich mir mal in einem Secondhandshop in London gekauft habe. Dazu trage ich eine enge schwarze Lederhose.

Meiner Kollegin Birgit jedenfalls gefällt mein Outfit, wie sie mir ausführlich versichert hat. Sie ist in letzter Zeit auffallend nett zu mir und hat mich gefragt, ob ich mit ihr zu einer Ausstellung gehen möchte, irgendwas mit litauischer Textilkunst. Da musste ich leider passen. Heute ertappe ich mich dabei, dass ich sie meide. Aber als Gastgeberin hat man zum Glück das Recht, jeden jederzeit stehenzulassen und irgendwas Wichtiges zu erledigen, zum Beispiel um mir einen neuen Aperol Sprizz zu holen.

Im Wohnzimmer wird getanzt, seit eine gewisse Inge Musik auflegt. In der Küche klirren die leeren Flaschen, wenn jemand gegen den Kühlschrank stößt. Ich sollte sie mal wegräumen. Aber erst schaue ich mir die Polaroidbilder an meiner Küchenwand an und markiere die Gäste nach Sympathie. Schließlich habe ich einen Job zu erfüllen.

Also, ich habe mich mit meiner alten Studienkollegin Simone unterhalten, die noch so nett, aber auch genauso langweilig ist wie früher, die aber fünf Mädchen mitgebracht hat. Gitti aus dem Volontariat ist nicht gekommen, weil sie gerade in Nairobi arbeitet, sie hat aber geschrieben, dass sie ein paar Mädels Bescheid gesagt hat, die kommen wollten. Eine von denen ist Elisa, die ich ganz amüsant fand (A). Dann habe ich mit einer Rebecca geplaudert, die als Erstes Smalltalk-Thema die Landtagswahl aufs Tapet gebracht hat. Überflüssig zu erwähnen, dass ich sie für öde halte (Ö). Und dann war da noch eine Josefine, die einfach nur unerträglich ist (U).

»Lass mich raten, das U unter meinem Namen steht für unterhaltsam«, sagt Josefine, die plötzlich hinter mir auftaucht. Sie ist einer dieser Menschen, die jedem noch so dämlichen Satz ein Lachen anhängen, in der Hoffnung, damit Fröhlichkeit zu verbreiten.

»Wenn es unerträglich bedeuten würde, wäre das ja schlimm, oder?«, antworte ich.

Josefine zieht irre lachend ab, als Laura vorbeikommt.

»Was hat die denn?«, flüstert sie.

»Ich tippe auf Rinderwahnsinn«, sage ich leise, »jedenfalls hat sie eben von diesen grässlichen Frikadellen in der gelben Tupperdose gegessen, die irgendjemand mitgebracht hat.«

»Igitt, die habe ich auch probiert! Die schmecken total eklig.«

Laura fängt an, die leeren Flaschen vom Kühlschrank

zu räumen. Ich hole eine Plastiktüte aus dem Regal und halte sie auf, damit sie die Flaschen hineintun kann.

»Und mit wem hast du schon gesprochen?«, frage ich.

»Mit Regina, das ist die mit den blonden Haaren da hinten. Sie hat mir die ganze Zeit erzählt, sie sei magersüchtig.«

Ich werfe einen Blick auf die tropfenförmige Figur von Regina. »Sie mag vielleicht magersüchtig sein«, sage ich, »aber ihr Arsch ist es definitiv nicht.«

Laura lacht. »Am nettesten fand ich Saskia. Guck mal, die da hinten mit dem schwarzen Top und der Pin-up-Tätowierung am Arm. Die ist ein bisschen verrückt, aber wirklich nett.«

»Ich mag verrückte Leute«, sage ich.

»Ich stelle die Flaschen mal in den Flur, okay?« Laura schleppt die vollen Tüten weg.

»Ja, danke!«, rufe ich hinterher.

Mit einem neuen Glas bewaffnet verlasse ich die Küche. Ich dränge mich durch die schwatzende Menge zu Saskia. Laura hat Recht. Sie ist witzig und interessant. Und sie hat einen ähnlichen Geschmack wie ich, zumindest wenn es um Süßigkeiten geht.

»Ja, Choclait Chips finde ich auch super!«, sage ich, da höre ich auf einmal jemanden rufen: »Ihhh, ein Mann.«

»Ein Mann?«, frage ich. »Da hat wohl jemand die Einladung falsch verstan... Florian!« Mein Freund steht in der Menge und guckt sich hektisch um. Ich dränge mich zu ihm durch.

»Was machst du denn hier?«

»Und, wo ist er?«

»Wo ist *wer*?«

»Christian.«

»Sag mal, spinnst du?« Ich zerre ihn in mein Schlafzimmer und schließe die Tür. »Das ist eine Party für Mädchen. Das habe ich dir doch nun lang und breit erklärt.« Was gar nicht so einfach war.

»Du hast gesagt, dass auch einige von der Arbeit kommen. Da dachte ich, dass Christian auch hier sein würde.«

»Und wenn schon«, fahre ich ihn an. »Ich habe keine Affäre mit ihm, das habe ich dir schon hundertmal gesagt.«

»Wirklich nicht?«

»Nein, Herrgott nochmal.«

Er spielt einen Moment an den Troddeln eines kleinen Wandteppichs herum. Dann schaltet er wieder auf freundlich: »Und wer von denen da draußen kommt als neue beste Freundin infrage.«

»Das geht dich doch wohl überhaupt nichts an«, gifte ich.

»Natürlich geht mich das was an. Ich muss schließlich auch mit ihr auskommen.«

Ich starre ihn an, als wäre er endgültig verrückt geworden.

»Nein, musst du nicht. Das ist ganz allein meine Sache. Und ich möchte, dass du jetzt gehst.«

»Ich gehe nicht.«

»Das ist lächerlich«, sage ich, drehe mich um und lasse ihn alleine im Schlafzimmer. Einen Augenblick überlege ich, ob ich ihn einfach dort einschließen soll. Mache ich aber doch nicht.

Ich bin stinksauer und muss an die frische Luft. Ich dränge mich durch die Küche, schnappe mir eine Flasche Prosecco und gehe raus auf den Balkon. Dort atme ich tief durch. Die kühle Nachtluft tut mir gut. Mein Balkon ist zwar klein und hat gerade Platz für zwei Stühle, einen kleinen Tisch und einen Kräuterkasten, aber ich liebe ihn. Ich setze mich auf den Plastikstuhl, stütze die Füße gegen das Geländer und trinke einen großen Schluck.

»Ist hier noch frei?« Laura guckt um die Ecke und deutet auf den zweiten Stuhl.

Ich nicke. »Klar.« Dann schüttele ich den Kopf. »Was fällt dem eigentlich ein? Taucht hier auf und will auch noch entscheiden, mit wem ich befreundet sein darf und mit wem nicht. Das ist doch nicht mehr normal.«

»Ach, das kommt häufiger vor als du denkst«, sagt Laura. »Viele Männer fühlen sich durch die Freundinnen der Partnerin bedroht.«

»Aber das ist doch wohl total bescheuert, oder?«

Sie guckt zerknirscht. »Ja. Leider ist das so.« Und dann erzählt sie von ihrem Exfreund, der total eifersüchtig war und ihr immer hinterherspioniert hat, bis sie ihn eines Tages mit ihrer besten Freundin im Bett erwischt hat.

»Nein!«, rufe ich entsetzt aus. »Du Arme. Wie schrecklich!«

»Ja. Das war auch der Grund, warum ich schnellstmöglich aus Berlin wegwollte. Da kam mir das Jobangebot von Walter gerade recht.«

Wir unterhalten uns noch eine ganze Weile und leeren dabei die Flasche. Irgendwann bemerke ich, dass das Geplapper aus meiner Wohnung einem Geschirrklappern gewichen ist. Ich gucke um die Ecke in die Küche. Mädels sehe ich keine mehr, nur Florian, der angefangen hat aufzuräumen. Wahrscheinlich, um uns belauschen zu können.

»Florian ist wirklich ein Schatz«, sage ich so laut zu Laura, dass er es hören kann, und muss ein Lachen unterdrücken. »Er spült wie ein Weltmeister.«

»Das ist aber nichts gegen meinen Freund«, sagt Laura ebenfalls laut. »Der putzt sogar die Fenster und wischt die Toiletten, so dass man davon essen kann.«

»Die Männer von heute sind wirklich super. So emanzipiert. Man möchte sie keine Sekunde missen.« Ich pruste leise.

Laura lacht und flüstert: »So, dann lasse ich dich mal mit deinem Göttergatten alleine.« Ich bringe sie zur Tür. Dort umarmen wir uns, zum ersten Mal.

»Wir sehen uns am Montag«, sage ich.

»Sollen wir vielleicht nach der Arbeit einen Kaffee trinken gehen?«, fragt Laura.

»Au ja, das wäre super.«

»Also, bis übermorgen. Und lass dich nicht unterkriegen.«

Ich winke ihr noch einmal, dann ist sie weg.

18

Man sagt immer, man geht Kaffee trinken, dabei trinkt man natürlich Bier. Oder Wein. Oder Cocktails. Als ich gegen Mitternacht nach Hause komme, muss ich immer noch kichern. Laura und ich haben uns über zwei Typen amüsiert, die den ganzen Abend krampfhaft versucht haben, mit uns anzubändeln, sich aber nicht getraut haben, uns anzusprechen. Zu lustig!

Ich wundere mich, dass meine Wohnungstür nicht abgeschlossen ist, doch als ich reinkomme, sehe ich wieso. Florian ist da. Schon wieder. Irgendwie breitet er sich in meinem Leben aus wie ein Ölteppich im Meer, der Federn und Schnäbel verklebt und alles Leben erstickt. Er steht vor dem Tisch mit dem Telefon, als hätte er gerade aufgelegt, und guckt mich so böse an, dass meine gute Stimmung in sich zusammenfällt wie eine Sandburg in einer großen Welle.

»Da bist du ja endlich«, sagt er schneidend.

»Wer ruft denn um diese Zeit an? Etwa Pia?«, frage ich und merke, dass ich ein bisschen lalle.

»Wo warst du? Und warum hast du dich nicht gemeldet?«

»Ich muss doch keine Rechenschaft darüber ablegen, wenn ich mal was alleine unternehme.«

»Alleine?«, fragt er höhnisch.

»Fang jetzt nicht wieder mit Christian an!«, zische ich. »Ich war mit Laura was trinken, na und?«

Erst jetzt bemerke ich, dass in meiner Wohnung noch jemand ist. Ich höre eine Stimme aus dem Wohnzimmer. Eine bekannte, aber dennoch fremde Stimme. Ich gucke um die Ecke. Niemand da. Nur der Fernseher läuft. Und wer schaut mich daraus an? Ich. Oh nein! Florian hat die Videoaufzeichnungen entdeckt, die ich mit der Mini-DV-Kamera gemacht habe.

»Mein Freund ist irgendwie total eifersüchtig geworden«, erzählt mein Fernseh-Ich dem leeren Sofa. »Keine Ahnung, was mit ihm los ist. Er hat früher auch schon mal das Gesicht verzogen, wenn ich mit Pia unterwegs war, aber jetzt ist er geradezu manisch und will mich immer kontrollieren, und seit ich ihm einen Schlüssel gegeben habe, taucht er dauernd unangemeldet in meiner Wohnung auf, was extrem nervig ist.«

Florians Gesicht ist eine Eislandschaft. Starr, weiß und kalt.

»Wie kommst du dazu, in meinen Sachen rumzuwühlen?«, fahre ich ihn an, weniger energisch, als ich gewollt hätte.

»Wir wohnen bald zusammen, da wirst du doch wohl keine Geheimnisse vor mir haben«, sagt er sarkastisch. Dann zeigt er auf den Fernseher. »Was soll das? Ist *das* etwa das Projekt für das Internetfernsehen, von dem du gesprochen hast?«

»Ja«, sage ich. »Aber es ist nicht so, wie du denkst ...«

Ich will ihm sagen, dass ich die Kamera nur auspro-

bieren wollte und einfach geplappert habe, ohne nachzudenken, weil ich plötzlich Gefallen daran gefunden und
es mich erleichtert hatte, und dass ich diese Aufnahmen
sicher nicht Walter geben werde. Aber er hat sich schon
seinen Rucksack und seine Jacke geschnappt.

»Warte, ich erkläre es dir«, rufe ich verzweifelt.

Im Flur hält er kurz inne und dreht sich noch einmal
zu mir um. »Ich sage dir nur eines, Nina. Wenn du das
veröffentlichst, ist Schluss mit uns beiden.« Er öffnet
die Wohnungstür, schaut mich mit seinen grau-blauen
Augen traurig an und fragt: »Und wirst du es tun oder
nicht?«

Ich zögere, bin überfordert, eben noch top gelaunt, und
jetzt auf einmal die Hauptfigur in einem Drama. Es fehlt
nur noch die Cliffhanger-Melodie. Ich zögere einen Moment zu lange.

Er lässt die Tür mit einem Knall ins Schloss fallen. Ich
zucke zusammen und starre auf die Innenseite der Tür,
an der an einem Haken meine Handtaschen hin und her
baumeln. Dann fällt mein Blick auf das Telefon und einen
Zettel, der danebenliegt. Florian hat darauf irgendwelche
Zahlen und den Satz *Wo bleibt sie nur?* und *Christian
+ Nina?* in großen Buchstaben gekritzelt. Ich knülle den
Zettel zusammen und schmeiße ihn weg.

Die nächsten Tage stürze ich mich in die Arbeit, um nicht
über Florian und seine Drohung nachdenken zu müssen.
Zwischendurch schicke ich ihm eine SMS mit »Es tut mir
leid.«

Er simst zurück: »Was tut dir leid?«

Aber ich weiß nicht genau, was ich antworten soll. Denn einerseits tut es mir wirklich leid, was ich da in die Kamera gesagt habe. Andererseits hatte er absolut kein Recht, in meinen Sachen rumzuwühlen. Ich werde echt stinksauer, wenn ich daran denke! Und im Moment habe ich ehrlich gesagt einfach mal keinen Bock mehr auf Probleme.

Ich will Spaß! Und dafür gibt es eine wunderbare Therapie: ausgehen. Und Shoppen. Shoppen hilft sowieso immer. Nachdem wir schon zusammen im Kino und in der Disco waren, haben Laura und ich uns für diesen Samstag zum gemütlichen Bummeln verabredet.

Wie habe ich das vermisst! Zu zweit shoppt es sich viel angenehmer. Man kann tratschen und nebenbei überkandidelte Hüte und aufgeplusterte Cocktailkleider in Lilaproll-metallic anprobieren. Und auch wenn es um ernsthafte Investitionen geht, ist eine Freundin unerlässlich. Denn mit einer zweiten Meinung wird die Wahrscheinlichkeit eines Flopkaufs deutlich minimiert.

Wenn Pia nicht nach Amerika gegangen wäre, wäre die Abteilung »Untragbar« in meinem Schrank jedenfalls wesentlich kleiner. Ich bin mir zum Beispiel sicher, dass Pia sofort gesehen hätte, dass die schwarze Seidenbluse, die ich bei Kaufhof erstanden habe, total durchsichtig ist. Sie hätte mich auch bestimmt davon abgehalten, das goldene Lurex-Schlauchkleid zu kaufen, das spätestens nach einer halben Stunde Tragezeit unmöglich aussieht, weil kein Mensch so lange den Bauch einziehen kann.

Aber alleine kommt man auf so was nicht. Da lässt

man sich von den Spiegeln an der Nase herumführen. Ich habe nämlich festgestellt, dass sich die Umkleidekabinen eines neuen, sehr perfiden Tricks bedienen. Anstatt wie früher durch grelles Neonlicht jedes Gramm zu viel zu offenbaren, sieht man nun durch gedämpfte Beleuchtung und Zauberspiegel immer superdünn aus. Und wenn man zu Hause ist, stellt man fest, dass der Spiegel im Kaufhaus genauso gelogen hat wie der Verkäufer, der einem eingeredet hat, diese Puffärmel würden *kein bisschen* auftragen.

Laura und ich wühlen uns durch einen Sonderangebotstisch mit Tangas, erwägen den Kauf eines seidenen Kimonos, trinken einen Mango-Lassi und enden schließlich bei *New Yorker*, wo Laura sich einen schwarz-rot karierten Minifaltenrock und ein blaues T-Shirt mit Mangamotiv kauft, und ich Röhrenjeans und eine apfelgrüne Bluse. Dann kommen wir an einem Schuhgeschäft vorbei.

»Wow, sind die geil.« Laura zeigt auf ein Paar blassblaue Riemchenpumps mit kleinen Stoffblumen auf der Schnalle.

»Ich mag *diese* Schuhe«, sage ich und deute auf Plüschpantoffeln mit Leopardenfellmuster.

Laura kichert. »Los, komm!« Sie zieht mich in das Geschäft, und fünf Minuten später tippelt sie auf den Blümchenstilettos durch den Laden. »Sie sitzen wie angegossen«, haucht Laura begeistert. »Und die sind runtergesetzt! Die nehme ich auf jeden Fall. Ui, guck mal hier.« Sie stürzt sich auf schwindelerregend hohe Pumps in Hellgrün. »Die würden super zu deinem neuen Outfit passen.

Und sie kosten nur neunundfünfzig Euro!« Sie hält mir den Schuh hin.

Ich wehre ab. »Darauf kann ich nicht laufen.«

»Ach was«, sagt sie, »probier sie wenigstens mal an!«

Ich ziere mich noch ein paar Minuten, doch dann denke ich plötzlich: Warum eigentlich nicht? Und als ich sie anhabe, bin ich, gelinde gesagt, verblüfft. Meine Beine sehen doppelt so lang aus und doppelt so dünn. Und einfach megastylish.

»Super stehen die dir!«, ruft Laura begeistert.

»Im Stehen stehen sie mir, aber gehen geht nicht.« Ich stakse mühsam hin und her wie ein neugeborener Esel. »Siehst du, das klappt nicht.«

»Ach was. Du kommst gleich mit zu mir, ich koche was, und dann zeige ich dir ein paar Tricks zum richtigen Gehen, okay?«

Ich schaue meine endlos langen Beine nochmal im Spiegel an. Kann ja sein, dass ich es wirklich immer falsch gemacht habe. Ich meine, wenn alle möglichen Tussen in High Heels laufen können, dann werde ich das ja wohl auch schaffen!

»Also gut«, sage ich aufgeregt.

Lauras Dreizimmerwohnung duftet nach Rosen und hat eine formidable Dachterrasse und eine Designerküche.

»Wow«, sage ich, »das ist aber schön. Und so groß! Wie kannst du dir denn so eine Bude leisten?«

»Ach, mein letzter Freund war sehr großzügig, nachdem ich ihn mit meiner besten Freundin im Bett erwischt habe.«

»Also hat er dich entschädigt? Immerhin etwas.«

Sie nickt. »Ja, finde ich auch. Zum Glück! Ich brauche einfach drei Räume. Im Arbeitszimmer schläft nämlich der Federal Agent.«

»Wer?«

»Der Federal Agent. Mein Kater.«

»Du hast eine Katze?«

»Er heißt eigentlich Pizzicato, aber ich nenne ihn lieber Federal Agent.«

»Aber du siehst gar nicht aus wie eine Katzenfrau!«, rufe ich. »Die Katzenfrauen, die ich sonst kenne, haben überall Haare auf den Strickpullovern und busseln ständig mit den Viechern.«

Laura lacht. »Keine Sorge. Ich bin auch keine richtige Katzenfrau. Jedenfalls nehme ich ihn nicht in mein Bett.«

»Gott sei Dank!«

»Er hat ein Katzensofa«, grinst Laura.

»Och nöö«, rutscht es mir raus.

»Ich weiß, totale Geschmacksverirrung. Aber er liebt dieses olle Ding nun mal. Und eines kannst du mir glauben: Freiwillig hätte ich mir nie eine Katze zugelegt! Er gehörte meinem Exfreund Bodo, und der Mistkerl hat ihn genauso sitzengelassen wie mich. Und ich brachte es nicht übers Herz, Pizzicato wegzugeben. Aber die meiste Zeit kriegt man sowieso nichts von ihm mit. Deswegen nenne ich ihn auch Federal Agent. Weil er im Hintergrund operiert und keine Spuren hinterlässt.«

Damit ist die Sache für mich völlig okay. Ich kann Katzen tolerieren, solange sie mir nicht begegnen.

Laura zaubert uns im Handumdrehen ein asiatisches

Gemüsegericht mit Reis, und ich mache den Wein auf. Beim Essen erzählt sie mir nochmal von ihrem Ex, den sie in einer Disco auf Ibiza kennengelernt hatte, wo er DJ war. In Berlin wohnten sie dann zusammen, bis er sie mit ihrer besten Freundin betrog.

Während sie von Ibiza erzählt, habe ich plötzlich einen Geistesblitz. »Hey, ich hab gerade eine Superidee für eine Sonderbeilage.«

»Erzähl!«

»Als wir gestern in der Disco waren, da sind doch echt viele Leute beim Türsteher abgeblitzt, weil sie die falschen Klamotten anhatten. Und es wäre doch super, wenn man vorher genau wüsste, was man anziehen muss, um reinzukommen. Und wenn man die Besonderheiten des Ladens kennen würde, wie zum Beispiel den angesagtesten Drink.«

»Oder den Tanzschritt zu ›Jippijajei, du geiles Teil‹«, wirft Laura ein und bewegt ihre Arme entsprechend der Choreografie zu dem Discohit, die wir im Laufe des gestrigen Abends gelernt hatten. Normalerweise finde ich so was ja total albern, aber mit Laura war es einfach nur lustig.

»Und wenn man im Urlaub ist, ist es noch wichtiger, Bescheid zu wissen, weil man sich in der kurzen Zeit keine Abfuhren einhandeln möchte«, sage ich. »Und dafür wäre ein Partyguide total super. Zum Beispiel für den Urlaub auf Ibiza. Die wichtigsten Typen der Stadt könnten vorgestellt werden: DJs, Designer ...«

»Shopping-Hotspots, Bars und Clubs«, zählt Laura auf.

»Genau!«, rufe ich. »Eben alles, was man wissen muss, um richtig auf die Piste zu gehen. Und dabei richten wir uns sowohl an ein junges, aber auch an ein jung gebliebenes Publikum. Es soll ja auch Vierzigjährige geben, die noch ausgehen.«

»Man könnte mit Ibiza anfangen und dann Mallorca, Berlin, London, Ischgl und andere Partyorte vorstellen.«

»Als Arbeitstitel finde ich Szenekosmos gut«, sage ich.

»Das ist wirklich eine super Idee!«, sagt Laura.

»Ich schreibe ein Konzept dazu. Die Sonderbeilagen sind im letzten Jahr immer besonders erfolgreich gelaufen, damit hatten wir eine zehnprozentige Auflagensteigerung.«

»Christian hat total Recht, du bist wirklich sehr kreativ.«

Nach dem Essen ziehe ich meine neuen Treter an, und Laura bringt ein Fremdwörterlexikon.

»Soll ich vielleicht erst mal den Begriff High Heels nachschlagen, bevor ich qualifiziert bin, darauf zu laufen?«, spotte ich.

Laura lacht und legt mir das Buch auf den Kopf. »Nein. Du musst nur gucken, dass es nicht runterfällt. So, und dann los.« Sie klatscht in die Hände. »Heute beginnt das Runway Training, geleitet von mir, Heidi Klum persönlich!« Laura reißt den Mund albern auf, und ich muss kichern, und das Lexikon rutscht.

»Warum lachst du?«, sagt sie streng. »Denk dran, nur eine kann Germany's Next Topmodel werden! Und ich, Heidi, habe schon achtundvierzig Stunden am Stück auf Fünfzig-Zentimeter-Absätzen im Schnee Seifenblasen nachgejagt ohne auch nur ein einziges Mal zu jammern!«

»Hör auf«, sage ich keuchend angesichts ihrer Heidi-Parodie.

Dann reiße ich mich zusammen. Steif wie eine Litfaßsäule stakse ich durch den Flur.

»Kopf hoch, Bauch rein, Brust raus – ja, so ist das gut.«

Nach drei Bahnen geht es besser. Und es macht sogar Spaß!

»Und jetzt sexy«, ruft Laura begeistert, und ich schwinge die Hüften, und das Lexikon bleibt trotzdem oben.

19

»Nina, ich wollte dir nochmal sagen, dass es letzte Woche eine echt schöne Feier war bei dir«, sagt Birgit, als wir uns am Montagmorgen in der Teeküche treffen.

Als sie das so sagt, fällt mir auf, dass tatsächlich schon eine Woche vergangen ist. Ich kann das gar nicht glauben! Mit Laura sind die Tage echt nur so verflogen.

»Das freut mich«, sage ich. »Ich fand's auch lustig.«

»Wollen wir vielleicht heute ins Kino gehen, oder so?« Sie nippt an ihrem Cappuccino und bemerkt nicht, dass ein Milchbart auf ihrer Oberlippe zurückbleibt. »Im Arthaus läuft diese Woche eine Luis-Buñuel-Reminiszenz.«

»Da läuft *was*?«

»Filme von Luis Buñuel. Das ist ein spanischer Regisseur, der wirklich tolle Filme gedreht hat. *Der diskrete Charme der Bourgeoisie* zum Beispiel.«

»Du hast da was.« Ich deute auf ihren Mund.

»Danke.« Sie rubbelt mit dem Zeigefinger den Milchschaum weg.

»Ach, und wegen heute Abend. Vielen Dank, aber ich kann leider nicht.«

»Wie wäre es morgen?«

»Ich habe die ganze Woche schon was vor. Aber ein anderes Mal gerne.«

»Schade.« Sie schüttet sich eine zweite Dosis Kakaopulver auf den Cappuccino. »Sag mal, was macht denn eigentlich deine Beste-Freundinnen-Suche? Warst du schon erfolgreich?«

»Vielleicht«, sage ich und kann ein Grinsen nicht unterdrücken.

»Echt jetzt?«

Ich nicke.

»Na, ich bin gespannt auf deinen Artikel! Vielleicht habe ich mit deiner Anleitung auch Glück und finde eine neue beste Freundin.«

»Ach, hat es tatsächlich geklappt?«, ertönt Walters Stimme, und ich lasse vor Schreck fast meine Tasse fallen.

Was macht der denn hier? In unserer Teeküche?! Er steuert die Kaffeemaschine an, als wäre er hier zu Hause, drückt auf den Knopf, woraufhin ein brauner Strahl in seine Tasse spritzt. Irgendwie sollte ihm doch mal einer erklären, dass die herausragende Eigenschaft eines Herausgebers seine Abwesenheit ist.

»Ich bin schon sehr gespannt, Nina«, sagt er und zieht die Tasse weg, obwohl der Kaffee noch weiterläuft. Bis die Kaffeemaschine aufhört zu tröpfeln, schwappt das Auffangbecken fast über. »Nächste Woche fängt übrigens der Neue an, David, so ein Junge frisch von der Medienhochschule. Der kennt sich mit allem Computer-Schnickschnack und Kamera und Ton aus. Dein Projekt wird das Erste sein, das wir umsetzen. Also, zeig mir doch mal deine Videoaufnahmen, Nina.« Er kippt sich den Kaffee rein und stellt die Tasse achtlos auf den Tisch. »In fünf

Minuten in meinem Büro. Ich rufe Christian und Laura, damit wir es uns zusammen angucken können.«

So, und da habe ich den Salat und sitze mittendrin. Es ist jetzt nicht so, dass ich die letzten Tage nicht zwischendurch an Florian gedacht hätte.

Ich habe natürlich auch mit Laura darüber gesprochen. Sie meinte, ich solle einfach neue Videoaufnahmen machen für Walter. Das war natürlich eine super Idee. Leider fiel mir aber nichts ein, was ich hätte sagen können – ohne Florian zu erwähnen. Ich probierte es ein paarmal.

»Also, nachdem mein Freund in meinen Sachen rumgewühlt hat … Nein.«

»Ich bin immer noch auf der Suche nach einer besten Freundin, auch wenn mein Freund Florian dafür überhaupt kein bisschen Verständnis … Nein.«

»Ich wäre ja schon längst fertig mit dem Mist, wenn Florian seine Nase nicht immer … Nein.«

Also gab ich es auf. Laura meinte, ich solle mir keinen Stress machen. Und das war mir nur recht! Insgeheim habe ich wohl gehofft, dass ein Wunder geschieht und sich die Frage von selber löst. Was natürlich Unsinn ist. Solche Probleme tauchen immer wieder auf und treiben wie Wasserleichen auf dem See der Verdrängung. Sollte ich langsam wissen. So ein Mist. Was mache ich nur?

Also gut. Zeit für die Fakten. Wenn ich die Filmaufnahmen Walter nicht gebe, ist er sauer. Und ich will Walter und Christian nicht enttäuschen, wo ich gerade befördert worden bin. Außerdem wollte ich endlich mit ihnen über eine angemessene Gehaltserhöhung sprechen, die ich ja bisher nicht bekommen habe. Und es zählt nicht gerade zu den besten Argumenten für eine Gehaltserhöhung, wenn man seine Aufgaben nicht erfüllt.

Auf der anderen Seite möchte ich Florian nicht verletzen. Meinen Florian, der im letzten halben Jahr mein treuer Beschützer war und den ich belogen und betrogen habe. Und der mir im Moment zugegebenermaßen etwas auf den Keks geht. Aber das passiert in jeder Beziehung mal, das ist kein Grund, alles hinzuschmeißen. Ich stand schon mal kurz davor, mit ihm Schluss zu machen – und war heilfroh, dass ich es nicht getan habe!

Nein, nein. So schnell gebe ich nicht auf. Ich werde einfach mit ihm sprechen und ihn bitten, nicht mehr unangemeldet aufzutauchen und mir mehr zu vertrauen. Was ich dann wiederum natürlich auch belohnen werde. So was wie mit dem Dreitagebartmann passiert mir jedenfalls nicht mehr.

Aber wie kann ich Florian behalten und meinen Job gut machen? Mist.

Abgesehen davon ist die Reportage sowieso total überflüssig. Denn es gibt kein Rezept, um eine beste Freundin zu finden. Es gibt nur den Zufall oder meinetwegen auch Schicksal. Ob man eine Seelenverwandte trifft oder nicht, kann man nicht beeinflussen, davon bin ich jetzt überzeugt. Man kann sie beim Shoppen, beim Sport oder bei der Arbeit kennenlernen oder eben auch nicht.

Mein Schicksal wollte, dass ich Laura treffe. Und mit ihr habe ich wirklich ein gutes Gefühl. Wenn ich sie sehe, macht mein Herz einen Sprung. Wenn sie in der Nähe ist, werde ich albern. Und ich kann es im Moment kaum erwarten, bis wir uns wiedersehen. Das klingt ein bisschen, als wäre ich … verknallt. Tja, so ist es auch. Auf platonische Weise verknallt. Aber noch weiß ich nicht genau, ob auch was Festes daraus wird.

So, in zwei Minuten erwarten mich Christian und Walter. HILFE!!! Schnell greife ich zum Telefon.

»Laura?«, flüstere ich hektisch. »Wir müssen uns treffen. Jetzt!«

»Aber Walter wartet auf uns. Weißt du, was er will?«

»Ja! Sie wollen die Lästervideos über Florian sehen!« Ich bitte sie, zur Toilette zu kommen, wo ich auf sie warte. »Was soll ich nur tun?«, jammere ich. »Soll ich ihnen sagen, dass aus dem Artikel und dem Video-Blog nichts wird? Oder soll ich riskieren, dass Florian mit mir Schluss macht?«

»Also«, sagt Laura und atmet tief ein. »Was du mit Florian machst, das musst du selber wissen. Was dein Problem mit dem Ratgeber angeht, da ist mir eine tolle Lösung eingefallen.«

»Echt?«

»Na klar.«

Sie erklärt mir ihre Idee. Ich bin erleichtert. Das hört sich wirklich gut an. Jetzt müssen nur noch die Chefs einverstanden sein mit der kleinen Planänderung, die ich kurz darauf in Christians Büro erläutere: »Ich werde die Reportage über meine Suche nach einer besten Freundin nicht schreiben«, verkünde ich mit Blick auf die Farnfotos an der Wand. Auf Christians Stirn bildet sich diese steile Falte, und Walters Raupen-Augenbrauen machen einen Salto. »Und Videoaufnahmen habe ich auch nicht gemacht, Walter.«

»Nun«, beginnt Christian, »ich denke, dafür wird es eine gute Erklärung geben.«

»*Muss* es!«, trompetet Walter.

»Es ist einfach so, dass mein Job als geschäftsführende Redakteurin mich mehr in Anspruch nimmt, als ich zunächst vermutet hatte. Ich bin mit den vielfältigen Verwaltungsaufgaben mehr als ausgelastet, weswegen auch eine Gehaltser…«

»Nina, dir ist hoffentlich klar, dass das die komplette Planung für das nächste Heft über den Haufen wirft«, unterbricht Walter.

»Nein, tut es nicht«, meldet sich jetzt Laura zu Wort. »Ich schreibe den Artikel und mache den Video-Blog.« Walter und Christian schauen sie erstaunt an. Sie lächelt. »Nina gibt mir ihre Rechercheergebnisse, und ich mache eine Mischung aus ihren und meinen Erfahrungen und schreibe, wie es ist, in eine neue Stadt zu kommen, ganz ohne Freunde, und wie es sich anfühlt, eine Freundin zu treffen, von der man denkt, sie könnte eine besondere Rolle im eigenen Leben spielen.« Sie zwinkert mir zu, und ich könnte vor Freude in die Luft springen.

»Aber du hast genug zu tun mit dem neuen Onlineauftritt«, wendet Christian ein.

»Das habe ich alles im Griff«, sagt Laura. »Und Cosima und Karin Lohmann sind eine große Hilfe. Das klappt schon.«

»Nina, bist du damit einverstanden?«, fragt Christian.

»Natürlich!«, lächele ich. »Und danke für euer Verständnis.«

Zurück bleibt Erleichterung und nur ein kleines bisschen ein schlechtes Gefühl, dass ich meinen Job nicht perfekt gemacht habe. Für jemanden, der alles richtig machen möchte, ist es nicht angenehm, eine Niederlage einzustecken. Aber Laura meinte, das sei keine Niederlage. Im Gegenteil, es sei ein Zeichen von Stärke und Selbstvertrauen, wenn man einer Überlastung im Job, auch wenn sie nur als Ausrede dient, entgegenträte, indem man Grenzen setzte. Nur so könne man sich den nötigen Respekt von Vorgesetzten erarbeiten.

Wenn man es so betrachtet, habe ich doch alles richtig gemacht. Und die Gehaltserhöhung werde ich bei nächster Gelegenheit ansprechen.

Mein Computer macht *Ping!* – und zeigt mir das Eintreffen einer neuen Nachricht an. Sie ist von Pia.

Mannometer, dass die sich *jetzt* meldet! Sie hatte gesagt, dass sie nach den Flitterwochen anrufen wolle. Und wie lange ist das her? Fast vier Wochen! Gespannt öffne ich die Mail.

Liebe Nina,

was soll ich sagen? Ich bin sehr enttäuscht, dass Du nicht angerufen hast.

Hää??? Du wolltest doch anrufen!

Wo ich im Moment in so einer schwierigen Lage bin.

Was meinst du denn damit? Ich bin in der schwierigen Lage – du hast schließlich mich verlassen!

Na ja, ich habe es wohl nicht anders verdient, weil ich mich vorher auch so selten gemeldet habe.

Du hast den Nagel auf den Kopf getroffen!

Aber ich habe oft an Dich gedacht und Dich vermisst!

Warum hast du dich denn dann nicht gemeldet?

*Na ja, Du bist ja jetzt geschäftsführende Redakteurin,
wie mir Florian erzählt hat, da hast Du sicher jede Menge
zu tun.*

Hä? Wann hast du mit Florian gesprochen? Und wieso
weiß ich nichts davon?

*Ich wundere mich zwar ein bisschen, dass Du diesen
Job angenommen hast, weil ich immer dachte, du wolltest
dort aufhören und mal was anderes machen, aber es ist
sicher die richtige Entscheidung.*

Ich wünsche Dir alles Gute.

Deine Pia

*P.S.: Vielleicht rufst Du doch mal an? Meine neue Han-
dynummer hast Du ja.*

Und plötzlich wird mir alles klar. Endlich weiß ich, was
ich tun muss.

Als Erstes rufe ich Florian an und bitte ihn um ein Treffen an diesem Abend. Heute benutzt Florian nicht seinen
Schlüssel, sondern klingelt demonstrativ. Ich lasse ihn
rein.

»Hallo«, sage ich und bleibe an die Dielenwand gelehnt stehen.

»Hallo«, antwortet er. Er guckt mich einige lange Sekunden an, dann schaut er nach oben an die Wand, als
hätte er dort was total Interessantes entdeckt. »Und? Wie
ist deine Antwort?«, fragt er, und es klingt, als wäre sein
Mund sehr trocken. »Wirst du diesen Mist über uns ver-
öffentlichen?«

»Nein«, sage ich. »Das mache ich nicht. Ich habe alles

abgesagt, die Videosache und den Artikel über meine Freundinnensuche, weil ich weiß, dass es dich verletzen würde.«

»Echt jetzt?« Ein Strahlen geht über sein Gesicht. »Ich wusste, dass du zur Vernunft kommen würdest! Das ist meine Nina.« Er will mich umarmen, aber ich wehre ihn ab.

»Hast du letzte Woche mit Pia telefoniert und mir nichts davon gesagt?«

»Ja, habe ich«, gibt er unumwunden zu.

»Und wärst du unter Umständen bitte mal so freundlich, mir zu sagen, was sie gesagt hat.«

»Sie hat gesagt, dass sie im Krankenhaus gewesen sei und es ihr wieder gutgehe, sie jetzt aber irgendwo bei ihrer Schwiegermutter wohne und dass sie eine neue Nummer habe. Ich habe sie dir auf einen Zettel geschrieben, der müsste irgendwo am Telefon liegen.« Er geht an mir vorbei in die Küche.

Den Zettel gibt es leider nicht mehr, fällt mir ein, den habe ich zerknüllt und weggeschmissen, weil ich gar nicht auf die Nummer geachtet hatte, sondern nur auf das blöde Gekritzel von Florian über Christian und mich.

Ich atme tief ein und muss mich einen Moment sammeln.

»Sollen wir uns Pizza bestellen?«, fragt er. »Oder hast du gekocht?«

»Nein. Ich habe nicht gekocht.« Ich folge ihm in die Küche. »Hör zu. Das geht so nicht. Du kannst nicht einfach in meine Wohnung kommen, in meinen Sachen wühlen und Telefonate entgegennehmen und mir nichts davon sagen! Das ist wirklich nicht meine Vorstellung von einer schönen Beziehung.«

Ich bin lauter geworden. Sein Gesicht verhärtet sich, und die Mundwinkel wandern nach unten.

»Was willst du damit sagen? Willst du mit mir Schluss machen?«

»Nein. Ich will damit sagen, dass wir es in Zukunft anders...«

»Ist es dieser Christian?«, fragt er scharf.

»Wie bitte?«, stöhne ich genervt. »Wie oft soll ich noch sagen, dass er verheiratet ist und ich nichts von ihm will.«

»Gibt es einen anderen?« Er baut sich vor mir auf und verschränkt die Arme vor der Brust.

»Nein«, sage ich und verdränge den Gedanken an den Dreitagebartmann. »Es ist einfach so, dass du mich einengst...«

»Ich wusste es!« Jetzt klingt er regelrecht hysterisch. »Es ist diese Laura, die dazwischenfunkt, habe ich Recht? *Die* bringt dich gegen mich auf, wie Pia es auch schon immer gemacht hat. Du lässt dich von deinen sogenannten Freundinnen einfach immer total beeinfluss...«

»Meine Güte, jetzt halt doch mal die Klappe!«, fahre ich ihn an. »Das hat mit niemandem was zu tun, außer mit mir. Du gehst mir auf die Nerven!«

»Meinst du, du gehst mir nicht auf den Keks?«, keift er zurück.

Ich schlucke. So habe ich das noch nicht gesehen.

»Mit deinem ewigen Pia hier, Pia da. Dann quatschst du mit irgendwelchen dahergelaufenen Tussen, und auf einmal hängst du nur noch mit Laura rum. Was meinst du, wie ich mich da fühle? Ich soll da sein, wenn es dir passt, und wenn es dir nicht passt, dann soll ich am besten ganz verschwinden.« Er hat sich in Rage geredet. »Glaubst du, ich merke nicht, dass du eigentlich gar nicht mit mir zusammenziehen willst? Meinst du, ich bin blöd?« Er schüttelt fassungslos den Kopf.

»Nein«, gebe ich kleinlaut zu.

»Weißt du was?« Florian ist auf einmal ganz ruhig. Jede Anspannung weicht aus seinem Gesicht. »Ich habe es satt. Es steht mir bis sonst wo! Mit uns beiden, das hat einfach keinen Zweck.«

»Wie bitte? Was soll…?«

Aber er unterbricht mich und sagt mit Todesverachtung: »Und ich Idiot habe anderthalb Jahre meines Lebens verschwendet, um aus dir eine coole Frau zu machen.«

Er kramt den Wohnungsschlüssel aus der Tasche und lässt ihn auf die Fliesen fallen, dreht sich um und geht. Ich bleibe einen Moment lang stehen, den Mund offen, eine Sturzflut an Gefühlen überschwemmt meinen Magen. Von Panik über Wut bis Erleichterung ist alles dabei, verschiedenste Gedanken purzeln durch mein Hirn, bis nur noch einer übrig bleibt. Ich greife zum Telefon.

20

Die Person, die man nach einer Trennung als Erstes anruft, ist definitiv und ganz offiziell die beste Freundin. Zwanzig Minuten später ist Laura da.

»Schneller ging es nicht«, schnauft sie, »aber dafür habe ich das Liebeskummer-Notfallpaket dabei.« Sie hält eine Tüte hoch, in der sich zwei Flaschen Prosecco, ein Liter Chocolate-Macadamia-Eis von Ben & Jerry's und die DVD *Er steht einfach nicht auf dich* befinden. Und eine Riesenpackung Taschentücher, die sie mir reicht, denn ich breche natürlich sofort in Tränen aus.

»Ich bin so sauer auf ihn!«, schluchze ich.

»Da hast du auch allen Grund zu.«

»›Ich habe anderthalb Jahre verschwendet, um aus dir eine coole Frau zu machen‹«, äffe ich ihn nach und schnäuze ins Taschentuch. »Wie gemein ist das denn?«

»Total gemein und totaler Schwachsinn.«

»Was fällt dem eigentlich ein? Das ist fast so schlimm wie ›Das habe ich vergessen zu erwähnen, ich habe eine andere‹.«

»Männer sind einfach Arschlöcher«, fasst Laura zusammen. »Noch was Eis?«

Die Rundumbetreuung durch die beste Freundin gehört zu den angenehmsten Dingen nach einer Trennung.

Das und die grundrechtlich verbriefte Befugnis, sich mit ungesundem Kram vollzustopfen, während man sich besäuft. Trauerarbeit nennt man das.

In den nächsten Tagen lasse ich mich gehen, und Laura begleitet mich auf Schritt und Tritt. Wir glotzen uns durch sämtliche Frauenfilme und Serien und trinken Unmengen Aperol Sprizz zu Pizza Spinaci und Salzchips, und ich berichte haarklein von Florians Macken und idiotischen Eigenschaften, bis mir nichts mehr einfällt und ich mich angenehm leergelästert fühle.

Die einzige andere Sache, die ich zustande bringe, ist eine Mail an Pia, um zu fragen, was los ist, und um zu erklären, dass Florian mir nichts von ihrem Anruf erzählt hat und wir nicht mehr zusammen sind.

Sie schreibt mir zurück, dass sie wegen ein paar lächerlichen kleinen Wehen ins Krankenhaus musste, was eigentlich mehr so eine Art Hotelsuite gewesen sei, mit gigantischem Fernseher und einer Auswahl aus fünf Menüs. Zwei Wochen habe sie dort zur Beobachtung bleiben müssen und alle hätten ein Riesenbohei gemacht wegen nichts, vor allen Dingen Rob, der einfach total aufgeregt sei wegen der Schwangerschaft. Leider habe sie dort nicht telefonieren dürfen, und WLAN habe es auch nicht gegeben. Und jetzt wohne sie bei ihrer Schwiegermutter und lasse sich verwöhnen, was ziemlich anstrengend sei und superlangweilig. Und dann beglückwünscht sie mich, dass wir uns endlich getrennt haben.

»Ich wäre jetzt gerne bei Dir und würde Dich trösten«, schreibt sie. »Wie kommst Du denn zurecht, so alleine?«

Ich schreibe ihr zurück, dass es mir gar nicht so schlecht

gehe, weil ich eine Liebeskummerpartnerin hätte, Laura, und dass sie sehr nett sei und Pia sich keine Sorgen machen müsse.

»Ich hoffe, sie sorgt gut für dich«, schreibt Pia. »Wenn nicht, dann komme ich und reiße ihr den Kopf ab, Smiley.«

Nach sechs Tagen Trauerarbeit ist mir sogar mein Bauchwegslip zu eng, und ich beschließe, dass ich genug gelitten habe.

»Ich muss nach vorne blicken«, sage ich.

»Richtig so«, sagt Laura.

»Ich bin wieder auf dem Markt, also muss ich sehen, ob es eine Nachfrage gibt.«

»Sehe ich auch so.«

»Je besser das Angebot, desto höher die Nachfrage.«

»Stimmt genau.«

»Also, weg damit.« Ich stopfe eine fast leere Packung Toffifee in den Mülleimer, wobei ich mir schnell noch das letzte schnappe.

»Ich habe eine Superidee«, sagt Laura. »Lass uns morgen Abend unsere neuen Schuhe ausführen.«

»Au ja! Wir machen etwas Besonderes. Etwas Neues, wo ich noch nie war. Als Zeichen für den Neuanfang!«

»Klingt gut.«

»Ich hole mir gleich eine Stadtzeitschrift und suche was raus.«

Wir beschließen, am Abend zu telefonieren, und Laura verlässt mich.

Es wird mal wieder Zeit, dass ich dusche. Frisch gewaschen und geföhnt mache ich mich fertig für die Operation »Zum Büdchen gehen«. Ich schminke mich und ziehe nicht nur meine olle Joggingbuxe an, sondern meine Bootcut-Jeans. Dazu nehme ich meinen alten beigen Mantel, den ich jetzt mal »Vintage« nenne, dabei ist er eigentlich nur eine Modeminute vom Altkleidersack entfernt. Für halb fünf am Sonntagnachmittag sehe ich also mehr als passabel aus.

Voller Schwung laufe ich auf das Büdchen zu, schaue durch das Fenster – und erstarre. Denn wer steht dort am Zeitschriftenregal und blättert in der *11 Freunde*? Der Dreitagebartmann. Endlich! Mein Herz fängt an zu klopfen. Ich bin Single, ich bin aufgebrezelt, und da steht der beste Küsser der Stadt. Schicksal, hier bin ich!

Ich setze mein bestes Lächeln auf und bleibe einen Moment im Eingang stehen, um meinen Auftritt so effektvoll wie möglich zu inszenieren.

Hilde bedient gerade eine Frau mit Locken und buntem Regenmantel. Der Dreitagebartmann sieht auf. Unsere Blicke treffen sich. Es kribbelt. Ich gehe einen Schritt auf ihn zu.

»Ich…«, fange ich an und will »habe mit meinem Freund Schluss gemacht« sagen, doch da dreht sich der Lockenkopf mit dem geblümtem Mantel um, gibt dem Dreitagebartmann einen Kuss auf die Wange, hakt sich unter und sagt: »Komm, Schnucki, jetzt lass uns nach Hause gehen, ich hab echt Hunger.«

21

Stell dir vor, du trägst das Buch auf dem Kopf. Ja, Bauch rein, Brust raus, so ist's gut. Komisch, wieso ging das mit den High Heels letztens bei Laura viel einfacher? Lag bestimmt daran, dass ich nur geradeaus gehen musste und nicht die verdammte Treppe runter, drei Stockwerke lang. Und die Stufen sind plötzlich so schmal! Aber egal. Ich versuche in meinen hellgrünen Stilettos aristokratisch zu stolzieren und das entspannte Gesicht eines Stars auf der Showtreppe aufzusetzen.

»Frau Jäger, geht's Ihnen nicht gut?«

Upps. Die unvermittelte Ansprache meiner Nachbarin lässt mich taumeln. Schnell klammere ich mich ans Geländer. Frau Breuer steht mit ihrem ständig sabbernden Collie zwei Stufen unter mir und schaut mich besorgt an.

»Doch, na klar, alles bestens«, antworte ich bemüht locker, um sie nur ja nicht auf ihr Lieblingsthema zu bringen – »Allgemeine körperliche Beschwerden und spezielle fiese Krankheiten«. Frau Breuer ist im Haus allseits unbeliebt wegen ihrer nervtötenden Art, einem Gespräche aufzudrängen. Normalerweise renne ich immer an ihr vorbei, aber nicht heute. Nicht mit diesen Schuhen.

»Also, wenn ich nicht so gut kann, Sie wissen schon ...«, Frau Breuer dämpft die Stimme, »auf Toilette gehen.« Sie räuspert sich und sagt laut: »Dann esse ich immer drei Esslöffel Leinsamen in Joghurt. Das wirkt Wunder!«

»Ja, danke!« Ich hoffe, dass sie nach dieser wertvollen Lebenshilfe den Weg am Geländer freigibt.

Aber sie bleibt vor mir stehen, fest entschlossen, noch mehr Wissen aus der *Apotheken-Umschau* loszuwerden. Mist. Entweder höre ich mir noch eine halbe Stunde ihr Geschwafel über ekelhafte Symptome an und laufe dabei Gefahr, dass sie mir ihr offenes Bein zeigt, oder ich wage den Umweg um sie und ihren Köter herum.

Ich werfe einen Blick auf die freie Bahn. Hui, ist das steil. Ohne den sicheren Halt des Geländers werde ich bestimmt in die Tiefe stürzen. Ich zögere.

»Wissen Sie, als ich dieses eitrige Bläschen entdeckte, dachte ich zunächst, es wäre harmlos«, fängt Frau Breuer an.

Ich lasse das Geländer los und mache einen Schritt zur Seite. Ballen, Ferse, sicher stehen. Puh! Ich schwanke, aber ich stehe noch. Und habe richtig Bammel. Ich fühle mich wie ein Artist, dem plötzlich klarwird, dass es doch keine gute Idee ist, das Drahtseil über den Grand Canyon auf Stelzen zu überqueren.

»Aber dann geh ich zum Herrn Doktor, und der Herr Doktor sagt zu mir …«

Frau Breuer hält mich am Arm fest, um mir die Dramatik zu verdeutlichen. Ich kann sie nicht abschütteln, das würde mich Kopf und Kragen kosten. Der Sabberköter macht einen lahmarschigen Schritt auf mich zu. Gleich wird er seine Speichelfäden an meiner schwarzen Hose abstreifen. Ich muss hier weg!

»Frau Breuer«, unterbreche ich sie, »ich muss Sie warnen. Ich … ich habe eine ganz gefährliche ansteckende Krankheit.«

»Nein!« Sie weicht eine Armlänge zurück, verharrt dann aber regungslos. Die Neugier über die Diagnose übertrumpft den Fluchtinstinkt.

»Und wie heißt sie?«, flüstert sie mit erstickter Stimme. Ihre Augen funkeln fiebrig, die Lebensgeister tanzen Polka, jetzt, da der Tod in Riesenschritten auf sie zukommt und im letzten Moment abbiegt, um sich die Nachbarin zu schnappen.

»Sie heißt …« Ich lasse den Blick schweifen, um auf ein Wort zu kommen, das bedrohlich klingt.

»Ja?«, fragt sie bibbernd, erregt vor Entsetzen.

»Sie heißt …« Ihr dämlicher Collie gerät in mein Blickfeld. »Ähm … Lassie-Fieber.«

Glückwunsch, Nina, das ist so beknackt, das glaubt sie dir niemals!

»Lassie-Fieber?«, fragt Frau Breuer skeptisch. »Das habe ich ja noch nie gehört!«

»Ja, es wurde gerade erst entdeckt«, fasele ich. »Es stammt aus Afrika. Und jetzt geht es mir zwar noch gut, äußerlich jedenfalls, aber irgendwann ist ganz schnell Sense. Und es gibt keine Medikamente dagegen.« Ich zucke mit den Schultern.

»Mein Gott, Sie Arme!« Sie schüttelt fassungslos den grauen Haarschopf. »So jung und schon …«

Das Wichtigste hat sie vor lauter Entsetzen offensichtlich schon wieder vergessen, deswegen betone ich noch einmal: »Und es ist hoch *infektiös*.«

Endlich rafft sie, dass sie in Gefahr schwebt. Mit einem Ruck zieht sie ihren Fiffi weiter und eilt die Treppe hoch. Der Weg ist frei. Keine Spur mehr von aristokratischem Stolzieren und elegantem Hüftschwung, jetzt geht es nur noch um Tempo. Ich halte mich mit beiden Händen am Geländer fest und eile, so schnell ich kann, nach unten. Dort angekommen schaue ich aus einem Reflex heraus hoch und sehe Frau Breuer, wie sie über das Geländer späht. Ich winke ihr zu, aber sie zieht schnell ihren Kopf zurück. Ha! Die bin ich ein für alle Mal los.

Ich stakse zur Haustür. Mir kommt kurz der Gedanke, dass ich vielleicht ein Paar Ersatzschuhe mitnehmen sollte. Nur so zur Vorsicht. Aber nein. Ich gehöre doch nicht zur Blasenteetrinker-Sockenbügler-Fraktion. Wer nicht wagt, der nicht gewinnt! Außerdem werde ich die Schuhe schon noch einlaufen. Es ist ganz normal, dass sie am Anfang ein bisschen drücken. Das wird sich gleich geb…

Aua! Mist. War da schon immer dieses Loch im Bürgersteig gewesen? Überhaupt kommt es mir heute so vor, als würde es von Schlaglöchern und gemeinen Hubbeln nur so wimmeln. Da muss ich aufpassen, dass ich mir keinen Bänderriss hole und mir damit meinen Auftritt als cosmopolitisches Trendgirl versaue. Also bewege ich mich im Schneckentempo vorwärts. Langsam, aber elegant.

Meine Güte, das nervt vielleicht! Da kann man sich ja gleich eine Eisenkugel ans Fußgelenk ketten. Neidisch betrachte ich eine Oma, die ihren Gehwagen flink vor sich her rollt. Aber so ein Rollator würde eventuell mein neues

Image als sexy Diva ankratzen, und auf der Afterwork-Party wäre er nachher sicher auch im Weg. Also, Nina, reiß dich zusammen – und halt dich kurz an der Straßenlaterne fest.

Die Bahn biegt um die Ecke, normalerweise der Startschuss für meinen morgendlichen Sprint, aber heute schaue ich nur ohnmächtig zu, wie sie ohne mich von dannen fährt. Noch hundert Meter bis zur Haltestelle. Uff. Langsam gehen ist viel anstrengender als rennen. Erschöpft lasse ich mich auf der Bank nieder und prüfe, ob ich die Zehen noch bewegen kann. Immerhin. Funktionskontrolle positiv, Zeitmanagement negativ. Was soll's? Komme ich halt einmal zu spät. Ich habe seit meinen Anfängen bei *Women's Spirit* ungefähr fünfhundert Überstunden angehäuft. Da werden sie einmal auf mich warten können.

Doch als ich verschwitzt in den Konferenzraum komme, sind die anderen schon mitten bei der Sache.

»Hallo«, keuche ich, als ich reinwanke. »Sorry für die Verspätung.«

Christian schaut mich verwirrt an. Dann sagt er in einer Mischung aus Mitleid und Gereiztheit: »Nina, wenn du krank bist, ruf an und bleib zu Hause.«

»Ich bin nicht krank!«, schnaufe ich und lasse mich ächzend auf den nächstbesten Stuhl plumpsen. Es tut so weh! Nie wieder werde ich High Heels anziehen!

»Ach so. Dann ist es einfach nur schade, dass du nicht pünktlich gekommen bist«, sagt Christian. »Dann sollten wir jetzt, wo unsere geschäftsführende Redakteurin auch da ist, nochmal über das Projekt sprechen, das uns Laura eben vorgestellt hat. Was ich besonders toll finde, denn es zeigt, dass sie sich nicht nur um ihre Onlineaufgaben kümmert, sondern sich mit dem gesamten Magazin identifiziert.«

Laura lächelt zufrieden, und ich freue mich mit ihr über das Lob.

»Aber die Idee ist auch genau das Richtige für unseren Onlineauftritt«, ruft Walter und strahlt Laura an. Diese Internetsache hat sich bei ihm regelrecht zu einer fixen Idee entwickelt.

Christian fügt an: »Ja, und mit einer hochwertigen Sonderbeilage könnten wir *I My Darling* tatsächlich vom Spitzenplatz in unserem Zeitschriftensegment vertreiben. Also, Laura, dann erzähl uns doch noch mehr über den Szenekosmos.«

Hoppla. Jetzt bin ich verwirrt. Aber Laura grinst mir zu und zeigt Daumen hoch.

»Wichtig ist, dass wir uns sowohl an ein junges, wie auch an ein jung gebliebenes Publikum richten«, referiert Laura. »Heute ist es nicht ungewöhnlich, dass auch Vierzigjährige im Urlaub Party machen oder dass Fünfzigjährige Szeneklamotten tragen.«

»Genau – und damit haben wir auch die klassische *Women's Spirit*-Leserin angesprochen«, sagt Christian. »Im Magazin können wir zum Beispiel Aussteigerinnen porträtieren, die sich erfolgreich auf Ibiza niedergelassen haben, um bei Lauras Beispiel zu bleiben.«

»Dazu drehen wir mit der Kamera hübsche Clips«, ruft Walter. »Und ich werde sie moderieren.« Er reißt die schwarzen Augenbrauen so weit nach oben, dass sie fast den Haaransatz berühren. »Das wollte ich immer schon mal machen. Hallo, hier ist Walter. Heute melde ich mich aus der hippsten Bar auf Ibiza.« Er hält ein imaginäres Mikrofon vor den Mund und wippt affektiert auf und ab.

Ach du meine Güte. Deswegen hatte er diese Idee mit *Women's Spirit Internet-TV*! Damit er sich vor der Kamera produzieren kann. Alle starren ihn entsetzt an.

»Weißt du, Walter«, sagt Laura ruhig. »Das ist keine gute Idee.«

Walters Miene verdunkelt sich, als hätte man ihm sein Lieblingsspielzeug weggenommen. Dass sie sich das traut!

»Wieso nicht?«, fragt er patzig.

»Weil, mit Verlaub, ein schwuler Fünfzigjähriger nicht das optimale Identifikationspotenzial besitzt. Du hast selber gesagt, dass wir unsere Zielgruppe verjüngen und uns mit dem Internet-TV an Frauen von zwanzig bis vierzig richten wollen.«

»Na und?« Er schiebt schmollend seine Unterlippe vor. Erstaunlicherweise bleibt es bei dieser Unmutsbekundung. Keine Ich-bin-der-Chef-und-du-wirst-gefeuert-Drohgebärden. Erstaunlich.

»Laura hat Recht«, sagt Christian.

Walter nestelt an seiner Lederhose rum. »Und wer soll das dann bitte schön machen?«

»Nina zum Beispiel«, schlägt Laura vor, und ich falle fast vom Stuhl. Wenn ich eben ein kleines bisschen irritiert war, dass sie meine Idee vorgeschlagen hat, dann ist das jetzt verflogen.

»Iiiich???«, rufe ich, aber spontan gefällt mir die Vorstellung. Ich wollte immer schon zum Fernsehen.

»Du bist jung, du bist hübsch, du bist eloquent. Warum nicht?« Laura sieht mich fröhlich an.

»Aber du könntest das auch machen«, gebe ich zurück.

»Ja, stimmt«, sagt sie.

»Okay«, sagt Christian langsam. »Wir haben ja beschlossen, dass einzelne Redakteure neben dem normalen Tagesgeschäft projektweise für den neuen Onlineauftritt arbeiten. Aber Nina ist ja mit der Geschäftsführung ziemlich überlastet, also würde ich sagen …

»Nein«, rufe ich, »ich bin überhaupt nicht überlastet. Also, jetzt nicht mehr. Das war nur ganz kurz am Anfang, aber jetzt habe ich mich total super eingearbeitet, und mit ein paar Überstunden schaffe ich das alles. Auch das Projekt Szenekosmos.« Ich werde arbeiten müssen wie ein Tier, aber das lasse ich mir nicht entgehen.

Walter und Christian schauen mich seltsam an. »Bist du sicher?«

Ich nicke.

»Du hast uns schon einmal enttäuscht«, mahnt Walter.

Christian sieht mich scharf an. »Nina?«

»Natürlich schaffe ich das«, versichere ich schnell.

»Also gut. Laura betreut den Szenekosmos für die Onlineausgabe, wobei Simon sie unterstützt, und Birgit und Jochen werden dir bei der Umsetzung des Sonderheftes helfen«, bestimmt Christian.

»Und was die Frage der Moderation angeht …«, fängt Walter an.

»Da kann ich mir euch beide vorstellen«, unterbricht Christian ihn mit einem Blick auf Laura und mich. »Wir werden einfach sehen, wer es besser macht.«

»In einem Casting?«, frage ich.

»Ja«, sagt Christian, »nennen wir es ruhig Casting.«

Laura und ich grinsen uns über den Tisch hin an.

»Für das Konzept müssen wir natürlich recherchieren«, sagt Laura, »und ich denke, es ist unumgänglich, dass wir nach Ibiza fahren.«

22

Laura hat mir erklärt, dass sie den Szenekosmos nur zu meiner Verteidigung präsentiert hatte, weil Christian sauer war, dass ich zu spät gekommen bin. Damit ist die Sache für mich erledigt und absolut kein Problem. Denn in meinem Leben geht es nach diesem ganzen Kuddelmuddel endlich mal wieder steil bergauf.

Punkt 1: Ich bin Single und wieder frei für eine neue Liebe. Florian habe ich abgehakt. Dieser Idiot hat mich einfach nicht verdient.

Punkt 2: Ich fahre mit meiner neuen besten Freundin nach Ibiza.

Punkt 3: Ich habe sensationelle neue Schuhe und sehe einfach fantastisch aus.

Wenn mir die Füße nur nicht so wehtun würden! Ich habe keine Ahnung, wie ich das bis heute Nacht aushalten soll. Laura dagegen scheinen ihre neuen Mördertreter überhaupt nichts auszumachen.

»Tun deine Füße überhaupt nicht weh?«

Sie lacht. »Nein. Aber guck mal hier, ich hab dir was mitgebracht.« Sie gibt mir zwei Gelpads. »Die kannst du in die Schuhe legen, dann drücken sie nicht so.«

Der Abend ist gerettet. Kaum habe ich die weichen Polster unter die Ballen geschoben, hört der Schmerz auf. Zumindest unter dem Ballen. Die Zehen protestieren zwar doppelt so stark, da sie jetzt noch weniger Platz haben, aber das halte ich aus. Es ist für einen guten Zweck, denn Laura und ich wollen heute zur Afterwork-Party in den V-Club gehen. Das soll ziemlich abgefahren sein, eine Mischung aus Happy Hour und Tanztee. Man trinkt vorzugsweise Caipirinha und dazu spielt ein Alleinunterhalter, der nicht ganz so allein ist, weil es außer ihm am Synthesizer auch noch einen Typen an den Bongos gibt. Außerdem hat keiner von beiden ein speckiges Jackett, ein Minipli oder einen unerschöpflichen Vorrat an abgedroschenen Witzen, wie es für Alleinunterhalter üblich ist. Nein, es sind zwei hippe Kerle mit riesigen Sonnenbrillen und Rastazöpfen, die so abgehen, dass alle tanzen.

Als wir ankommen, ist es schon ziemlich voll. Laura und ich quetschen uns durch zum Tresen, wo wir uns einen Caipi bestellen und die Lage checken. Leider sind keine Barhocker mehr frei. Also lehne ich mich an das glatte Holz der Bar und versuche, entspannt zu sein. Ich lasse meinen Blick über die Menge schweifen und verdränge den Gedanken an Henrik. Dieser gemeine Kerl! Hat eine Freundin und sagt nichts davon. *Ich* habe wenigstens offen zugegeben, dass ich meinen Freund betrüge. Und was macht er? Betrügt sie *und* mich. Schwein.

»Guck mal da drüben«, sagt Laura, »der Typ mit dem Heineken. Der wär doch was für dich.«

»Ja«, antworte ich, »dunkle Haare, *glattrasierte* Wangen, perfekt!«

Laura kichert. »Von dem bekommst du keine Erdbeerallergie!«

Sie entdeckt einen Zweimetermann mit Ed-Hardy-T-Shirt, der ihr gut gefällt. Der Alleinunterhalter spielt *Sympathy for the devil* im Bossa-nova-Stil, und sein Kollege haut auf die Trommeln, dass die Tanzfläche bebt.

»Los, komm«, sagt Laura und zieht mich mit. Wir tanzen in die Nähe der beiden heißen Typen und stacheln uns gegenseitig auf, noch wildere Bewegungen zu machen. Girls just wanna have fun!

Diese blöden Gelpolster rutschen nach vorne und nisten sich wie fette Maden in der Schuhspitze ein. Jetzt werden die Zehen noch mehr gequetscht, meine Ballen haben dafür wieder ungebremsten Kontakt mit der Schuhsohle und fangen augenblicklich an zu brennen. Ich beiße die Zähne zusammen.

Der Heineken-Typ schaut zu mir rüber. Ich versuche einen koketten Augenaufschlag. Es ist nicht so, als ob ich über glühende Kohlen laufen würde. Es ist vielmehr so, als ob ich glühende Kohlen unter meine Füße geschnallt hätte! Aber ein Glamourgirl kennt keinen Schmerz.

Ich verlagere meine Tanzbewegungen auf die oberen Extremitäten und lasse mir nichts anmerken. Das Lied geht zu Ende, und ich überlege, wie ich es schaffe, aufrecht die Tanzfläche zu verlassen. Da kommt der Heineken-Typ zu mir. Er sieht aus wie Clive Owen in dieser Parfümwerbung und hat eine ähnlich hypnotisierende Wirkung.

Bitte, lieber Amor, lass ihn kein Schwachkopf sein, der aus meinen Haaren eine Decke weben will.

»Ich hätte nie gedacht, dass ich diesen Satz mal sagen würde«, fängt er an und lächelt schelmisch. »Darf ich um den nächsten Tanz bitten?«

Aber gerne doch! Das nächste Lied ist *Come as you are* von Nirvana als Discofox. Ab und zu mag ich Standardtänze. Besonders mit so einem Mann wie Clive Owen. Er führt mich sicher, und ich habe eine starke Schulter zum Anlehnen. Die brauche ich auch, denn langsam machen meine Füße schlapp.

Wo ist eigentlich Laura? Ich sehe den Ed-Hardy-Typ mit einer Bohnenstange schäkern und scanne weiter die Umgebung. Ah, da ist sie ja! Sie steht am Eingang mit … Christian! Was macht der denn hier? Normalerweise fährt er doch immer direkt nach Hause, wegen seiner Familie. Laura zeigt Christian, wo ich bin, und in einer unvorsichtigen Bewegung winke ich den beiden zu. Dabei knicke ich fast um.

»Upps«, sage ich, und Clive Owen fängt mich lächelnd auf.

Der Schmerz breitet sich langsam aber sicher in jeder einzelnen Gehirnzelle aus. Ich würde mich nicht wundern, wenn meine Zehen nachher schwarz wären wie bei halberfrorenen Bergsteigern, die es gerade noch lebend vom Mount Everest runtergeschafft haben. Ich stütze mich auf Clives Arme, um mehr Gewicht von den Füßen zu nehmen. Er guckt irritiert und versucht, den Abstand wiederherzustellen, aber das kann ich nicht zulassen, denn sonst falle ich einfach hin.

»Klammerblues ist übrigens seit der achten Klasse out«, sagt er.

Ich ringe mir ein Lächeln ab. Christian steht mit einem Bier neben Laura am Rand der Tanzfläche und beobachtet mich. *Come as you are, as you were, as I want you to be.*

Meine Güte, war das Lied immer schon so lang? Ich versuche, den Kopf auf Clives Schulter zu legen, damit ich auch dieses Gewicht nicht mehr tragen muss.

»Sorry«, sagt er plötzlich total genervt und schiebt mich weg. »Von Kletten habe ich ein für alle Mal die Schnauze voll.«

Und er haut ab! Lässt mich einfach stehen! Mitten im Lied! Was für eine Blamage! Da stehe ich nun alleine auf der Tanzfläche, und meine Beine enden in zwei Feuerquallen, die mich bei lebendigem Leib fressen. Ich kann keinen Schritt mehr gehen! Schon gar nicht durch die tanzende Menge. Eine Ohnmacht wäre nicht schlecht. Einfach umfallen und mich von starken Armen auffangen lassen. Genau. Das ist es. Welchem der Jungs könnte ich denn in die Arme sinken?

Ich beobachte die Männer um mich herum, aber die haben alle nur ihre Tanzpartnerinnen im Blick. Ignorante Arschlöcher.

Doch da, ein dicklicher Typ, dessen weißer Hals aus einem zu engen Hemd quillt und der eine Frau im zeltartigen Gewand über das Parkett schiebt, schaut zu mir und lächelt beseelt. Er sieht aus wie ein Pfarrer, für den Nächstenliebe eine Kernkompetenz ist. Der wird mich nicht hinknallen lassen! Er dreht sich mit seiner Partnerin, tanzt in meine Richtung und blickt mich wieder an. Er hat sanfte, warmherzige Augen.

Ich fixiere ihn, hebe dabei gequält die Hand an die Stirn, stöhne auf, meine Beine machen sich bereit, wegzuknicken und – *wusch!*, ist der dicke Typ an mir vorbeigewirbelt. Seine Alte haut mir ihre übergewichtige Ferse ans

Schienbein, ich sehe Sterne, ein letzter Akkord, das Lied ist zu Ende. Puh. Ich stakse an den Rand der Tanzfläche wie eine total Besoffene. Auauauaua…

»Hallo Nina«, sagt Christian. »Alles klar?«

»Hi«, keuche ich. »Was machst du denn hier?«

»Laura meinte, wir könnten Ideen sammeln für den Szenekosmos. Was war denn mit deinem Tanzpartner los?«

»Krampf in der Wade«, sage ich und schnappe nach Luft. Der Schmerz raubt mir den Atem. Eines ist völlig klar: Egal ob mein Chef da ist oder nicht, egal ob ich mich lächerlich mache, ich kann nicht mehr. »Sorry, aber ich muss nach Hause.«

»Jetzt schon?«, fragt Laura enttäuscht.

»Ja, ich muss meine … Petunien gießen, die gehen sonst ein.«

»Schade«, sagt Christian.

»Dann bis morgen!« Laura winkt.

Ich eiere durch das Lokal hinaus zum Taxistand. Zum Glück steht dort ein Taxi. Noch fünf Meter bis zu einem rettenden Sitzplatz. Da bremst plötzlich ein Fahrrad neben mir. Und wer sitzt drauf? Der Dreitagebartmann. Er lächelt, dann stutzt er.

»Geht's dir nicht gut?«, fragt er besorgt.

Ich bohre ihm meinen Blick in den Kopf, damit er merkt, was für ein hinterhältiges Aas er ist.

»Sag mal, wollen wir vielleicht…«, fängt er an.

Aus dem Augenwinkel sehe ich ein Pärchen auf das Taxi zulaufen. Oh nein! Die dürfen mir nicht meine Fahrgelegenheit wegschnappen. Doppelbetrüger-Henrik ist es nun wirklich nicht wert, Krüppelfüße zu bekommen und fortan orthopädische Schuhe tragen zu müssen.

In einem letzten Aufbäumen meiner Willenskraft stolpere ich zur Autotür, kurz bevor das Pärchen sich des Taxis bemächtigen kann. Ich sehe gerade noch, wie Henrik mir verwundert nachblickt.

23

Voller Vorfreude auf Ibiza packe ich meinen Koffer und achte darauf, dass meine Viskoseblusen und Satinkleidchen nicht verknittern. Ich muss schließlich gut aussehen, wenn ich mit meiner besten Freundin auf eine Partyinsel fahre. Klar, müssen wir dort auch arbeiten. Aber da die Arbeit hauptsächlich darin besteht, die Vibes einzufangen, wird das schon nicht so anstrengend werden. Vor allem weil Laura noch irgendeinen Typen, den sie von früher kennt, engagiert hat, uns bei den Recherchen zu helfen. Das wird also total easy!

Ich freue mich total darauf, denn die letzten Tage auf der Arbeit waren sehr anstrengend. Denn erstens musste ich wirklich schuften, um alle meine Jobs zu erledigen und zu beweisen, dass ich keine Niete bin. Und zweitens musste ich prophylaktisch schön Wetter machen, denn es ist was Blödes passiert.

Christian meinte plötzlich, wir sollten einen Schwerpunkt über Problemzonen machen. Da hat Svenja doch glatt vorgeschlagen, über Bauchwegslips zu berichten, da wir doch ein paar bekommen hätten, die noch irgendwo rumliegen müssten. Und weil ja jetzt niemand mehr für sich Produktproben mitnehmen darf, und ich eigentlich für die Verwaltung der Sachen zuständig bin, konnte ich ja schlecht zugeben, dass ich die eingesteckt hatte.

Also hat Svenja sie gesucht und natürlich nicht gefunden, und keiner konnte ihr sagen, wo die sind. Dann hat sie die Herstellerfirma angerufen – auf meinen Vorschlag hin, was im Nachhinein idiotisch war, weil ich mich als Einzige an den Firmennamen erinnern konnte und mich damit total verdächtig gemacht habe. Aber die Firma konnte leider wegen hoher Nachfrage und Lieferschwierigkeiten keinen Ersatz schicken.

So! Und jetzt fragen sich alle, wer die Dinger genommen hat. Ich bin froh, drei Tage weg zu sein und mit Laura in einem Strandcafé abhängen und süße Jungs begutachten zu dürfen.

Während ich überlege, ob man eigentlich Anfang Juni auf Ibiza eine Jacke braucht, schreibe ich Pia eine Mail, dass ich wegen der Arbeit nach Ibiza fahre – mit Laura. Die Antwort kommt, noch bevor ich den beigen Trenchcoat, die leichte Jeansjacke und die rosa Kapuzenjacke eingepackt habe. Sie wünscht mir viel Spaß und schreibt, dass sie auch gerne in Pittsfield eine Freundin hätte, mit der sie so etwas machen könne.

Pia klingt ein bisschen traurig, aber das kann ich ja nun nicht ändern. Also schreibe ich nur: »Kopf hoch, irgendwann wird das klappen, und jetzt muss ich sehen, dass ich irgendwie den Koffer zukriege, bis später, Bussi.«

Es ist eines dieser Hartschalen-Monster, dessen Klappe weit offen steht und das mir höhnisch zuraunt, dass ich ja wohl nicht im Ernst daran glaube, es schließen zu können.

»Na warte, Freundchen«, sage ich, und stemme mich mit den Armen drauf, so dass der Deckel zumindest zur Hälfte runtergeht. Dann stopfe ich rundherum die überstehenden Stoffteile ins Innere und stütze mich mit meinem ganzen Körpergewicht auf. Doch immer noch klafft eine zehn Zentimeter große Lücke zwischen den Kofferdeckeln.

Mist. Vielleicht sollte ich die Bastmatte für den Strand hierlassen. Und es ist vermutlich unrealistisch, dass ich auf einer Dienstreise mit dem Joggen anfange, also hole ich auch die Laufschuhe wieder raus.

Passt immer noch nicht! Vielleicht sollte ich besser die Reisetasche nehmen. Schließlich geht ein Reißverschluss leichter zu als diese Schnallen. Oder ich verzichte auf die dritte Handtasche. Ich habe eigentlich eh nichts, was zu dem gelben Lacktäschchen passt. Aber sie ist so praktisch! Da geht viel rein.

Mitten in meine Grübeleien hinein klingelt es an der Tür. Ich öffne. Eine Pflanze steht draußen, eine Pflanze mit nackten Beinen.

»Hier«, keucht Andy, »nimm das. Schnell.«

Er drückt mir den Topf mit dem Grünzeug in die Hand und sprintet wieder die Treppe hoch. Kurz darauf ist er wieder da, mit noch einem Kübel.

»Der Vermieter ist im Anmarsch«, ruft er und rennt erneut in seine Wohnung. Schließlich habe ich fünf etwa ein Meter hohe Pflanzen in meiner Bude stehen.

»Bis gleich«, ruft Andy und donnert die Tür zu.

»Ja, bis gleich dann«, sage ich und betrachte nachdenklich die staudenartigen Gewächse mit den vielen

schmalen Blättern, die einen merkwürdigen Geruch aus-
dünsten.

Kurz darauf höre ich Stimmen im Treppenhaus, und
durch den Türspion sehe ich unseren Vermieter die Treppe
hochkeuchen, im Schlepptau einen Handwerker im Blau-
mann mit einem beeindruckenden Werkzeugkasten.

Eine halbe Stunde später habe ich schweren Herzens
den Neopren-Shorty aus dem Koffer geholt, ebenso wie
den Handventilator, die Ersatzflasche Haarspray und die
Parfüms von Kenzo und Gaultier (zugunsten von Aroma
Tonic von Lancôme). Zu meiner großen Erleichterung
geht der Koffer jetzt zu. Na also, packen will gelernt sein.

Ich will mich gerade auf mein Sofa legen, da klingelt es
erneut. Im Flur fällt mir ein Briefkuvert auf, das jemand
unter dem Türspalt durchgeschoben hat. Ich bücke mich
danach, dann öffne ich die Tür.

»Hallo Schönheit«, sagt Andy. Er hat eine Tasche in
der Hand.

»Hey, Andy. Was ist los?«

»Ich habe einen Wasserrohrbruch in meiner Wohnung.
Die müssen alle Wände aufreißen. Kann ich ein paar Tage
bei dir wohnen, bis das repariert ist?«

»Äh«, sage ich. »Ja, klar.« Ich lasse ihn rein. »Du
kannst auf dem Sofa schlafen.«

»Danke. Wo sind meine Pflänzchen?«

»In der Küche. Ich war mir nicht sicher, ob ich sie auf
den Balkon stellen sollte.« Ich sehe ihn durchdringend an.

»Nee, besser nicht. Das gibt nur Missverständnisse.
Hast du was zu trinken?«

»Im Kühlschrank.«

Während Andy sich bedient, reiße ich das Kuvert auf und falte den Brief auseinander.

Sehr geehrte Frau Jäger,
ich muss Ihnen leider die Wohnung kündigen, da
mir zu Ohren gekommen ist, dass Sie unter einer
unheilbaren ansteckenden Krankheit leiden, die das
Leben sämtlicher Hausbewohner gefährdet. Und da
Sie offensichtlich nicht gewillt sind, sich in ärztliche
Behandlung zu begeben, bleibt mir zum Schutz der
anderen Mieter nichts anderes übrig, als Ihnen frist-
los zu kündigen. Bitte übergeben Sie zum Monatsende
Ihre Wohnung besenrein, damit ich sie fachgerecht
desinfizieren lassen kann. Die Kosten dafür werde
ich selbstverständlich von Ihrem Kautionskonto
abziehen.
Mit freundlichem Gruß,
Ihr Vermieter Clausen

Ich lasse den Brief sinken. »Das gibt's doch gar nicht!«

»Hast du eine Waschmaschine gewonnen?«, fragt Andy grinsend.

»Mein Vermieter kündigt mir, weil ich Lassie-Fieber habe«, sage ich fassungslos und muss plötzlich kichern.

»Du hast *was*?«

»Ich habe der Breuer erzählt, ich hätte eine ansteckende Krankheit, damit sie mich mit ihren dämlichen Eiterbläschen- und Durchfallgeschichten in Ruhe lässt, und die hat nichts Besseres zu tun, als es brühwarm weiterzuerzählen. Und jetzt kündigt mir der Clausen, weil ich hier alle anstecken könnte! Mit Lassie-Fieber!« Ein hysterischer Lachanfall schüttelt mich.

»Lassie-Fieber?«, fragt Andy. »Und das hat sie geglaubt?« Ich nicke prustend. Auch Andy lacht jetzt aus vollem Hals. »Ich kann dir ein bisschen Cannabis verschreiben«, gluckst er. »Das hilft bestimmt gegen Lassie-Fieber.«

24

Das Tolle am Verreisen ist, dass man nicht nur den deutschen Regen, sondern auch jede Menge Probleme zu Hause lässt. Sobald wir im Flieger nach Ibiza sitzen, denke ich einfach nicht mehr an Andy, der jetzt mit fünf Cannabispflanzen in meiner Wohnung wohnt, die mir mein Vermieter gekündigt hat. Man muss auch mal abschalten, sonst dreht man irgendwann durch.

Laura erzählt mir derweil, wie viel Spaß ihr die Arbeit bei *Women's Spirit* mache und dass Christian ein absolutes Sahneschnittchen sei. »Er sieht zum Anbeißen aus.«

»Ja«, gebe ich zu. »Aber eine Sache törnt mich ab.«

»Was denn?«

»Sein Ehering.«

»Na, wer weiß, wie lange er den noch trägt«, scherzt Laura. »Ich finde, er sieht in letzter Zeit mitgenommen aus. Als ob er Probleme hätte.«

»Ist mir nicht aufgefallen.«

»Echt nicht? Das war doch deutlich zu sehen. Die Hemden waren nicht mehr gebügelt. Und auf der Afterwork-Party hat er echt mit mir geflirtet.«

»Du denkst daran, dass er Kinder hat?«, mahne ich gespielt besorgt.

»Ja, sicher. Wo denkst du hin?« Sie seufzt. »Aber schade ist es schon.«

Als wir aussteigen, strahlt die Sonne vom Himmel, es ist warm, und die Luft riecht nach Meer, wilden Kräutern und Blumen. Ich bin plötzlich total aus dem Häuschen. Drei Tage Ibiza! Mit Laura. Das wird der Hammer! Wir haben natürlich auch viele Termine, aber bei achtundzwanzig Grad und mit Urlaubsfeeling ist das ein Klacks.

»Ah, da ist Jim«, sagt Laura und steuert auf einen Typen zu, der lässig an einer Säule lehnt. Er hat kurze wasserstoffblonde Haare, Tätowierungen an beiden Armen, trägt Dolce-&-Gabbana-Jeans samt silberner D-&-G-Gürtelschnalle und ein T-Shirt mit der Aufschrift *F*** off, I'm famous.* Aber das wichtigste Accessoire ist seine riesige Sonnenbrille und die extrem coole Miene, die er bei der Begrüßung kein bisschen verzieht.

»Hi Babe«, stößt er hervor.

»Hi Sweetie«, sagt Laura. »Das ist Nina.«

Er nickt mir zu, nimmt Lauras Tasche und schlendert Richtung Ausgang. Ich zerre meinen Koffer hinter mir her und wuchte ihn in Jims Protzkarre. Laura hat uns ein super Hotel klargemacht, natürlich umsonst, schließlich werden wir es in unserem Heft erwähnen. Hat sie dem Manager gesagt. Ich finde es zwar nicht so toll, so was zu versprechen, bevor man sich den Laden angeguckt hat, aber sie meint, das mache man eben so.

Als ich das Zimmer sehe, bin ich begeistert. Wir haben eine Suite mit zwei Schlafzimmern! Ist das der Knaller, oder was?

In Windeseile ziehen wir uns um. Ich entscheide mich

für meinen neuen superstylishen Monokini (Bikinis meide ich wegen meines Wackelpuddingbauchs), den neuen orangenen Minirock mit grünem Volant und eine orange-weiße Leinenbluse, Ipanema-Flipflops von Giselle Bündchen und natürlich eine Sonnenbrille. Laura trägt eine weiße Caprihose, ein rotes Neckholder-Top und gleichfarbige Peeptoe-Plateauschuhe.

»Wir sehen einfach heiß aus«, sage ich, als wir aus dem Hotel ins gleißende Licht treten und wie auf Kommando die Sonnenbrillen vor die Augen setzen.

»Du sagst es«, antwortet Laura. Wir stellen uns nebeneinander und halten diesen denkwürdigen Augenblick mit Lauras Kamera fest. Dann schlendern wir zur Strandbar, um Atmosphäre zu schnuppern. Jim werden wir zum Abendessen treffen und danach ein paar Clubs besuchen.

Auf den Liegestühlen am Strand tummeln sich leicht bekleidete Menschen, die im Takt der Lounge-Musik wippen.

»Soll ich uns ein Wasser holen?«, frage ich.

»Wasser?«, lacht Laura. »Damit können wir uns später die Zähne putzen.«

Sie bestellt Calippo-Wodka. Das Eis wird in einem Longdrinkglas mit Wodka serviert. Man wartet, bis es ein bisschen geschmolzen ist, dann trinkt man es. Schmeckt fantastisch und ist so was von cool. Aber es haut natürlich ganz schön rein.

Wir liegen im Schatten eines Bastsonnenschirms, und der betörende Duft von Meer und Sonnenmilch liegt in der Luft. So kann es bleiben, denke ich mir.

»Soll ich uns noch einen holen?«, fragt Laura und schwenkt ihr leeres Glas.

»Hoppla, hast du einen Zug drauf!« Ich trinke auch schnell aus. Ich bin doch keine Partybremse!

Später machen wir reichlich angeschickert eine Runde durch den Ort, entdecken einige Boutiquen mit super Klamotten und treffen eine ehemalige Fondsmanagerin aus Deutschland, die nach einem Herzinfarkt ihren Job geschmissen hat und jetzt auf Ibiza Colliers aus Holzperlen in Tierform designt. Die Ketten sehen furchtbar aus, finde ich und kann kaum ernst bleiben. Zum Glück führt Laura das Interview.

Danach treffen wir Jim auf der Terrasse eines kleinen Restaurants, die Sonne versinkt im Meer. Jim trägt immer noch die Sonnenbrille. Wir essen Paella und trinken Sangria. Jim raucht Kette. Die Paella ist staubtrocken, und ich habe Durst. Der Kellner bringt mehr Sangria.

»Wisst ihr, was ich mir überlegt habe?«, sage ich. »Man könnte den Szenekosmos komplettieren mit einer CD der angesagtesten Hits der einzelnen Läden. Dann kann man sich vorher besser auf den Urlaub einstimmen und hinterher das Ibiza-Feeling zu Hause verlängern.«

»Super Idee!«, ruft Laura. »Jeder Club stellt sich mit seinem DJ und seiner Mucke vor.«

Jim nimmt sich einen Zahnstocher und schiebt ihn lässig in den Mundwinkel, wie der Schurke in einem Italowestern. Ich schnappe mir sein Zippo-Feuerzeug und tue so, als ob ich ihm Feuer geben will.

»Ach so«, grinse ich und lasse die silberne Klappe wieder zufallen, »das ist ja gar keine Kippe.«

Laura lacht. Jims Gesicht bleibt regungslos. Entweder ist er als Kind in den Kessel mit dem Botox gefallen, oder er ist einfach ein Idiot.

»Und wo gehen wir gleich hin?«, frage ich ihn.

»Galaxy«, presst er sich raus, ohne die Lippen zu bewegen.

Laura schenkt mir den Rest Sangria ein, ich stürze mein Glas runter und winke dem Kellner zum Abschied.

Eine kurze Taxifahrt später stehen wir vor einem großen, fensterlosen Gebäude, auf dem über die ganze Wand verteilt »Galaxy« in riesigen Leuchtlettern prangt.

Während Jim mit dem Türsteher redet, reicht mir Laura eine kleine Tablette.

»Was ist das?«, frage ich irritiert.

Sie grinst. »Ibiza-Feeling.«

»Aber wir können uns nicht zudröhnen!«, protestiere ich. »Wir sind auf einer Dienstreise.«

»Ach, davon wird man doch nicht bedröhnt! Das macht einfach nur gute Laune.«

»Ich bin schon gut gelaunt.« Aber weil sie enttäuscht guckt, füge ich entschuldigend hinzu: »Ich kenne mich halt mit so was überhaupt nicht aus.«

»Da ist nichts dabei. Das macht hier jeder. Und wir wollen schließlich die Szene erkunden, oder etwa nicht?«

»Ja, das stimmt natürlich.«

»Wir wollen die Vibes spüren. Und das hier«, sie hält die kleine Pille hoch, »das sind die besten Vibes!«

»Und wie wirkt das?«

»Einfach super. Ich sag nur: einwerfen und genießen!«

»Und morgen? Wir müssen doch arbeiten.«

»Ach was. Wer feiern kann, kann auch arbeiten. Und das bisschen Recherche machen wir mit links.«

»Meinst du echt?«

»Na klar.«

»Und warum ist meine grün und deine weiß?«

»Passt besser zu meinem Outfit«, lacht Laura und schluckt die Pille runter.

Ich zögere immer noch. Und dann denke ich: Mann, was soll's!? Ich wollte eine beste Freundin, mit der man Spaß haben kann. Und mit einer echten Freundin an der Seite kann man so was mal riskieren. Da werde ich jetzt nicht spießig werden, nur weil wir auf Dienstreise sind. Also! Hopp oder topp.

Ich schlucke die kleine grinsende grüne Pille. Laura und ich lächeln uns an.

»Das wird die Nacht der Nächte!«, sagt sie. »Glaub mir.«

Mein Herz klopft, als wir durch einen langen Tunnel ins Innere des Clubs gehen, der mit Schwarzlicht ausgeleuchtet ist. Von Laura sieht man nur die weiße Hose und die Zähne, meine Bluse leuchtet ebenfalls. Die hämmernden Bässe werden immer lauter, am Ende des Tunnels zucken Blitze. Durch eine Wand aus Nebel stoßen wir vor in den Club. Ich komme mir vor wie ein Höhlenforscher, der gerade eine gigantische Grotte entdeckt hat.

Links von uns schimmert ein künstlicher See in Orange. Darüber schwebt eine Plattform, auf der zwei Go-go-Girls die Beine schwingen. Auf drei Ebenen wird getanzt, eine davon ist ein Bassin voller Schaum. Nebelmaschinen blasen unablässig weißen Dampf in die Luft, Gestalten zucken selbstvergessen im Blitzlichtgewitter, der Beat wummert durch den Magen in die Beine. Überwältigt von den Eindrücken lasse ich mich von Jim und Laura zum Pult von DJ Top führen, der über seinen Computer gebeugt steht, die nächste Musik auf dem Kopfhörer, die wogende Menge im Blick. Es ist so laut, dass man brüllen muss, um sich zu verständigen.

Da Laura neben Jim steht und ich in der dritten Reihe, kriege ich gar nicht mit, was sie reden. Aber es ist mir auch egal. Ich will eins werden mit der Musik. Die Tanzfläche zieht mich magisch an. Ich gehe die Treppe runter, ein Typ mit einer Krone aus fluoreszierenden Gummistäben packt mich an der Hüfte und schiebt mich ins Gewühl. Sofort ergreift der Beat von mir Besitz. Aus meinem tiefsten Inneren kommen die Bewegungen. Es ist keine einstudierte Abfolge von Schritten zum Rhythmus, es ist kein Tanzen, es ist ein Reflex, wie Atmen, begleitet von einer Eruption tief verborgener Glücksgefühle. Die Musik ist endlos, ein Universum aus Klängen, und ich bin mittendrin in dieser Fabelwelt, die bevölkert wird von bizarren Gestalten.

Zwei Frauen, die sich ihre Oberteile mit silberner Farbe auf die nackten Körper gemalt haben, umringen mich, nehmen mich zwischen ihre Arme, geben mich wieder frei, und ehe ich mich versehe, schmiege ich mich an ein androgynes Wesen in hautengem Latex-Catsuit, der am Gesäß einen runden Ausschnitt hat, wo der Popo rausguckt, als wäre er für die Luftzufuhr zuständig.

Ich tanze mit einem dunkelhäutigen Typen in einem Roboterkostüm, mit einer Bikinifrau, die eine venezianische Maske trägt und mit zig anderen fantastischen Wesen. Die Welt um mich herum ist ein real gewordener Fantasyfilm.

Irgendwann sehe ich Laura und Jim, sie winken mir, und ich winke zurück und kann nicht aufhören zu zappeln. Die Musik ist in mir, ich bin die Musik. Bin so glücklich! Lebe. Atme. Liebe! Plötzlich liege ich einem Mann mit blauen Haaren in den Armen, er riecht nach Schweiß, aber das stört mich nicht, ich liebe auch ihn.

Nach einer Zeit – irgendwann zwischen drei Sekunden und der Ewigkeit – folge ich dem Impuls, an die frische Luft zu gehen. Ich sehe einen rot leuchtenden Feuerball vor mir. Das ist die Sonne, rufe ich mir ins Gedächtnis. Ich tanze zum Strand. Der Sand ist kühl und sandig. Ich ziehe mir Rock und Bluse aus und wälze mich über den Strand, während die Musik in meinem Kopf wummert. Die Sonne ist riesengroß. Ich würde jetzt wahnsinnig gerne knutschen. Am liebsten mit Henrik. Oder Christian, dem sexiest Chef alive. Heute wäre es mir auch egal, dass er verheiratet ist. Da gerade keiner da ist, küsse ich meinen Unterarm, so wie ich es als pubertierender Teenie gemacht habe.

»Kann ich dir helfen?«, fragt mich jemand. Ein Mann. Er hat Locken und eine Brille.

»Ja«, sage ich, und schon knutschen wir. In meinem Hirn wird ein Feuerwerk gezündet, und ich bestehe nur aus Zunge.

Irgendwann wird das Gemurmel um mich herum lauter, und ich sehe, dass Leute mit Picknickkörben an den Strand gekommen sind. »Wie viel Uhr haben wir?«, frage ich.

»Gleich elf«, sagt der Typ und will weiterküssen.

»Upps! Da fällt mir was ein!« Ich springe auf. »Bis später.«

»Hey, kann ich mitkommen?«, ruft der Typ, aber ein kleiner Funken Verstand leuchtet in meinem Kopf und sagt mir, dass ich etwas anderes tun muss.

Ich nehme mir ein Taxi ins Hotel und tänzele in unsere Suite.

»Da bist du ja«, ruft Laura putzmunter. »Ich habe mir schon Sorgen gemacht.« Sie sitzt frisch geföhnt und tippi-toppi angezogen am Schreibtisch und macht sich Notizen auf ihrem Laptop.

»War das geil oder was?«, rufe ich und wippe mit den Hüften. »Und was stellen wir heute an? Am Playa Salinas soll es heute Mittag eine Party geben. Da sollten wir hin.«

»Du bist ja echt super drauf«, sagt sie und knipst mich mit ihrem Fotoapparat. »Aber wir sollten besser kurz die Ergebnisse von gestern zusammentragen, damit wir sie nachher Christian vorstellen können.«

»Was?« Ich verstehe kein Wort.

»Christian kommt heute, wusstest du das nicht?«, fragt Laura.

»Was?«

»Hast du die Mail nicht gelesen? Christian will sich selber einen Überblick verschaffen, schließlich geht es womöglich um eine ganze Szeneführerreihe. David kommt auch mit.«

»Was? Ich meine, wer?« Ich bin total verwirrt. Irgendwas stimmt da ganz und gar nicht. Aber ich bin nicht in der Lage, einen klaren Gedanken zu fassen.

»Der neue Mediengestalter. Er wird heute die Kamera machen. Du weißt schon, für das Casting. Es muss doch noch entschieden werden, wer von uns beiden die Clips für das neue Internetfernsehen moderiert.«

»Upps.« Ich muss kichern. »Die werden Augen machen, wenn sie uns sehen.«

»Du solltest vielleicht duschen«, schlägt Laura vor. »Und dir was anziehen.«

Ich gucke an mir runter. Ich trage nur den Monokini. Überall klebt Sand und silberne Farbe, und ums Handgelenk windet sich eines dieser Leuchtarmbänder.

»Und wir müssen gleich wirklich was präsentieren?«, frage ich ungläubig. »Vor unserem Chef? Und einer Kamera? Was soll ich denn da sagen?«

»Entspann dich einfach«, sagt Laura. »Das wird schon werden.«

Ich gebe ihr einen Kuss auf die Wange und gehe unter die Dusche. Faszinierende Erfindung, Regen auf Knopfdruck.

Ich summe: »Raindrops keep falling on my head...« Wenn ich gewusst hätte, dass Christian kommt und schon heute diese Castingsache stattfinden soll, hätte ich diese Pille vielleicht besser doch nicht genommen. Aber dann hätte ich ganz schön was verpasst und würde mich nicht so geil fühlen.

Ich ziehe ein türkises Kleid mit weit schwingendem Rock an und nehme das Haargummi mit der Stoffblüte, um mir einen Pferdeschwanz zu machen. Heute ist mir auch nach Lippenstift.

»Ich gehe schon mal in die Lobby«, ruft Laura.

245

»Ist gut«, rufe ich und betrachte mich im Spiegel. Wenn ich gleich vor eine Kamera treten soll, dann sollte ich mich etwas stärker schminken. Eifrig verteile ich Make-up, Lidschatten und Rouge auf meinem Gesicht und sehe bald wieder aus wie ein richtiges Partychick. Supergeil!

Zu meiner großen Überraschung bin ich überhaupt nicht müde, obwohl ich kein bisschen geschlafen habe. Im Gegenteil, ich bin sogar richtig aufgekratzt, hibbelig, kann nicht ruhig bleiben. Das ist schlecht. Für das Treffen mit Christian und diesem … David. Und der Kamera.

Ich sollte mal etwas Wasser trinken. Ich habe plötzlich Riesendurst! Doch alle Wasserflaschen im Zimmer sind leer, und in der Minibar finde ich nur eiskaltes Bier. Bier? Na ja. Besser als nichts, und es hilft sicher auch gegen meine Nervosität. Wegen dem Hopfen. Hopfen entspannt.

Ich trinke also ein Cerveza aus der Minibar. Mein Herzschlag beruhigt sich. Das ist gut. Mann, habe ich Durst! Meine Kehle ist immer noch trocken. Also nehme ich noch eines. Ah, das wirkt Wunder! Ich werde Christian beeindrucken. Und die Fernsehkamera verzaubern. Und vielleicht auch David, den Kameramann. Er ist sicher ein total cooler Typ, mit dem ich durch das Objektiv hindurch flirten kann.

Während ich das Bier genüsslich austrinke, zwinge ich mich, über das Projekt Szenekosmos nachzudenken. Man muss vorbereitet in eine Konferenz gehen, auch wenn sie unter noch so bedröhnten … äh, idyllischen Rahmenbedingungen stattfindet.

Also. Erstens: Jim ist nicht der richtige Mitarbeiter. Er mag der Szeneguru Ibizas sein, aber er ist kein bisschen kommunikativ. Und er mag mich nicht. Das sind keine guten Voraussetzungen für eine Zusammenarbeit. Genau. Das werde ich Christian sagen. Laura hat ihn zwar engagiert, aber schließlich war der Szenekosmos meine Idee, und ich bin immerhin geschäftsführende Redakteurin und stellvertretende Chefredakteurin. Das wird sie schon verstehen.

Zweitens. Da war doch noch was gewesen, was ich sagen wollte. Mein Handy klingelt.

Laura ist dran. »Kommst du?«

Ich steige die Treppe runter und fühle mich wie die Ballkönigin. Du wirfst sie um mit deinem Charme, Nina. Mach, was du am besten kannst. Sei du selbst.

Da sehe ich sie auch schon: Laura, Christian und diesen grobschlächtigen jungen Mann im ockerfarbenen Polohemd mit rundem Kopf, dessen wabbeliges Doppelkinn vor dem zauseligen Bart in den Nacken geflohen zu sein scheint. So einen speckigen Nacken habe ich noch nie gesehen! Das muss dann wohl David sein. Schade. Aber was soll's?, denke ich, kann ja nicht jeder so toll aussehen wie ich.

Befriedigt stelle ich fest, dass David mich mit offenem Mund anstarrt, und auch Christian kann den Blick nicht von mir abwenden.

»Hallo Leute«, sage ich lässig, und das Selbstbewusstsein dringt durch alle meine Poren. »Du bist bestimmt David«, sage ich.

»Hallo Nina«, sagt er und sieht aus, als müsste er sich ein Lachen verkneifen. Aha, das Walross ist also ein Scherzkeks.

Christian wechselt mit Laura einen Blick, den ich nicht deuten kann. Dann gibt er mir die Hand. »Wie geht es dir jetzt, Nina?«

»Bestens!« Ich strahle ihn an.

»Das ist schön zu hören«, sagt er und betrachtet mich nachdenklich.

Was soll diese Onkel-Doktor-Masche? Er klingt fast, als würde er sich Sorgen machen. Aber wieso sollte er ... ach, egal! Da vorne ist ein Lieferwagen mit einer witzigen dicken Kuh drauf. Zum Totlachen!

Wir gehen in die Stadt, wo Laura uns auf die Terrasse eines schnuckeligen Restaurants führt. Das sogenannte Casting ist für den Nachmittag angesetzt.

David zündet sich – das muss man sich mal reinziehen! – eine Pfeife an, und an der Art, wie er den Rauch ausbläst, erkennt man, dass er den Gestank, den er verbreitet, für kultiviert hält. Ich kann nicht glauben, dass er in meinem Alter sein soll. Er ist so ... groß! Jedes einzelne seiner Körperteile ist überdimensioniert. Ich verkneife mir jeden Gedanken an das einzige Körperteil, dessen Größenbeurteilung mit Kleidung unmöglich ist, grinse stattdessen kosmopolitisch und halte mich ansonsten zurück. Noch. Sollen die anderen ruhig ihren Smalltalk machen über den Flug und das Wetter. Ich werde gleich abrocken und Christian und David mit meinem reichen Erfahrungsschatz über Ibiza und die Partyszene überraschen.

Aber zunächst lenkt mich der Kellner ab, der eine Schale mit Zitronensuppe, chirurgisches Besteck und einen Hammer bringt.

»Was ist das denn?«, frage ich und halte ein schmales

silbernes Etwas hoch, das mich an den Zahnarzt erinnert.

»Das ist eine Hummergabel. Damit zieht man das Fleisch aus den Scheren«, erläutert Laura. »Und zum Knacken des Panzers nimmt man den hier.« Sie hält den Hammer hoch.

»Wow! Und ich dachte immer, Hummer wäre was für feine Leute. Aber siehe da, es geht auch rustikal.« Ich muss kichern.

Der Kellner balanciert eine gigantische Platte mit zwei riesigen Hummern und einem Haufen Tintenfisch zu unserem Tisch.

David legt die Pfeife weg und reibt sich die Hände. »Das sieht gut aus!«

»Finde ich gar nicht«, sage ich. »Die Hummer, okay, die sind schick, aber diese bleichen Glibberarme mit den lila Saugnäpfen«, ich zeige auf die Tintenfischtentakel, »die sehen ja wohl aus wie Kondome mit Noppen.«

Ich muss kichern. Kondome mit Noppen! Die anderen gucken mich irritiert an.

»Äh. Ja. Wir haben jedenfalls mit Jims Hilfe schon eine Reihe konkreter Vorschläge erarbeitet!«, ruft Laura und wedelt mit einem Stapel Papier in Klarsichtfolie.

Wann um alles in der Welt hat sie das denn gemacht? Und überhaupt: Was soll das? Wer braucht schon ein dreiseitiges Paper? Es geht hier doch um die *Vibes*!

»Prima!«, sagt Christian. »So hab ich mir das vorgestellt.«

»Nach dem Essen zeige ich euch das Konzept im Detail. Also, greift zu«, sagt Laura.

Aber Laura braucht nicht denken, ich würde mich nur auf ihren Lorbeeren ausruhen! Wir sind schließlich ein Team. Laura mag hier die Fleißliese sein, aber wenn hier jemand Spezialistin für Partyatmosphäre ist, dann bin das ja wohl ich!

»Jim ist übrigens als Mitarbeiter nicht geeignet«, platze ich heraus. Laura sieht mich verdutzt an.

»Wieso denn nicht?«, fragt Christian.

Ich will ein kurzes Plädoyer über die Voraussetzungen zur produktiven Zusammenarbeit zwischen Redakteurin und Rechercheuren halten, der niemand widersprechen kann, aber dann höre ich mich sagen: »Das ist ein verhaltensgestörter Vollidiot, das sieht man schon daran, dass er dauernd seine Sonnenbrille trägt. Ich hatte mal einen Freund – das ist ewig her, acht Jahre oder so –, der war so stolz auf seine Lederjacke, dass er sie noch nicht mal zum Tanzen in einem puffwarmen Laden auszog und lieber schwitzte wie ein Schwein. Der war genauso behämmert wie Jim, der selbst nachts nicht ohne seine Ray Ban rumläuft. Und *wie* er geht, meine Güte, als hätte er solche Eier …« Ich forme mit den Händen einen Basketball in die Luft. »Und dann kriegt er keinen Ton über die Lippen, als hätte man ihm als Kind einen Hammer auf den Kopf gehauen.« Ich nehme den Hammer und dresche ihn auf den Hummer, dass die Fleischfetzen und Schalenreste nur so spritzen. »Ui«, sage ich, »das klappt ja prima.«

Bevor ich das wehrlose Krustentier weiter zerdeppern kann, nimmt mir Laura mit sanfter Gewalt den Hammer aus der Hand und legt ihn außer Reichweite.

Christian schaut mich einen Moment stumm an und

sagt dann: »Aber Laura meint, dass Jim sehr kompetent ist.« Er redet noch irgendwas, was ich nicht höre, denn ich betrachte den ins Essen vertieften David, der mit gekonnter Systematik dabei ist, alles ratzeputz leerzufuttern.

Laura sagt: »Übrigens, Christian, ich habe auch schon mit dem Star-DJ Top gesprochen, der bereit wäre, uns die Partymucke Ibizas zusammenzustellen. Die könnten wir als CD dem Sonderheft beilegen. Als zusätzliches Kaufargument.«

»Interessante Idee«, sagt Christian.

David lässt einen glibberigen, tintenfischigen Fangarm so schnell in seinem bärtigen Fischmund verschwinden, als wäre er Neptun höchstpersönlich.

»Was meinst du dazu, Nina?«, fragt Christian.

»Ich frage mich, ob Neptun überhaupt Fisch isst«, plappere ich. »Ich meine, es sind immerhin seine *Mitbewohner*! Und wenn er tatsächlich Wasserviechzeug essen würde, dann wäre der Gott des Meeres ja eine Art Kannibale, oder etwa nicht?«

»Was?«, fragt Christian.

»Guter Witz!«, sagt Laura und lacht. »Und jetzt iss mal was, Nina.«

»Prima Idee«, sage ich, und obwohl ich es eigentlich nur denken möchte, labere ich weiter: »Ich bin tierisch hungrig. Kein Wunder, wenn man die ganze Nacht rumhopst wie eine Irre. Als Erstes werde ich mir mal ein Schälchen von dieser Zitronensuppe genehmigen.« Ich greife zu der Schale, in der die erfrischenden Zitronenspalten schwimmen. »Die ist aber ganz schön dünn, die

Suppe, ist sicher sehr kalorienarm und gesund. Meine Güte, ist das eine ibizianische Spezialität? Das sieht ja aus wie Wasser!«

»Das *ist* Wasser«, sagt Laura, »zum Händewaschen.«

»Ibizenkisch«, sagt David und taucht seine Wurstfinger in die Wasserschale.

»Was?«, frage ich.

»Ibizenkische Spezialität, wenn schon«, wiederholt David und grapscht nach einem Hummerschwanz.

Ich beuge mich zu Laura hinüber und flüstere kaum hörbar: »Meine Güte, dieser Typ sieht wirklich aus wie ein Walross, findest du nicht?«

»Schsch«, macht Laura.

»Wieso?«, zische ich. »Ist doch wahr.«

»Und du siehst aus wie eine Prostituierte«, sagt David ungerührt. Er tunkt ein tischtennisballgroßes Hummerstück in die Soße und verschlingt es, ohne zu kauen.

Es dauert einen Augenblick, bis ich begreife, was er da gesagt hat. Und noch länger, bis ich eine passende Antwort finde. Aber bevor ich die äußern kann, habe ich sie schon wieder vergessen.

»Nina, geht's dir nicht gut? Du bist so blass.« Christian greift nach meinem Handgelenk und fühlt meinen Puls.

»Hey, was soll das?«, frage ich und will den Arm wegziehen, merke aber, dass ich seine Berührung angenehm finde.

»Der Puls ist flach«, kommentiert er und lässt wieder los.

»Die Hitze bekommt dir nicht«, stellt Laura fest.

»Aber klar doch«, protestiere ich. »Ich brauche nur ein

252

Bier, dann beeindrucke ich euch mit meinem phänomenalen Wissen.«

David kichert in seinen Bart.

»Iss noch was Glibberiges, David, das steht dir gut«, sage ich. »Oder hier …« Ich nehme die Kelle und tauche sie in das Zitronenwasser. »… vielleicht noch ein Löffelchen von dieser Arschsuppe.«

»Nein, danke«, sagt David überheblich.

»Arschsuppe«, wiederholt Christian und schüttelt den Kopf.

»Du hast einen Sonnenstich«, sagt Laura. »Du solltest dich ein bisschen hinlegen.«

»Du weißt doch: Wer auf Ibiza schläft, der sündigt!«, erwidere ich und will eigentlich kichern, merke aber, dass mir schwindelig wird. »Vielleicht hast du Recht.« Als ich aufstehen will, gehorchen mir meine Beine nicht, und ich plumpse auf den Sitz zurück.

»So, Schluss jetzt, ich bringe dich ins Hotel«, sagt Christian und packt mich am Arm.

»Ich kann das doch machen«, bietet Laura an.

»Nein, iss in Ruhe zu Ende, und den Rest besprechen wir gleich«, sagt er in einem Ton, der keinen Widerspruch duldet.

Christian ist mein Ritter. Mein Held. Ich hänge an seinem Arm und atme den Duft seines Rasierwassers ein.

In der Lobby drückt sich dieser bescheuerte Jim herum, in den Händen einen Fotoapparat mit Monster-Teleobjektiv, das hervorsteht wie ein Phallus. Ich merke genau, wie er mich und Christian mustert, und reiße mich mit größter Mühe zusammen, um nicht die Amy Winehouse

253

zu geben, sondern mit Würde und Anstand durch die Eingangshalle zu kommen. Ich stelle mir vor, wie es wäre, wenn Christian und ich zusammen in *unser* Hotelzimmer gehen würden. Da könnte er gerne noch ein bisschen Doktor mit mir spielen.

Aber er sorgt dafür, dass keinerlei romantische Stimmung aufkommt. Er bringt mich in mein Schlafzimmer, lässt mich aufs Bett fallen und tritt sofort wieder drei Schritte zurück.

»Nina, so kenn ich dich gar nicht«, sagt er. »Was ist bloß los mit dir? Seit einiger Zeit stehst du irgendwie neben dir.«

»Wieso?«, frage ich, plötzlich hundemüde. »Ich mache hier nur meinen Job.«

Ich sinke auf das herrlich weiche Kissen, liege auf einer Wolke und lasse mich von einer Brise ins himmelblaue Nichts tragen. Das Letzte, was ich sehe, ist Christian, der den Kopf schüttelt und hinter sich die Tür schließt.

25

»Das ist doch echt gut gelaufen«, sagt Laura auf dem Rückweg im Flieger.

»Prima«, sage ich, dabei habe ich natürlich keinen blassen Schimmer, wie es gelaufen ist.

Den gestrigen Tag habe ich nämlich komplett in meinem Zimmer verbracht. Geschlafen habe ich kaum, dafür war mir zu übel. Außerdem habe ich seit gestern extrem starke Kopfschmerzen, und zwar genau seit dem Moment, in dem ich mich im Spiegel sah.

»Diese Schminke«, stöhne ich, als die Scham erneut in mir aufwallt. »Mein Gott, ich sah ja fürchterlich aus. Warum hast du nichts gesagt?«

»Weil das doch für die Filmaufnahmen gedacht war«, sagt Laura. »Und für die Kamera muss man eben ein bisschen stärker geschminkt sein.«

»Aber ich sah aus wie eine farbenblinde Dragqueen!«, rufe ich entsetzt. Knallblauer Lidschatten bis zu den Augenbrauen, das Rouge ein einziger dicker Klecks über der viel zu dicken Schicht Make-up und fette Fliegenbeine aus verklebter Mascara.

»Nein, das stimmt doch gar nicht.« Laura nimmt das Bordmagazin und studiert die Parfümpreise.

»Nicht ein kleines bisschen?«

»Guck mal hier, Magnifique für nur fünfunddreißig Euro. Nina, entspann dich. Das war alles halb so wild.«

»Echt jetzt? Ich habe mich nicht bis auf die Knochen blamiert?«

»Nein. Ich glaub, ich nehme Coco Mademoiselle.«

»Nina?« Vor mir steht ein sonnengeschädigter Fettklops mit Bill-Gates-Brille und schmierigen rötlichen Locken. »Das ist ja schön, dass wir uns nochmal treffen.« Er knibbelt einen Hautfetzen von seiner schuppigen Nase.

»Äh, kennen wir uns?«, frage ich.

»Sie fragt, ob wir uns kennen.« Er lacht das schmierige Lachen des erfolgreichen Grapschers, und für den Bruchteil einer Sekunde sehe ich mich knutschend am Strand. Das kann doch … das darf doch … oh nein!

»Gib mir deine Telefonnummer, dann können wir uns in Deutschland treffen.« Der Quallenmann schaut mich mit gierigen Augen an.

»Mir wird schlecht«, keuche ich und zwänge mich an ihm vorbei auf die Toilette.

Als ich wiederkomme, ist der Typ zum Glück auf seinem Sitz im hinteren Teil des Flugzeugs verschwunden. Ich ignoriere sein Winken und setze mich schnell wieder hin. »Meine Güte, Laura, ich hab mich doch total lächerlich gemacht.«

»Na und?«

»Aber du hast eben gesagt, ich hätte es nicht.«

»Das lag doch nur an dem Ecstasy, und deswegen zählt es fast gar nicht.«

»Das ist ein Alptraum«, schnaufe ich verzweifelt.

»Ach was, das kann doch jedem mal passieren.«

»Meinst du wirklich?«

»Na klar. Und jetzt denk nicht mehr dran. Den Typen siehst du nie wieder, keiner erfährt je davon, und damit hat sich die Sache.«

Dann erzählt sie, wie begeistert Christian und David von ihrem Auftritt vor der Kamera waren – und dass sie jetzt das Gesicht von *Women's Spirit* wird.

»Das ist toll. Herzlichen Glückwunsch.« Ich massiere meinen geschundenen Schädel.

»Ist das auch wirklich kein Problem für dich?« Sie sieht mich besorgt an. »Ich meine, du wolltest den Job doch auch gerne haben.«

»Ach was«, sage ich, »wenn es jemand verdient hat, dann du! Aber eine Sache wundert mich. Du wirkst so, als hättest du gar keine Pille genommen. Merkst du gar keine Nachwirkungen?«

Sie schüttelt den Kopf.

»Na ja, was für ein Glück!«, sage ich »Wenn wir beide so einen schlimmen Kater gehabt hätten, hätten wir ja gar nichts auf die Reihe gekriegt, und dann wäre Christian richtig sauer auf uns gewesen, nicht wahr?«

Sie lächelt milde. »Du weißt doch, ich bin immer für dich da.«

Ich bin so froh, als ich vor meinem Haus aus dem Taxi steige. Die Treppe kommt mir heute länger vor denn je. Auf der zweiten Etage muss ich verschnaufen. Ich höre Geräusche hinter der Tür von Frau Breuer und habe das Gefühl, dass sie mich durch den Spion beobachtet.

Vermieter morgen anrufen, schreibe ich auf meine geistige To-do-Liste. Jetzt möchte ich nichts anderes als eine

Kanne Tee trinken, mich ins Bett legen und schlafen und dann morgen ausgeruht und topfit zur Arbeit gehen.

Doch als ich den nächsten Treppenabsatz geschafft habe, schwant mir Böses. Es klingt, als kämen Gewehrsalven aus meiner Wohnung. Andy. Den hatte ich ganz vergessen! Oh nein! Es gibt ja nichts Schlimmeres als einen Hausgast, wenn man dringend Ruhe braucht.

Aber ich irre mich. Es gibt Schlimmeres. Nämlich *zwei* Hausgäste. Andy und irgendein Kumpel hocken wie gedopte Faultiere auf meinem Sofa, den Blick starr auf meinen Fernseher gerichtet. Beide halten einen Joystick in den Händen, mit dem sie einen Trupp Guerillakämpfer durch den Dschungel schicken und alles wegballern, was sich bewegt.

»Hi Andy«, sage ich.

Keine Reaktion. Sein Kumpel ist einer dieser leicht verfetteten Rockabilly-Vertreter mit figurfreundlichem Retrohemd und Elvisfrisur, der seinem Idol vor allem in Sachen Fressattacken nachzueifern scheint. Er ist total gebannt von den Kampfszenen, die aber nicht so zu laufen scheinen, wie er es gerne hätte, denn im Abstand von zehn Sekunden zischt er immer wieder: »Fuck!«

»Hallo Andy«, wiederhole ich lauter.

Er schaut kurz zu mir, dann sofort wieder auf den Fernseher. »Hey, Schönheit. Was machst du denn hier?«

»Was *ich* hier mache?« Ich bin so perplex, diese Frage in *meiner* Wohnung gestellt zu kriegen, dass ich mich einen Moment sammeln muss. »Was macht *ihr* denn hier?«

»Vietnam«, stößt Andy hervor.

»Fuck, fuck, fuck«, schreit der Rockabilly-Typ und

stampft mit den Füßen auf. Dann wird er plötzlich ruhig, schaut mich an und sagt: »Ey, kannste mir irgendwas Süßes bringen? Vielleicht belgische Trüffel?«

Ich brauche ein paar Sekunden, bis das Gesagte zu der Abteilung meines Hirns vorgedrungen ist, die für die Bearbeitung abwegiger Anträge zuständig ist. Aber die dortigen Sachbearbeiterzellen sind auch noch nicht ganz auf Zack.

»Komm mal mit, Andy«, sage ich, und da er nicht freiwillig seinen virtuellen Helden sterben lassen will, versperre ich ihm den Blick auf den Fernseher, so dass sein Held in den nächsten Hinterhalt gerät.

»Diktator«, brummt Andy, folgt mir aber ins Schlafzimmer.

Ich lasse mich aufs Bett fallen. »Ich kann nicht mehr«, stöhne ich. »Könnt ihr nicht nach oben gehen?«

»Nee, leider nicht«, sagt er. »Die haben heute die Wand im Wohnzimmer eingerissen, das wird erst morgen alles wieder zugespachtelt.«

»Dann sag deinem Kumpel, er muss jetzt gehen.«

»Frankie?«, fragt Andy erstaunt. »Warum?«

»Weil ich müde bin und meine Ruhe brauche.«

»Stimmt, du siehst echt fertig aus«, stellt Andy uncharmant fest. »Okay. Ich sage Frankie, dass er jetzt gehen muss.«

»Gut, danke.«

Ich krieche völlig erledigt ins Bett und schließe die Augen. Mein Körper fühlt sich an wie geprügelt, total matt, alles dreht sich. Schlafen kann ich aber nicht. Denn irgendwie scheinen Andy und Frankie eine völlig andere Auffassung von dem Wort »Jetzt« zu haben als ich.

Eine halbe Stunde später sitzen sie immer noch in meinem Wohnzimmer und unterhalten sich lautstark über Andys Drehbuch zu *Die Detektitten*. Frankie stellt Überlegungen an, wie die beiden Brüste aussehen müssten, damit sie auch in die Rolle passen.

Bei so was kann doch kein Mensch schlafen! In meinem Kopf rauscht es, mein Herz hämmert nervös, und obwohl ich meine schicke lichtundurchlässige Schlafmaske trage, bekomme ich das Licht in meinem Kopf nicht ausgeschaltet. Ich versuche es mit Schäfchen zählen, überlege, was ich kochen würde, wenn ich beim »Perfekten Dinner« mitmachen würde, und stelle mir vor, wie es wäre, Angelina Jolie zu sein. Aber das bringt alles nichts.

»Wir sollten ein Tittencasting veranstalten«, schlägt Frankie vor und lacht keuchend.

Ich ziehe mir das Kissen über die Ohren und murmele mantramäßig vor mich hin: »Nein, nein, nein, nein.«

Irgendwie muss ich dann doch kurz eingenickt sein, denn als ich das nächste Mal etwas von nebenan höre, scheint es, als ob Andy Damenbesuch und die Gegend der Brüste bereits erobert hätte und gerade in tiefere Regionen vorstieße.

Oh nein, bitte nicht!

Das ist die schlimmste Nacht meines Lebens.

Ich muss mal.

Ich hab Durst.

Und ich bin gefangen in meinem eigenen Schlafzimmer, weil ein Parasit sich bei mir eingezeckt hat, der seiner unersättlichen Fleischeslust in immer absurderen Situationen nachgibt. Jetzt tun sie so, als wäre sie eine

Klavierlehrerin und er der unerfahrene Schüler. Er nennt sie »Fräulein Kaltenbach«, sie ihn »du Lümmel«. Keine Ahnung, wie sie das machen, aber ich meine sogar Klavierspiel zu hören. Ich winde mich in meinem Bett, bis ich wirklich genug habe.

Schließlich stehe ich auf und schleiche zur Tür. Die Frau fängt in Sopranhöhe an zu stöhnen.

Ich rufe leise: »Andy! Ruhe jetzt!«

»Ja, du Lümmel, schneller…«

»Andy«, sage ich lauter, »hört jetzt auf.«

»Tiefer, ohohoh, das ist gut.«

Ich öffne die Tür. Dunkelheit. Stöhnen. Nur das flackernde Licht vom Fernseher erhellt die Szenerie. Auf dem Sofa ein Deckenberg. Langsam machen meine Augen eine Gestalt aus, die apathisch daliegt. Es ist Andy, den Mund halb offen und leise schnarchend. Aber wo ist Fräulein Kaltenbach alias Lydia?

Ich schaue mich um.

Das kann doch wohl nicht wahr sein!

Sie ist… im Fernseher!

Andy guckt Pornos in meiner Wohnung! Dieser dämliche Vollidiot.

Er schlummert befriedigt vor sich hin, während ich mir seinetwegen die Nacht um die Ohren haue, obwohl ich morgen topfit sein muss! Mann, bin ich sauer.

Ich gehe aufs Klo. Dort überkommt mich ein Schauer. Andy hat es geschafft, mein Badezimmer innerhalb von drei Tagen in ein Junggesellenklosett der übelsten Sorte zu verwandeln! Ein letztes Blatt kann ich von der Toilettenpapierrolle fummeln, dann ist es alle.

Ich fange an zu weinen. Alles läuft schief! Und ich bin so müde! Und nervös! Nie wieder werde ich so eine dämliche Ecstasy-Pille einwerfen! Und niemals wieder werde ich jemandem erlauben, in meiner Wohnung zu wohnen.

Die Dämmerung zieht auf, ich sitze in meiner Küche und heule. Ich fühle mich mies, mehr noch, richtig deprimiert. Ich habe mich komplett unprofessionell verhalten und Christian enttäuscht – mal wieder. Und wenn Laura nicht gewesen wäre, wäre der ganze Ibizatrip ein Desaster für *Women's Spirit* geworden.

Aber da ist noch was. Irgendwie habe ich das Gefühl, dass ich etwas übersehen, irgendwas vergessen habe. Es nagt an mir, aber ich komme nicht drauf. Ich bin einfach viel zu müde, also schleppe ich mich ins Bett und schlafe augenblicklich ein.

Als ich wach werde, brauche ich eine Minute, um mich zu orientieren. Ich linse unter der Schlafbrille hindurch, kriege aber trotzdem kaum die Augen auf. Ich bin in meinem Bett. Mein Herz schlägt wieder normal. Alles ist ruhig. Ich bin müde. Also ziehe ich die Schlafbrille wieder runter und drehe mich nochmal um.

Türenschlagen. Laute Musik. Gestöhne. Ich bin auf einen Schlag hellwach. Andy hat den Fernseher laufen. Ist der eigentlich noch zu retten? Wie viel Uhr haben wir eigentlich?

Mein Wecker steht nicht auf meinem Nachttisch, sondern liegt am Ende des Zimmers auf dem Boden. Wie ist er denn da hingekommen? Ich versuche, das Ziffernblatt zu erkennen. Sieht aus wie zwei Uhr. Das kann aber nicht sein.

Ich quäle mich aus dem Bett und stelle fest, dass der Wecker tatsächlich zwei anzeigt und nicht stehengeblieben ist. Mir wird klar, dass ich den ganzen Tag verschlafen und mich noch nicht mal bei der Arbeit krank gemeldet habe. Dabei wollte ich heute endlich wieder total fleißig sein!

Was soll ich denn jetzt machen? Ich schnappe mir das Handy und rufe Laura an. Zum Glück geht sie sofort ran.

»Nina, wo steckst du denn?«, flüstert sie.

»Ich bin zu Hause, ich hab total verpennt!«, rufe ich entsetzt.

»Mach dir keinen Stress«, sagt sie. »Ich hab mir so was schon gedacht und dich krankgemeldet.«

»Ehrlich? Vielen Dank. Aber natürlich komme ich dann gleich.«

»Das sieht doch erst recht nach Blaumachen aus.«

»Meinst du wirklich?«, frage ich hoffnungsvoll. Jede Faser meines Körpers schreit nach Ruhe. »Wahrscheinlich würde ich sowieso nicht viel auf die Reihe kriegen. Ich bin total gerädert.«

»Na also. Das läuft hier alles. Ich habe Birgit und Jochen mit den Infos versorgt. David schneidet den Clip, Christian und Walter sind zufrieden. Also bleib zu Hause, schlaf dich aus, und dann sieht morgen alles wieder anders aus.«

»Du hast Recht. Das Problem ist nur ... ich kann hier nicht schlafen. Andy ist immer noch da, und er nervt mich!«

»Ich hab *die* Idee«, sagt Laura. »Du kannst in meine Wohnung gehen. Ich bin heute sowieso länger im Büro.«

»Ehrlich?«

»Klar. Den Schlüssel hat die Nachbarin aus dem zweiten Stock, Frau Meier. Ich gebe ihr Bescheid, dass du kommst.«

»Du bist die Beste«, sage ich. »Tausend Dank!«

Ich raffe ein paar Klamotten zusammen und gehe ins Wohnzimmer.

»Guten Morgen, Schönheit. Gut geschlafen?« Andy sitzt auf dem Sofa.

»Ich finde es nicht so nett, dass du hier... das da guckst.« Ich deute auf den Fernseher.

»Aber ich recherchiere doch nur für mein Drehbuch«, sagt er verblüfft. »Ich habe echt schon viele neue Idee gesammelt.«

»Nee, ist klar«, sage ich sauer. »Und wahrscheinlich hast du die alle auf Toilettenpapier notiert.« Mir fällt ein, dass Andy andeutungsresistent ist, deswegen füge ich hinzu: »Das ist nämlich alle. Und es wäre nett von dir gewesen, neues zu besorgen.« Dann mache ich mich aus dem Staub.

Lauras Wohnung kommt mir vor wie das Paradies. Heute duftet sie nach Jasmin. Ich muss sagen, dass diese Raumparfüms doch nicht so schlimm sind, wie ich bisher dachte. Nach einer ausgiebigen Dusche in ihrem Designerbad ziehe ich mir einen mitgebrachten Pyjama an und lasse mich in das wohlig weiche Bett sinken.

»Ah«, seufze ich. Dieses kuschelige Nest, diese Stille, dieses... Türenknallen.

Ich schrecke hoch. War das wirklich die Wohnungstür? Adrenalin schießt durch meinen Körper, der Flucht-
reflex ist aktiviert. Da! Schritte, Klappern. Panik macht
sich breit. Jetzt ist es ganz deutlich. Jemand durchwühlt
nebenan den Badezimmerschrank! Ein Einbrecher. Ganz
klar. Die meisten Einbrüche passieren am helllichten Tag,
das weiß jeder. Was soll ich nur machen? Ihn stellen?
Und wenn er eine Waffe hat? *Frau in fremder Wohnung
von Einbrecher getötet. »Dabei wollte sie nur mal richtig
ausschlafen«, sagte ihre beste Freundin Laura in Tränen
aufgelöst.*

Jetzt Schritte im Flur. Der Einbrecher nähert sich dem
Schlafzimmer. Vor lauter Schreck kann ich mich nicht
rühren. Als die Türklinke runtergedrückt wird, werfe ich
mich in einer blitzschnellen Drehung vom Bett und rolle
unter den Lattenrost.

»Sie Nina?«, höre ich eine Frau radebrechen.

Eine gelbblonde Frau kniet vor dem Bett und schaut
mich lächelnd an. »Laura sagt, Sie schlafen, ich putzen.«

»Genau«, rufe ich erleichtert. »Sie sind die Putzfrau!«

»Ich Dorota.«

»Äh, hallo, ich bin Nina.« Ich versuche, ihr die Hand
zu geben, aber mein Arm klemmt unter dem Lattenrost
fest.

Dorota beobachtet mich neugierig. »Aber warum
schlafen *unter* Bett?«

»Äh, nun… das ist der neueste Trend«, scherze ich,
»um der Strahlung aus dem All auszuweichen.«

»Aha. Ich nicht wusste. Nicht stören lassen!« Sie reißt
die Rollos hoch und fängt an, das Bett neu zu beziehen.

Ich robbe hervor und stehe einen Moment unschlüssig rum. »Ich gehe dann mal ins Wohnzimmer.«

Gerade kuschele ich mich aufs Sofa, da taucht Dorota schon mit einer Flasche Glasreiniger auf und poliert den gläsernen Couchtisch auf Hochglanz.

In den folgenden drei Stunden stelle ich fest, dass Dorotas Putzmethode relativ unorthodox ist. Ich habe den Eindruck, dass ihr immer da Schmutz auffällt, wo ich gerade bin. Kaum sitze ich in der Küche, wienert sie die Arbeitsplatte. Gehe ich ins Wohnzimmer, fängt sie an, das Sofa abzusaugen. Das Arbeitszimmer meide ich, denn ich will auf keinen Fall den Federal Agent stören. Immerhin nehme ich das Wachsein zum Anlass, um eine Kanne Tee zu trinken.

Als Dorota anfängt, den Boden mit einem Reiniger der Marke »Stinkt unheimlich, ätzt aber jede Bazille weg« zu wischen, fasse ich den Entschluss, meine müden Knochen nach Hause zu bringen.

Doch kaum bewege ich mich, ruft Dorota hektisch: »Nicht aufstehen, macht schlimme Flecken!«

Also hocke ich mit angezogenen Beinen auf dem Küchenstuhl, atme giftige Dämpfe ein und schließe die Augen für eine kleine Meditation.

Nach einer gefühlten Ewigkeit höre ich die erlösenden Worte: »Bin fertig. Tschüss!«

Endlich! Zeit für ein Nickerchen. Aber kaum liege ich, klingelt mein Handy.

»Hi, Süße, na, geht es dir schon besser?«, fragt Laura fröhlich.

»Na ja«, gähne ich, »ich konnte nicht schlafen, weil deine Putzfrau hier war.«

»Ich Idiot!«, ruft Laura. »Ich hatte vergessen, dir zu sagen, dass sie kommt. Ich hoffe, sie hat dich nicht erschreckt!«

»Schon okay. Ich hatte ja zum Glück keine Waffe zur Hand, sonst hätte ich sie wohl erschossen.«

»Ha, ha«, sagt Laura. »Ach, könntest du den Federal Agent füttern? Sonst kriegt er schlechte Laune.«

»Na klar, kein Problem!«

Ich stehe also wieder auf, kann mich aber nur noch in Zeitlupe bewegen.

Der Federal Agent streicht maunzend um meine Beine. Ich bekomme zwar keine Triefnase in Anwesenheit von Katzen, aber den starken Impuls, sie in hohem Bogen wegzukicken. Ist das nicht auch ein Symptom einer Katzenallergie?

»Ja, Federal Agent, du kriegst jetzt was«, sage ich und inspiziere die Küchenschränke.

Komisch. Sonst haben Katzenbesitzer doch immer stapelweise Aluschälchen mit Gourmet-Lachs-Pampe vorrätig. Aber hier: nichts!

Ich versuche, Laura zu erreichen, aber sie ist in einer Besprechung. Na toll. Der Federal Agent wird langsam ungeduldig. Hunde finde ich überflüssig, aber Katzen sind mir richtiggehend unheimlich. Man weiß nie, was sie als Nächstes machen – schnurren oder einem die Klauen in die Wade rammen.

»Krrr«, macht der Federal Agent und guckt mich verächtlich an.

»Wenn du so schlau bist, dann zeig mir doch, wo dein Futter steht.«

Der Federal Agent hebt die Ohren und dreht sie nach hinten. Ist das jetzt ein gutes oder ein schlechtes Zeichen? Zur Sicherheit stelle ich mich hinter einen Stuhl. Da er näher zur Tür steht, müsste ich an ihm vorbei, um rauszukommen. Ich schlendere zur Spüle, als hätte ich den Kater vergessen. Sein Schwanz schnellt in die Höhe, und er sieht so aus, als ob er sich auf mich stürzen wollte. Ich verschanze mich schnell wieder hinter dem Stuhl.

So ein Mist aber auch! In den letzten drei Tagen habe ich höchstens zehn Stunden geschlafen. Und Schlafentzug ist eine Foltermethode, verdammt nochmal! Ich sollte Amnesty International anrufen. Vor lauter Müdigkeit und Frust fange ich hysterisch an zu lachen. Das irritiert den Federal Agent. Er kratzt sich am Hals. Ich renne an ihm vorbei ins Schlafzimmer, er wetzt hinter mir her, aber ich knalle ihm die Tür vor der Nase zu.

»Ha ha, damit hast du wohl nicht gerechnet«, rufe ich triumphierend.

Dann fällt mir auf, dass ich dringend aufs Klo muss. Mist. Ich höre den Federal Agent am Türrahmen kratzen. Dann hört es auf. Vielleicht legt er sich wieder hin, hoffe ich, aber da klirrt etwas. Gut. Ich muss irgendwie verhindern, dass er die Bude demoliert, und greife mir ein Brokatkissen. Wenn sich das übergeschnappte Vieh gleich in irgendwas verbeißen möchte, dann in das Kissen anstatt in meinen Arm.

Ich schleiche raus und linse ins Wohnzimmer. Der Federal Agent jagt Tulpen durchs Wohnzimmer, die er vom Tisch gefegt hat.

Ich tapse leise in die Küche. Im Kühlschrank finde ich

einen Ring Sojafleischwurst und Milch. *Sojafleischwurst*.
Klingt durchaus nach einem gesunden Dinner für die
Gourmetmieze von heute. Und dass Katzen Milch trinken, das weiß wirklich jedes Kind. Schnell haue ich die
Wurst in den Napf, kippe die Milch in ein Schälchen und
stelle ihm beides hin. Dann verziehe ich mich ungehindert
auf die Toilette.

Ich bin erleichtert. Der Federal Agent schlabbert in der
Küche die Milch. Katze versorgt, Putzfrau weg, jetzt kann
ich schlafen.

»Oh, Federal Agent«, höre ich Laura entsetzt rufen. »Was
ist denn mit dir los? Ach du heilige Scheiße.«

Obwohl sich jede Faser meines Körpers dagegen sträubt,
schleppe ich mich ins Wohnzimmer. Laura steht vor ihrem
weißen Teppich, der einige braune Flecken hat. Es riecht
unangenehm.

»Was ist los?«, frage ich schlaftrunken.

»Der Federal Agent hat Durchfall!«

»Oh.«

»Was hast du ihm bloß zu fressen gegeben?«

»Na ja, ganz normale Sachen halt«, druckse ich.

»Wie, *ganz normale Sachen*?«

»Weil ich kein Katzenfutter gefunden habe, habe ich
ihm Sojawurst gegeben. Sorry.«

»Die frisst er immer.«

Mir fällt ein Stein vom Herzen. »Ansonsten habe ich
ihm nur Milch gegeben.«

»Du hast ihm *Milch* gegeben?«

»Das trinken Katzen doch, oder nicht?«

»Nein. Das vertragen sie überhaupt nicht. Zumindest er nicht, wie man sieht.« Sie betrachtet mit zusammengepressten Lippen den gesprenkelten Teppich. »Verdammt, das ist ein Mohair-Teppich!«

»Ich lasse ihn reinigen«, biete ich ihr an.

»Okay«, sagt sie und sieht immer noch sauer aus.

»Aber wo ist denn jetzt das Futter?«

»Es steht neben der Kaffeemaschine«, behauptet sie.

Wir gehen in die Küche. Und tatsächlich: Neben der Spüle grinst mich eine zufriedene Katze von einer Zwei-Kilo-Packung Trockenfutter an.

»Aber ... ich bin mir sicher, dass es eben nicht da war«, stammele ich.

»Na ja«, sagt Laura säuerlich, »manchmal sieht man eben den Wald vor lauter Bäumen nicht.«

26

Am nächsten Morgen gehe ich, nach einer erstaunlich erholsamen Nacht in meiner Wohnung (Ohropax!), sehr früh ins Büro. Ich war fast eine Woche nicht hier, und es kommt mir vor wie eine Ewigkeit. Ich habe mir vorgenommen, ganz schnell alles aufzuholen und Christian nie mehr zu enttäuschen. Außerdem hatte ich noch eine gute Idee. Da wir ja sowieso Clips für das Internet drehen, könnte man sie ja vielleicht auch einem Fernsehsender anbieten. Das wäre die Riesen-PR!

Ich checke meine E-Mails und regele ein paar Angelegenheiten mit der Anzeigenabteilung und der Druckerei. Dann prüfe ich die Artikel für die aktuelle Ausgabe und notiere Verbesserungsvorschläge, genehmige die Honorare für die freien Fotografen und Autoren, unterschreibe die Spesenabrechnungen (und denke mal wieder, dass ich zu jung bin, um mich mit Spesenabrechnungen zu beschäftigen!) und mache noch den ganzen anderen bürokratischen Kleinkram.

Durch meine offene Bürotür sehe ich gute zwei Stunden später Laura eintreffen. Ich gehe sofort zu ihr.

»Hör mal, ich hatte eine Spitzenidee für den Szenekosmos.« Ich mache ihr den Vorschlag, mit einem Fernsehsender zu kooperieren.

Aber Laura bügelt das ab. »Das bringt nichts. Da hat nur einer was von, nämlich der Sender.«

»Meinst du wirklich?«, frage ich enttäuscht.

»Hundert Prozent.«

»Schade.« Ich stehe unschlüssig vor ihrem Schreibtisch.

»Hör mal, ich muss vor der Konferenz noch dringend einige Anrufe erledigen.« Sie greift geschäftig zum Telefonhörer.

»Okay, dann bis später.« Ich gehe in mein Büro zurück, da sehe ich Svenja, die gerade gekommen ist. »Hallo Svenja, wie geht's?«, rufe ich betont fröhlich.

»Ach, du bist auch wieder da«, sagt sie und guckt verkniffen.

»Ist irgendwas?«, frage ich.

Sie kommt näher und schaut mich durchdringend an. »Jetzt sag mal ehrlich: Hast du diese Bauchwegslips genommen?«

Ich werde rot. »Ja«, sage ich zerknirscht. »Aber ich ...«

»Das hätte ich echt nicht von dir gedacht. Vorher den Moralapostel spielen und dann deine neue Position ausnutzen. Widerlich.« Sie wendet sich ab und lässt mich stehen.

Ich flüchte in mein Büro, habe mich noch nicht mal von dem Schreck erholt, da klingelt mein Telefon. Es ist Christian. »Nina, komm mal zu mir, bitte.«

Mein Magen fühlt sich an wie eine Sickergrube voll gärendem Schlamm. Mit schweißnassen Händen betrete ich sein Büro, in Erwartung eines Wutausbruches oder mindestens einer Standpauke.

Umso erstaunter bin ich, dass mir Christian ein Glas

Wasser anbietet und mit sanfter Stimme sagt: »Setz dich bitte.«

Sein Hemd ist hellblau, und seine Augen leuchten wie zwei funkelnde Sky-Blue-Topas-Steine. Er sieht nicht sauer aus. Im Gegenteil. Ich verspüre Wohlwollen und entspanne mich ein wenig.

»So, Nina«, sagt er. »Und jetzt sag mir mal ehrlich, was mit dir los ist.«

»Wie, was mit mir los ist?«

»Na, du stehst doch ganz offensichtlich total neben dir.«

»Ich weiß, dass ich dich enttäuscht habe als geschäftsführende Redakteurin und als deine Stellvertreterin, aber das mache ich wieder gut, versprochen. Ich war heute schon um halb sieben hier und habe sehr viel aufgeholt.«

Er betrachtet mich ruhig. »Nina, lass mal die Arbeit beiseite und sag mir die Wahrheit. Das bleibt auch alles unter uns.«

»Na ja, in Ibiza, da weiß ich auch nicht, was mit mir los war, das war wahrscheinlich schon der Virus, der mich auch gestern flachgelegt hat. Das war so eine Magen-Darm-Kopfweh-Verwirrungs-Sache. Aber das ist jetzt vorbei und …«

»Schschsch«, macht Christian. »Ist schon gut, Nina.«

»Ich hänge mich richtig rein und …«

»Nina, die Arbeit ist jetzt nicht so wichtig. Die Gesundheit geht immer vor.«

»Wie Gesundheit? Ich bin topfit. Das war nur so ein Dreitagevirus!«

Er seufzt. Dann steht er auf. »Weißt du …« Er geht zum

273

Fenster. Mit dem Rücken zu mir erzählt er: »Bevor ich meine Frau kennenlernte, war ich auch mal eine Zeit lang nicht gut drauf. Ich hatte auch psychische Probleme.«

Auch psychische Probleme?

»Und, na ja, ich habe auch Drogen genommen.«

Auch Drogen genommen? Mir wird kalt, und ich fange an zu zittern.

»Was meinst du damit, Christian«, frage ich tonlos.

Er dreht sich zu mir um, stützt seine Hände auf die Lehne seines Chefsessels und sagt leise: »Ich meine, es ist immer schwierig, sich einzugestehen, dass man professionelle Hilfe braucht.«

»Professionelle Hilfe? Aber bei mir ist alles in bester Ordnung!«, rufe ich. »Ich hatte nur *einen* Aussetzer auf Ibiza, das war alles!«

Christian seufzt. »Nina, denk einfach drüber nach. Ich kann dir einen Therapeuten empfehlen. Nimm dir eine Auszeit, um dein Leben in den Griff zu kriegen.«

Mein Leben in den Griff kriegen? Was ist denn hier los? Langsam dämmert es mir: Er hält mich für verrückt! Für eine drogensüchtige Irre, die sich gerade in die Gosse manövriert. Aber wie kann er so was denken? Aus lauter Verzweiflung fange ich an zu weinen.

Er reicht mir ein Taschentuch und sagt väterlich: »Das wird schon wieder, Nina. Ich weiß, dass du das schaffst.« Er schenkt mir Wasser nach. »Du kannst gerne noch ein bisschen in meinem Büro bleiben und dich sammeln, ich muss jetzt zu einem Meeting. Dann fahr nach Hause, entspann dich und überleg dir, wie lange du Urlaub nehmen möchtest.«

»Ich kann keinen Urlaub nehmen«, schluchze ich. »Der Szenekosmos und der ganze Schreibkram und alles, das muss doch gemacht werden!«

»Mach dir keine Sorgen. Den Szenekosmos hat Laura mit Birgit und Jochen voll im Griff, und die geschäftsführenden Aufgaben übernimmt jemand anders.«

»Was?« Ich muss noch lauter schluchzen.

»Ja, meinem Stellvertreter muss ich schon vertrauen können. Und dass ausgerechnet du die Einzige bist, die sich nicht an meine Vorgaben mit den Produktproben gehalten hat, das finde ich schon ziemlich niederschmetternd.«

»Aber die Bauchwegslips habe ich doch vorher genommen«, protestiere ich. »Das ist ewig her. Als du gekündigt hattest, und ich dachte, ich würde auch kündi…«

»Komm, ist jetzt egal«, winkt er ab. »Ich gebe dir einen Rat als Freund, nicht als Chef: Denk nicht an die Arbeit, denk an dich.«

Als ich nach Hause komme, bin ich immer noch komplett verwirrt. Ich bin degradiert worden – wegen psychischer Probleme und Drogensucht! Wie kommt er nur auf so einen Blödsinn?

Ich hänge meinen Schlüssel ans Brett und rufe: »Andy?«

Niemand antwortet. Ich schaue mich um. Andys Kram, der überall verstreut lag, ist weg. Alles sieht sauber und ordentlich aus, der Couchtisch ist bis auf mein Zierdeckchen leer, die Kissen liegen aufgereiht auf dem Sofa, die Fenster sind geöffnet. Verblüfft werfe ich einen Blick ins Badezimmer, auch dort ist geputzt, und eine neue Rolle Toilettenpapier lacht mich an.

In der Küche erwartet mich dann die größte Überraschung: Ein Strauß bunter Gerbera steht auf dem Tisch, davor eine Karte. *Hallo Schönheit, danke, dass ich dein Untermieter sein durfte. Hoffe, ich habe dich nicht zu sehr genervt! Andy.*

Das ist aber nett. Das hätte ich jetzt überhaupt nicht erwartet!

Ich gehe hoch und klingele an seiner Tür, um mich zu bedanken. Verknautscht, aber fröhlich öffnet er mir. Der Geruch nach frischer Farbe durchdringt seine Wohnung, die auf einmal viel heller aussieht als vorher. Auch Andy strahlt.

»Ich hatte einen Durchbruch«, eröffnet er mir. »Mein Drehbuch wird richtig klasse. Surrealistisch, cool und spannend. Was ist los? Du siehst irgendwie scheiße aus!«

»Du glaubst nicht, was passiert ist«, sage ich verzweifelt. »Mein Chef hält mich für psychisch gestört und drogensüchtig.« Ich werfe mich auf die Sofainsel.

»Echt jetzt?«

»Ja. Ich soll mir professionelle Hilfe holen. Und er hat mich sicher nur deshalb nicht gefeuert, weil er mich im Moment für zu labil hält.«

»Oh«, sagt Andy. »Wie konnte das passieren?«

»Ich habe keine Ahnung. Oder, na ja, irgendwie doch.« Und dann erzähle ich ihm die Story von Ibiza und der Pille, die ich auf Lauras Drängen genommen hatte, und dass auf einmal Christian überraschend aufgetaucht und ich total von der Rolle gewesen war, aber dass Laura zum Glück alles geregelt hatte.

»Also ist es meine Schuld«, fasse ich zusammen. »Dieses Zeug hat bei mir halt ganz anders gewirkt als bei Laura. Vielleicht weil ich so was noch nie genommen habe.«

»Mmmhhh«, macht Andy und betrachtet mich nachdenklich. »Und diese Laura hat jetzt den Job, um den ihr euch beide beworben habt?«

Ich nicke. In dem Moment klingelt mein Handy. Aus Reflex gehe ich ran. »Nina Jäger hier.«

»Hallo, Nina!«

»Oh. Hallo, Mama. Wie geht's?«

»Ausgezeichnet! Wir kommen morgen nach Köln und freuen uns sooooo sehr darauf, endlich deinen Lebensgefährten Florian kennenzulernen.«

Als ich aufgelegt habe, schnappe ich entsetzt nach Luft. Andy beobachtet mich besorgt, und ich erkläre ihm den Grund für meine kleine Panikattacke.

»Na, deine Eltern sind ja wohl von der Spaßfraktion, dass sie Besuche einen Tag vorher ankündigen«, kommentiert er.

»Vermutlich hat meine Mutter spontan eine Einladung zu einer Talkshow in Köln bekommen«, brumme ich. »Sie ist da äußerst pragmatisch veranlagt.«

»Aber warum hast du sie nicht angelogen, dass du übers Wochenende weg bist?«

»Ich lüge nicht.«

»Na, easy! Dann sagst du ihnen einfach, dass ihr euch getrennt habt.«

»Niemals!«, rufe ich entsetzt. »Meine Eltern dürfen nicht erfahren, dass ich schon wieder sitzengelassen worden bin!«

»Aber wie willst du das anstellen?«, fragt Andy.

Ich betrachte ihn einen Augenblick, die zerzauste Frisur, die leicht abstehenden Ohren, seine blauen Augen und das lausbubenhafte Lächeln. Na gut, er ist nicht Schwiegermutters Traum, aber immer noch besser als nichts.

»Du musst Florian spielen.«

Er zieht die Augenbrauen hoch. »Darf ich dich dann küssen?«

»Nein, natürlich nicht.«

»Schade. Aber okay. Ich mache es trotzdem.« Er grinst. »Das wird lustig.«

»Warte ab, bis du meine Mutter kennengelernt hast.«

»Mütter lieben mich!«, behauptet Andy und pult sich im Ohr.

Unser Plan sieht so aus: Wir gehen einkaufen, dekorieren meine Wohnung in eine Ernste-Beziehungs-Bude um, denken uns unsere Pärchengeschichte aus und spielen meinen Eltern morgen das tollste Traumpaar nach Prinzessin Victoria und Personal Trainer Daniel vor. Andy ist regelrecht aus dem Häuschen, so aufgekratzt habe ich ihn noch nie gesehen.

Auf dem Weg zum Einkaufen treffen wir im Treppenhaus Frau Breuer samt Collie. Als sie uns sieht, hält sie sich die Hand vor den Mund, weicht ganz an den Rand des Flurs aus und zerrt hektisch ihre lethargische Sabbertöle zu sich.

»Guten Tag, Frau Breuer«, sage ich. »Hören Sie ...«

»Aaahhhrrgg«, ruft Andy, greift sich an die Kehle und tut so, als kriegte er keine Luft. Er verkrampft seinen ganzen Körper, und Spucke läuft aus seinem Mund. Wenn ich es nicht besser wüsste, würde ich seinen Anfall für echt halten.

Frau Breuer wird kalkweiß. »Oh mein Gott. Das steht uns allen bevor!« Sie bekreuzigt sich, rennt in ihre Wohnung, so schnell es der trottelige Köter zulässt, und verrammelt die Tür.

Ich knuffe Andy in den Arm. »Du bist so was von gemein.«

Er kichert. »Lassie-Fieber ist eben so.«

»Aber die arme Frau!«

»Die arme Frau ist eine Denunziantin und hat es nicht besser verdient«, sagt Andy leichthin.

Ich muss mit Andy dringend nochmal über die Rollenverteilung sprechen. Er ist derjenige, der nur das tut, was ich sage – und kein Fitzelchen mehr. Sonst endet das alles noch in einer Katastrophe.

Ich klopfe bei Frau Breuer. »Gehen Sie weg!«, kreischt sie.

»Aber Frau Breuer, es ist alles anders …«

»Gehen Sie endlich!« Sie schnappt hysterisch nach Luft.

Ich habe Angst, dass sie mit einem Herzanfall zusammenbricht. Also gehe ich. Aber ich muss mir dringend was einfallen lassen, wie ich ihr schonend beibringen kann, dass ich keine gemeingefährliche Bazillenschleuder bin. Und den Clausen habe ich auch noch nicht angerufen. Na ja. Ich habe dafür ja noch Zeit bis Ende des Monats.

Wir stiefeln Richtung Supermarkt, als plötzlich der Dreitagebartmann mit einer Kiste aus dem Weinladen an der Ecke kommt. Aha! Betrüger-Schnucki hat wohl Sprit gekauft für ein nettes Wochenende mit seiner Tussi. Na warte, dir werde ich es zeigen.

Ich schmiege mich an Andy. »Wir sollten schon mal unseren Auftritt üben«, raune ich ihm zu.

»Das meine ich aber auch«, sagt Andy und legt seinen Arm um meine Schulter.

Lächelnd gehe ich Henrik entgegen. Er zieht eine Augenbraue hoch, ich hab's genau gesehen!

»*Schatz*, sollen wir noch Wein kaufen?«, frage ich Andy laut.

»Ja klar, *Schatz*«, sagt Andy. »Du hast immer so tolle Ideen, *Schatz*.«

»Hallo«, murmelt der Dreitagebartmann und schaut verlegen weg.

Er ist gerade einen Meter an uns vorbei, da hält ein blauer Audi neben uns, die Tür wird aufgerissen, und ein Typ in abgewetzter Lederjacke springt raus.

»Ey, Schnucki, du alter Sack!«, schreit er.

»Tobi«, begrüßt ihn Henrik erfreut. Die beiden umarmen sich und klopfen sich auf die Schulter.

»Mann ey, ich fasse es nicht. Henrik Schnuck! Dass wir uns hier treffen, das ist ja ein Ding. Was läuft so, Alter?«

»Was ist, *Schatz*, willst du hier Wurzeln schlagen?«, fragt Andy.

»Äh, nein«, sage ich und bleibe stehen.

»Und wie geht es deiner Schwester, dem süßen Lockenkopf?«, fragt Tobi.

»Der geht's gut«, antwortet der Dreitagebartmann.

Völlig paralysiert lasse ich mich von Andy in den Weinladen ziehen. Henrik *Schnuck*. Und die Lockenfrau ist seine *Schwester*. Der Weinhändler erzählt irgendwas, was ich nicht mitkriege, und packt drei Flaschen ein.

»So, das hätten wir schon mal, Schatz«, posaunt Andy, als wir aus dem Laden gehen.

Meine Güte, denke ich auf einmal, was sieht er dämlich aus mit seinen komischen eng stehenden Augen und dem zerrupften Haupthaar. Und diese Klamotten!

»Du willst dir doch sicher noch eine passende Garderobe für den Anlass zulegen, oder?«, frage ich Andy genervt.

Er guckt an sich herunter. »Wieso? Ich lege die Rolle als jung-dynamischen Unternehmer an, der sich zwar das System zunutze macht, aber immer noch einen Funken Rebellion in sich trägt.«

»Wie bitte?«

»Ein guter Schauspieler kann auch in Jeans und T-Shirt den erfolgreichen Geschäftsmann mimen«, prahlt Andy.

»Ja, das mag ja sein«, sage ich schnippisch, »nur sollte auf dem T-Shirt nicht unbedingt *Legalize Marihuana* draufstehen.«

»Mmmhh«, murmelt er, »da hast du vielleicht Recht.«

»Natürlich hab ich Recht.«

»Übrigens finde ich deinen Nörgelton perfekt«, sagt Andy. »Da glaubt uns jeder, dass wir schon ein Jahr zusammen sind.«

Wenig später sitzen wir in meiner Küche und ich gehe mit Andy die wichtigsten Fakten durch.

»Also, Andy, du heißt Florian Hinterkausen und bist Filialleiter bei Sport Becker, dem zweitgrößten Sportfachhandel in Köln.«

»Okay«, sagt er. »Sportgeräteverkäufer und Drehbuchautor.«

»Nein. Nur Sportgeräte. Kein Drehbuch.«

»Warum das denn? Ein kreatives Hobby macht interessant!«

»Ja, natürlich, aber dein Hobby ist vielleicht etwas zu … äh … kreativ.«

»Wie meinst du das denn, bitte schön?«

»Na ja, ein Busen-Krimi ist schon eine tolle Idee, aber sie ist vielleicht etwas zu … extravagant, um Eltern zu beeindrucken.«

Andy grummelt irgendwas vor sich hin und mault dann laut: »Das ist doch voll *öde*. Sportgeräte! Was ist das eigentlich? Bälle?«

»Ja, Bälle und Schläger und vor allem Schuhe! Aber so genau werden sie es nicht wissen wollen. Wichtig ist, dass du Filialleiter geworden bist und eine große Karriere vor dir hast. Ach so, und natürlich dürfen sie nicht wissen, dass ich gerade gefeuert wurde.«

»Du bist doch gar nicht gefeuert worden.«

»Degradiert oder gefeuert, das ist für meine Mutter dasselbe.«

Wir stellen Andys Zahnbürste in meinen Zahnputzbecher und bauen die männlichen Pflegeprodukte (Nagelknipser, Nivea for men und einen Rasierer) dekorativ in meinem Regal auf. Andy möchte noch ein *Golf Magazin* und die *Auto Motor und Sport* auf den Zeitschriftenstapel mit *Galas* und *In Touchs* neben der Toilette legen.

»Nein«, sage ich. »Die Zeitschriften müssen hier weg. Meine Mutter ist allergisch gegen Klolektüre.«

»Warum denn das?«, ruft Andy so entsetzt, als hätte ich ihm gerade eröffnet, dass sie Robbenbabys zum Frühstück isst.

»Sie meint, man solle sich in den Minuten ganz auf die Ausscheidung konzentrieren. Das nennt sie Loslassen von Problemen.«

Ich zeige ihm die Sammlung von Annegret Jägers Bestsellern, die Andy neugierig durchblättert. »Ach so, sie ist eine Kack-Expertin!«

Ich muss so lachen, dass mir die Tränen kommen. Dann erkläre ich ihm die Geschichte einiger Urlaubsmitbringsel und die verschiedenen Fotos auf der Pinnwand am Eingang. (Die von Florian entferne ich natürlich.)

»Und jetzt sollten wir uns noch mit ein paar Details aus unserem Leben vertraut machen. Was isst du zum Beispiel gerne?«

»Findest du das nicht etwas übertrieben?«, fragt Andy.

»Nein. Auf die Kleinigkeiten kommt es an«, sage ich. »Das sind die Details, die uns erst glaubwürdig machen. Hast du nicht den Film *Green Card* gesehen?« In dem Film spielen Andie McDowell und Gerard Depardieu für die Einwanderungsbehörde ein Paar und weihen sich in kürzester Zeit in ihre Macken ein, die man normalerweise erst durch jahrelanges Zusammenwohnen am anderen hassen gelernt hat. »Die scheitern nachher, weil Gerard nicht weiß, wie die Tagescreme von Andie heißt. Und wenn ich dir nachher was zu essen reiche, wogegen du allergisch bist, dann fliegen wir schneller auf als man das Wort Lüge sagen kann.«

27

Samstagmittag, 13.50 Uhr. Noch eine Stunde, zehn Minuten bis zum Eintreffen meiner Eltern. Die mit Lachscreme gefüllten Muschelnudeln, die zum Aperitif gereicht werden, sind fertig, ebenso die Panna Cotta, der Risotto ist vorbereitet – damit wäre die Checkliste Kochen so weit abgehakt.

Nur Andy ist noch nicht da. Das Tischdecken wird wohl an mir hängenbleiben. Und damit sind wir schon mitten im realistischen Beziehungsalltag gelandet. Es ist immer das Gleiche. Am Anfang denkt man, man würde alles locker hinkriegen, und dann wird's doch hektisch. Vor allem weil schließlich ein Gesetz in Kraft tritt, das ich »Ninas spezielle Relativitätstheorie« nenne und das da lautet: Je weniger Zeit man hat, desto länger dauert alles.

Und dies bewahrheitet sich mal wieder, als ich die Weingläser anschaue, die alle noch eine Spülung vertragen könnten. Als das geschafft ist, springe ich unter die Dusche. Sauber und adrett zu sein, ist der Gastgeberin oberste Pflicht. Servietten zu Schiffchen zu falten die Kür.

Ich steige in die Badewanne, ziehe den Duschvorhang zu und seife mir hastig den Kopf ein. Weil ich ein Kleid anziehen möchte, muss ich mir die Beine rasieren. Die blöde Klinge ist ausgerechnet jetzt total stumpf. Die neuen Klin-

284

gen liegen im Regal neben dem Waschbecken, also muss ich tropfnass aus der Wanne raus.

Ahh! Ich rutsche auf den Fliesen aus und kann mich gerade noch am Handtuchhalter festklammern, bevor ich mir eine Adduktorenzerrung hole. Hab glatt vergessen, eine Badematte hinzulegen. Vorsichtig tapse ich zum Regal und krame nach den Klingen. Natürlich sind sie ganz hinten unter nie benutzten Billiglippenstiften, angeranzten Mascarafläschchen in Blau und Braun und Haarklammern mit kotzgrünen Schmetterlingen drauf. Während ich suche, läuft mir Shampoo in die Augen, und es brennt wie Hölle. Ich schmeiße mit dem Ellenbogen einen Parfümflakon runter, und er zerschellt am Boden. Als mir der unerträgliche Gruftgestank von Patschuli in die Nase steigt, fällt mir ein, dass ich auch dieses olle Stinkzeug schon lange entsorgen wollte. Ich reiße ein Handtuch vom Haken und wische mit angehaltenem Atem und zugekniffenen Augen die Scherben auf.

Überglücklich, dass ich mir wenigstens keinen Glassplitter in die Finger gerammt habe, steige ich wieder in die Wanne. Dann stelle ich fest, dass ich die Klingen auf dem Waschbeckenrand habe liegen lassen. Na super, ziehe ich also eine Hose an, auch egal. Abduschen, fertig.

Weil ich spät dran bin, stelle ich den Fön auf die höchste Stufe, was ich sonst nie mache, und das aus gutem Grund, wie mir dann wieder einfällt. Bei voller Power überhitzt der Fön nach kürzester Zeit und nimmt sich eine nicht gewerkschaftlich genehmigte Auszeit. Klasse – nasse Haare, null Frisur. Meine Augen sind von der unfreiwilligen Shampookur knallrot.

Es klingelt. Andy! Endlich!

»Wo warst du denn so lange?«, herrsche ich ihn an, als er reinkommt. »Und wo ist dein Outfit?«

»Äh, ich hab ... recherchiert. Und dann hatte ich keine Zeit mehr, ein Hemd zu kaufen.«

Ich verdrehe genervt die Augen. »Dann zieh wenigstens ein anderes T-Shirt an. Und ...«

Es klingelt wieder. Ehe ich einschreiten kann, drückt Andy den Türöffner.

Wenn das meine Eltern sind, kriege ich die Krise! Ich stehe hier im Saunalook und mein Fake-Traummann trägt ein T-Shirt, auf dem steht: *Ach, Sie suchen Streit?*

Doch die Stimme, die ich aus dem Flur höre, kenne ich definitiv nicht. Beruhigen kann mich das nicht, denn sie röhrt seltsam metallisch: »Person eins, männlich, circa dreißig Jahre, auffallende Blässe, keine Blutungen, Vitalzeichen in Ordnung.«

Hä? Ein Marsmensch in gelbem Schutzanzug biegt ins Wohnzimmer ein. Er atmet durch einen Schlauch. In die Plexiglashaube ist ein Mikrofon eingebaut.

»Hier ist eine weitere Personen, weiblich«, sagt er in ein Funkgerät. »Sind Sie Frau Jäger?«

»Äh, ja.«

»Habe Virusherd lokalisiert«, meldet der Marsmensch. »Ich wiederhole: Virusherd ist in der Wohnung!«

»Ist das ein schlechter Scherz, oder was?«, fahre ich ihn an.

»Reizbarkeit, Gesichtsrötung, entzündete Augen«, gibt der Marsmensch zu Protokoll. »Haben Sie Fieber, Husten, Halsschmerzen oder Nasenbluten?«

»Was? Wie? Nein, natürlich nicht.«

»Virusherd zeigt Anzeichen von Verwirrung.« Aus dem Funkgerät piept und knackt es, und jemand antwortet. »Bitte bewahren Sie Ruhe«, weist der Marsmensch uns an. »Ich komme vom Tropenmedizinischen Institut und werde Sie in Quarantäne nehmen.«

»Was soll denn der Mist?«, rutscht es mir raus.

»Was?«, ruft der Marsmensch in sein Funkgerät. »Ja, die Stimmung ist hier sehr gereizt. Wo bleibt Günther? ... Gut. Ich beginne mit der Anamnese. Also, Frau Jäger, wann und wo waren Sie im Ausland?«

»Ich war letztens auf Ibiza, aber das ...«

»Ibiza!«, schreit der Marsmensch in sein Funkgerät. »Alarmiere die spanischen Behörden. Das gibt eine Epidemie!«

Es klingelt erneut. »Lass niemanden rein«, stöhnt der Marsmensch in sein Funkgerät.

»Ich will zu meiner Tochter«, höre ich kurz darauf meine Mutter rufen. »Was soll das? Ja, ich übernehme die Verantwortung. Auch für ihn. Der ist mein Mann!«

Und schon stehen meine Eltern leibhaftig im Raum. Meine Mutter: schlank, sonnenblond, sehr adrett in einem Wildseidenkleid in Altrosa. Mein Vater: entspannt, lässig, im beigen Hemd, die beiden obersten Knöpfe offen, Goldkettchen.

»Nina, was ist denn hier los?«, ruft meine Mutter. Mein Vater drückt mir einen Kuss auf die Wange.

»Sie beide hier rüber!«, dirigiert der Marsmensch. »Und Sie, Frau Jäger, herkommen.« Er steckt mir ein Fieberthermometer ins Ohr.

»Das ist nicht nötig«, sage ich.

»Ich bin übrigens Udo, der Vater von Nina. Und das ist Annegret, meine Frau.« Mein Vater gibt Andy die Hand.

»Angenehm, ich bin der Freund von Nina. Andy.«

Ich verdrehe die Augen. Da ist unsere perfekte Tarnung schon nach zwei Minuten aufgeflogen. Der Marsmensch legt mir eine Blutdruckmanschette an.

»Ich dachte, Sie heißen Florian«, sagt meine Mutter und guckt auf sein T-Shirt.

»Ach so. Ja.«

»Was denn jetzt?«, fragt meine Mutter. »Andy oder Florian?«

»Florian«, sagt Andy.

»Hundertsechzig zu hundert«, murmelt der Marsmensch alarmiert und trägt den Wert auf seinem Bogen ein.

Der macht mich noch ganz irre! Ich kann mich doch gar nicht auf die Unterhaltung konzentrieren, die jetzt schon völlig aus dem Ruder läuft!

»Und warum haben Sie gesagt, Sie heißen Andy?«

»Das ist mein Künstlername.« Andy sieht mich entschuldigend an.

»Wer möchte sich als Nächstes untersuchen lassen?«, fragt der Marsmensch.

»Hier wird niemand untersucht, weil hier niemand krank ist«, rufe ich mit aller Autorität, die ich aufbieten kann.

»Das können Sie nicht wissen. Lassa-Fieber verläuft oft erst ohne Symptome und dann auf einmal *kkkrrrrg*.« Der

Marsmensch macht eine Handbewegung, als ob er sich die Kehle durchschneiden würde.

»Lassa-Fieber?«, ruft meine Mutter entsetzt.

»Lassa-Fieber?«, wiederhole ich wie ein begriffsstutziger Papagei.

»Darüber habe ich was gelesen, das ist wirklich schlimm!«, sagt mein Vater.

Bei mir fällt der Groschen. Die unbeantwortete Kündigung! Andys Auftritt bei Frau Breuer gestern!

»Oh nein«, rufe ich. »Ich habe einer Nachbarin erzählt, ich hätte *Lassie*-Fieber, damit sie mich in Ruhe lässt. Und jetzt denken Sie, wir hätten *Lassa*-Fieber. Aber das stimmt natürlich überhaupt nicht.«

Er guckt verwirrt. »Sie wissen, dass Sie sich strafbar machen, wenn Sie den Behörden eine meldepflichtige Erkrankung nach dem Infektionsschutzgesetz verschweigen«, sagt er streng.

»Meine Güte«, rufe ich, »gehen Sie mal eine halbe Stunde zu Frau Breuer und lassen sich von ihr belabern, danach würden Sie auch alles Mögliche behaupten, um sie wieder loszuwerden. Und weil sie einen blöden Collie hat, ist mir nichts anderes eingefallen als Lassie-Fieber.«

Der Marsmensch lässt das Formular sacken. »Ehrlich?«

»Ja. Ich hatte hochhackige Schuhe an und musste mich total konzentrieren, um nicht die Treppe runterzufallen, und dann traf ich Frau Breuer, und sie erzählte mir was von Eiterbläschen, und um sie loszuwerden habe ich einfach gesagt, ich hätte eine ansteckende Krankheit.«

»Ich war eben bei Frau Breuer«, sagt der Marsmensch langsam.

»Dann wissen Sie ja, wovon ich spreche«, sage ich.

Der Marsmensch mustert uns einen Moment. »Also nochmal fürs Protokoll: Es war niemand in Westafrika?«

»Nein«, schallt es im Chor.

»Und hier fühlt sich niemand krank?« Wieder verneinen alle. Der Marsmensch zieht seinen Helm aus. »Entwarnung!«, brüllt er in das Funkgerät. »Hier liegt keine Lassa-Fieber-Infektion vor. Ich wiederhole: kein Lassa-Fieber. Das Ganze war ein Missverständnis.«

In dem Moment kommt noch ein Marsmensch rein. Er keucht. Die Plastikscheibe ist beschlagen. »Hallo, Herbert! Was ist los?«

»Tag, Günther, falscher Alarm. Hier ist alles in Ordnung.«

Die beiden Marsmenschen verabschieden sich. Marsmensch Herbert verspricht, Frau Breuer auf dem Weg nach unten alles zu erklären.

Und dann sind wir vier alleine.

»Na, das war aber mal was«, sage ich und füge ein etwas gekünsteltes Lachen an.

»Diese Nachbarn«, sagt Andy. »Ich sag ja immer, es kann der Frömmste nicht in Frieden leben, wenn es dem bösen Nachbarn nicht gefällt, nicht wahr, Schatz?«

»Ja, Schatz«, sage ich und mein Lachen klingt eher wie ein Gackern.

»Es wäre doch sowieso günstiger, wenn ihr euch bald ein Haus suchen würdet, mit Garten«, sagt meine Mutter.

»Eigenheim, Glück allein«, sagt Andy.

Ich fange wieder an zu lachen und klinge dabei so laut und schrill wie ein chinesisches Kinderspielzeug, das vom

TÜV als gehörschädigend eingestuft wurde. Ich glaube, noch so ein dämlicher Kalenderspruch, und ich muss mich übergeben.

»Ich würde euch auch finanziell unter die Arme greifen, das weißt du, Nina.«

Zum Glück klingelt das Telefon. Ich gehe schnell dran, damit ich meiner Mutter nicht antworten muss.

Es ist Pia. »Pia! Wie geht es dir? Was macht das Baby?«

»Mit dem Baby ist alles in Ordnung, das ist das Wichtigste«, sagt sie. »Und wie geht es dir?«

Plötzlich habe ich große Lust, ihr zu erzählen, dass gerade alles total chaotisch ist und den Bach runtergeht, da fragt mein Vater: »Und für was für eine Kunst brauchen Sie einen Künstlernamen?«

»Alles bestens, alles toll!«, antworte ich Pia.

»Ich schreibe Drehbücher«, sagt Andy.

»Ich rufe dich morgen an, Pia, okay? Meine Eltern sind gerade da.«

»Oh, verstehe«, sagt sie. Sie kennt natürlich das komplizierte Verhältnis zu meiner Mutter.

»Bis dann!« Ich knalle den Hörer auf die Gabel.

»Aha«, sagt meine Mutter. »Das ist aber interessant.«

»Es gibt gleich Essen«, rufe ich. »Wer hat Hunger?«

»Ich«, sagt Andy.

»Ich auch«, sagt mein Vater.

»Toll! Dann hole ich uns was. Florian, hilfst du mir?«

»Willst du dir nicht vor dem Essen was anziehen, Kind?«, fragt meine Mutter.

Ach du jemine! Ich laufe immer noch nur mit einem Handtuch bekleidet herum.

»Florian ist jetzt Filialleiter bei Sport Becker«, rufe ich, um das Thema in sichere Bahnen zu lenken, während ich mich umziehe.

Ich husche ins Schlafzimmer und schlüpfe in Windeseile in Jeans und T-Shirt. Meine Haare sind total strubbelig, aber das ist mir egal. Zumindest ist meine Taktik aufgegangen.

Als ich wieder ins Wohnzimmer gehe, prahlt Andy gerade: »Wir haben ja nicht bloß Bälle, sondern auch Schuhe. Denn ohne den richtigen Schuh läuft nichts, sage ich immer. Außerdem sind wir führend bei Tennisschlägern, Funktionskleidung und im Segment Outdoor-Equipment, und wir haben den größten Golfshop von Köln. Und ich bin der Chef, weil ich mich am besten auskenne!« Er wirft mir einen stolzen Blick zu.

»Hey, kriegen Sie Mitarbeiterrabatt?«, fragt mein Vater.

»Na klar«, sagt Andy, »ich kriege sogar *Filialleiter*rabatt!«

Alle lachen. Ich komme mir vor wie in einer dämlichen Sitcom, wo nach jedem Satz Gelächter eingespielt wird.

»Was machen Ihre Eltern beruflich?«, fragt meine Mutter.

»Noch Prosecco?«, frage ich und schenke allen nach.

»Waren beide am Theater«, sagt Andy kauend.

»Wie war denn das Wetter in Palma?«, frage ich.

»Schön«, sagt mein Vater.

»Theater? Sehr interessant«, sagt meine Mutter. »Und was haben sie am liebsten gespielt – Komödie oder Drama?«

»Ich war letztens beruflich in Ibiza«, sage ich. »Da war auch schönes Wetter.«

»Empfang und Garderobe«, sagt Andy und lächelt höflich.

»Ja, die Balearen haben bisher einen sehr warmen Frühling gehabt«, sagt mein Vater.

»Ach, sie waren keine Schauspieler?«, fragt meine Mutter.

»Noch was Prosecco?« Ich schenke nach.

»Nicht im klassischen Sinne«, sagt Andy freundlich, und ich sehe, wie sich meine Mutter aufrichtet.

Natürlich lässt sie sich eine solch interpretationsfähige Antwort nicht entgehen. Sie wappnet sich innerlich fürs Kreuzverhör. Ihre Augen glänzen.

»Inwiefern haben Ihre Eltern denn geschauspielert?« Sie beugt sich vor und legt ihre Finger auf seinen Arm.

Das geht dich nichts an, will ich rufen, aber ich weiß, dass ich damit ihre Gier nach der Jagd auf ungelöste Probleme nur anfeuern würde.

Andy kratzt sich am Kopf. »Tja«, fängt er an. »Ich geh mal kacken.«

Meine Mutter guckt verdutzt, dann fängt sie an zu lachen. Mein Vater stimmt ein, und schließlich lache ich erleichtert mit. Und als Andy nach vollendeter Sitzung meiner Mutter noch einen Sermon über die verkaufssteigernde Wirkung von luxuriösen Kundentoiletten erzählt, ist sie völlig begeistert. Meine Eltern bieten ihm das Du an, und in der Küche nimmt mich meine Mutter zur Seite.

»Der ist aber wirklich klasse, dein Florian. Ich freue mich sehr für dich.«

Ich sehe sie erstaunt an und freue mich. Ich kann mich nicht erinnern, dass meine Mutter jemals mit mir zufrieden war. Das läuft viel besser als erwartet! Mein Leben kommt wieder in Ordnung, denke ich.

Und dann ist es Zeit, sich zu verabschieden. Meine Eltern stehen schon im Flur, da sagt mein Vater: »Ich habe jetzt mit Golf angefangen.«

»Prima«, bemerke ich.

»Ja, es macht wirklich große Freude, und ich wollte mir jetzt meine eigenen Golfschläger zulegen. Da werde ich mir doch die Gelegenheit eines Filialleiterrabatts nicht entgehen lassen. Wir kommen am Montag zu dir ins Geschäft, Florian.« Er zwinkert ihm zu. »Einverstanden?«

Kaum habe ich die Tür hinter ihnen geschlossen, fange ich an zu jammern.

»Warum habe ich nicht gesagt, dass du am Montag nicht im Laden bist?«

»Du lügst eben nicht«, sagt Andy.

»Ha ha!« Ich ziehe eine Grimasse. »Aber du hättest doch auch was anderes sagen können, als ausgerechnet ›Ja klar‹.«

»Ist doch halb so wild.«

»Halb so wild?«, schreie ich. »*Halb so wild*?«

»Klar. Wir geben einfach bei Sport Becker noch eine Vorstellung als Traumpaar.«

»Aber wie? Du bist weder Filialleiter noch arbeitest du überhaupt bei Sport Becker.«

»Aber das ist ein Riesenladen! Das fällt überhaupt nicht auf, wenn ich da den Verkäufer spiele.« Er reibt sich tatenlustig die Hände. Ich schaue ihn zweifelnd an. »Komm, das wird ein Riesenspaß«, sagt er. »Oder willst du deinen Eltern sagen, dass wir ihnen nur was vorgemacht haben?«

»Nein, nein, nein! Natürlich nicht.« Ich stöhne auf. »Aber es ist einfach so, dass ich immer gerade denke, alles läuft gut, und dann kommt das dicke Ende. Ich bin wirklich vom Pech verfolgt. So wie auf Ibiza. Laura und ich nehmen beide diese Pille – und während bei ihr alles super läuft, schmiere ich total ab.«

»Aber hattest du denn nicht auch Spaß?«

»Doch, an dem Abend war es toll. Ich habe total viel getanzt und mich super gefühlt. Und es hat mir auch gar nichts ausgemacht, dass Laura nicht mitgetanzt hat.«

»Sie hat nicht getanzt?«, fragt Andy irritiert. »Bist du sicher?«

»Ja, warum?«

»Dann hat sie kein E eingeworfen«, behauptet er.

»Ich habe es doch aber gesehen.«

»*Was* hast du gesehen?«

»Dass sie diese Pille genommen hat.«

»Meine Güte, vielleicht hat sie eine Kopfschmerztablette genommen oder Hormone geschluckt, oder was weiß ich. Aber wer auf Ecstasy nicht tanzt, der muss ein Zombie sein.«

Ich sehe ihn verdattert an.

»Oder er hat es nicht genommen«, schlussfolgert Andy.

Ich starre ihn einen Moment lang begriffsstutzig an, und dann wird mir mit einem Schlag alles klar.

28

Sonntagmorgen. Eigentlich könnte ich im Bett bleiben. Mich vermisst sowieso niemand. Genau. Ich bleibe im Bett und esse. Ich hab noch einiges übrig von meinem gestrigen Mädelsabend, den ich mal wieder alleine bestritten habe. Da ist ein Rest Ben-&-Jerry's-Eis und Chips und Macadamianüsse. Das dürfte für den Anfang reichen. Später bestelle ich mir Pizza mit doppelt Käse, doppelt Zwiebeln, doppelt Peperoni. Und dann werde ich einfach eine von diesen Leuten, die irgendwann sowieso nicht mehr rausgehen können, weil sie nicht durch die Tür passen, und schließlich mit einem Kran und einem Sattelschlepper aus dem Fenster geborgen werden müssen. Und wenn sich dann jemand über mich aufregt, sage ich: »Na und? Ich darf das. Schließlich bin ich Nina Jäger, die Königin der Einfältigen und Leichtgläubigen. Und als Königin hat man schließlich Narrenfreiheit.«

Mmhh. Oder war das eventuell doch der Narr, der die Narrenfreiheit genießt? Egal.

Ist das ätzend! Ich bin auf eine Betrügerin reingefallen, die mich abgefüllt und mir meine Ideen und meinen Job geklaut hat. Diese Schlange. Wie konnte ich nur so doof sein!?

Zum Beispiel auf Ibiza. Natürlich war mir da der rote

Fleck neben ihr im Sand aufgefallen, wo sie ihren Drink ausgeschüttet haben muss, aber ich habe es einfach nicht wahrhaben wollen. Sie hat mich total abgefüllt, damit sie mir das Ecstasy unterjubeln kann. Und natürlich hat sie mir absichtlich nichts davon gesagt, dass Christian kommen wird und das Casting ansteht. Ich habe mich so blamiert! Und jetzt bin ich nicht nur der einsamste Mensch der Welt, der weder einen Freund noch eine beste Freundin hat, jetzt bin ich auch noch der dämlichste Mensch der Welt.

Ich vergrabe mein Gesicht im Kissen und stöhne. Irgendwie ist mein Leben den Bach runtergegangen, seit … ja, genau. Seit Pia weg ist. Pia. Verdammt nochmal, warum musste sie auch nach Amerika gehen?

Eine heiße Welle der Sehnsucht überkommt mich, und ich greife zum Telefon und rufe sie an. Während das Signal von Köln nach Pittsfield, Massachusetts, USA, durch den Äther saust, fällt mir ein, dass sie gestern komisch geklungen hatte. Irgendwie traurig. Hoffentlich ist alles in Ordnung bei ihr. Auf ihrer Handynummer meldet sie sich nicht, vermutlich schläft sie einfach noch, also spreche ich ihr auf die Mailbox, dass sie zurückrufen soll. Danach versinke ich wieder im Meer der Trübsal.

Gegen vierzehn Uhr beschließe ich, dass mir das eine oder andere Sauerstoffmolekül guttun würde. Ich reiße die Vorhänge auf und blinzele nach draußen. Die Sonne scheint, der Himmel ist unpassend blau an diesem rabenschwarzen Tag der Erkenntnis. So ein Mist. Da hat man noch nicht mal eine gute Ausrede, um sich den ganzen Tag auf dem Sofa zu verkriechen.

Ich gehe auf meinen Balkon. Die Vögel zwitschern, die Sonnenstrahlen kitzeln mich, und plötzlich fällt mir das Programm »Mind Health« ein, das ich in irgendeiner dieser schwachsinnigen Ausgaben meiner schwachsinnigen Zeitschrift als das »Nonplusultra zum Fitwerden« propagiert habe. Das fing an mit ein paar Atemübungen am offenen Fenster. Ich schnaufe ein paarmal tief durch. So, und wie ging das weiter? Da war irgendwas mit Ingwerwasser und Sport. Okay, okay. Extreme Situationen verlangen extreme Maßnahmen – und ein bisschen Selbstquälerei.

Ich ziehe Turnschuhe und Jogginganzug an und laufe runter zum Rhein. Ich renne keuchend bis zur nächsten Rheinbrücke, dann drehe ich um. Der Schweiß läuft mir in Strömen herunter, die Haare kleben an meiner Stirn, mein Kopf ist vermutlich rot wie eine Tomate, aber ich habe das Gefühl, als hätte sich mindestens ein Kilo Fett verdünnisiert und als wären die Gehirnwindungen ordentlich durchgepustet worden. Ich kann sogar wieder einigermaßen klar denken. Zum Beispiel fällt mir ein, dass ich gar nichts Gesundes im Haus habe.

Auf dem Rückweg springe ich also bei Hildes Kiosk rein, um mir grünen Tee zu holen. Vielleicht hat sie auch Obst. Oder Magerjoghurt.

Hilde liest die *BamS*.

»Hallo Hilde«, sage ich.

»Um Jottes willen, wat is' denn mit dir los?«

»Hab Sport gemacht«, grinse ich.

»Dat würde mir auch mal juttun. Un' sonst?« Sie fängt automatisch an, saure Zungen aus dem Glas zu fischen.

»Ach, ansonsten läuft es nicht gut. Meine beste Freundin hat mich hintergangen und mir meinen Job geklaut.«

»Nein!«, ruft Hilde entsetzt.

»Wat ene Dreckpüngel«, sagt der sprechende Vorhang und ich muss schmunzeln über dieses schöne kölsche Schimpfwort für ein hinterhältiges Weibsbild.

»Hier, sauer macht lustig«, sagt Hilde und stopft noch ein paar saure Zungen extra rein. »Ja, da sacht ma' immer, Männer sin' Idioten. Aber Frauen sin' et eben auch.« Sie seufzt. »Kann ich sonst noch wat für dich tun?«

»Hast du Ingwer?«

»Wat?«

»Oder grünen Tee?«

»Ja, sicher. Pfefferminztee oder… wat is dat hier? Kamille!«

»Ach, egal. Dann nehme ich einen Prosecco.«

Mit einer Megatüte saure Zungen, einer Riesen-Toblerone, dem Prosecco und einem Haufen Klatschzeitschriften will ich gerade den Kiosk verlassen, als mir der Dreitagebartmann entgegenkommt. Ich – knallrot, verschwitzt, mit klebrigem Haar und dem zweitpeinlichsten Einkauf nach Dildo und Gleitcreme – halte den Kopf gesenkt.

Er sagt distanziert: »Hallo.«

Ich murmele ebenfalls ein »Hallo«, aber das hört er vermutlich schon nicht mehr.

Später liege ich auf meinem Sofa und versuche meine brennende Scham mit Aperol Sprizz zu lindern, aber es gelingt mir nicht.

Ich versuche, Pia zu erreichen, kriege aber nur ihre Mailbox. Weil ich unbedingt was loswerden muss, labere ich eben die voll. Viermal. Den ersten Anruf widme ich dem Thema, wie sehr ich mich in Laura getäuscht habe. Beim zweiten Anruf gestehe ich Pia, dass man mich auf der Arbeit für eine Crackirre hält und dass ich meine Eltern angelogen habe, was Florian angeht. Bei der dritten Nachricht, jammere ich herum, dass ich am liebsten einfach abhauen und alles hinschmeißen würde. Und als ich das vierte Mal auf ihre Mailbox quatsche, sage ich ihr, wie sehr es mich verletzt hat, dass sie ihr Versprechen nicht gehalten hat, immer meine beste Freundin zu bleiben. Denn sie sei die Liebe meines Lebens gewesen – rein platonisch gesehen, versteht sich.

Dann weine ich ein bisschen.

Irgendwann wache ich auf dem Sofa auf. Es ist Montagmorgen. Gut, dass mich bei der Arbeit niemand erwartet, denn so kann ich dem Zusammentreffen mit Laura aus dem Weg gehen und meinen Eltern die Farce »Mein Freund, der Filialleiter« vorspielen.

Eigentlich ist es totaler Wahnsinn, das überhaupt zu versuchen, schließlich klebt mir im Moment das Pech an den Fingern wie ein frischer Popel. Es wird bestimmt in einer Katastrophe enden, aber im Moment habe ich nicht die Kraft, einen anderen Plan zu fassen – oder der Auseinandersetzung mit meiner Mutter ins Auge zu sehen. Das habe ich jetzt achtundzwanzig Jahre rausgeschoben, da muss ich es nicht an einem Tag machen, an dem ich mich sowieso beschissen fühle. Deswegen gehe ich einfach stumpf meiner Bestimmung nach, wie ein Huhn, das pickt und scharrt, pickt und scharrt, tagaus, tagein, bis ihm irgendwann der Hals umgedreht wird.

Andy und ich haben uns Folgendes überlegt: Ich treffe meine Eltern um zehn Uhr vor dem Geschäft und halte sie ein paar Minuten hin. Andy schlüpft durch den Seiteneingang und besorgt sich aus der Lifestyle-Abteilung ein Hemd, das seiner Position angemessen ist. Dann treffen wir uns am Golf-Shop. Andy wird meinen Vater ein bisschen beraten und ihm dann sagen, dass die besten Schläger gerade nicht vorrätig seien, er ihm aber welche zurücklegen würde, damit er sie beim nächsten Besuch kaufen könne. Dann gehen wir, und alles ist in Butter.

Zu vermeiden ist unter allen Umständen Folgendes:

Punkt 1: der Kauf von irgendwelchen Sachen durch meine Eltern, weil es natürlich keinen Filialleiterrabatt gibt.

Punkt 2: die Begegnung mit dem echten Florian.

Punkt 3: das Durchdrehen meinerseits.

Die Schuhabteilung, wo der echte Florian arbeitet, liegt im Erdgeschoss. Das ist gut, denn der Golf-Shop befindet sich auf der obersten Etage. Es ist ein Protz-Shop mit Driving Range und Putting Green, so dass jeder Schnösel seine Schläger ausprobieren und Bälle in ein großes Netz dreschen kann.

Ich finde es ja äußerst bedenklich, dass Andy ausgerechnet Golfschläger an den Mann bringen soll, denn Golf ist bekanntlich eine dieser Sportarten, wo es für jede Kleinigkeit einen Fachbegriff gibt. Aber Andy hat mir versichert, dass er alles draufhabe, nachdem er gestern Nacht das Golfermagazin und etliche Schulungsvideos studiert habe.

Ich begrüße meine Eltern und versuche, mir meine Nervosität nicht anmerken zu lassen.

Ich hatte natürlich Recht damit, dass meine Mutter wieder irgendeinen Fernsehtermin hatte. Sie war gestern Abend bei Günther Jauch. Ihr Auftritt hat sie selber begeistert, und das ist gut, denn sie ist so zufrieden, dass sie mich nicht mit irgendwelchen unangenehmen Fragen löchert. Außer mit der, wieso ich am Montagmorgen nicht ins Büro müsse. Aber ich beruhige sie mit der Ausrede, dass ich gestern Abend vorgearbeitet hätte.

Wir gehen in den Laden. Kurz nach der Öffnung ist natürlich noch nicht viel los, und als Kunde fällt man viel mehr auf. Als wir die offene Treppe nach oben laufen, gleiten meine verschwitzten Hände über das Geländer wie ein Klecks Butter in einer heißen Pfanne.

»Hallo«, grüßt uns jemand.

Ich zucke zusammen, doch es ist nicht Florian, sondern ein anderer jung-dynamischer Verkäufer in der Sport-Becker-Kluft mit rotem T-Shirt und schwarzer Hose.

Unbehelligt erreichen wir die oberste Etage, und ich erlaube mir ein leises Aufatmen. Andy ist tatsächlich da. Er trägt ein weißes Hemd mit dezenten hellblauen Streifen und hat sich sogar ein Namensschild besorgt, auf dem Florian Hinterkausen und Filialleitung steht. Er sieht richtig seriös aus, wie er da wichtig an den Golftaschen rumfummelt.

Jovial begrüßt er meine Eltern und führt sie wie der stolze Besitzer eines kürzlich erworbenen Eigenheims durch die Gänge. Zum Glück sind wir alleine hier oben. Weder Verkäufer noch Kunden sind zu sehen.

»Das sind die Golftaschen, hier sind die Bälle, da haben wir die Handschuhe«, erläutert er, als ob das nicht jeder Tölpel auf den ersten Blick erkennen könnte. Mir schwant Übles. »Und hier sind also die Schläger. Wir haben alle wichtigen Marken. Da!« Er drückt meinem Vater ein schwarz-silbernes Gerät in die Hand. »Das ist ein Driver von Mizuno. Probier ihn am besten mal aus.« Andy begleitet meinen Vater auf den Kunstrasen, wo er den Schläger hin- und her schwingen lässt. »Ja, das ist gut«, sagt Andy. »Am Ende des Rückschwungs muss der Golfschläger genau über deinem Kopf schweben. Nein, ich sehe schon, dieser Schläger ist für dich nicht der richtige.«

»Aber er fühlt sich gut an«, sagt mein Vater.

»Ja, der Griff *fühlt* sich angenehm an, ist aber zu dick, und damit hat der Ball die Tendenz nach rechts zu fliegen.« Schon hat er meinem Vater den Schläger entwendet und reicht ihm einen anderen. »Nimm mal den hier, die Big Bertha von Callaway, hundert Prozent Titan, ein wunderbarer Sweetspot.«

»Was ist denn ein Sweetspot?«, fragt meine Mutter.

»Ist doch egal, sieht toll aus!«, sage ich schnell.

Doch Andy doziert lässig: »Der Sweetspot ist der ideale Auftreffpunkt auf dem Schlägerblatt, der die maximale Übertragung der Schlagkraft gewährleistet. Ist auch der Punkt, an dem sich der Schläger am wenigsten verkantet.«

»Aha«, sagt meine Mutter, und ich bin nicht minder beeindruckt.

Mein Vater drischt auf den Ball, der in das große Netz fliegt und dort heruntertropft.

»Dein Schwung ist schön rhythmisch«, lobt Andy, und bald glaube ich selber, dass er hier Filialleiter ist.

»Von Callaway haben wir noch ein Eisenset.« Andy zeigt es ihm.

Mein Vater testet auch dieses. Ein weiterer Kunde kommt in den Golfshop, und es kann nicht mehr lange dauern, bis ein echter Verkäufer hier aufschlägt. Ich gebe Andy ein Zeichen, dass er voranmachen soll.

»Die Schlägerwahl ist ja eine Bauchentscheidung«, behauptet Andy plötzlich, »da muss man gar nicht lange rumprobieren.«

»Ach so«, sagt mein Vater, »ich dachte, man müsste den Schläger an die Körpergröße und so weiter anpassen.«

»Papperlapapp. Das machen nur Wichtigtuer. Wenn du dich mit dem Schläger wohlfühlst, dann ist das schon in Ordnung.«

Mein Vater schwingt den Schläger hin und her. Der andere Kunde, ein schlanker weißhaariger Mann im gelben Kaschmirpulli, ist bei den Schlägern angelangt und inspiziert die Auswahl. Mein Fluchtinstinkt ist aktiviert.

Mein Vater sagt: »Gut, dann nehme ich das Set und den Driver.«

»Das ist eine gute Wahl«, sagt Andy.

Ich schaue ihn erschrocken an.

»Aber nicht die beste«, fügt er an.

»Nein?«, fragt mein Vater.

»Nein. Definitiv nicht.« Er senkt die Stimme, als verrate er ein Staatsgeheimnis. »Nächste Woche bekommen wir ein brandneues Schlägerset, das alles bisher Dagewesene toppt.«

»Aber nächste Woche sind wir nicht mehr da. Meinst du nicht, diese taugen auch?«

»Meine ehrliche Meinung?«, sagt Andy. »Das ist Schrott.«

Mein Vater guckt verwirrt. Und auch der ältere Herr ist hellhörig geworden und kommt zwei Schritte auf uns zu.

»Entschuldigen Sie, dass ich mich einmische«, sagt er, »aber ich wollte auch diese Schläger kaufen.«

Andy stiert ihn einen Moment unschlüssig an. »Ja, äh, natürlich.«

»Also, Sie meinen, die taugen nicht?«

»Äh, ja.«

»Aber der andere Verkäufer hat sie mir so empfohlen!«

»Hören Sie auf ihn«, sagt meine Mutter und zeigt auf Andy. »Er ist der Chef.«

»Nun, es ist so.« Andy atmet tief ein. »Golf ist ein Individualsport, und jedes Individuum hat andere Bedürfnisse. Wir suchen für jeden den Schläger, der optimal passt!«

Der Herr mustert meinen Vater. »Aber wenn der Schläger für ihn Schrott ist, wie kann er da für mich optimal sein?«

»Nun, äh…«

Ein echter Verkäufer taucht mit einer stattlichen Anzahl Schlägern auf. »So, Herr Meisen, hier ist Ihr Pro-Set!«, ruft er.

Herr Meisen geht dem Verkäufer entgegen und sagt: »Ich habe es mir anders überlegt. Ich will auch die brandneuen Schläger, die Sie nächste Woche bekommen.«

Mein Herz fängt an zu bummern. Ich schneide Grimassen in Andys Richtung, und er kapiert sofort und führt meine Eltern in Richtung Treppe, wobei er labert, was das für ein Fehler wäre, jetzt irgendeinen Ramsch zu kaufen, der einem den Schwung ein für alle Mal verdirbt. Ich halte die Stellung, um den ordnungsgemäßen Rückzug meiner Mannschaft zu gewährleisten.

Herr Meisen steht immer noch fordernd vor dem Verkäufer, der nicht weiß, wie ihm geschieht. »Aber das sind unsere besten Schläger. Bernhard Langer hat auch schon damit gespielt«, sagt er überrascht.

»Aber Ihr Vorgesetzter hat gesagt, die hier«, Herr Meisen zeigt auf die funkelnde Kollektion Schläger, »seien Schrott.«

»Wer?«

»Ihr Chef. Dort drüben.«

Irritiert guckt der Verkäufer sich um. »Meinen Sie den Mann in dem weiß-blauen Hemd?«

»Meine Güte, Sie werden ja wohl noch Ihren Chef erkennen«, fährt Meisen den Verkäufer an.

Der überlegt einen Moment. »Warten Sie bitte hier, Herr Meisen«, sagt er. »Ich werde das eben klären.« Er geht Andy hinterher.

Andy marschiert schneller. »Kommt«, sagt er zu meinen Eltern, »im Erdgeschoss gibt es eine tolle Rabattaktion.«

Ich sehe die Köpfe von zwei Frauen herumfliegen, als sie das Wort Rabatt hören. Andy erreicht die Treppe und eilt mit meinen Eltern runter. Der Verkäufer ist nur zehn Meter hinter ihnen, da werfe ich mich ihm in den Weg. Er stoppt abrupt und sieht mich aus seinen wässrigen Augen missbilligend an.

Er ist einer dieser typischen Aufschwatzer, wie man sie auch in Autohäusern oder Banken findet, mit einem belanglosen Gesicht und blinkendem Namensschild, dessen Selbstgefälligkeit aus dem täglichen Umgang mit Luxusgegenständen herrührt, als ob alleine die Anwesenheit von Golfschlägern ihn zu einem Mitglied der High Society machen würde.

Mein Körper gibt eine Dosis Adrenalin frei, und ich sage aufgeregt: »Ich suche nach diesen Dingern für meine erste Golfstunde.«

Der Verkäufer will einfach an mir vorbeigehen, aber ich stelle mich hartnäckig vor ihn. »Jetzt schickt man mich von Pontius nach Pilates, und niemand weiß was.« Mein Humor prallt an ihm ab wie ein Dartpfeil an einer Steinmauer.

»Warten Sie bi...«, fängt er an, als mir der Satz einfällt, den Pia mal »die beste Verkäufer-Aufmerksamkeits-Sicherungs-Methode« genannt hat.

»Also bitte«, rufe ich schmollend. »Wen muss ich denn hier *vögeln*, um diese Dinger zu bekommen?«

Das Wort vögeln tut tatsächlich seine Wirkung. Die Augen des Verkäufers blitzen auf, sein Vorhaben, Andy zu verfolgen, scheint vergessen. Er schaut mich von oben bis unten an, sein kleines Hirn arbeitet und arbeitet, und fast rechne ich schon damit, dass er sagt: »Na, mich.«

Aber er fragt nur irritiert: »Was? Was für *Dinger*?«

»Na, diese kleinen, die man immer braucht, um den Ball wegzuschlagen.« Ich klimpere mit den Wimpern.

»Tees?«

»Wenn *Sie* das sagen.« Ich kichere kokett.

»Tees sind hier im Regal.«

»Ich möchte aber welche in Pink!«, maule ich. »Die passen besser zu meinem Minirock.« Ich klimpere nochmal mit den Wimpern.

Der Verkäufer glotzt verwirrt.

Herr Meisen ist uns gefolgt und fragt: »Was ist denn nun mit diesen brandneuen Schlägern?«

Der Verkäufer wendet sich wieder ihm zu, er klappt den Mund auf und zu, ich diagnostiziere Reizüberflutung zweiten Grades und mache mich aus dem Staub.

An einem Sonderangebotstisch mit Yogamatten im Erdgeschoss hole ich meine Eltern ein.

»Die sehen gut aus«, sagt meine Mutter

»Und die sind so günstig!«, ruft mein Vater.

»Ach«, sagt Andy, »alles aus China, total schadstoffbelastet. Würde ich nicht nehmen.«

Eine Kundin auf der anderen Seite des Tisches fragt: »Ehrlich?«

»Ja«, sagt Andy, »ich kämpfe beim Mutterkonzern für andere Lieferanten, aber es ist ein Kampf gegen Windmühlen. Sie wissen schon, wegen der Korruption.«

Ich knuffe Andy in den Arm, damit er aufhört.

»Habt ihr denn überhaupt keine qualitativ guten Sachen?«, fragt mein Vater erstaunt.

»Doch«, sagt Andy, »die Hantelstangen sind sehr solide.«

Bevor er sich in einem Exkurs über Stahlverarbeitung ergehen kann, muss ich handeln. Dringend. Denn aus dem

Mitarbeiteraufzug steigt gerade Florian. Der echte Florian. Seine Haare wippen. Aus dem Mofahelm ist ein krauser Turban geworden. Er sieht aus, als wäre er zwei Meter groß. Lackaffe. Er kommt mit einer Ladung Jogginghosen über dem Arm in unsere Richtung. Noch hat er mich nicht gesehen.

»So, Leute, wie wäre es mit einem Kaffee?« Ich schiebe meine Eltern Richtung Ausgang. Andy folgt ihnen.

Noch zehn Meter bis zum rettenden Ausgang – fünf, vier, drei. Die Schiebetür gleitet auf, Andy und meine Eltern gehen hinaus.

Ich bin genau hinter ihnen, da kommt mir eine Frau entgegen, die mir bekannt vorkommt. Die Baseballkappe, der wippende blonde Pferdeschwanz, das tolle Fahrgestell, wie Sabrina gesagt hatte. Die Frau mit dem blauen Rennboot! Was macht die denn hier? Ich verlangsame meinen Schritt.

»Kommst du?«, höre ich meine Mutter rufen.

»Geht schon vor, ich komme nach!«, sage ich, drehe mich wie ferngesteuert um und folge unauffällig dem wippenden Pferdeschwanz.

Ich sehe Florians Rücken, er steht vor einem Regal und sortiert Hosen ein. Die Blondine sieht ihn ebenfalls, geht aber, ohne ihn zu beachten, weiter. Entweder sie will sich zufällig eine neue Kappe kaufen, oder sie will Sex. Sie läuft an den Rucksäcken und Taschen vorbei, zwischen den Regalen mit den Bällen hindurch. Mein Herz pocht bis zum Hals. Sie steuert Kasse drei an. Die Kasse ist leer. Daneben steht das kleine weiße Pult mit dem Mikrofon. Die Tussi sieht sich um. Kein Verkäufer zu sehen.

Sie huscht hinter den Kassentisch, drückt die Taste und haucht in das Mikrofon: »Einundachtzig bitte sechs.« Im ganzen Geschäft schallt es durch die Lautsprecher: »Einundachtzig bitte sechs!«

1981 ist Florians Geburtsjahr.

Und die sechs – na, ist ja wohl klar, wofür das steht.

Sie weiß es!

Sie kennt den Trick! *Unseren* Trick. Unseren Lass-uns-Sex-an-einem-verbotenen-Ort-haben-Trick. Dieses Schwein hat eine neue Freundin! Mister »Ich habe anderthalb Jahre verschwendet, um aus dir eine coole Frau zu machen«-Arsch hat eine neue Freundin und nichts Besseres zu tun, als sie gleich in unsere geheimsten Geheimnisse einzuweihen. Das geht ja wohl gar nicht!

Das Adrenalin von eben bekommt Nachschub. Es flutet meinen Körper, mein Gehirn schrumpft, meine Muskeln schwellen an. Ich bin stark. Und kampfbereit. Schnell laufe ich zur Abteilung mit den amerikanischen Sportarten und schnappe mir einen Baseballschläger.

Dieses Mal, lieber Florian, wirst du nicht ungeschoren davonkommen. Ich brauche die Frau nicht verfolgen. Ich weiß, wo sie hinwill. Zur rollstuhlgerechten Umkleidekabine am hintersten Ende des Verkaufsraumes. Sie schaut sich um und schlüpft durch die große Flügeltür in die riesige Kabine mit den Haltegriffen, der Sitzbank, dem großen Spiegel und dem gedämpften Licht.

Ich muss nicht lange auf Florian warten. Da kommt er auch schon, die Vorfreude ist ihm ins Gesicht getackert. Ich ducke mich hinter einen Ständer mit Schwimmnudeln und warte auf das leise Klacken, mit dem er die Tür zuzieht. Eine Minute später schlendere ich zur Kabine, zücke den Baseballschläger und schiebe den Stiel durch beide Griffe der Flügeltür. So lässt sie sich von innen nicht mehr öffnen.

»*Bang, Bang, she shot me down, bang, bang, I hit the ground…*« Nancy Sinatra summend gehe ich von dannen.

Wenn sie rauswollen, wird Florian den Notrufknopf bedienen müssen. Und dann wird jeder wissen, was der angehende Herr Filialleiter während der Arbeitszeit so treibt. Und das ist definitiv *nicht* Dienst nach Vorschrift. *Bang, Bang!*

»Sorry, hat etwas länger gedauert«, rufe ich fröhlich, als ich ins Café komme, und weil ich so aufgedreht bin, gebe ich Andy einen Schmatzer auf die Wange.

Er wirft mir einen fragenden Blick zu, aber ich strahle ihn nur im Adrenalinrausch an. So was habe ich noch nie gemacht, und es fühlt sich verdammt gut an. Hi hi! Ich bin wie besoffen. Das hat wirklich großartig geklappt, und Andy war auch toll! Wir brauchen nur noch einen Kaffee trinken und meine Eltern verabschieden, und dann habe ich zumindest dieses Problem geschmeidig gelöst.

»Ich habe deinen Eltern gerade erzählt, dass wir natürlich Kinder wollen«, sagt Andy.

»Das finde ich ganz toll!« Meine Mutter tätschelt meinen Arm.

»Ja«, sage ich. »Mindestens zwei Kinder!«

»Und einen Haufen Haustiere«, ruft Andy. »Hunde, Katzen und vielleicht sogar Meerschweinchen.«

Ich gucke verwirrt.

»Haustiere?«, fragt mein Vater zweifelnd.

»Nina mag keine Haustiere«, stellt meine Mutter fest und mustert Andy.

Der wird rot. »Oh. Da habe ich wohl was falsch verstanden.«

»Und was macht deine Karriere, Mama?«, wechsele ich das Thema. »Wieder irgendein Bestseller in Arbeit?«

Aber sie hört nicht hin. »Wie lange, sagtest du, bist du schon Filialleiter, Andy?«

»Ähh ... ein Jahr.« Es klingt eher wie eine Frage.

»Aber Nina hat gesagt, du seiest gerade erst befördert worden.«

»Ja, also die Probezeit ist gerade vorbei«, windet sich Andy.

Meine Eltern gucken ihn an, gucken mich an. Mein Vater rafft gar nichts, aber meiner Mutter ist das Misstrauen ins Gesicht geschrieben. Und ich fühle mich plötzlich verkatert, überlastet und dem Ganzen überhaupt nicht mehr gewachsen. Ich möchte einfach abhauen.

»Nina, was sagst du dazu?«, fragt meine Mutter. »Da stimmt doch was nicht.«

»Ja, du hast Recht. Da stimmt was nicht«, platzt es plötzlich aus mir heraus. Mir ist auf einmal alles egal. Ich habe keine Kraft mehr, mein Lügengebäude instand zu halten. »Florian ist überhaupt kein Filialleiter. Er arbeitet nicht mal bei Sport Becker! Das habe ich nur gesagt, um euch zu beeindrucken. Und er heißt auch nicht Florian, sondern Andy. Und er ist mein Nachbar und nicht der zukünftige Vater meiner Kinder.«

»Sag das nicht«, grinst Andy.

»Andy, halt die Klappe«, fahre ich ihn an. Mein Vater runzelt die Stirn, meine Mutter guckt wie ein Ölgötze. »Von Florian habe ich mich vor ein paar Wochen getrennt, weil er ein Idiot ist, der sich in meine Angelegenheiten eingemischt hat und mir dauernd vorschreiben wollte, was ich zu tun habe. Und wenn ihr jetzt denkt, kein Mann hält es mit mir aus, dann ist das euer Problem.« Ich halte einen Moment die Luft an.

Andy zeigt mir den Daumen hoch.

»Du lügst mich an? Mich und deinen Vater?«, fragt meine Mutter mit beunruhigend leiser Stimme.

»Ja, das tue ich«, rufe ich. »Oder besser gesagt: Das habe ich getan. Damit ich meine Ruhe habe vor dir und deinen wahnsinnig tollen Tipps für ein erfolgreiches Leben. Denn wenn du denkst, dass mit meinem Leben irgendwas nicht in Ordnung sein könnte, nervst du mich unablässig mit deinen Ratschlägen! Tu dies, tu das, mach es so, oder mach es so. Das hält kein Mensch aus!«

Meine Mutter wird kalkweiß unter ihrer Mallorcabräune. Ihr Lipgloss-Lächeln ist verschwunden, eine steile Falte hat sich auf der Stirn eingegraben.

»Und im Übrigen bin ich auch nicht mehr geschäftsführende Redakteurin. Man hat mich rückbefördert, und vielleicht werde ich auch gefeuert. Finde dich damit ab: Ich werde niemals so erfolgreich sein wie du.«

Papa sagt: »Na gut. Dann haben wir ja alles geklärt. Möchte noch jemand einen Kaffee?«

Aber ich bin noch nicht fertig. »Weißt du, Mama. Es ist schön für dich, dass *du* keine Probleme hast. Aber mein

Leben ist eben nicht perfekt. Dafür ist es *meins*. Und auch wenn es mal nicht so gut läuft, ich krieg das schon irgendwie hin, auch wenn du mir das nicht zutraust. Aber das ist mir wurscht. Dazu sage ich nur: Flush it!«

Ich ziehe an der imaginären Klosettspülung, meine Mutter schüttelt verächtlich den Kopf, mit Augen wie Murmeln aus Stahl. Ich stolpere hinaus, tränenblind.

29

Mein Leben ist offiziell im Eimer. Jetzt hasst mich auch noch meine Mutter. Nur weil ich so doof war, einmal die Wahrheit zu sagen. Meine Kollegen halten mich für ein Psychowrack, weil ich so doof war, wegen meiner angeblich besten Freundin das erste und einzige Mal in meinem Leben Drogen zu nehmen. Ich habe keinen Mann, keine beste Freundin, keine Freunde. Gut, bis auf meinen verrückten Nachbarn vielleicht. Aber ansonsten gibt es niemanden, der mich vermissen würde. Mir bleibt gar keine andere Wahl. Ich muss das Land verlassen. Ich werde nach Thailand fliegen, das Land des Lächelns, und mich unter eine Palme legen, Piña Coladas trinken und mich anlächeln lassen, bis mein Selbstwertgefühl wieder auf dem Damm ist. Und wer weiß, ob ich jemals wieder zurückkomme. Genauso werde ich es machen.

Seit meinem Ausbruch in dem Café bin ich planlos durch die Kölner City gelaufen und bemerke jetzt, dass ich am Mediapark gelandet bin. Da hat mein Unterbewusstsein ja schon vor mir gewusst, was ich machen werde. Brav! So kann ich direkt zu Christian gehen und ihm sagen, dass ich mich entschlossen habe, sein Angebot anzunehmen und sechs Wochen Urlaub zu machen. Kündigen kann ich dann immer noch.

Nachdem diese Entscheidung gefallen ist, fühle ich mich befreiter. Weglaufen und alles hinschmeißen, wenn man verloren hat, ist wirklich viel besser als sein Ruf! Hab ich ja immer schon gesagt.

Ich öffne die gläserne Tür zur Redaktion. Ich werde meinen Kolleginnen jetzt zeigen, dass ich mich von meiner Degradierung nicht unterkriegen lasse, und dann einfach die Biege machen. Ruth schaut von ihrem Computer hoch, und ein mitleidiges Lächeln erscheint auf ihrem spitzen Aasgeiergesicht.

»Hallo, Nina«, sagt sie.

Ein Schluchzer rast in Schallgeschwindigkeit meine Kehle hinauf, und ich fange an zu flennen. Kann das denn wahr sein? Mein blödes Unterbewusstsein macht doch immer, was es will! Ich sollte es dringend mal in die Unterbewusstseinsschule schicken, wo es dann Sitz!, Platz!, Fass! und Aus! lernt.

»Ach, Nina, das wird schon wieder«, sagt Ruth, und ich laufe schnurstracks auf die Toilette, schließe mich in einer Kabine ein, hocke mich auf den Klodeckel und heule vor Wut darüber, dass ich mich nicht zusammenreißen konnte. Schon wieder nicht!

In einer Schluchzpause höre ich durch das geöffnete Kippfenster, dass sich Stimmen nähern. Vor diesem Fenster ist die Feuertreppe, die manchmal von den Mitarbeitern genutzt wird, um eine zu paffen. Die akustische Nähe meiner Kollegen sorgt für einen abrupten Heulstopp. Ich erkenne Svenjas kratzige Stimme.

»Als du mir erzählt hast, dass sie die Bauchwegslips gestohlen hat, konnte ich das ja erst nicht glauben.«

Ein Schauer läuft mir den Rücken runter. Sie redet über mich! Aber mit wem?

»Ja. Ich hatte auch Schwierigkeiten, das und vieles andere, was Nina macht, zu verstehen«, höre ich Lauras Stimme.

Dann meldet sich eine Dritte zu Wort. »Ich hatte sie ein paarmal gefragt, ob wir zusammen was unternehmen, aber sie hat immer aus fadenscheinigen Gründen abgesagt«, berichtet Birgit. »Daran hätte ich schon merken können, dass sie massive psychische Probleme hat.«

Spinnst du?, möchte ich schreien. Ich bin ein achtundzwanzigjähriges Partymädchen! Wenn ich Interesse hätte an litauischer Textilkunst oder irgendwelchen verschrobenen Filmen von tatterigen Regisseuren, dann wäre das ja wohl ein Zeichen dafür, dass ich nicht mehr alle Tassen im Schrank hätte.

»Ich habe von Anfang an gedacht, dass mit ihr was nicht stimmt«, sagt Laura jetzt. »Ich meine, sie hat doch völlig dreist ihren Freund betrogen.«

»Unmöglich«, kommentiert Birgit. »Sie hat einfach null Anstand.«

»Ich fand sie eigentlich immer nett«, sagt Svenja zögerlich, »aber was du alles über sie erzählt hast, wirft natürlich ein ganz anderes Bild auf sie.«

»Apropos Bild«, sagt Laura. »Ich habe ein paar Fotos aus Ibiza, die beweisen, wie krank sie ist. Guckt mal hier.«

In der folgenden Minute folgt ein Entsetzensruf dem nächsten. Ich bebe vor Zorn. Ich kann mir denken, was sie alles aufgenommen hat. Mein schreckliches Make-up zum Beispiel, oder wie ich selbstvergessen tanze.

»Oh nein«, kreischt Birgit. »Was ist das denn für ein Typ?«

»Mit dem hat sie am Strand rumgemacht«, sagt Laura. »Eklig, oder?«

»Mein Gott, das hätte ich nicht gedacht, dass sie *so* gestört ist!«, sagt Svenja.

»Aber sie sieht es selber überhaupt nicht ein«, sagt Laura. »Sie findet sich ja normal.«

»Zum Glück ist sie nicht mehr unsere Vorgesetzte«, sagt Birgit.

»Nee, das bist ja du jetzt«, sagt Laura.

Mir ist heiß und kalt gleichzeitig. Ich möchte am liebsten rausrennen und Laura eine knallen oder sie vom Balkon stoßen oder, besser noch, einfach nicht mehr da sein. Mit halbem Ohr höre ich, dass meine Kolleginnen über eine große Präsentation von *Women's Spirit Internet-TV* am nächsten Dienstag reden, bei der auch ein Redakteur von *Vox* dabei sein wird.

»Das war eine gute Idee von dir«, sagt Svenja, »den Szenekosmos einem Fernsehsender anzubieten.«

»Ja«, erwidert Laura, »da lohnt sich der Aufwand erst. Und wir können mit einem richtigen Kameramann drehen und nicht nur mit David. Der kann vielleicht das Schnittprogramm bedienen, aber gut filmen kann er nicht.«

»Ich fand das gar nicht schlecht, was ihr beim letzten Mal gemacht habt«, sagt Birgit.

»Sorry, wenn ich das sage, Birgit, aber ich habe natürlich die meiste Fernseherfahrung.« Laura lacht. »Dafür bist du jetzt geschäftsführende Redakteurin.«

»Klingt echt noch ungewohnt«, sagt Birgit.

»Für wie lange fährt Christian mit nach Ibiza?«, fragt Svenja.

»Nur für einen Tag«, sagt Laura mit Bedauern in der Stimme.

»Hat er eigentlich immer noch Eheprobleme?«, fragt Birgit.

»Ja«, behauptet Laura, »und Nina hat das gewusst und Christian aber so was von dreist angebaggert auf Ibiza.«

»Echt?«

»Ja. Deswegen hat sie sich auch so zugedröhnt – um keine Hemmungen mehr zu haben. Stell dir vor, sie hat ihn sogar auf ihr Hotelzimmer gelockt.«

»Nein!«

»Doch! Davon habe ich sogar zufällig auch ein Foto. Hier!«

Zufällig? *Zufällig?* Jim fällt mir ein, wie er mit seinem Riesenfotoapparat in der Lobby rumhing. Er steckt mit Laura unter einer Decke!

»Nein! Mein Gott! Ist die fertig!«, rufen Svenja und Birgit.

»Und ist da was gelaufen?«, fragt Birgit.

»Nein. Christian hat zum Glück gemerkt, wie krank die Alte ist.«

Meine Hände zittern, als ich versuche, den widerspenstigen Handtuchspender dazu zu bewegen, ein einziges Mal mehr als drei Zentimeter frisches Handtuch rauszurücken. Vergebens. Ich zerre an dem weißen Stoff, aber nichts passiert.

Ich bin einfach ein Loser, der nicht gemerkt hat, dass er einen Pakt mit der Teufelin geschlossen hat. Mir ist schlecht vor Scham und Wut. Aber ich kann nicht einfach hingehen und die Wahrheit sagen, denn niemand würde mir glauben! Vor lauter Frust hämmere ich gegen den Handtuchspender und mit einem verächtlichen *Pssscht* surrt das Fitzelchen gebrauchtes Handtuch in die Tiefen des Geräts zurück.

»Nina, alles klar?« Ruth steckt den Kopf durch die Tür. »Christian hätte jetzt Zeit.«

30

Christian sagt, ein langer Urlaub sei sicher das Beste.

»Wo fährst du denn hin?« Er tut so, als wäre das eine harmlose Frage unter Kollegen.

Das geht dich nichts an, will ich am liebsten schreien. »Ich weiß noch nicht«, sage ich stattdessen.

»Ich kann dir eine gute Einrichtung empfehlen«, erwidert er.

Ich stehe auf und gehe schnell hinaus, weil ich schon wieder in Tränen ausbreche. Schade, dass Botox nur gegen Schwitzen hilft. Wenn es Botox auch gegen Heulattacken gäbe, wäre ich die Erste, die sich als Versuchskaninchen melden würde.

»Und wenn du wieder da bist, dann sehen wir, wie es weitergeht«, ruft mir Christian hinterher. Aber an dem pathetischen Ton erkenne ich, was er mir dann sagen wird: Das Vertrauensverhältnis ist kaputt, du kannst hier leider nicht mehr arbeiten.

Erst als ich die Redaktion verlasse, kann ich wieder atmen. Es fühlt sich an, als wäre ich aus einer Schlangengrube entkommen, verwundet, aber lebend. Auf dem Weg nach Hause mache ich einen Großeinkauf im Supermarkt, packe mir die verbotensten aller verbotenen Lebensmittel in den Korb und schleppe sie nach Hause.

Gerade habe ich es mir gemütlich gemacht, die *Doctor's Diary*-DVD eingeschoben, die Packung mit den Guten Geistern in Nuss aufgerissen, da klingelt es. Aber so wie sich mein Karma gerade aufspielt, kann das nur eine weitere schlechte Nachricht sein, die hinter der Tür auf mich lauert. Zum Beispiel Andy, der mir sagen will, dass ich meine Mutter nicht so hätte anmotzen sollen.

Also stelle ich einfach den Fernseher lauter, damit ich das Klingeln nicht höre. Aber derjenige lässt sich nicht abwimmeln. Ich esse eine krachende Handvoll Chips, um dem Geräusch von außen eines von innen entgegenzusetzen. Dann fängt mein Handy an zu summen. *Pia Mobil* lese ich auf dem Display.

»Gott sei Dank«, seufze ich und hebe ab. »Hi Pia«, sage ich, und mir wollen schon wieder die Tränen kommen, da sagt sie: »Machst du jetzt bitte endlich mal die Tür auf?«

»Was?«

»Du sollst die Tür aufmachen.«

»Woher weißt du, dass es bei mir klingelt?«, frage ich begriffsstutzig.

»Ich weiß auch, dass du *Doctor's Diary* ohne mich gucken willst.«

»Was?« Ich überlege, ob sie irgendwie meine Webcam gehackt hat und mich von Pittsfield, Massachusetts, USA, aus beobachtet.

»Jetzt mach auf, oder ich trete die Tür ein.«

Wie in Trance erhebe ich mich und öffne. Vor mir steht ein gut angezogener Bauch mit schlimmer Frisur und dem nettesten Zahnlückenlächeln der Welt.

»Pia!«, kreische ich hysterisch und falle ihr um den Hals, halb von der Seite, weil ich wegen ihres Bauches von vorne nicht drankomme. »Pia!«

»Hallo«, sagt sie grinsend.

»Pia«, rufe ich wieder und schüttele den Kopf, als wäre sie eine Fata Morgana.

»Meine Tasche habe ich unten stehen lassen, die konnte ich nicht hochschleppen.«

»Kein Problem, das mache ich. Geh schon mal rein.« Ich renne in Schallgeschwindigkeit runter, schnappe mir ihre Tasche und schleife sie hoch. Fast erwarte ich, dass alles nur Einbildung war, doch da steht sie tatsächlich in meiner Wohnung, in meiner Küche, und lächelt mich an. »Was machst du denn hier?«, rufe ich und stoße unkontrollierte Lacher aus.

»Ich habe deinen Anruf von Sonntag gehört und mir gedacht, du könntest Hilfe brauchen.«

»Du bist wegen *mir* hier?« Mir bleibt der Mund offen stehen vor lauter Verwunderung.

»Wegen wem sonst?« Sie sieht mich ernst an. »Du glaubst ja gar nicht, wie ich dich vermisst habe.« Ihre Augen werden feucht.

»Aber…« Mein Tränenkanal meldet ebenfalls Überflutung an, und schon brechen alle Dämme, und in einem Sturzbach fließt das Wasser die Wangen herunter. Wir fallen uns wieder in die Arme und heulen wie professionelle Klageweiber. »Aber das letzte Mal, als es mir schlechtging, da hast du noch nicht mal zurückgerufen!«

»Wann?«, schluchzt Pia.

Ich löse mich von ihr. »Als du in Flitterwochen warst,

habe ich dir einen Notruf auf den Anrufbeantworter gesprochen«, heule ich. »Und du hast mir nur eine blöde SMS geschickt!«

»Ich erinnere mich, dass du angerufen hast«, weint Pia und wischt sich die Tränen aus den Augen. »Aber da war kein Notruf drauf.«

»Doch!«, rufe ich vehement zwischen zwei Schluchzern.

Pia sieht mich einen Moment an, dann schlägt sie sich gegen die Stirn. »Aber klar! Unser Anrufbeantworter war eine Zeit lang kaputt und hat sich immer von selber abgeschaltet. Das haben wir aber erst nach unseren Flitterwochen bemerkt! Deswegen habe ich vielleicht nicht alles gehört.«

Lachen mischt sich in mein Heulen. »Was?«

»So muss es gewesen sein«, sagt Pia. »Oder meinst du im Ernst, ich hätte nicht zurückgerufen, du olle Kanaille?«

Ich mustere sie einen Augenblick – die grünen Augen, die Haare in ungewohntem Dunkelbraun, die irgendein Stümperfriseur zu einem fransigen, schiefen Bob geschnitten hat. Ihr Gesicht ist ein bisschen runder geworden, wie alles an ihr runder geworden ist, vor allem dieser gigantische Bauch.

»Durftest du denn überhaupt fliegen mit dem Baby?«

»Ja, klar«, lacht sie. »Ich bin erst in der zweiunddreißigsten Schwangerschaftswoche. Bis es kommt, dauert es also noch zwei Monate, auch wenn ich jetzt schon so aussehe, als würde ich platzen. Und ich fliege auch nächste Woche schon wieder zurück.« Sie setzt sich auf einen Stuhl. »Rob war natürlich nicht gerade begeistert, als ich gesagt habe, dass ich nach Deutschland müsse. Aber ich habe ihm gesagt, es sei sicher schlechter für das Baby, wenn ich krank vor Sorge sei um meine beste Freundin. Und dann hat er eingesehen, dass er mich nicht aufhalten kann und mir ein Erste-Klasse-Ticket gebucht. So, und jetzt raus mit der Sprache. Was ist das für eine Schlampe, die dich so verarscht hat?«

Ich mache uns einen Tee, wir kuscheln uns aufs Sofa, und ich erzähle ihr alles: von Florian (großer Lacher beim Ende in der Umkleidekabine), vom Dreitagebartmann (»Oha!«, sagt Pia ungeachtet meiner Proteste. »Da geht noch was!«), von Andy (Verwunderung über seine ungeahnten Fähigkeiten) und von meinen Eltern (»Irgendwann musste es mal krachen«, meint Pia). Und natürlich berichte ich ihr von der intriganten Laura, der ich vertraut habe, weil ich es nicht anders kannte.

»Und was unternehmen wir jetzt?«, fragt Pia kämpferisch, als ich zu Ende gesprochen habe. »Wie wollen wir die Alte fertigmachen?«

»Gar nicht«, sage ich und lehne mich zurück. »Ich habe damit abgeschlossen. Die ist es nicht wert.«

»Hallo?!«, ruft Pia. »Was laberst du für einen Feng-Shui-Scheiß? Meinst du, ich bin sechstausend Kilometer hierhergeflogen, um diese Tussi davonkommen zu lassen? Sie hat dir wehgetan. Das wird sie mir büßen!« Pias Augen funkeln.

Wie sie das so sagt, mit bebendem Bauch und dieser Falte zwischen den Augenbrauen, sieht sie schön und furchteinflößend zugleich aus, wie eine griechische Rachegöttin.

Ich muss lachen. »Mein Gott, ist das fantastisch, dich zu sehen.«

»Finde ich auch. Ich meine natürlich, *dich* zu sehen.«

Und dann kichern wir, als hätten wir drei Flaschen Prosecco intus. Alle Vorwürfe, aller Groll und all die Wut, die ich über Monate gehegt hatte, sind verschwunden angesichts meiner besten Freundin, die hier ist, in meinem Wohnzimmer, auf meinem Sofa, und die einzig und alleine wegen mir den weiten Weg hergekommen ist. Ich kann gar nicht sagen, wie gut mir das tut. Jetzt kommt alles wieder in Ordnung. Ich weiß es.

Wir reden den ganzen Abend. Pia erzählt mir von ihrem Leben in Pittsfield. Am Anfang sei es wirklich klasse gewesen, die Leute dort seien alle supernett und freundlich. Aber mit der Zeit habe sie gemerkt, dass zwar alle immer fragen, wie es einem ginge, aber wirklich wissen wolle es keiner. Und alle seien so spießig und verklemmt! Mit keiner Frau habe sie sich richtig unterhalten können. Und sie habe mich dann so vermisst, dass sie immer ganz schlimmes Heimweh bekommen habe. Besonders wenn wir telefoniert hätten. Und deswegen habe sie eine Zeit lang versucht, Abstand zu gewinnen, weil sie eben alles versucht habe, um sich dort wohlzufühlen. Rob zuliebe.

»Er ist wirklich total süß und lieb, und er tut alles für mich. Und ich tue auch alles für ihn«, sagt Pia und seufzt. »Aber es ist so schwer ohne dich!«

»Aber warum hast du dann ohne mich geheiratet?«, frage ich und fange fast wieder an zu heulen. »Das fand ich ganz schlimm. Und dass du mir erst so spät erzählt hast, dass du schwanger bist. Das hat mich auch sehr getroffen.«

»Ja, ich weiß«, sagt Pia traurig. »Das war ein Riesenfehler. Es war so: Robs Schwester hat viermal ein Baby in den ersten drei Monaten verloren, und Rob hat sich große Sorgen gemacht, als ich schwanger wurde. Er hat mich *angefleht*, es niemandem zu erzählen, weil er meinte, wenn es schiefginge, dann würde ich mich noch schlechter fühlen, wenn mich jemand darauf ansprechen würde. Seiner Schwester war es so gegangen, die war monatelang richtig depressiv gewesen. Und deswegen habe ich mich daran gehalten. Aber es ist mir unendlich schwergefallen, dir nichts zu sagen. Und es tut mir sehr leid. Ich wollte dich damit nicht verletzen.«

Sie macht eine Pause. »Und mit der Hochzeit war es so, dass Robs Eltern, die seit Ewigkeiten geschieden sind, einen Megastress veranstaltet haben. Der Vater wollte es für seinen einzigen Sohn so haben, die Mutter wollte es aber anders, dauernd riefen irgendwelche Tanten und Großmütter an, die auch noch mitmischen wollten. Es war total schrecklich. Und als wir dann in Las Vegas waren und die ersten zwölf Wochen der Schwangerschaft vorbei waren, haben wir spontan entschieden, dass wir den Zirkus nicht mitmachen wollen, und haben eben geheiratet.«

»Aber warum hast du mir das nicht erklärt?«, rufe ich verzweifelt.

»Du hast nicht gefragt. Und dann habe ich irgendwie gehofft, du würdest das nicht so schlimm finden«, sagt Pia zerknirscht. »Aber ich habe ein schrecklich schlechtes Gewissen und mache es wieder gut, versprochen.«

»Das hast du doch schon«, sage ich. »Du bist hier.«
Ich mustere ihre Frisur. »Aber gib es zu. Eigentlich bist
du nur gekommen, um mal wieder zu einem ordentlichen
Friseur zu gehen.«

Sie lacht. »Also ehrlich, ich war bei drei Friseuren in
Pittsfield, und einer war schlimmer als der andere. Da
denkt man, man wäre im Land der unbegrenzten Möglichkeiten, und dann gibt es noch nicht mal einen, der die
Haare ordentlich schneiden kann.«

31

»Stell dir vor, du bist die Braut in *Kill Bill*«, sagt Pia mit vollem Mund beim Frühstück. »Dein Codename ist Black Mamba.« Sie beißt wieder in das Schokocroissant.

»Gut«, sage ich, »ich wollte mir immer schon mal die Haare blondieren und mir einen bananengelben Catsuit kaufen.«

»Du musst die Rache ernst nehmen!«, tadelt Pia.

»Ich weiß, mein Rettungsring würde die Killerausstrahlung in einem hautengen Overall ein kleines bisschen beeinträchtigen. Wärst du mit einem Jogginganzug einverstanden?« Jetzt lacht Pia laut. »Und dann müsste ich natürlich erst mal nach Japan, um mir ein rasierklingenscharfes Schwert anfertigen zu lassen.«

Pias Gesicht wird wieder ernst. »Nee, Nina. Wir schlagen hier zu. Und heute. Du warst doch schon mal mit dem Schlüssel einer Nachbarin in ihrer Wohnung.«

»Ja.« Ich gucke sie verwundert an. »Und?« Sie zieht die linke Augenbraue hoch. »Nein!«, rufe ich entsetzt. »Das können wir doch nicht machen!«

»Hör mal. Diese Frau hat dir deinen Job weggenommen, deinen Ruf kaputt- und dich lächerlich gemacht. Sie ist kriminell! Was willst du machen? Ihr sagen, dass sie gemein zu dir war? Das wird nicht reichen. Außerdem«, fügt sie hinzu, »hast du mir nicht gestern lang und breit erklärt, dass die Rache an Florian sich so wunderbar angefühlt hat?«

Frau Meier schöpft überhaupt keinen Verdacht, als ich sie um den Schlüssel bitte. Ich sage ihr, ich würde eine Geburtstagsüberraschung für Laura planen, deswegen dürfe sie auch nicht wissen, dass ich in ihrer Wohnung war. Mit dem Schlüssel gehe ich runter auf die Straße, genauer gesagt: zu Mister Minit. Pia meint, es sei immer gut, einen Schlüssel zur Wohnung des Feindes zu haben.

»Sag mal, hast du drüben eine Agentenausbildung gemacht, oder was?«, frage ich grinsend, während wir auf die Kopie warten.

»Ach was, das ist der American Lifestyle«, sagt sie.

»Interessant. Mal sehen, was du noch alles auf Lager hast.«

Als wir die Tür aufschließen, frage ich leise: »Was wollen wir eigentlich anstellen?«

»Ich weiß noch nicht. Ihh! Wonach stinkt es hier?«

»Das ist irgendein Raumduft namens Living Room oder so. Laura meint, das sei Aromatherapie.« Ich habe den Satz noch nicht zu Ende gesprochen, da ist Pia schon zur Dachterrassentür gestürzt und hat sie aufgerissen.

»Meine Güte, das ist ja schlimmer, als mit einer Kosmetikverkäuferin Aufzug zu fahren!«, keucht sie. »Widerlich! Ich kann da nicht reingehen, davon muss ich kotzen.«

Sie bleibt also draußen sitzen, und ich mache eine

Runde durch die Wohnung. Komisch. Als ich Laura mochte, fand ich ihre Einrichtung elegant und geschmackvoll. Jetzt aber kommt mir ihre perfekte Innendekoration total abweisend vor. Als ob hier kein Mensch wohnen würde, sondern ein *Elle Decoration*-Klon, der ständig herumflaniert, um das wechselnde Tageslicht auf der Hochglanzlackmedienkonsole im Digitalfoto festzuhalten oder um mit einem empörten Schnalzen ein Staubkörnchen von dem Lichtdiffusor aus Opalglas zu entfernen.

Ich gehe ins Schlafzimmer, öffne den verspiegelten Kleiderschrank, der sich über eine ganze Seite des Zimmers erstreckt, und lasse meinen Blick über ihre tiptop aufgeräumten Klamotten schweifen. Sie hat echt eine Menge Schuhe.

Gedankenverloren betrachte ich die Fesselriemchen-Stilettos und stelle mir vor, wie sie damit umknickt, weil der Absatz urplötzlich abbricht. Den ein bisschen anzusägen, sollte kein Problem sein. Aber dann stelle ich die Schuhe wieder zurück. Sie können ja nun nichts dafür.

Mmmhh. Ich könnte irgendwelche Sachen verstecken, zum Beispiel diesen Koffer da. Sie würde ihn stundenlang suchen und sich fragen, ob sie verrückt geworden sei. Aber nein, dann würde sie ihre Putzfrau verdächtigen.

Ein schrilles Geräusch versetzt mich in Panik. Es dauert einen Moment, bis ich begreife, dass es geklingelt hat. Ich sprinte auf die Dachterrasse, wo Pia auf einem Liegestuhl so entspannt liegt wie auf dem Deck eines Kreuzfahrtschiffes. Mein Herz klopft bis zum Hals. »Wir müssen uns verstecken.«

»Ach was«, sagt Pia mit geschlossenen Augen. »Das

war bestimmt die Post. Wenn jemand reinkommen will, dann benutzt er seinen Schlüssel und klingelt nicht vorher.«

»Ach ja, stimmt ja.« Trotzdem bin ich auf einmal doppelt so nervös wie vorher. »Aber was, wenn jemand kommt?«

»Wer soll denn kommen? Laura ist bei der Arbeit, oder nicht?«

»Ja.«

»Na also.«

»Und was machen wir jetzt? Mir fällt nichts ein«, sage ich.

»Warst du schon im Arbeitszimmer?«

»Nein. Da ist ihr gemeingefährlicher Kater drin.«

Pia seufzt. »Also gut«, sagt sie. »Ich mache das.«

Ich helfe ihr auf, und sie zieht sich ihren Pulli über die Nase und folgt mir hinein. Langsam öffnen wir die Tür zum Arbeitszimmer.

»Maunz«, macht Pizzicato.

»Roger, alles klar.« Pia geht hinein, und ich schließe die Tür von außen.

Erstaunlicherweise ist nur ein leises Miauen zu hören. Nach fünf Minuten kommt sie ungeschoren wieder raus.

»Er hat dir nichts getan!«, flüstere ich.

»Du und deine Katzenphobie, liebe Nina, ihr beiden solltet auch mal über eine Trennung nachdenken.«

»Ha, ha. Hast du was gefunden?«

Sie streckt mir triumphierend einen schwarzen Filofax entgegen.

»Gib mal her.« Schnell blättere ich Lauras Terminkalender durch. »Sie fährt morgen nach Ibiza!«, rufe ich. »Und nächsten Dienstag ist die Präsentation von Szenekosmos für *Vox*.«

»Ich fliege Mittwochmorgen zurück«, sagt Pia. »Dann passt das ja. Was ist das da?« Sie zieht einen zusammengefalteten Zettel heraus, der zwischen den Seiten steckt, und faltet ihn auseinander. »Kannst du was damit anfangen?«

»Das scheint der Drehplan für Ibiza zu sein«, sage ich.

Christian kommt steht da bei Donnerstag mit roter Schrift und drei Ausrufezeichen und einem winzigen Herz dahinter. Wir schauen uns entsetzt an.

»Der Koffer!«, sage ich und laufe zurück ins Schlafzimmer.

Ich klappe ihn auf. Die noble Tüte mit der Aufschrift *Monas Lingerie* liegt obenauf. Wir betrachten einen Moment die schwarzen und roten Dessous aus Spitze und Satin.

»Sie will ihn verführen«, stellt Pia fest.

»Aber er ist verheiratet und hat zwei Kinder!«, rufe ich entsetzt.

»Glaubst du im Ernst, die würde vor so etwas zurückschrecken?«

»Nein«, seufze ich. »Natürlich nicht.«

»Wo ist das Badezimmer?«

Ich deute den Gang hinunter. Pia geht hinein und kommt mit einer Nagelschere zurück. Damit trennt sie an zwei Stellen ganz unauffällig die Nähte der teuren Slips auf.

»So«, sagt sie zufrieden. »Immerhin wird ihr das den

Auftritt versauen. Aber so weit lassen wir es ja sowieso nicht kommen.«

Wir verlassen die Wohnung, und ich bringe Frau Meier den Zweitschlüssel zurück, stecke mir meine Kopie ein, dann fahren wir nach Hause. Dort suche ich mir die Privatnummer von Christian aus dem Telefonbuch.

»Eva Henson«, meldet sich Christians Frau.

»Ja hallo, hier ist Nina aus der Redaktion.« Ich versuche ihr möglichst genau zu erklären, dass sie ihren Mann nicht nach Ibiza fahren lassen solle, weil Laura Lindner es auf ihn abgesehen habe und sie sehr zielstrebig sein könne, ja sogar über Leichen gehen würde. Ich erläutere eloquent, dass der Nährboden für jede Büroliebschaft bekanntlich ein gemeinsam gestemmter Erfolg und die anschließende Feier mit alkoholischen Getränken sei. Das Ganze weit weg von zu Hause potenziere die Gefahr um den Faktor vier. Und wenn Laura Lindner eine der handelnden Personen sei, dann könne man den Betrug als sicher ansehen. Ihr Mann dürfe also unter keinen Umständen mit Laura fahren.

Aber anstatt mir auf Knien zu danken, sagt Eva Henson die saudämlichen Worte: »Ich vertraue ihm.«

»Das ist ja auch gut so. Aber man kann *ihr* nicht vertrauen.«

»Was soll schon passieren?«, antwortet sie gelassen. »Zu einer Affäre gehören immer zwei.«

»Aber was, wenn sie ihm Ecstasy unterjubelt? Oder K.-o.-Tropfen! Bei der Frau ist alles möglich!« Ich merke, dass ich mich etwas schriller anhöre als beabsichtigt. Aber daran wird sie ja wohl merken, wie ernst ich es meine!

»Hör mal«, fängt Eva Henson an, »ich will mich ja nicht in deine Privatangelegenheiten einmischen, aber bist *du* nicht die mit dem Drogenproblem?«

»Mach, was du willst. Ich habe dich gewarnt«, sage ich genervt und lege auf. »Damit ist es offiziell nicht mehr unsere Angelegenheit.«

»Aber die armen Kinder!«, jammert Pia und hat Tränen in den Augen. »Stell dir vor, die Eltern lassen sich wegen dieser Laura scheiden. Wie schrecklich wäre das denn?« Sie schnieft und sieht mich mit hormonverklärtem Blick an.

»Das wäre wirklich schlimm. Aber was sollen wir machen?«

Sie zuckt mit den Schultern. »Du musst es verhindern!«

»Aber wie, wenn die beiden auf Ibiza sind?«

»Du musst eben auch nach Ibiza fahren.« Pia schaut mich mit ihren grünen Augen schmachtend an.

»Also gut«, seufze ich. »Dann fahre ich eben auch nach Ibiza.«

Pia drückt mir einen Kuss auf die Wange. »Du bist die Beste! Ich halte hier die Stellung und tüftele am Racheplan.«

»Du willst doch nur meine *Doctor's Diary*-DVDs gucken.«

»Beim Fernsehen habe ich die besten Ideen«, grinst Pia, und ich möchte nicht eine Sekunde daran denken, dass sie nächste Woche wieder aus meinem Leben verschwindet.

Ich habe keine Ahnung, wie ich mich auf so was Dämliches einlassen konnte. Rache ist nicht süß, Rache ist scheiße. Zumindest wenn man inmitten von lustigen Party-people auf dem Flughafen Ibiza auf seinen Koffer wartet, der einfach nicht kommen will, und einen dauernd jemand mit seinem Gepäckwagen rammt. Ich möchte echt mal wissen, wann endlich der Gepäckwagen-Führerschein eingeführt wird. Dann werde ich nämlich Gepäckwagen-Verkehrspolizistin und werfe mit Knöllchen nur so um mich.

Zu nah ans Gepäckband fahren – fünfzig Euro.

Überladen des Gepäckwagens mitsamt Verlieren von Gepäck – dreißig Euro.

Blockieren des Weges von Leuten, die ihr Gepäck selber schleppen – vierzig Euro.

In die Hacken fahren – hundert Euro und Führerscheinentzug!

Nach und nach lichtet sich die Menschen-Gepäck-wagen-Mauer um das Fließband. Der zerdötschte Karton mit dem roten Packband fährt jetzt schon die dritte Runde, und mein Koffer ist immer noch nicht da. Wie soll ich denn ohne Ausrüstung meine Mission erfüllen? Ich habe mir nämlich per Overnight-Express im Internet ein Riesenpaket Detektivequipment bestellt und mir mit Pias Hilfe einige Perücken und jede Menge ibizataugliche Klamotten besorgt. Aber die werde ich wohl nie wiedersehen! Damit ist mein Auftrag jetzt schon zum Scheitern verurteilt.

Das Gepäckband kommt mit einem Quietschen zum Stehen. Ein gelangweilter Spanier in Arbeitshosen schlendert daran entlang und nimmt den ollen Karton mit. Ich folge ihm in die hinterste Ecke des Flughafens, wo Kinderwagen, Surfbretter, Reisetaschen, Rucksäcke und anderes Gepäck wahllos durcheinanderstehen. Unter einer Golftasche finde ich meinen Koffer. Was für ein Glück!

Noch auf der Toilette des Flughafengebäudes verwandele ich mich – blonde Perücke, Sonnenbrille und Stirnband. Dazu ein Walla-Walla-Kleid im Indienstyle, und schon ist die Metamorphose perfekt. Die Verarsch-mich-ruhig-Nina ist weg, die schöne und coole und gewitzte Miss Undercover ist da. Und Miss Undercover hat voll den Check.

»Hotel Orchidea, por favor«, sage ich zum Taxifahrer und lasse mich elegant auf den Rücksitz gleiten. Er startet den Wagen und fährt los. »Stopp«, schreie ich. »Mein Gepäck!«

Da hat dieser Blödmann doch glatt meinen Koffer auf der Straße stehen lassen.

Eine Viertelstunde später bin ich im Hotel und hole meine Ausrüstung raus. Sie steckt in einem unauffälligen braunen Karton mit dem schlichten Aufdruck: *Investigativ! Top-Ausrüstung für die Personenüberwachung.* Ich packe ihn aus. Ein Fernglas, prima. Eine Lupe, ein Notizblock, ein Regenmantel, ein Knüppel – ein *Knüppel?* – und sonst nichts. Was soll das denn? Vielleicht hätte ich mir doch die Produktbeschreibung genauer durchlesen sollen. Na ja. Aber ich werde es auch so schaffen. Ich habe mir Folgendes vorgenommen:

Punkt 1: Dreharbeiten behindern.

Punkt 2: Zweisamkeit vermeiden.

Punkt 3: unter allen Umständen anonym bleiben.

Ich habe zu Pia gesagt, dass ich gar nicht wisse, ob ich

zu einer wirklichen Racheaktion fähig sei. Aber sie hat mir geraten, mich immer, wenn ich zögere, daran zu erinnern, dass sie allen Kolleginnen die schlimmen Fotos gezeigt habe. Und tatsächlich: Jedes Mal, wenn ich daran denke, schwappt eine Zorneswelle über mein Gemüt, und meine Rachefantasien nehmen wahnwitzige Formen an.

Nach dem Einchecken im Hotel gehe ich zum Strand, wo das Café Laguna ist. Dort dreht Laura und ihr Team heute »Chillen in der Strandbar«. Mein Plan ist es, alles von einer Strandliege aus zu beobachten, mir eine unauffällige Störtaktik auszudenken und vor allem zu versuchen, unter meiner Perücke nicht zu sehr zu schwitzen.

Laura trägt einen albernen Sonnenhut und ein hellgrünes Tanktop zu einem Jeansminirock und wedelt affektiert mit dem Mikrofon herum. Vor ihr stehen eine kleine Frau mit einer großen Kamera und Riesenbaby David mit Kopfhörer um den Hals und einer reflektierenden Stoffscheibe in den Händen. Damit blendet er Laura ins Gesicht, was sie offensichtlich stört. Sie blafft ihn an, er lässt entnervt die Stoffscheibe sinken. Dann entspinnt sich eine heftige Diskussion mit der Kamerafrau, in der es um Lauras Hut zu gehen scheint. Leider kann ich nicht verstehen, was sie reden, weil die Horde englischer Besoffener neben mir so laut grölt. Jedenfalls zicken sie sich prächtig an. David setzt sich gelangweilt auf einen Stuhl und spielt mit seinem Handy rum. Laura zieht wütend den Hut aus, die Kamerafrau weist David an, den Reflektor wegzupacken.

Jetzt macht die Kamerafrau Laura vor, wie sie am besten durch die Liegestühle gehen soll, aber Laura nimmt einen anderen Weg. Wichtigtuerin! Als ob sie ihr dreimonatiges Praktikum beim SFB zum Fernsehprofi gemacht hätte. Endlich haben sich die beiden geeinigt. Laura stellt sich in Position.

Einer von den englischen Saufbrüdern erscheint neben meiner Liege und labert mich besoffen an.

»No, thank you«, sage ich, doch die Manchester-United-Shorts bleiben hartnäckig vor mir stehen. Sein Alkoholpegel ist um elf Uhr morgens schon so amtlich, dass er meine Abwimmelversuche gar nicht mehr verarbeiten kann.

Das bringt mich auf eine Idee, wie ich Laura stören und trotzdem im Hintergrund bleiben kann. Und siehe da! Tatsächlich lässt sich der englische Kampftrinker mit einer Karaffe Sangria als Lohn davon überzeugen, dass es eine bessere Kandidatin für seine Anbaggertour gibt. Schon tapert er durch den Sand auf Laura zu, die mit überlegenem Lächeln in die Kamera moderiert. Sie ignoriert ihn, bis er auf Armlänge an ihr dran ist und – hoppla – stolpert und sie beinahe umreißt. Hihi! Der Engländer fängt sich im letzten Moment ab, sie macht säuerlich gute Miene zum abgekarteten Spiel und gibt ihm das gewünschte Autogramm auf den Arm, reagiert dann leicht gereizt, als er nicht verschwindet und vertreibt ihn schließlich mit einer eindeutigen Geste.

Als er wieder bei mir ist, erhöhe ich den Einsatz (Sangria und ein San Miguel) und ein anderer aufgeschwemmter Bierbrite meldet sich für den Job. Er ist noch besoffener als der erste und hat bereits Schwierigkeiten, das Ziel anzupeilen. Mein Auftrag, sie um ein Autogramm zu bitten, ist offensichtlich auch schon in seinem porösen Sprithirn versickert, denn er fällt einfach vor Laura in den Sand und will ihre Beine umklammern. Es kommt zu einem ersten Ausbruch von Gewalt, in dem Laura ihm das Mikrofon auf den Kopf drischt. Der Engländer bleibt grinsend sitzen, und obwohl er nicht mehr nach ihr grapscht, flüchtet Laura kreischend hinter David.

Mit wachsendem Entsetzen beobachte ich, wie David friedlich versucht, den Engländer zum Gehen zu bewegen, aber Laura – durch Davids massigen Körper gedeckt – nach ihm tritt. Die Sandale fliegt ihr vom Fuß und dem Engländer an die Schläfe. Der lacht, dann springt er urplötzlich auf, stürmt Kopf voran auf sie zu und knallt in bester Hooliganmanier seine Stirn auf Davids Nase. David sinkt zu Boden. Mehrere Kellner aus dem Café Laguna rennen herbei und überwältigen den Engländer.

Das ist alles gar nicht gut! Gewalt war in meinem Plan überhaupt nicht vorgesehen! Der Blödmannsbrite, umklammert von drei Paaren spanischer Arme, deutet plötzlich in meine Richtung und brabbelt irgendwas. Nein, nein, nein! Du darfst niemals deinen Auftraggeber verraten, du Hornochse.

Ich ducke mich. Eine Mädchenclique nähert sich, ich rolle von der Liege und schließe mich ihnen an. So gedeckt schaffe ich es gerade noch, unerkannt zu entkommen.

Puh! Mist. Blöde Laura. Und armer David. Hoffentlich hat er sich nichts gebrochen. Jetzt muss ich mich erst einmal erholen. Außerdem habe ich für einen Vormittag mehr als genug Unruhe gestiftet.

Christian kommt heute Nachmittag an, und dann wird in einer Disco gedreht. Was da für eine Veranstaltung ist, steht nicht auf meinem Plan, aber ich werde schon dafür sorgen, dass es schiefläuft. Nur wird es diesmal eine total pazifistische Aktion werden, das habe ich mir fest vorgenommen.

Ich suche in meinem Kostümfundus nach einer neuen Verkleidung und orientiere mich dabei an einer Vorlage in der *Freundin*, die Pia gekauft hat, weil dort der Hippie-Style aus Ibiza vorgeführt wird. Wenig später bin ich erneut verwandelt und trage ein flatterndes Minikleid, das perfekt meinen Bauch kaschiert, Jesuslatschen, lange schwarze Haare mit ein paar weißblonden Strähnen, eine verspiegelte Giganto-Pilotenbrille, geflochtene Lederbänder um die Handgelenke und glitzernde Strassohrringe.

Ich setze mich auf eine Bank im Schatten einer Palme gegenüber dem Eingang der Disco Sahara und studiere zur Tarnung einen Stadtplan. Cateringfahrzeuge werden ausgeladen, Limousinen karren junge Leute an. Um zehn nach drei fange ich an, mich zu wundern. Laut meinem Plan ist um drei Uhr Drehbeginn, von meiner Ex-Besten-Freundin ist jedoch nichts zu sehen. Aber bekanntlich ist Geduld eine der wichtigsten Agenteneigenschaften. Doch vielleicht habe ich sie verpasst, und sie ist schon drin?

Mist. Ich bin zwar geduldig wie ein Tennessee-Whisky-Brandmeister, aber ich kann ja hier schlecht zwölf Jahre sitzen. Also schlendere ich Richtung Eingang, den Stadtplan in der Hand, ganz orientierungslose Touristin. Ein Grobian mit gelglänzender Schmiermatte bewacht die Tür.

Es gibt eigentlich nur zwei Tricks, mit denen man sich in solchen Fällen Zutritt verschaffen kann: den Sicherheitsbeamten mit einer sexuellen Gefälligkeit gefügig machen oder sich den Weg freischießen. Mmmhhh. Ich gehe auf den Grobian zu. Er betrachtet mich ungerührt.

»Äh«, sage ich und drehe verlegen eine Strähne meines Cher-Haars um den Zeigefinger.

»Hola guapa«, sagt er und lächelt mich mit seinen Hasenzähnen anzüglich an.

»Äh«, sage ich nochmal, weil mir so gar kein spanischer Satz einfallen will, der irgendwas mit »Darf ich rein?« zu tun hat.

Der Grobian lacht. Und dann hakt er – oh Wunder! – das dicke Absperrseil ab und lässt mich durch. Also wirklich. Hat man so was schon erlebt? Entweder ist heute mein Glückstag, oder ich bin wirklich eine begabte Agentin.

Unbehelligt laufe ich durch die Gänge, wo jede Menge Leute tatendurstig herumstreifen. Ich lande schließlich in einem turnhallengroßen Raum, in dem Dutzende Mädels herumwuseln, an den Seiten stehen Spiegel und Schminktische und unzählige Kleiderstangen mit Bergen von Klamotten. Ich kenne diese Szenerie aus dem Fernsehen. Von *Germany's Next Topmodel*.

Ich bin backstage bei einer Modenschau! Ist das cool, oder was!? Ich wollte mir schon immer mal angucken, wie so was in echt abläuft. In der Mitte der Halle sehe ich eine streng gescheitelte Frau in käsegelber Tunika, die scheinbar regungslos das Treiben beobachtet. Plötzlich schnellt sie drei Trippelschritte nach rechts, um beim Einkleiden eines Models Hand anzulegen. Es ist unglaublich, Models sind in echt noch *viel* dünner!

So, Agentin Nina, jetzt aber Schluss mit dem Sightseeing, du bist schließlich hier, um einen Job zu machen. Also, wo ist das Kamerateam? Und was könnte ich anstellen, um gleich die Dreharbeiten zu behindern? Ich könnte ein bulimisches Model spielen, das seinen Mageninhalt auf der Kamera vergießt. Nein, keine gute Idee. Feueralarm ist auch nur die letzte aller Möglichkeiten. Danach kommt nur noch die anonyme Bombendrohung. Aber mir wird doch wohl etwas Besseres einfallen als …

»Hey, da bist du ja endlich, jetzt aber hurtig.« Ein drahtiges Kerlchen mit weißem Hemd und engen weißen Hosen hat sich von hinten genähert und packt mich am Arm und zerrt mich durch den Raum. »Mimi ist außer sich, wo warst du denn so lange? Mimi, sie ist da!«, kreischt er der Kommandantin in dem gelben Kleid zu.

Dann schiebt er mich zu einer Kleiderstange, reißt einen Kleiderbügel mit einem bunten Stofffetzen von der Stange, drückt ihn mir in die Hand und rennt schon weiter zur nächsten Kleiderstange, wo ein Mädchen sich gerade in ein hautenges Schlauchkleid zwängt, an dem er irgendwas rumzufummeln hat.

Ich stehe da wie eine verblödete Tussi. Da entdecke ich an der Kleiderstange einen Zettel mit dem Foto einer Frau, die so aussieht, wie ich mich verkleidet habe. Darüber steht der Name Baghira. Langsam dämmert es mir. Sie verwechseln mich mit einem Model! Mit dem Model aus der *Freundin*! Natürlich! Der Titel der Modestrecke hatte gelautet: *Ibizagirl Baghira zeigt ihre Lieblingsklei-der*.

»Hopphopp, Baghira«, schreit das Männchen von der anderen Seite des Raumes.

Ich will zu ihm gehen und ihm erklären, dass ich nicht die echte Baghira bin und dass er das auch bemerkt hätte, wenn er mir nur zwei Sekunden lang seine werte Aufmerksamkeit geschenkt hätte.

Aber da wird mir bewusst, was gerade passiert ist. Jemand hält mich für ein echtes Model! Davon habe ich klammheimlich immer geträumt – ich meine, wer tut das nicht?! Ich wäre auch ganz sicher eines geworden, wenn es bei den Modelwettbewerben nicht immer diese schikanöse Aufforderung gäbe, »ein Ganzkörperfoto im Bikini« einzusenden. Haha! Und jetzt bin ich es doch noch geworden. Ganz einfach so – schnipp!

Gestatten, Nina Jäger, das Gesicht von L'Oreal Paris, weil Sie es sich wert sind. Ein Penthouse in Mailand, ansonsten ist der rote Teppich mein Zuhause. Das ist wirklich zu schön, um wahr zu sein. In rasender Geschwindigkeit lasse ich eine imaginäre Karriere an mir vorbeilaufen: Covershootings, Armani- und Victoria's-Secret-Shows, Urlaub auf der Jacht von Donatella, wahnsinnig aufregender Topmodelsex mit George Clooney. So, jetzt habe ich alles gehabt, was man als Model erreichen kann. Es ist an der Zeit, meine Laufbahn stilvoll zu beenden.

Das Männchen nähert sich aufgebracht und mustert mich dabei seltsam. Ich will ihm sagen, dass hier eine Verwechslung vorliegt, doch da sehe ich über seiner Schulter die Kamerafrau plus David mit Pflaster auf der Nase im

Anmarsch – und in ihrem Schlepptau Laura und Christian.

Ach du grüne Neune! Was mache ich denn jetzt? Das Männchen kommt näher, sieht mich misstrauisch an und greift mit langen Fingern nach meiner Pilotenbrille. In einem Reflex drehe ich mich im letzten Moment weg, und mein Blick fällt auf ein Toilettenschild, das am Ende der Halle leuchtet.

»Hey, du bist überhaupt nicht …«, fängt das Männchen an und bohrt mir seine kalten Finger in die Schulter.

Ich schüttele ihn ab, was nicht schwerer ist, als eine Fliege zu verscheuchen, renne in Richtung Klo und husche gerade noch auf die Damentoilette, bevor der Wicht mich erwischt. Puhh. Was für ein Schlamassel!

Ein Mädchen, das sich gerade die Hände wäscht, mustert mich merkwürdig, und ich schließe mich schnell in einer Kabine ein. Eines ist ja wohl klar: Als Erstes muss ich meine Verkleidung aufgeben. Ich stopfe Perücke und Sonnenbrille in meinen Rucksack und ziehe den Detektivregenmantel über mein Hippiekleid. Jetzt muss ich nur noch unauffällig verschwinden. Dummerweise hat diese Toilette keine Fenster. Ich müsste also vorne rausgehen, wo Laura und die anderen sind, die mich sofort erkennen würden. Das geht natürlich überhaupt nicht. Also bleibt mir nichts anderes übrig, als hier drin zu warten, bis die Modenschau angefangen hat und die Luft rein ist.

Ich hocke mich auf den Klodeckel und lausche einen Moment dem hektischen Treiben aus Wasserrauschen und aufgeregtem Geplapper. Jemand klopft an die Kabinentür.

»Ist alles klar?«, fragt mich eine Frauenstimme. Anstatt einer Antwort betätige ich die Klospülung.

Ein anderes Mädchen sagt: »Ich glaub, da ist Baghira drin.«

»Baghira, Mimi sucht dich!«, ruft die erste Stimme.

»Vielleicht sollten wir ihr sagen, dass sie hier ist«, sagt das andere Mädchen.

Mist. Können diese Schnepfen sich nicht einfach um ihre eigenen Angelegenheiten kümmern?

»Ja, gute Idee«, sagt die erste Stimme.

Ich öffne die Kabine und sehe in zwei erstaunte Gesichter.

»Oh«, sagen sie und lassen mich vorbei.

Ich gehe zum Waschbecken, lasse Wasser über meine Hände laufen und versuche dabei, die Lage zu checken. Immer wenn jemand in die Toilette rein- oder aus ihr rausgeht, kann ich für einen Moment in die Halle sehen. Das Kamerateam steht mit Laura in der Mitte des Raumes, wo sie Mimi interviewt.

»Bist du nicht bald mal fertig?«, fragt mich ein Mädchen ungeduldig, und ich gebe meine Waschbeckenposition auf.

Ein Model von gut eins fünfundachtzig verlässt die Toiletten, und ohne weiter nachzudenken folge ich in ihrem Windschatten in die Halle. Dort biegt sie jedoch sofort nach links ab, und für einen Moment bin ich völlig ungetarnt. Dann schiebt jemand eine Kleiderstange voller Klamotten an mir vorbei. Hinter der wandernden Deckung schleiche ich durch die Halle – und komme dabei so nah an Laura vorbei, dass ich sie hören kann.

346

»Ja, ich habe reichlich Modelerfahrung«, prahlt sie. »Und ein Auftritt von mir bei der Show wäre natürlich ein guter Werbeeffekt für deine Kollektion.«

»Gut«, sagt Mimi, »dann freuen wir uns, wenn du wie abgesprochen bei der Probe mitlaufen würdest.«

Was? Laura darf über den Laufsteg gehen? Vor Schreck bleibe ich stehen. Die alte Angeberin. Sie hat mir erzählt, dass sie schon mal gemodelt hat, für einen guten Zweck. Was das für ein guter Zweck gewesen sein soll, hat sie nicht gesagt. Wahrscheinlich, um ihre Brieftasche zu füllen.

Plötzlich merke ich, dass die Kleiderstange weitergefahren ist. In wenigen Sekunden werde ich ungeschützt mitten im Raum stehen, keine drei Meter von Laura entfernt. Und jetzt versperren mir auch noch zwei Mädels den Weg! Ich schaffe es gerade noch, mir ein riesiges schwarzes Seidentuch von der rollenden Stange zu schnappen und es mir großzügig um den Kopf zu wickeln, so dass nicht nur meine Haare, sondern auch der größte Teil meines Gesichts verdeckt sind. Mit dem viel zu weiten Trenchcoat und der Gesichtsvermummung sehe ich vermutlich verwirrt aus (und nicht nur was meinen Geschmack angeht), aber Hauptsache, man erkennt mich nicht, und ich kann unauffällig verduften.

»Was machen Sie hier?«, fragt eine junge Frau mit Headset, die wie aus dem Nichts vor mir steht und mich streng anguckt.

»Ich ... äh ...« Ich krame den Notizblock aus meiner Tasche. »Ich bin ... äh ...« Den Comicdetektiv, der darauf abgebildet ist, verdecke ich mit der Hand. »Modereporterin.« Ich zücke einen Kuli.

Sie mustert mich von oben bis unten. »Arabien?«

»Ja, ja, ja«, höre ich mich sagen. »Al Jazeera.«

»Al Jazeera?« Sie checkt ihre Liste. »Sie sind nicht angemeldet.«

»Dann ich gehen.« Ich wende mich ab. »Nix schlimm! Ciao!«

»Nein, warten Sie!« Die junge Frau hält mich am Arm fest. »Wir haben für die Generalprobe auf der Pressebank noch einen Platz frei. Kommen Sie mit.«

Drei Minuten später sitze ich in der ersten Reihe, eingequetscht zwischen affektierten Möchtegernstylisten und aufgebrezelten Modetussen, die sich alle um eine unnachgiebige Miene á la Anna Wintour bemühen. Ich kann es nicht fassen: Eben war ich ein Topmodel, jetzt bin ich die offizielle Modestimme der arabischen Welt. Es würde mich nicht wundern, wenn die CIA mich gleich rekrutieren würde. Nur blöd, dass ich von meinem Platz aus nichts machen kann, um unauffällig Lauras Auftritt zu torpedieren.

Vor dem Laufsteg haben sich jede Menge Fotografen eingefunden, auch Lauras Kamerafrau ist unter ihnen. Dann kommt Christian und setzt sich drei Plätze von mir entfernt hin.

»Und wie finden Sie Bizo?«, fragt mich ein dunkelhaariges Milchgesicht mit Tuntenstimme zu meiner Linken.

Er ist sagenhaft dünn und hat die Beine so ineinander verschraubt, als bestünden sie aus zu weich gekochten Spaghetti. Er trägt ausschließlich silberfarbene Klamotten und als auffälligstes Accessoire hat er sich künstliche Augenbrauen zugelegt, die er sich einen Zentimeter von ihrem natürlichen Platz entfernt auf die Stirn gemalt hat. Es sieht dermaßen behämmert aus, dass ich gar nicht wegucken kann.

»Was?«, frage ich.

Die Augenbrauenprothesen runzeln sich. »Bizo?«, wiederholt er.

»Bizo, weshalb, warum«, kalauere ich und lächele geheimnisvoll.

Er wendet sich ab und beäugt mich nur noch heimlich. Ich werde jetzt einfach aufstehen und gehen. Eine dunkelhaarige Frau kommt mit einem Mikrofon auf die Bühne und begrüßt uns.

»Ich bin die Pressesprecherin von Bizo. Vielen Dank, dass Sie so zahlreich erschienen sind, um Mimi, die erfolgreichste deutsche Designerin auf Ibiza, und ihr Label Bizo zu supporten. Bei der Generalprobe haben Sie wie immer Gelegenheit zu fotografieren und zu filmen.«

Ich stehe auf und will gebückt von dannen schleichen.

Die Pressesprecherin sagt: »Besonders begrüßen möchte ich Miss Lopez von der *Vogue* Spanien, Christian Henson von der Zeitschrift *Women's Spirit* und die Vertreterin des arabischen Fernsehsenders Al Jazeera.« Ein Scheinwerfer leuchtet mich an. Ich erstarre in meiner gebückten Haltung, dann tue ich so, als würde ich was aufheben und setze mich wieder hin. Mist. »Im Anschluss an die Generalprobe wird Mimi Ihnen für Fragen zur Verfügung stehen: Sie freut sich sehr, ihre Mode der arabischen Welt vorzustellen«, sagt die Pressesprecherin zu mir. »Bis dahin, viel Vergnügen!«

Zwischenbilanz: Ich bin hier, um Lauras Angerauftritt zu vereiteln, und sitze gefangen auf dieser Bank, umgeben von Wichtigtuern, die mich anglotzen wie ein Mondkalb. Der mit den amputierten Augenbrauen ist ein Stück weggerückt, als er Al Jazeera gehört hat. Vielleicht denkt er, ich hätte eine Bombe unter meinem Mantel. Ich schwitze unglaublich in diesem Billig-Trenchcoat aus tausend Prozent Polyester, das ist schlimmer als jeder Ostfriesennerz.

Plötzlich merke ich, dass die Fotografen, inklusive Lauras Kamerafrau, sich umpositionieren und mich fotografieren. Na super.

Eine Reporterin kommt auf mich zu: »Was hat denn der Ibiza-Style für eine Zukunft in der arabischen Modewelt?«

»Ahh«, sage ich wissend, »große Zukunft!«

»Aber der Ibiza-Style ist ja sehr freizügig und nun ja, die Araberinnen kleiden sich doch eher...« Sie schaut an mir hoch und runter und sucht die richtige Vokabel.

»Schrecklich?«, schlage ich vor.

»Sagen wir konservativ.« Sie lächelt mich vorsichtig an.

»Ah, das große Knacknuss«, sage ich. »Viel zu viel wenig Stoff, das Bizo machen, aber ist es schöne Stoff und muss man vielleicht mehrere Outfits übereinanderziehen...«

Die Reporterin nickt aufmunternd mit jeder Silbe, die ich von mir gebe. Während sie mir die Fragen stellt, krickele ich auf meinem Notizblock rum, schön von rechts nach links, und überlege gerade, wie um alles in der Welt ich jetzt aus der Nummer wieder rauskomme, als das Licht

350

ausgeht und die plötzlich einsetzende Wummermucke mir fast das Trommelfell rausbläst.

»Oh, bis später«, sagt die Reporterin und wendet sich von mir ab.

Puhh. Ich muss hier weg! Agentin Jäger, geordneter Rückzug! Das ist einfacher gesagt als getan, denn es ist stockfinster, bis auf ein Flashlight, das im Rhythmus der Musik den Laufsteg erhellt. Ich muss mich unglaublich anstrengen, um überhaupt was zu erkennen, und wenn das so weitergeht, kriege ich von dem Blitzlicht noch einen epileptischen *aaahhh!* …

Ich stolpere über einen Fotografen, der auf dem Boden hockt, rudere mit den Armen und falle trotzdem. Doch plötzlich spüre ich starke Hände unter meinen Achseln – sie gehören Christian. Ich fasse mir panisch an das Kopftuch und strampele mich hektisch frei.

»Schon gut, schon gut«, sagt er und nimmt sofort seine Hände weg.

Mannometer, das war knapp.

Die ersten Models marschieren über den Laufsteg, verfolgt jeweils von einem Lichtkegel, sie posen, und die Fotografen knipsen. Ich kann nun etwas besser sehen, husche durch die leeren Reihen des Zuschauerraums und finde aber kein verdammtes Ausgangsschild. Weiter oben sehe ich nur eine kleine Schreibtischlampe, also stolpere ich darauf zu und lande schließlich auf einer Empore, wo ein Techniker vor einem Riesenmischpult sitzt. Weiter hinten entdecke ich ein grün leuchtendes Notausgangschild. Sehr gut. Von hier oben wage ich einen Blick auf den Laufsteg. Da kommt gerade die echte Baghira, und für einen Moment erfüllt mich wieder der Stolz, dass man mich immerhin für einen kurzen Augenblick für sie gehalten hat.

Und wer wackelt im nächsten Lichtkegel herein? Laura. In Hotpants und bestickter Weste. Pah! Sie hebt die Beine wie ein Storch im Salat, diese alberne Ziege mit ihrem selbstsicheren Grinsen. Und dann – und ich weiß ehrlich nicht, wie es dazu kommt, vielleicht ist es der Sauerstoffmangel unter diesem luftundurchlässigen Kleidungsstück, der mich für einen Moment benommen macht, vielleicht bin ich auch einfach dehydriert vom vielen Schwitzen –, jedenfalls habe ich alle pazifistischen Gedanken verdrängt und hole den Knüppel aus meinem Rucksack. Er ist aus dünnem Plastik und wiegt lächerliche zwanzig Gramm, und ich nehme ihn und haue damit dem Techniker auf die Finger.

»Aua!«, schreit er und verreißt den Hebel.

Der Lichtkegel, in dem Laura läuft, hat einen Aussetzer, so dass der Laufsteg für eine Millisekunde dunkel ist. Ich höre einen Schrei und einen Knall und den Techniker fluchen, während er hektisch irgendwelche Knöpfe drückt.

Ich sprinte zum Notausgang, drehe mich aber noch einmal um und sehe Laura unbeholfen auf dem Boden des Laufstegs sitzen, wie sie versucht, in den hochhackigen Schuhen wieder auf die Beine zu kommen.

Leider kann ich den Anblick nicht länger genießen, denn der Techniker ruft etwas in meine Richtung, und ich sprinte auf den Notausgang zu. Dabei bete ich, dass er nicht geschlossen ist.

Ich drücke die Klinke runter, und das Tageslicht blendet mich. Mit halb zusammengekniffenen Augen renne ich um die Ecke und reiße meine Al-Jazeera-Verkleidung herunter, stopfe Seidentuch und Polyester-Trenchcoat in den nächsten Mülleimer und genieße das sensationelle Gefühl, dass wieder Luft an meine Haut gelangt.

Zwei Stunden später bin ich immer noch erschöpft. Das war heftig. Und der wichtigste Einsatz steht mir noch bevor! Mir wird ein bisschen schwummerig. Zum Glück habe ich noch ein weiteres tolles Miss-Undercover-Outfit (kastanienroter Pagenkopf, Fünfziger-Jahre-Sonnenbrille, weiße Marlenehose, zimtfarbene Bluse). Ich glaube, alleine die Verkleidung hält mich aufrecht. Die normale Nina wäre jetzt schon mit den Nerven am Ende!

Ich sitze in der Lobby von Lauras Hotel und starre auf die Fotos der frustrierten Katie Holmes in der *In Touch*, während ich aus dem Augenwinkel die Aufzüge im Blick behalte. Und da kommen sie auch schon. Laura hat sich in ein feuerrotes Schlauchkleid gezwängt, Christian trägt ein schwarzes Hemd und Jeans. Sie würden ein schönes Paar abgeben, keine Frage.

»Ist das nicht unglaublich«, sagt Christian, als sie an mir vorbeigehen, »dass eine Araberin die Bizo-Modenschau attackiert hat?«

»Zum Glück war es nur die Generalprobe«, sagt Laura scheinbar gelassen. Ich aber sehe die Ader auf ihrer Stirn pochen.

»Na ja, das hätte auch schlimmer kommen können als ein Plastikknüppelanschlag«, lacht Christian.

353

Laura lächelt gequält, und die Ader macht *pock, pock, pock*.

Mit einem Sicherheitsabstand folge ich ihnen in eine Open-Air-Bar. Die Tanzfläche ist von kleinen Tischen umgeben, die unter Palmen stehen, zwischen denen Laternen gespannt sind. Die Band besteht aus Männern jenseits der sechzig in schwarzen Anzügen, weißen Hemden und mit Strohhüten.

Ich setze mich an die Bar und bestelle einen Orangensaft. Die Band fängt an zu spielen – Gitarren, Rumba-Rasseln und Bongos –, und der Sänger singt von *amor eterno*. Meine Güte, das ist ja wie aus dem Katalog für Liebesaffären. Auf der Tanzfläche wiegen sich Touristen und Einheimische im Rhythmus der Musik. Laura moderiert am Rand irgendwas in die Kamera, ist aber bald fertig und setzt sich mit Christian an einen kleinen Tisch, während die Kamerafrau und David weiter Musiker und Tanzende filmen.

Laura steht auf und geht zur Bar. Sie ist keine zwei Meter von mir entfernt, und ich wackele unruhig auf meinem Hocker hin und her. Was, wenn sie mich erkennt?

Ich drehe mich weg und tue so, als ob ich fasziniert die Band beobachte. Aber aus dem Augenwinkel kann ich Laura sehen. Sie nimmt einen Sekt und einen Rotwein von der Barfrau entgegen, schiebt einen großen Schein über den Tresen, und als die Barfrau das Wechselgeld holt, könnte ich schwören, dass Laura mit einer schnellen Bewegung irgendwas in das Rotweinglas schüttet. Ich sehe genau hin, kann aber nichts Eindeutiges erkennen.

Sie zieht von dannen, und an ihrer Stelle quetschen sich drei Ökotanten um die vierzig an die Bar, die mit geschmacklosen Leinenkleidern und unförmigen Bio-Batikhosen ihren Respekt vor Mutter Erde zur Schau stellen.

Ich versuche fieberhaft, mir die Szene von eben vor Augen zu führen. Hat sie was reingetan, oder hat sie nichts reingetan? Und wieso muss Laura nicht ein Interview drehen oder einen Flamenco tanzen oder sich sonst wie vor der Kamera produzieren? Stattdessen hat sie alle Zeit der Welt, um zu flirten.

Schnell zücke ich mein Handy und rufe Pia an. »Sie hat ihm was in den Drink getan«, flüstere ich hektisch. »Glaube ich jedenfalls. Und ich weiß nicht, was ich machen soll. Ich kann nicht wieder besoffene Engländer zu ihr schicken!«

»Was machen sie denn gerade?«

»Christian trinkt, sie lacht und streicht sich dauernd über die Haare. Jetzt trinkt er wieder!«

»Sieht er besoffen aus?«

»Ich weiß nicht. Er sieht gut gelaunt aus. *Sehr* gut gelaunt.«

»Du musst dazwischengehen!«

»Aber wie?«

Von der Seite dringt ein Gesprächsfetzen von der lebhaften Diskussion der Ökotanten an mein Ohr. Da fallen Begriffe wie Lichttherapie, Chakrenöffnung und Klangmassage.

»Ich habe eine Idee. Ich rufe gleich wieder an«, flüstere ich.

Als ich aufgelegt habe, wende ich mich an die Ökotanten. »Haben Sie es schon mal mit Reinkarnation versucht? *Das* hilft wirklich!«, behaupte ich. Die drei schauen mich neugierig an. »Viele Probleme, die man heute hat, haben ihre Ursache in einem früheren Leben«, referiere ich und versuche mich krampfhaft an den Artikel zu erinnern, den ich vor Jahren geschrieben habe. »Und da kann man im Hier und Jetzt gar nichts gegen machen. Da muss man zurückgeführt werden, um alles nochmal zu durchleben. Nur so kann man geheilt werden.«

»Klingt vernünftig«, sagt die erste Ökotante – hennarotes Haupthaar, Nasenring.

»Das klappt doch nicht«, sagt die zweite Ökotante, die dieselbe Auffassung bezüglich Oberlippenenthaarung zu vertreten scheint.

»Mit dem richtigen Reinkarnationstherapeuten schon«, behaupte ich. Dann beuge ich mich vertraulich näher zu den dreien. »Ich war früher die Sklavin einer ägyptischen Pharaonin. Deswegen habe ich Probleme, meiner Mutter zu widersprechen. Weil sie für mich die allmächtige Herrscherin ist. Aber seit ich das erkannt habe, kann ich viel besser mit ihr umgehen.«

»Verblüffend«, sagt die dritte Ökotante, die ein regenbogenfarbenes Tuch um den Hals geschlungen hat.

»Bei welchem Therapeuten warst du denn?«, fragt die Hennarote.

»Pssst«, mache ich verschwörerisch. »Seht ihr den Mann in dem schwarzen Hemd?«

»Der mit der Frau in dem roten Kleid am Tisch sitzt?«
Die drei glotzen Christian an.

»Ja, das ist er. Der beste Reinkarnationstherapeut Europas. Und die Frau ist auch seine Patientin, ein sehr schwerer Fall. Sie hat während der Inquisition Dutzende Frauen denunziert, die als Hexen verbrannt wurden.«

»Nein«, haucht die Ökotante mit dem Damenbart entsetzt.

»Er hat in Figueretas seine Praxis. Aber er nimmt Patienten nur nach einem persönlichen Gespräch an.«

»Du meinst, wir müssten ihn hier ansprechen?«, sagt die Frau mit dem Regenbogenschal.

Ich nicke. »Und am besten gleich. Er hält sich nie lange unter vielen Menschen auf. Aber diese vertrauliche Information habt ihr nicht von mir!«

Ich sollte mich vielleicht immer verkleiden, dann gehen mir die Lügen so leicht über die Lippen wie sonst nur M & Ms.

Die drei beraten sich einen Moment, dann beschließen sie, alle zu ihm zu gehen. Eine halbe Minute später stehen sie erwartungsvoll vor Christians Tisch. Laura schaut die drei sauer an.

Ich kann leider nicht verstehen, was geredet wird, aber plötzlich sehe ich Christian lachen. Es ist ein irres Lachen. Ein vollkommenes Out-of-control-Lachen. Er legt den Kopf zurück und reißt den Mund auf, als wollte er einen Hummelschwarm einfangen. Laura sagt was zu den drei Ökotanten, eine erwidert etwas, Lauras Gesicht verhärtet sich, sie steht auf.

Nein! Jetzt bloß nicht noch eine Prügelei! Doch sie nimmt nur Christians Hand und zerrt ihn auf die Tanzfläche. Enttäuscht ziehen die drei Frauen von dannen, und ich muss entsetzt zusehen, wie Christian den Arm um Laura legt. Ich kann es bis hierher knistern hören. Sie tanzen eng, bis das Lied zu Ende ist.

Doch sie gehen nicht etwa zum Tisch zurück, nein, Laura bugsiert ihn Richtung Strand! Alarmstufe Rot! Gleich sind sie aus meinem Sichtfeld verschwunden und laufen durch den Sand, geschützt von der Dunkelheit. Das kann und darf ich nicht zulassen! Ich muss dazwischengehen, egal ob ich Ärger kriege und Laura versuchen wird, mich für geisteskrank erklären zu lassen.

Ich drängele mich durch die Tanzenden hinter ihnen her. Laura hat ihren Arm um seine Hüfte gelegt und hält den wankenden Christian fest. Sie erreichen das Ende des Holzweges, dahinter fängt der Sand an, und Laura streift die Schuhe ab! Ich beschleunige meinen Schritt, bin noch etwa fünf Meter von ihnen entfernt, da stürzt plötzlich eine Frau an mir vorbei auf Christian zu, packt ihn am Arm und reißt ihn rabiat von Laura weg.

Christian guckt wie ein Hirsch beim finalen Bolzenschuss. »Eva!«, lallt er, macht sich von Laura los und fällt ihr um den Hals.

»Was hast du mit ihm gemacht?«, herrscht Eva Laura an.

Christian klammert sich an seine Frau wie ein Ertrinkender.

Laura schaut Eva Henson mit Eiseskälte an. »Ich wollte ihm gerade *helfen*, zurück ins Hotel zu kommen. Kann ich doch nichts dafür, dass er so viel bechert.« Und dann stolziert sie davon.

32

»Und dann habe ich mich unauffällig zurückgezogen«,
sage ich kichernd, als ich am nächsten Nachmittag wieder
zu Hause bin.

»Ich bin sehr stolz auf dich!«, sagt Pia und drückt meinen Arm.

»Es hat sogar ein bisschen Spaß gemacht, muss ich zugeben.« Ich schenke uns noch einen Tee ein. »Und was
wollen wir die restlichen Tage machen, die du noch hier
bist?«

Pia macht ein Gesicht, als hätte sie eine tolle Überraschung für mich auf Lager. Dann stellt sie eine Taschentuchbox auf den Tisch.

»Sollen wir etwa jetzt schon anfangen zu heulen, weil
du wieder fahren musst?«, versuche ich zu scherzen, aber
ich habe einen Kloß im Hals.

»Nein«, lächelt Pia. »Die wirst du brauchen, wenn du
dich nochmal mit Laura triffst.« Und dann erzählt sie
mir von ihrem Plan. Denn eines sei klar, meint sie, auf
halber Strecke des Racheweges schlappmachen, gelte
nicht.

Also rufe ich abends Laura an. Dank Pias aufmuntern-
dem Blick schaffe ich es, mir meine Enttäuschung und
meine Wut nicht anmerken zu lassen.

»Hey Laura, lange nichts gehört. Wie geht's dir?«

»Super! Ich bin eben aus Ibiza zurückgekommen! Es war echt toll, aber auch ziemlich anstrengend.«

»Das musst du mir alles ganz genau erzählen. Hast du Lust auf einen Mädelsabend bei mir? Vielleicht morgen? Ich bereite auch alles vor. Du musst nur nach der Arbeit vorbeikommen.«

»Ach ja, du hast ja jetzt Zeit, du Glückliche.« Sie bringt es fertig, das völlig normal klingen zu lassen.

»Ja, ich habe wirklich Glück«, sage ich und kriege fast einen Krampf vom unnatürlichen Lächeln.

Ich habe alkoholfreien Caipirinha besorgt, jede Menge Knabbereien und den Film *Grüne Tomaten*. In meinen schönen spanischen Schalen aus brauner Keramik stapeln sich Oliven, Cracker, Sesamstangen, M & Ms, Mozzarella-Kirschtomaten-Sticks und Satéspieße, die ich adrett auf meinem Wohnzimmertisch platziere. Die Taschentuchbox habe ich strategisch günstig in der Mitte positioniert.

Laura kommt pünktlich um acht Uhr, und die Raumtemperatur scheint um zwei Grad abzusacken.

»Hallo Süße!«, ruft sie begeistert, und ich frage mich, wie sie es schafft, freundlich zu tun, wo sie mir schon etliche Messer in den Rücken gerammt hat. Aber das ist vermutlich ihr besonderes Talent. »Ich habe dir viel zu erzählen«, ruft sie begeistert. »Stell dir vor, ich durfte in Ibiza bei einer Modenschau mitmachen!«

»Was du nicht sagst! Und wie war es?«

»Fantastisch! Es war so ein tolles Gefühl, mal wieder

auf dem Laufsteg zu sein.« Sie labert herum, dass sie das so toll gemacht habe, dass eine Modelagentur sie verpflichten wollte, sie aber abgesagt habe, weil sie das ja zeitlich nicht schaffen würde, blablabla.

Ich sitze da und griene vor mich hin und fühle mich wie ein Backenhörnchen mit Gesichtslähmung. »Klingt toll!«, sage ich. »Komm setz dich doch aufs Sofa.« Ich lade sie mit einer Handbewegung ein.

Laura betrachtet die Sachen auf dem Tisch. »Alkoholfreier Cocktail? Was ist denn mit dir los? Und *Grüne Tomaten*? Der ist doch uralt und langweilig.«

»Ist er gar nicht. Das ist einer der Lieblingsfilme von Pia und mir. Mit dir will ich den nämlich gar nicht gucken.«

Sie guckt mich verständnislos an.

»Ja, weißt du, Laura. Es ist so… Ich weiß alles.«

»Was *weißt* du alles?«

Eine halbe Stunde später gehe ich hoch in Andys Wohnung.

»Und wie war es?«, fragt Pia mitleidig.

»Ist wohl nicht so gut gelaufen, oder?«, fragt Andy angesichts meiner verheulten Miene.

»Doch!«, sage ich und wische mir nochmal über die Augen. »Es ist super gelaufen.« Ich kichere.

Andy schaut mich verständnislos an.

»Na, dann wollen wir uns das Ergebnis mal ansehen«, ruft Pia, und wir gehen zu dritt runter.

Pia klappt die Taschentuchbox auf und holt die kleine Überwachungskamera heraus, die darin untergebracht ist.

Kurze Zeit später flimmert das Monumentalwerk *Lauras Niedertracht* über meinen Computermonitor.

»Mein Gott«, haucht Andy, »die ist ja noch schlimmer, als ich dachte.«

»Cruella de Vil ist nichts dagegen«, sagt Pia. »Komisch, dass sie keinen Mantel aus Dalmatinerfellen trägt.«

Wir schauen uns den Clip zweimal an, dann schalte ich den Computer aus, und wir machen uns über die Snacks her.

»Woher hattest du eigentlich die Idee mit der Kamera?«, frage ich.

»Ach, wenn man in den USA eines lernt, dann das Überwachen von Kollegen. Das ist so eine Art Volkssport. Rob hat als Erstes die Überwachung der Büros abgeschafft, als er Chef geworden ist. Aber solche Kameras kann man auch hier im Internet bestellen.«

»Genial!«, sage ich. »Und was machen wir jetzt?«

»Jetzt warten wir auf Dienstag. Da ist doch die Präsentation vom neuen *Women's Spirit Internet-TV*, oder?«

»Ja.«

»Laura wird sich wundern«, sagt Pia mit glänzenden Augen und reibt sich die Hände.

»Kann ich mitkommen?«, fragt Andy. »Das möchte ich sehen!«

»Klar«, sage ich und wechsele mit Pia einen Blick. »Aber wir hätten auch noch einen anderen Auftrag für dich. Wenn du damit einverstanden bist, ein Opfer für die gute Sache zu bringen.«

Ich erkläre ihm unseren Plan. Er grinst und verspricht uns zu helfen.

Es ist das schönste Wochenende seit Menschengedenken. Pia und ich gehen ins Kino, kochen bei mir und quatschen den ganzen Tag. Wir drücken uns im Kiosk rum in der Hoffnung, dass Henrik auftaucht, dann legen wir uns aufs Sofa und gucken sämtliche Romantic Comedys, die wir noch nicht zusammen gesehen haben. Und nachts schläft Pia auf der Seite, die sonst für Florian vorgesehen war. Es fühlt sich an wie die ersten Sommerferien ohne Eltern. Wir sind uns einig, dass das Schlechte auch immer etwas Gutes hat. Denn wenn Laura mich nicht so beschissen hätte, wäre Pia nicht nach Deutschland gekommen. Und auch die Sache mit dem Job finde ich im Moment nicht mehr so dramatisch. Der Posten der geschäftsführenden Redakteurin war sowieso nichts für mich. All der ganze spaßfreie Verwaltungskram! Und dauernd diese Konferenzen mit den verschiedenen Abteilungen. Da wäre ich sowieso nicht glücklich geworden. Jetzt überlege ich mir in Ruhe, wie es mit meiner Karriere weitergehen soll.

Aber im Moment denke ich sowieso nur bis nächsten Dienstag, denn Mittwoch fliegt Pia zurück. Und bis dahin verdränge ich jeden klitzekleinen Gedanken an unsere bevorstehende Trennung. Heulen kann ich dann immer noch, aber bis dahin will ich einfach nur gute Laune haben.

In dieser guten Laune gehe ich auch am Sonntagnachmittag zur Tür. Pia hat sich hingelegt, und damit der Besucher nicht zweimal klingelt und sie weckt, öffne ich schnell und denke nichts Böses dabei. Dann muss ich schlucken, denn meine Mutter kommt die Treppe herauf, ohne ihr übliches überlegenes Strahlen, ohne rosa Lipgloss. Sie sieht älter aus als sonst.

»Hallo«, sage ich und bleibe wie eingefroren stehen. Dass heute niemand mehr Besuche ankündigt! Ich hätte doch schon längst in Thailand sein können!

»Hallo, Nina. Darf ich reinkommen?«

»Oh, äh, ja. Natürlich.« Wir gehen rein, und ich setze Teewasser auf. »Und was hast du diesmal für eine Talkshow auf dem Programm?«, frage ich verlegen.

»Keine.« Sie sieht in die Ferne. »Ich bin nur wegen dir hier.«

»Wegen *mir*?« Dass ich das ein zweites Mal in einer Woche zu hören bekomme, hätte ich auch nicht gedacht.

Meine Mutter schaut gequält. »Oder besser gesagt, wegen uns. Ich denke, wir haben einiges zu klären.« Sie hebt die rechte Hand zum Schwur. »Und ich werde dir keinen einzigen Ratschlag geben. Versprochen!« Sie versucht es mit einem Lächeln.

»Okay.« Ich wische meine feuchten Hände unauffällig an der Hose ab. »Ich wollte dich letztens nicht so anmotzen«, sage ich. »Und auch das mit Andy tut mir sehr leid. Ich weiß nicht, was in mich gefahren ist, euch so anzulügen.«

»Ach, vielleicht musste das ja so kommen.« Sie schluckt. »Auch wenn man sich so was nicht gerne eingesteht.«

Sie kämpft tatsächlich mit den Tränen. Ich glaube, ich habe meine Mutter noch nie weinen sehen. Sonst bin immer ich diejenige, die flennt. Das war schon immer so. Als ich geboren wurde, hatte sie gerade ihre Praxis für Psychotherapie aufgemacht. Sie hatte fast nie Zeit für mich. Aber wenn, dann wollte sie mich immer genauestens kennenlernen. Oder mir irgendwelche Lebensweisheiten aufdrücken. Gespielt haben wir nie, jedenfalls kann ich mich nicht daran erinnern. Ich weiß nur noch, dass sie immer auf mich eingeredet hat oder mich zu allen möglichen Sachen befragt hat. Sie wollte alles wissen. Was ich mache, wie ich mich fühle, ob es irgendein Problem gibt. Irgendwann habe ich mir angewöhnt, zu weinen, damit sie aufhörte mich auszufragen und mich in den Arm nahm. In der Pubertät änderte sich das dann. Da wollte ich überhaupt nicht mehr mit ihr reden, aber sie fragte ständig, ob alles in Ordnung sei.

»Meine Güte, Mama, wie soll alles in Ordnung sein? Ich bin in der Pubertät«, hatte ich einmal wutentbrannt geschrien und die Zimmertür zugeknallt.

Aber anstatt mich in Ruhe zu lassen, hatte sie in den folgenden Tagen noch mehr versucht, etwas aus mir rauszukriegen. Aber meine wirklichen Probleme konnte ich ihr nicht mitteilen, die waren mir ja selber nicht klar. Deswegen fing ich an, Probleme zu erfinden, damit sie zufrieden war. Doch dann trat das ein, was ich später unter dem Namen Selffulfilling Prophecy kennenlernen sollte.

Da meine Mutter mir dauernd Tipps gab, was ich gegen die erfundenen Probleme unternehmen könnte, dauerte es nicht lange, bis ich unsicher wurde, ob ich das Problem nicht doch in Wirklichkeit hatte. Deswegen ging ich irgendwann dazu über, ihr nur noch Friede, Freude, Eierkuchen vorzuspielen. Das hat auch immer gut geklappt, bis zu meinem kleinen Ausraster.

Umso erstaunter bin ich, als sie sagt: »Es war jedenfalls

richtig, dass du mir deine Meinung gesagt hast. Und ich möchte nur eines zu meiner Verteidigung sagen. Du bist meine Tochter, und ich liebe dich. Und ich habe es nur gut gemeint.« Und jetzt kullert wirklich eine Träne über ihre Sonnenbräune, und ich muss weggucken, sonst fange ich auch noch an. Mit brüchiger Stimme redet sie weiter: »Und wenn du sagst, ich hätte keine Probleme, dann stimmt das nicht. Allen darf ich helfen. Nur dir nicht. Das ist *mein* Problem.«

Sie schnieft, und ich reiche ihr ein Taschentuch und nehme mir selber auch gleich eins, weil ich jetzt nicht mehr gegen die Tränen ankämpfen kann. Meine Güte, so viel geheult habe ich seit Jahren nicht mehr!

»Ich habe zu sehr versucht, das zu ändern und dir doch zu helfen«, sagt meine Mutter. »Mir war nicht klar, dass ich es damit nur noch schlimmer mache. Jetzt mache ich mir große Vorwürfe.«

Wir reden noch eine Stunde, und sie erzählt mir, dass sie sich Rat bei einem Kollegen geholt habe, weil es sie so getroffen habe, was ich gesagt habe. Schließlich fragt sie mich, ob ich ihr verzeihe.

»Ja«, sage ich. »Natürlich.« Sie umarmt mich, und ich bin verblüfft, erleichtert und unglaublich froh!

Als Pia aus ihrem Mittagsschlaf erwacht und zu uns in die Küche kommt, staunt sie nicht schlecht. »Frau Jäger! Was machen Sie denn hier?«

»Ich wollte meine Tochter besuchen. Aber jetzt lass ich euch mal allein. Ihr habt euch sicher viel zu erzählen.« Sie will aufstehen und gehen. »Ich wohne wie immer im Hyatt. Morgen fliege ich zurück.«

»Oder sollen wir alle zusammen essen gehen?«, frage ich schnell. »Habt ihr Lust?«

»Au ja«, ruft Pia.

»Wenn ihr mich mitnehmt, gerne«, sagt meine Mutter.

Im Treppenhaus treffen wir Andy und laden ihn auch noch ein, mit uns zusammen in ein Tapas-Restaurant zu gehen. Wir essen katalanisches Hähnchen, Seezungenröllchen in Kokosnuss-Safran-Soße und Datteln im Speckmantel und trinken jede Menge Rotwein (außer Pia natürlich). Pia berichtet von den merkwürdigen Angewohnheiten der Amerikaner, und Andy erzählt von seinem Drehbuch, und diesmal kommen meiner Mutter die Tränen vor Lachen.

Ich muss mich kneifen, weil ich denke, ich träume.

33

Es ist Dienstag. Heute wird unsere Rache an Laura vollendet. Und egal, was dabei rauskommt, danach wird gefeiert, als gäbe es kein Morgen, denn es ist der letzte Abend mit Pia.

Die Präsentation findet in einem Saal im Conference-Center im KölnTurm statt. Gegen siebzehn Uhr treffen Pia und ich dort ein. Ich habe mich wieder in Miss Undercover verwandelt mit kastanienroter Pagenkopfperücke, schwarzer Nerd-Brille und einem anthrazitfarbenen Nadelstreifenkostüm, das ich vor fünf Jahren für die Beerdigung einer Großtante gekauft hatte. Ich werde einfach so tun, als gehörte ich zum ConferenceCenter, und hoffe, dass mich niemand von meinen Kollegen beachtet – vor allem Laura nicht. Aber sie wird sicher so mit Im-Mittelpunkt-Stehen beschäftigt sein, dass sie weibliches Fußvolk vermutlich überhaupt nicht wahrnimmt.

Wir geben uns am Empfang als Mitarbeiter von *Vox* aus und fahren mit dem Aufzug in den ersten Stock, wo *Women's Spirit* einen Raum gemietet hat. Im von Glas und Chrom dominierten Foyer ist noch niemand zu sehen. Die Veranstaltung fängt ja auch erst in einer Stunde an. Aber wie wir durch einen Anruf beim Gebäudemanagement herausgefunden haben, wird das technische Equipment zur Filmvorführung jetzt schon aufgebaut. Und der freundliche Herr hat uns auch verraten, dass der Beamer in diesem Raum über einen USB-Anschluss verfügt.

»Wir müssen also vor der Präsentation nur ihren USB-Stick aus- und unseren einstecken«, hatte Pia gesagt. »Ganz einfach!«

»Ja«, hatte ich geantwortet. Aber jetzt, wo wir uns dem Raum nähern, kommt mir das alles gar nicht mehr so einfach vor.

»Da ist David«, flüstere ich erschrocken und zeige durch die offene Tür.

An einem kleinen Pult im Saal steht der Koloss über einen Beamer gebeugt und fummelt daran herum. Er scheint alleine zu sein, denn von hier draußen können wir sonst niemanden sehen.

»Los komm!« Pia zieht mich zur Tür. Dort bleiben wir abermals stehen. Ein großer Blumenstrauß hinter dem Eingang ist das einzig Farbenfrohe in dem nüchternen Konferenzraum mit dem grauen Boden und der weißen Decke.

Plötzlich erschallt Musik, und ein Bild wird an die hintere Wand geworfen. David spielt den Szenekosmos-Clip ab! Gebannt beobachten Pia und ich, wie Laura durch die Gegend stolziert, ständig beifallheischend in die Kamera guckt und acht verschiedene Outfits vorführt, während sie Leute interviewt oder irgendwelche Ansagen macht. Aber immerhin fehlt ihr Angeberauftritt bei der Modenschau!

Nach endlosen zehn Minuten ist der Film zu Ende, und David hat den Beamer fertig eingerichtet. Pia und ich warten, dass er weggeht, aber stattdessen zieht er sich einen Stuhl heran, hockt sich hinter das Pult, legt die Füße auf den Tisch und das Kinn auf die Brust.

»Er wird doch wohl kein Nickerchen machen?«, flüstert Pia.

»Sieht aber ganz danach aus.«

»Was machen wir denn jetzt?«

»Keine Ahnung«, sage ich leise, da höre ich plötzlich eine Stimme hinter mir. »Flittchen«, sagt diese Stimme und kommt mir irgendwie bekannt vor.

Entsetzt drehe ich mich um und schaue auf ein silbernes Tablett mit köstlich aussehenden Häppchen – Räucherlachs-Cracker und Shrimps und Tortilla-Sticks.

»Schnittchen, die Dame?«, wiederholt der Kellner, und mir wird klar, dass ich mich verhört haben muss.

Meine Augen wandern von der reich dekorierten Platte auf das Gesicht, das darüber schwebt, und meine Kinnlade fällt runter. Da steht der Dreitagebartmann mit weißem Hemd und schwarzer Krawatte und lächelt mich freundlich an.

Als sich unsere Blicke treffen, zieht er fragend eine Augenbraue hoch. Er erkennt mich wohl nicht in meinem Undercover-Outfit. Umso besser! Wie sollte ich ihm denn auch erklären, was ich hier gerade treibe?

Ich wende schnell mein Gesicht ab und trete zur Seite, damit Henrik durchgehen kann. Doch er bleibt stehen.

»Das sieht aber lecker aus«, sagt Pia und nimmt sich ein mit Frischkäse gefülltes Radieschen. Sie will gerade mit der anderen Hand bei den Zucchiniröllchen zugreifen, da zerre ich sie von ihm weg.

Er schaut verwundert, geht dann aber mit seinen beiden Tabletts in den Raum.

»Was soll das?«, zischt Pia. »Lass uns doch zugreifen, wenn dein Arbeitgeber einen ausgibt!«

»Das ist er«, flüstere ich.

»Das ist *wer*?«

»Der Dreitagebartmann.«

»Das ist der Dreitagebartmann?«, ruft Pia erstaunt.

»Nicht so laut!«

»Was macht der denn hier?«

»Woher soll ich das wissen?«, gebe ich zurück. Ich beobachte ihn, wie er die Tabletts auf dem Tisch an der Wand abstellt und Gläser und Servietten ordnet. »Er könnte vielleicht der Kellner hier sein.«

»Du verblüffst mich immer wieder mit deinem Scharfsinn, liebe Nina«, kichert Pia.

»Sehr witzig. Aber was machen wir jetzt? Sollen wir die Sache abblasen?«

»Spinnst du?« Pia schüttelt energisch den Kopf.

Henrik kommt zurück, auf uns zu.

»Lass uns abhauen«, murmele ich panisch.

»Blödsinn«, sagt Pia und lächelt Henrik an, der mich irritiert mustert, dann aber stumm an mir vorbei Richtung Aufzug geht.

»Gott sei Dank«, flüstere ich erleichtert, als er weg ist.

»Aber wie lotsen wir jetzt dieses Walross von seinem Platz weg? Es dauert nicht mehr lange, dann kommen deine Kollegen!«, sagt Pia.

David sitzt auf dem Stuhl und bewegt sich nicht mehr. Eigentlich bewundere ich Leute, die in jeder Position und

Situation schlafen können. Aber heute passt mir das überhaupt nicht!

»Wie heißt es so schön? Mit Speck fängt man Walrösser!«, flüstere ich. »Du musst ihn irgendwie auf das Essen aufmerksam machen. Ich brauche ja nur ein paar Sekunden, um die Sticks auszutauschen.«

»Okay, versuchen wir es!« Pia wackelt los. Sie hat sich wirklich einen ulkigen Watschelgang angewöhnt, bei dem sie sich weit zurücklehnt. Aber kein Wunder, bei dem Bauch!

Gerade als sie neben David ist, ruft sie laut: »Oh, das sieht aber lecker aus!«

Tatsächlich zuckt David bei dem Wort *lecker* zusammen. Er hebt den Kopf und dreht ihn in die richtige Richtung. Pia nimmt sich ein Schnittchen und lässt es aufreizend langsam in ihren Mund gleiten.

»Köstlich!«, ruft sie begeistert. Dann tut sie so, als ob sie David jetzt erst bemerken würde. »Es lohnt sich doch immer, ein bisschen früher da zu sein, nicht wahr?«

»Ja«, brummt David. Er scheint schlaftrunken zu sein, jedenfalls sitzt er immer noch regungslos da.

»Jetzt steh schon auf«, murmele ich. Und als ob er es gehört hätte, erhebt er sich und gesellt sich zu Pia.

»Ich bin Pia Bender von *Vox*«, stellt sie sich vor. »Und ich würde am liebsten die Räucherlachshäppchen nehmen, wenn ich nicht schwanger wäre.«

David beugt sich über das Tablett und inspiziert die Auswahl. Ich setze mich in Bewegung, steuere das Pult mit dem Beamer an, meine Hand in der Tasche, die den USB-Stick umklammert.

»Greifen Sie zu«, ermuntert Pia David.

Ich bin am Pult angelangt, strecke gerade die Hand zu dem USB-Stick aus, da sehe ich, wie sich David plötzlich das ganze Tablett schnappt und zurück zu seinem Pult geht.

Ich starte durch, nicke ihm im Vorbeigehen zu, was er mit seinem Tunnelblick gar nicht zu registrieren scheint, und gehe zu Pia. Mist!

»Vielfraß«, zische ich. »Das war's!« Ich höre Schritte auf dem Flur. »Da kommen sicher die anderen. Lass uns abhauen!«

Doch es ist nur Henrik, der einen Wagen mit Getränken und weiteren Häppchen hereinrollt. Bevor ich etwas sagen kann, ist Pia schon auf ihn zugelaufen und redet leise mit ihm, dann winkt sie mich hektisch zu sich. Ich schwitze plötzlich sehr unter meiner Perücke, komme aber ihrer Aufforderung nach. Der Dreitagebartmann schaut mich aus seinen teddybraunen Augen verwundert an.

»Ihr kennt euch doch«, sagt Pia.

»Ja. Hallo«, sage ich.

»Hallo«, sagt er ein wenig ratlos.

»Ich bin verkleidet heute.«

»Aha. Und als was?«

»Äh«, mache ich. »Keine Ahnung. Als Agentin?« Ich werde rot. »Das ist eine Perücke und die Brille nur Tarnung.«

»Nina?«, fragt er da.

»Ja.« Ich beiße mir auf die Lippen. Er wird mich für total bekloppt halten und nie mehr etwas mit mir zu tun haben wollen.

»Interessant«, sagt er amüsiert. »Und wie lautet dein Auftrag, Agentin Nina?«

»Das... äh, ist eine lange Geschichte.«

»Also, die Kurzfassung ist: Wir müssen einen anderen USB-Stick einstöpseln, damit nachher auch der richtige Film gezeigt wird«, wirft Pia ein.

»Aha«, sagt Henrik. »Und warum sagt ihr das nicht dem jungen Mann?« Er guckt zu David, der sich im Sekundentakt die Schnittchen einverleibt.

»Äh, also...«

»Er darf nichts davon wissen«, erklärt Pia. »Aber eines ist klar. Es ist extrem wichtig! Es geht um Ninas Zukunft.«

»Und auch um meine Vergangenheit«, mische ich mich ein, ernte aber nur einen verwunderten Blick von Henrik und einen genervten von Pia. »Mmmhhh. Das war wohl nicht so hilfreich.«

»Nein«, sagt Pia.

»Okay«, sagt Henrik und schaut mir so tief in die Augen, dass mir die Knie weich werden. »Wenn es so wichtig ist, dann helfe ich euch.« Er zückt sein Handy und geht zu David. »Okay, ich hab verstanden, ja danke!«, ruft er laut, legt auf und zieht David einfach das Tablett vor der Nase weg.

»Heee«, ruft der entrüstet.

»Entschuldigung«, sagt Henrik. »Das ist ein Notfall. Ich habe gerade eine Nachricht von meiner Chefin bekommen. Der Räucherlachs wurde wegen extrem hoher Keimbelastung von der Herstellerfirma zurückgerufen!«

»Wie bitte?«, keucht David.

»Ja, es tut mir sehr leid. Haben Sie viel davon gegessen?«

»Ja.« Von hier sieht es fast so aus, als ob David grün im Gesicht würde. »Dann würde ich Ihnen empfehlen, sich dieser Nahrung wieder zu entledigen«, sagt Henrik.

»Hä?«

»Gehen Sie kotzen.«

»Meinen Sie das ernst?«

Henrik nickt. »Es sei denn, Ihnen ist es lieber, während der Veranstaltung zu brechen.«

»Nein, natürlich nicht.« David steht tatsächlich auf und rennt raus.

Ich eile zum Pult, tausche blitzschnell die USB-Sticks aus, schnappe mir die Fernbedienung des Beamers und stelle das richtige Format für unseren Clip ein. Als das erledigt ist, stecke ich erleichtert die Fernbedienung ein. Kaum sind wir damit fertig, höre ich auch schon Stimmen auf dem Flur. Es geht los!

Henrik ist noch dabei, seinen Rollwagen auszuladen und hat nichts dagegen, dass Pia und ich ihm dabei helfen.

»Danke«, flüstere ich ihm zu und berühre wie zufällig seinen Arm.

»Gern geschehen«, sagt er und lässt seinen Arm, wo er ist, und ich habe fast das Gefühl, ich würde elektrisch aufgeladen werden. Wir gucken uns an, trotz allem zaudernd.

Pia stöhnt auf. »Also Leute. Ich, Pia, beste Freundin von Nina, fasse jetzt mal kurz zusammen. Henrik, es ist so: Nina hat überhaupt keinen Freund. Sie hat mit Flo-

375

rian vor Ewigkeiten Schluss gemacht und hat dir letztens nur was vorgespielt, weil sie dachte, deine Schwester sei deine Freundin. Sie steht total auf dich und kann dich nicht vergessen.« Ich versuche, sie mit Grimassen zum Schweigen zu bringen, aber sie wischt meinen Einwand einfach weg. »Ich habe hier nicht ewig Zeit«, sagt sie gepresst. »Also Henrik, ich frage dich: Bist du an Nina interessiert, obwohl sie total chaotisch ist, aber der netteste Mensch der Welt?«

Henrik sieht mich merkwürdig an. Er grinst – und nickt. »Ja«, sagt er feierlich. Meine Magenwand vibriert.

»Nina, bist du an Henrik interessiert, obwohl er dich mit verschwitztem Gesicht beim Süßigkeitenkauf erwischt hat?«

»Ja«, sage ich und werde wieder rot.

»Gut, dann erkläre ich euch hiermit als verabredet. Macht einen Termin aus.«

»Wie wäre es morgen Abend?«, fragt er.

»Gerne.«

»Cocktails?«

»Lieber Essen.«

»Thailändisch?«

»Unbedingt.«

»Halleluja«, sagt Pia. »Dann wäre das ja schon mal geschafft.« Sie keucht merkwürdig.

»Alles in Ordnung?«, frage ich besorgt.

»Ja, alles bestens«, sagt sie und lächelt zuversichtlich.

In dem Moment betreten die Mitarbeiter von *Women's Spirit* den Saal, angeführt von Laura in einem völlig überkandidelten schulterfreien schwarzen Kleid, und Walter in Ledersakko und Cowboystiefeln. Zwischen ihnen geht ein mir unbekannter Mann mit Halbglatze, kariertem Jackett und Jeans. Das muss der Redakteur von *Vox* sein.

»Bis später dann«, sagt Henrik, schnappt sich ein Tablett mit Sektgläsern und geht auf die Leute zu.

Christian, seine Frau und meine anderen Kollegen strömen ebenfalls in den Saal.

»Eva Henson lässt ihren Mann wohl nicht mehr aus den Augen«, flüstere ich Pia zu, während wir uns so unauffällig wie möglich verdünnisieren.

Laura nimmt sich ein Sektglas, lacht laut und versucht mit allen Mitteln, den *Vox*-Redakteur zu bezirzen.

»Die hat sich ja aufgebrezelt, als würde sie den deutschen Fernsehpreis bekommen«, lästert Pia, als wir auf dem Flur sind.

»Blöde Ziege.« Ich hole mein Handy heraus und rufe Andy an, um ihm zu sagen, dass Laura aufgetaucht ist.

»Gut. Wir sind schon vor ihrer Wohnung«, antwortet er.

»Er ist also gekommen?«

»Ja. Wie verabredet. Wir erledigen hier alles, dann bringe ich ihn zu euch. Er freut sich schon darauf.«

»Also, bis später. Und danke.«

»Stets zu Diensten, Schönheit!«

Ich lege auf. »Bodo ist da«, flüstere ich aufgeregt. »Er holt seinen Kater ab, dann fährt Andy ihn her. Er will es nicht verpassen!«

»Das war wirklich eine gute Idee, ihren Exfreund ausfindig zu machen«, sagt Pia. »Unglaublich, dass sie auch bei dieser Geschichte gelogen hat!«

377

Ich hatte nämlich im Internet nach DJ Bodo in Berlin gesucht und ihn über die Website eines Clubs ausfindig gemacht. Er war höchst erfreut gewesen, von mir zu hören. Wie sich nämlich herausstellte, war meine Eingebung richtig gewesen, seine Version der Geschichte anzuhören. Denn nicht *er* hatte mit Lauras bester Freundin geschlafen, sondern sie mit *seinem* besten Freund. Daraufhin hatte Bodo sie aus der gemeinsamen Wohnung geworfen, und sie hatte aus Rache nicht nur seinen Kater mitgenommen, sondern auch noch einen Haufen Bargeld, das er durch den Verkauf eines Autos besessen hatte.

Im Saal vernehmen wir plötzlich Walters Stimme durch die Lautsprecher. Pia und ich schleichen uns hinein und stellen uns diskret in die hinterste Reihe.

»Hallo liebe Leute«, trötet Walter. Seine Stimme wird durch das Mikrofon noch blecherner. »Ich begrüße euch alle an diesem wunderschönen Tag, an dem wir mit *Women's Spirit* in die Zukunft starten.« Er hält eine Lobhudelei auf sich und seine tollen Ideen und betont, dass er die besten Mitarbeiter selber engagiert und eine wunderbare und talentierte Moderatorin gefunden hat, die *Women's Spirit* in ganz Deutschland und in der weiten Welt des Webs bekanntmachen wird. »Applaus für Laura Lindner!«, ruft er, und Laura sonnt sich in der Aufmerksamkeit.

Dann holt Walter auch den *Vox*-Redakteur nach vorne und stellt ihn als Julian Körner vor. David kommt schnaufend an uns vorbei und geht zu seinem Platz. Ich beobachte, wie er hektisch die Fernbedienung sucht.

»Lange Rede, kurzer Sinn«, sagt Walter schließlich.

»Wir werden euch und Ihnen, Herr Körner, jetzt zeigen, was wir alles auf die Beine stellen können und warum *Women's Spirit* es wert ist, nicht nur gelesen, sondern auch gesehen zu werden. Film ab, bitte!«

Pia schaltet das Licht aus, ich drücke auf *Play*, der Beamer geht an, und in seinem Licht tanzen die Staubflöckchen. David wundert sich offensichtlich, dass alles von Zauberhand angeht und auf der Leinwand jetzt mein Wohnzimmer erscheint.

Laura und ich sitzen auf dem Sofa. »Du bist so naiv«, sagt Laura verächtlich.

»Aber ich dachte, wir wären Freundinnen«, jammere ich und nehme mir ein Tuch aus der Taschentuchbox, in der die Kamera versteckt ist.

Im Saal beobachte ich Laura, die fassungslos auf die Leinwand glotzt, wo sie gerade sagt: »Freundinnen gibt es doch nur im Kitschroman.«

»Aber du hast schlimme Lügen und Gerüchte über mich verbreitet in der Redaktion. Zum Beispiel, dass ich Christian angebaggert hätte. Und dass ich psychische Probleme hätte!«

»Oh, arme Nina«, hänselt Laura mich, »hat dich keiner mehr lieb?«

»Aber ich werde ihnen sagen, dass das alles nicht stimmt, dass du gelogen hast.«

»Mach das, Nina. Du wirst ja sehen, wem sie glauben. Einem irrem Junkie oder der neuen Moderatorin von *Women's Spirit Internet-TV*!«

Jemand tippt mir auf die Schulter. Es ist Andy – und bei ihm ist ein Typ mit Lederjacke, Army-Cap und Tätowierungen an Hals und Händen, der Pizzicato auf dem Arm trägt. Der Kater schnurrt und schmiegt sich an sein Herrchen. Zum ersten Mal ist mir das Katzenvieh fast sympathisch.

»Hi Bodo«, flüstere ich. »Schön, dass du gekommen bist.«

»Das konnte ich mir nicht entgehen lassen.«

»Der Film läuft!«, sage ich.

»Hab ich mir schon gedacht!«

In dem Moment rennt Laura zu Davids Pult und kreischt: »Schalt das aus! Schalt das aus!«

»Nöö«, sagt David. »Kann ich nicht. Außerdem gefällt mir der Film.«

»Aber du hast mir Drogen verabreicht, um mir meinen Job zu klauen«, rufe ich auf der Leinwand theatralisch.

Laura steht auf, schaut auf mich herab und sagt mit Eisesstimme: »Na und? Wer fair kämpft, ist selber schuld. So erreicht man nichts im Leben.«

Sie sieht geradewegs in die Kamera, die Gesichtszüge hart wie Marmor. Das Bild friert ein. Aber der Ton wiederholt sich – Andys Idee –, und wie ein leiser werdendes Mantra hört man Laura sagen: »Wer fair kämpft, ist selber schuld. So erreicht man nichts im Leben. So erreicht man nichts im Leben…« Dann wird die Leinwand schwarz.

Noch bevor Pia das Licht wieder anschaltet, ziehe ich Perücke und Brille aus. Als es hell wird, herrscht betretenes Schweigen. Nur Bodo fängt an zu klatschen. Alle gucken ihn irritiert an. Lauras Augen verengen sich zu

Schlitzen, als sie auf ihn aufmerksam wird. Dann entdeckt sie mich und wird gespensterbleich.

»Kann mir mal einer erklären, was das soll?«, fragt Walter entgeistert.

»Ich bin reingelegt worden!«, schreit Laura. Sie kommt fuchsteufelswild auf mich zu. »Du kleine Schlampe hast mich reingelegt!«

Ich lächele sie an. »Danke schön.«

»Was fällt dir eigentlich ein …?«, keift sie.

Doch da baut sich Pia neben mir auf, stemmt die Hände in die Seiten und dröhnt: »Jetzt hör mir mal zu! Wag es niemals mehr, meiner besten Freundin wehzutun! Hast du gehört? Niemals! Und fass das ruhig als Drohung auf.«

Sie sieht wirklich imposant aus mit diesem Riesenbauch. Die griechische Rachegöttin trägt zwar neues Leben in sich, scheut sich aber nicht, anderes zu vernichten. Laura ist sichtlich beeindruckt von Pias angeschwollener Autorität und bleibt stumm.

»Obwohl das hier eine sehr interessante Vorführung ist«, meldet sich der *Vox*-Redakteur zu Wort, »kann ich jetzt schon sagen, dass wir eher nicht interessiert sind an *Women's Spirit*.« Er lächelt süffisant.

»Aber Sie haben die echte Präsentation ja noch gar nicht zu Gesicht bekommen«, ruft Laura verzweifelt. »Ich zeige sie Ihnen.«

»Laura Lindner?«, tönt in dem Moment eine Stimme durch den Saal. Zwei Polizisten bahnen sich ihren Weg durch die Menge.

»Ja?«, sagt Laura verblüfft. »Das bin ich.«

»Wir müssen Sie festnehmen wegen Verstoßes gegen Paragraf einunddreißig des Betäubungsmittelgesetzes.«

»Wie bitte? Ich habe gegen nichts verstoßen. Sie hat das Ecstasy doch freiwillig geschluckt!« Sie zeigt anklagend auf mich.

Die Polizistin wischt ihren Einwand beiseite. »Das mit dem Ecstasy können Sie uns ja auf der Wache erklären. Wir sind aber zunächst einmal daran interessiert, warum Sie in Ihrer Wohnung eine Cannabiszucht unterhalten.«

»Wie bitte? Eine Cannabiszucht?«

»Ja. Ihre Vermieterin hat uns informiert. Wir haben fünf hübsche Cannabispflanzen auf Ihrer Dachterrasse gefunden und dazu Equipment, das für eine weit größere Plantage ausreicht. Würden Sie jetzt bitte mitkommen?«

Die beiden Polizisten nehmen Laura in ihre Mitte.

Bodo grinst über beide Wangen. »Was für ein hübscher Anblick«, sagt er zu ihr.

Laura sieht ihn an. Sie ist kalkweiß, presst die Lippen zusammen, guckt von ihm zu mir, durchbohrt mich mit ihrem Blick und sagt dann angewidert: »Und dir habe ich mal vertraut.«

»Oh! Entschuldige vielmals, dass du mich hintergangen hast«, antworte ich.

Sie schnaubt und stolziert hoch erhobenen Hauptes hinaus, gefolgt von den beiden Polizisten. Aufgeregtes Gemurmel erhebt sich.

Walter trötet: »Hab ich es doch gewusst. Ich hätte es einfach selber moderieren sollen.«

»Tschüss dann zusammen«, ruft der *Vox*-Redakteur

und muss sich ein Lachen verkneifen. »Und danke für den netten Abend.«

»Warten Sie«, ruft Walter und rennt ihm hinterher.

Bodo bedankt sich derweil überschwänglich bei mir. »Das hat mir wirklich viel Freude gemacht.« Er wischt sich mit seiner tätowierten Hand sogar ein Tränchen aus dem Augenwinkel.

»Gern geschehen«, sage ich. »Und schön, dass du deinen Kater wiederhast.«

»Ja, nicht wahr, Pizzicato? Komm, jetzt lass uns nach Hause fahren!«

»Ich möchte mich auch bedanken!« Eva Henson drückt mich an sich.

»Sie hat übrigens zugegeben, dass sie deinem Mann flüssiges Ecstasy untergejubelt hat«, flüstere ich ihr ins Ohr. »Das haben wir aber rausgeschnitten, weil das niemanden was angeht.«

»Danke nochmal.«

Auch Christian entschuldigt sich dafür, dass er die ganze Situation falsch eingeschätzt hat. »Wann kommst du denn zurück?«, fragt er zerknirscht. »Du kannst natürlich deinen alten Job wieder antreten.«

»Weißt du«, sage ich. »Ich glaube, Birgit ist schon die Richtige für den Posten. Ich werde erst einmal Urlaub machen, und dann sehe ich weiter.«

»Du bist bei uns jederzeit willkommen.«

Ich nicke. »Gut zu wissen.«

Meine Kolleginnen Svenja und Birgit nähern sich, und ich überlege gerade, wie ich einem Gespräch mit ihnen aus dem Weg gehe, da fällt mein Blick auf Pia. Sie steht am Rand, stützt sich auf eine Stuhllehne, das Gesicht verzerrt, und schnauft.

»Pia!« Ich dränge mich durch die Leute. »Pia! Alles klar?«

»Ja«, sagt sie. »Alles klar. Aber ich glaube, das Baby kommt.«

»Waaas? Jetzt? Ach du meine Güte!« Ich stehe drei Sekunden wie festgefroren.

Henrik nähert sich, während er leere Sektgläser einsammelt. Als er mein erschrockenes Gesicht sieht, stutzt er. »Was ist los?«

»Das Baby kommt«, stammele ich.

Er stellt sofort achtlos sein Tablett ab. »Los, ich fahre euch ins Krankenhaus. Kannst du gehen, Pia?«

»Ja«, sagt sie automatisch. »Es ist alles in Ordnung.«

Wir stützen sie auf dem Weg nach unten. Drei Minuten später sitzen wir im schwarzen Lieferwagen von *Erbsen & Möhrchen*-Catering und brausen zum Krankenhaus. Ich halte Pias Hand, mit der anderen ziehe ich das Handy raus und rufe Rob an und sage ihm, dass er sofort kommen muss.

Er stößt eine halbe Minute lang Flüche aus, dann sagt er, er habe so was geahnt und vorsichtshalber einen Privatjet gechartert. »In sieben Stunden bin ich da.«

»Beeil dich«, sage ich überflüssigerweise.

Doch als Rob endlich eintrifft, ist schon alles vorbei.

»Braves Baby«, flüstert er und streichelt Pias dicken Bauch. »Gut, dass du es dir anders überlegt hast. Es ist noch viel zu früh, hörst du!« Er lacht erleichtert und schaut Pia mit so zärtlichem Gesichtsausdruck an, dass mir ganz anders wird. Er sitzt auf dem Rand des Krankenbettes und hält ihre Hand.

»Tut mir leid, dass ihr wegen mir so einen Stress hattet«, sage ich zerknirscht. »Und das Baby erst! Beinahe wäre es wegen mir ein Frühchen geworden.«

»Hör bloß auf«, mahnt Pia. »Es ist doch alles gutgegangen.«

»Ich sage dir eines«, sagt Rob. »Pia ist verrückt geworden zu Hause, als sie gehört hat, dass es dir nicht gutgeht. Sie ist fast durchgedreht. Und wer weiß, was passiert wäre, wenn sie nicht hergefahren wäre.«

»Meinst du echt?«

»Ja. Außerdem wusste ich doch, dass meine Frau bei dir in guten Händen ist.« Er lächelt mich erleichtert an.

»Danke, Rob. Das bedeutet mir sehr viel.«

»Fang jetzt bloß nicht an zu heulen«, sagt Pia.

»Mach ich nicht«, sage ich und wische mir eine Träne aus dem Auge. Dann küsse ich Pia und Rob und verlasse das Zimmer.

Henrik wartet auf dem Flur. Er kommt mir entgegen. Wortlos nimmt er mich in den Arm, ich atme seinen Geruch ein, diese Mischung aus Apfel und Fichtenwald, und schluchze – einmal, zweimal, dreimal, vor lauter Glück. Dann nimmt er meine Hand, und wir fahren zu ihm, trinken auf seiner Terrasse ein kaltes Bier, und als die Sonne aufgeht, bleibe ich.

34

Ich kann das noch gar nicht glauben. Nach diesem ganzen Hin und Her mit Henrik sind wir tatsächlich zusammen! Inzwischen kennt er auch die ganze Geschichte. Ich habe sie ihm nochmal ganz von vorne erzählt.

Angefangen mit meiner Freundinnensuche, die mich in die Cocktailbar geführt hatte, wo wir uns das erste Mal geküsst haben. Ich habe ihm ausführlich von Laura berichtet, dem Biest, und warum es mit Florian eigentlich schon lange vorbei war, ich das aber nicht hatte wahrhaben wollen.

Und er sagte mir, dass er sich damals im Kiosk sofort auf den ersten Blick in mich verliebt hätte.

»Und machst du dir keine Sorgen, weil ich doch so ein Plappermaul bin?«, fragte ich zerknirscht.

Er blickte mich an, es kribbelte überall, und dann antwortete er zu meiner Riesenerleichterung: »Nein.«

»Echt nicht?«

Er schüttelte den Kopf. »Meine Schwester hat mir schon genau erklärt, warum Frauen manche Sachen einfach untereinander besprechen müssen. Weil sie sonst platzen würden.«

»Deine Schwester ist ja noch netter, als ich dachte«, sagte ich und küsste ihn.

Wie sich herausgestellt hat, verstehen sich die beiden echt gut und arbeiten auch zusammen: in ihrer eigenen Cateringfirma *Erbsen & Möhrchen*. Isabell ist für das Geschäftliche zuständig und Henrik fürs Kochen. Das ist äußerst praktisch! Denn er gibt mir ständig leckere Snacks mit, wenn ich Pia in der Privatklinik besuche.

Rumlaufen soll Pia nicht mehr, und fliegen schon gar nicht. Aber Klatschzeitschriften darf sie lesen, Sudoku-Wettbewerbe machen, und essen!

Wir futtern uns durch Henriks Köstlichkeiten, und Pia sagt jedes Mal: »Mann, ich habe schon einen ganz dicken Bauch von den ganzen Leckereien.«

Dann lache ich und flüstere Pias Bauch zu: »Danke, Baby. Das hast du gut gemacht, dass deine Mama wegen dir noch ein bisschen hierbleibt.«

Und wenn Pia sagt, dass ich mir für meinen Urlaub sicher etwas Schöneres vorgestellt hätte, als in einem Krankenhauszimmer rumzuhängen, dann antworte ich: »Hier ist es viel besser als in jeder Fünf-Sterne-Hotelanlage!« Und ich meine es auch so.

Und dann, am Abend des ersten August, ruft mich Pia an. »Hast du heute schon was vor?«, fragt sie.

»Ich wollte mit Henrik…«, fange ich an, da fällt mir auf, dass sie wieder so merkwürdig keucht. »Ist es so weit?«, frage ich hektisch.

»Ja«, sagt sie. »Ich muss jetzt auflegen. Bis gleich dann.«

Henrik, der sich gerade fürs Kino fertig macht, fährt mich hin, diesmal nicht mit einem *Erbsen & Möhrchen*-Wagen, sondern mit seinem eigenen, einem alten Saab.

»Oh mein Gott, hoffentlich geht alles gut, ich bin so aufgeregt«, plappere ich zum hundertsten Mal. »Und hoffentlich dauert es nicht so lange, zum Glück ist Rob diesmal von Anfang an da. Mann, *fahr doch, du Lahmarsch!*«

Henrik räuspert sich.

»Ich meinte doch nicht dich, sondern diesen Idioten in seinem Mercedes, *der das Gaspedal nicht findet. Mein Gott, wer hat dir eigentlich den Führerschein gegeben, du Penner?*« Ich bin immer lauter geworden.

»Schschsch… tief einatmen und ausatmen, ja, so ist es gut«, sagt Henrik. »Du solltest deine Kräfte sparen, so eine Geburt kann ein paar Stunden dauern.«

»Ich weiß!« Ich stoße zischend Luft aus. »Aber ich bin halt so nervös.«

Henrik prustet.

»Was ist?«

»Darauf wäre ich nie gekommen.«

»Ha, ha.«

»Weißt du, was gegen Nervosität hilft?«

»Kräutertee?«

»Nein. Ein Quickie im Auto.« Wir halten an einer Ampel.

Ich mustere sein schönes Profil mit der geraden Nase, der dunklen Brille und dem dichten zurückgekämmten Haar.

»Keine schlechte Idee«, sage ich. »Meinst du, wir schaffen es, bis die Ampel wieder grün wird?«

Er lacht und legt seine Hand auf meinen Oberschenkel, und ich freue mich schon sehr darauf, wieder mit ihm nach Hause zu fahren.

Zehn Minuten später sind wir endlich auf dem Parkplatz des Krankenhauses angekommen. Wir gehen zum Kreißsaal, der sich hinter einer mächtigen Flügeltür verbirgt. Leider geht sie nicht wie von Zauberhand auf, sondern ein Schild besagt, dass man schellen muss.

»Meinst du, wir sollten klingeln?«, frage ich.

»Müssen wir wohl, wenn wir nicht draußen bleiben wollen.«

»Und wenn wir nicht reindürfen?«

»Dann werden sie es uns schon sagen.« Er drückt den Knopf, und dreißig Sekunden später öffnet eine dunkelrot angezogene Frau und lächelt uns freundlich an. »Hebamme Susi« steht auf ihrem Namensschild.

»Hallo. Ich wollte nur kurz meiner besten Freundin Glück wünschen, wenn das möglich ist«, stammele ich. »Sie heißt Pia Bender … ich meine, Cooper. Ginge das?«

»Ja, in Ordnung«, sagt die Hebamme und lässt uns rein. »Im Moment ist alles ruhig.«

»Gott sei Dank«, murmele ich. »Wissen Sie, das ist meine erste Geburt. Also nicht meine natürlich, sondern die von meiner besten Freundin, wenn es meine wäre, würde ich hier wohl nicht so locker rumlaufen, was?« Ich lache nervös.

Hebamme Susi wirft mir einen amüsierten Blick zu. »Hier in Saal eins ist Ihre Freundin. Einen Augenblick bitte.« Eine Minute später winkt sie mich rein.

»Ich warte hier auf dich«, sagt Henrik. »Grüß schön von mir.«

Der Kreißsaal sieht völlig anders aus, als ich ihn mir vorgestellt habe. Er erinnert mit seinen hellgrünen Möbeln, dem indirekten, sanften Licht und der leisen Musik weniger an ein Krankenhaus als an eine Art Sport-Lounge. Da hängt ein Seil an der Decke, und ein großer Pezziball liegt neben einer Turnmatte. Pia stützt sich auf eine Ballettstange und atmet lang gezogen aus. Ihre Augen sind geschlossen. Rob steht zwei Meter von ihr entfernt und beobachtet sie.

»Hi Rob. Muss sie nicht im Bett liegen?«, frage ich.

»Muss sie nicht«, sagt Pia an seiner Stelle und lächelt mich an.

»Geht's dir gut?«, frage ich. »Du siehst noch so entspannt aus.«

»Entspannt? Na gut, wenn du meinst.« Plötzlich verzerrt sich ihr Gesicht, sie stöhnt auf, und man muss kein Hellseher sein, um zu merken, dass das sauwehtut. Ich kriege Angst.

»Hier, das habe ich dir mitgebracht.« Ich drücke ihr meinen Hausschlüssel in die Hand. »Der soll dir Glück bringen.«

»Der Eisbär!«, keucht Pia erfreut. »Danke.« Dann atmet sie wieder heftiger.

Rob fängt an, nervös hin und her zu laufen.

»Wenn du mich brauchst, ich warte draußen, okay?«

Sie nickt. Ich gehe raus, und die Hebamme fängt an, beruhigend auf Pia einzureden.

Henrik und ich sitzen im Flur. Wir hören gedämpft durch die Tür Pias Schreie, und mir wird ganz anders. Auch Henrik ist blass. Aber die Hebamme kommt immer mal wieder zu uns und sagt, dass alles prima laufe. Irgendwann eilt eine Ärztin in Kreißsaal eins, und ich mache mir schreckliche Sorgen. Zur Ablenkung lese ich die Geburtskarten und Dankesschreiben, die an einer Pinnwand über uns hängen.

Eine halbe Stunde später kommt die Ärztin wieder raus.

»Alles in Ordnung?«, rufe ich.

Sie nickt. »Alles bestens. Es ist ein gesundes kleines Mädchen. Und der Mutter geht es auch gut.«

»Ein Mädchen«, rufe ich begeistert und falle Henrik um den Hals, und dann muss ich auch schon weinen. Vor Erleichterung und Freude.

Sechs Wochen später.

»Emily hat gelacht!«, rufe ich und kitzele das kleine süße Bündel in dem weißen Kleidchen am Bauch. Sie schaut mich in einer Mischung aus Verwunderung und Amüsiertheit an, den zahnlosen Mund zu einer Art Grinsen verzogen.

»Nein«, sagt Pia. »Das kann nicht sein.« Sie kommt herangerauscht.

»Doch!«, beharre ich. »Henrik, du hast es doch auch gesehen, oder?«

Henrik nickt. »Ja, das war eindeutig.«

»Mit sechs Wochen lachen Kinder noch nicht. Jedenfalls nicht bewusst!«, doziert Pia.

»Aber sie ist ein Wunderkind, das ist doch wohl klar«, sagt Rob.

Wir stehen in meiner Wohnung, in der Pia und Rob und Emily seit fünf Wochen wohnen. Rob hatte Pia zwar angeboten, ein großes Haus zu mieten, aber sie meinte, sie wolle lieber da bleiben, wo sie sich wohlfühle. Ich habe ihr die Wohnung natürlich gerne überlassen, auch wenn ich nicht weiß, wie lange sie vorhaben, sie zu nutzen. Aber ich habe auch nicht gefragt. Den Gedanken an Pias Rückkehr nach Amerika verdränge ich erfolgreich.

Außerdem finde ich meine derzeitige Wohnsituation auch sehr angenehm. Eigentlich hatte ich meinen Nachbarn Andy fragen wollen, ob ich so lange bei ihm wohnen könne, aber Henrik hatte gesagt, er habe auch genug Platz. Und er hat wirklich eine sehr gemütliche Wohnung mit Kamin und sogar einem kleinen Garten.

»Was für ein Glück, dass alles gutgegangen ist mit dem Baby«, sage ich zum hundertsten Mal zu Rob und Pia. »Und dass du nicht sauer auf Pia warst, dass sie das Baby hier bekommen hat.«

»Das hat sie doch extra gemacht«, sagt Rob zärtlich.

»So, Leute. Ich denke, wir sollten dann mal gehen«, sagt Henrik. »Der Wagen steht mitten auf der Straße.«

Rob nimmt Emily auf den Arm, Pia legt schnell ein Spucktuch zwischen Emilys Gesicht und den Stoff seines feinen Anzugs. Ich schleppe eine riesige Wickeltasche, die mir Henrik aber abnimmt. Ich laufe schnell nach oben, um Andy zu holen.

»Hallo Schönheit«, rufe ich erstaunt. Er hat sich richtig in Schale geschmissen und einen schwarzen Anzug angezogen. »Du siehst klasse aus!«

»Du aber auch«, grinst er. »Ein bisschen schrill vielleicht, aber du kannst so was tragen.«

Auf dem Weg nach unten kommt uns Frau Breuer entgegen. Sie grüßt mich zwar wieder, hat mir aber nie mehr ein Gespräch aufgezwungen. Auch über meine Untermieter hat sie zum Glück nichts gesagt. Heute staunt sie kurz über unsere schicke Aufmachung und nickt uns zu, bevor sie in ihrer Wohnung verschwindet.

Die Stretchlimo ist weiß mit schwarz getönten Scheiben. Ein Chauffeur in klassischer Montur öffnet uns die Tür.

»Abgefahren«, sage ich.

Die Braut darf natürlich als Erste einsteigen. Der Bräutigam kommt hinterher. Dann versucht Rob den Maxi-Cosi mit dem Anschnallgurt festzumachen, verheddert sich aber. Mir scheint, er ist ein bisschen nervös.

»Lass mich mal«, sagt Pia sanft und drückt mir den Brautstrauß in die Hand. Er ist aus roten und pinken Blumen und passt damit genau zu meinem Brautjungfernkleid, das Pia für mich ausgesucht hat. Aber anders als das Wickelshirt, wegen dem wir uns vor sieben Jahren kennengelernt haben, sieht es kein bisschen nach Marshmallow aus. Na ja. Und wenn, wäre es mir auch egal!

Ich kann es nämlich kaum glauben: Rob und Pia heiraten heute! Nochmal. In einer Kirche. In Köln. Vor Gott. Und mir, denn ich bin Trauzeugin! Und Taufpatin. Heute feiern wir zwei Feste in einem: Die kleine Emily wird nämlich auch noch getauft. Und ich bin dabei – mit meinem Traummann an der Seite. Ist das zu fassen?

Auf der Fahrt kichere ich so vor mich hin, dass Henrik fragt: »Hast du etwa heimlich schon den Champagnervorrat geplündert?«

»Nein. Aber ich bin einfach... glücklich.« Mein Blick sucht Pia. Sie sieht mich an, und ich muss tief einatmen.

Pia ermahnt mich todernst: »Wenn du jetzt schon anfängst zu heulen, liebe Nina, dann versohle ich dir den Hintern.«

»Keine Sorge«, sage ich und beiße mir auf die Lippen.

Pias Eltern warten schon vor der Kirche, zusammen mit ihrem Bruder, einigen Tanten und einem alten Freund aus Schultagen. Auch Robs Schwester und ihr Mann sind gekommen und seine Mutter mit ihrem neuen Partner. Selbst Robs Vater hat es über sich gebracht, nach Deutschland zu fliegen. Sie freuen sich offensichtlich alle, dabei sein zu dürfen. Ich habe jedenfalls noch keinen motzen hören.

Der Pfarrer ist ein dicker Mann mit krausem grauen Haar und einem netten Lächeln, der sehr charmant durch die Zeremonie führt und die Lieder selbst am lautesten schmettert. Und als er fragt: »Willst du, Pia, den hier anwesenden Robert William Cooper zu deinem rechtmäßig angetrauten Ehemann nehmen und ihn lieben und ehren, solange du lebst?«, und Pia heiser »Ja« sagt, da drücke ich Henriks Hand ganz feste und werfe ihm einen verstohlenen Blick zu, den er grinsend erwidert.

Erst dann fange ich an zu weinen und höre nicht mehr auf, bis Pia mir Emily in die Arme legt, damit ich sie über das Taufbecken halten kann. Und dann wird Emily getauft – auf den Namen Emily Nina Cooper.

Es ist ein wunderschöner lauer Spätsommernachmittag. Die schrägen Sonnenstrahlen lassen alles golden leuchten, besonders Pias Gesicht, die Emily auf dem Arm hält, für einen Moment die Augen schließt und ihre Tochter innig

an sich drückt. Wir sitzen auf der Terrasse des Schoko-
ladenmuseums über dem Rhein. Rob bringt mit dem Messer sein Champagnerglas zum Klingen.

»Das war die erste Taufe, bei der die Taufpatin mehr
geweint hat als der Täufling«, beginnt er seine Rede.

Alle lachen. Robs Familie mit etwas Verspätung, denn
seine Schwester muss erst für sie übersetzen.

»Ich freue mich außerordentlich, dass wir hier alle zusammen feiern können. Denn bei unserer ersten Trauung
fehlten ein paar sehr wichtige Menschen.« Er schaut in
die Runde. »Und ich möchte euch dafür danken, dass ihr
heute alle hierhergekommen seid. Einer Person möchte
ich aber besonders danken.« Er sieht mich an. »Nina.
Dir möchte ich danken, dass du meiner Frau eine so gute
Freundin bist und dass du ihr das Strahlen zurückgegeben
hast, in das ich mich im ersten Augenblick verliebt habe.
Mir ist das sofort aufgefallen, als ich sie hier in Deutschland wiedergesehen habe. Ich hatte nicht bemerkt, dass
es in Amerika verlorengegangen war, aber hier war es
plötzlich wieder da, dieses besondere Strahlen. Und ich
fürchte, ich muss zugeben, dass das an dir liegt.« Er atmet
tief ein, wirkt aber kein bisschen unzufrieden oder eifersüchtig, sondern einfach nur verliebt. »Und deswegen
habe ich ein Geschenk für meine wunderbare Ehefrau,
die ich über alles liebe und die ich glücklich machen
möchte.« Er wendet sich an Pia. »Mit dir und unserer
Tochter würde ich bis ans Ende der Welt gehen. Doch
zum Glück muss es gar nicht so weit sein. Liebe Pia, ich
habe einen neuen Job angenommen, in Köln. Wir ziehen
wieder nach Deutschland, wenn du einverstanden bist.«

»Oh mein Gott«, sagt Pia, drückt Emily ihrer Mutter auf den Schoß, steht auf und fällt Rob um den Hals und schluchzt.

Dann umarmen Pia und ich uns, denn wir haben auch einen Bund fürs Leben geschlossen. Irgendwann lösen wir uns voneinander und sehen durch den Tränenschleier, wie Rob und Henrik und Andy uns angucken, zärtlich, erstaunt und amüsiert.

»Vergesst es, Jungs«, sage ich.

»Männer werden das nie verstehen«, sagt Pia. Und dann fangen wir gleichzeitig an zu lachen.

Das Gesetzbuch für beste Freundinnen

§ 1 Vorwissensrecht
Die beste Freundin genießt das Privileg des Vorwissensrechts. Sie muss unter allen Umständen als Erste über wichtige persönliche Neuigkeiten, allgemeinen Klatsch und Supersonderangebote im Designeroutlet informiert werden.

§ 2 Schweigepflicht
Die Schweigepflicht ist nicht nur unter Ärzten und Rechtsanwälten bindend, sondern auch unter besten Freundinnen. Wird im vertraulichen Rahmen persönlich oder am Telefon, per E-Mail, SMS, MMS, via Skype oder andere digitale Kommunikationswege über private Angelegenheiten geredet, so dürfen diese nicht ohne vorherige Einwilligung der Quelle an Dritte herangetragen werden.

§ 3 Heiraten
Heiraten ohne die beste Freundin ist strikt verboten.

§ 4 Ratschläge
Ratschläge, die man einer besten Freundin erteilt, dürfen niemals nur zum eigenen Vorteil gereichen. Hegt man

eigennützige Hintergedanken, so ist die Freundschaft nichts wert.

§ 5 Kontaktpflege

Die Kontaktaufnahme per Telefon oder E-Mail muss in regelmäßiger Frequenz erfolgen und von beiden Seiten gleichermaßen ausgehen. Erschwerende Umstände, die der Kontaktaufnahme entgegenstehen, wie z. B. Krankheit, Arbeitsstress oder ein neuer Freund, wirken sich zwar fristverlängernd aus, entbinden die beste Freundin jedoch nicht von ihrer Meldepflicht.

§ 6 Rückrufpflicht

Die beste Freundin sollte möglichst immer erreichbar sein. Ist sie es ausnahmsweise nicht, muss eine Mailbox oder ein Anrufbeantworter die Anrufe entgegennehmen. Der Rückruf muss umgehend erfolgen.

§ 6 a Rückruffrist

Je verzweifelter ein Anruf bei der besten Freundin, desto kürzer ist die Rückruffrist. Nachtruhe, wichtige Konferenzen oder Beerdigungen wirken sich in diesen Ausnahmefällen nicht fristverlängernd aus.

§ 7 Neuer Freund

Hat eine Frau einen neuen Freund, so darf das unter keinen Umständen zur Vernachlässigung der besten Freundin führen. Besonders wenn die beste Freundin Single ist, bedarf sie gerade in dieser Zeit besonderer Aufmerksamkeit.

§ 8 Üble Nachrede
Niemals darf man schlecht über die beste Freundin reden.

§ 9 Drogen
Bewusstseinserweiternde Substanzen wie Strawberry-Cheesecake-Eiscreme, Aperol Sprizz und Ecstasy müssen unter besten Freundinnen immer zu gleichen Teilen eingenommen werden.

§ 10 Geheimes Wissen
Die beste Freundin darf Dinge über einen wissen, die man nicht mal selber weiß.

§ 11 Medienkonsum
Das gemeinsame Schauen von Serien, Doku-Soaps und Romantic Comedys ist mindestens einmal in der Woche Pflicht.

§ 12 Trostspenden
Peinlichkeiten gibt es in einer guten Freundschaft nicht. Gewichtszunahme, Frisurendesaster und Bauchwegslips dürfen von einer besten Freundin nicht belacht werden, sondern verlangen ein angemessenes Quantum an Trost und Anteilnahme.

§ 13 Wahrheitspflicht
Die beste Freundin hat die gesetzliche Pflicht, die Wahrheit zu sagen und nichts als die Wahrheit, besonders wenn es um den Kauf von Schlauchkleidern, Blusen mit Puffärmeln oder ärmellosen Rollkragenpullovern geht.

§ 14 Flunkerpflicht
Die beste Freundin hat die gesetzliche Pflicht zu flunkern,
wenn es der Beruhigung dient, etwa nach einem peinli-
chen Auftritt.

§ 15 Entschuldigen
Um Entschuldigung bitten sollte unter besten Freundinnen selbstverständlich sein.

§ 16 Verzeihen
Verzeihen sollte unter besten Freundinnen ebenfalls selbstverständlich sein.

§ 17 Verlassen
Beste Freundinnen dürfen sich nicht verlassen. Und schon
gar nicht auswandern.